MARA ERLBACH

Die Gabe des Winters

Mara Erlbach

Die Gabe des Winters

Roman

blanvalet

Sollte diese Publikation Links auf Webseiten Dritter enthalten, so übernehmen wir für deren Inhalte keine Haftung, da wir uns diese nicht zu eigen machen, sondern lediglich auf deren Stand zum Zeitpunkt der Erstveröffentlichung verweisen.

MIX
Papier aus verantwortungsvollen Quellen
FSC® C083411
FSC www.fsc.org

Verlagsgruppe Random House FSC® N001967

1. Auflage

Neumarkter Str. 28, 81673 München
Redaktion: Angela Kuepper
Umschlaggestaltung und -illustration: Max Meinzold, München
LH · Herstellung: sam
Satz: Buch-Werkstatt GmbH, Bad Aibling
Druck und Bindung: CPI Media GmbH, Leck
Printed in Germany
ISBN: 978-3-7341-6193-3

www.blanvalet.de

Für Garlef

Glücklich ist derjenige, dessen Gedanken,
Worte und Taten sich in Übereinstimmung befinden.

Mahatma Gandhi

Personenregister

Caruzo	Magier von Lord Tarik
Enia	Gemahlin von Wim, Mutter von Justor und Nuria
Justor	Sohn von Wim und Enia, Bruder von Nuria
Katrey	Kammerzofe von Lady Miriam
Lady Miriam	Herrscherin über Area
Lord Tarik	Herrscher über Area
Nuria	Tochter von Wim und Enia, Schwester von Justor
Tuuli	Gemahlin von Justor, Freundin von Nuria
Wim	Dorfvogt von Pago, Gemahl von Enia, Vater von Justor und Nuria

Prolog

Wim spürte die Kälte nicht. Dabei war es im Inneren der Hütte gerade warm genug, um nicht zu zittern. Einige der Ritzen zwischen den ungeraden Brettern waren notdürftig mit Lumpen verstopft. Nicht alle. Scharf pfiff der Wind hindurch und brachte die Flammen der Kerzen immer wieder zum Flackern. Seit nunmehr zwei Tagen wütete ein Sturm. Seit einem Sommer der Große Schnee.

Der Dorfvogt atmete tief durch, um sich zu wappnen, dann blickte er hoch in die gezeichneten Mienen der Männer. Sie hatten sich hier zusammengefunden, um über einen Ausweg aus ihrer todbringenden Lage zu sprechen – wenn es denn überhaupt einen Ausweg gab. Wim begann mit dem Schlimmsten.

»Heute sind wir erneut zweier Magien verlustig gegangen«, verkündete er schweren Herzens und beendete somit das Schweigen.

»Wer?«, fragte Falcus, der größte und stärkste Mann Pagos.

»Rys und Avriel sind im Wald den Gefolgsleuten des Lords in die Hände gefallen.«

Das Entsetzen stand allen, die es noch nicht gehört hatten, ins Gesicht geschrieben. Jeder wusste, was das bedeutete. Man würde die beiden Männer nach Griseo verschleppen, aber nicht töten. Bald kämen sie zurück. Jedoch ohne ihre Magien!

»Verdammt«, fluchte einer der Anwesenden.

»Das heißt, kein Feuer mehr und keine Visionen«, fasste eine Stimme hinter Wim den schweren Verlust zusammen.

»Es ist nur noch eine Frage der Zeit, bis es uns und unsere Gaben ebenso trifft. Bis niemand mit Magie in ganz Area mehr übrig ist«, stellte Falcus das Offensichtliche fest.

»Damit ist zu rechnen. Doch selbst dann muss es irgendwie weitergehen – auch ohne unsere Kräfte.« Wim sprach aus, wovor jeder Angst hatte. »Wir werden uns eben umstellen müssen.«

Ein Mann namens Lazlo beugte sich vor in das Licht der Kerzen. Seine Augen glänzten golden im Schein des Feuers. »Du sagst das, als wäre es so leicht. Für mich aber sind die Erinnerungen an die alten Tage wie eine Wunde, die noch blutet. Ich kann sie nicht einfach verbinden und so tun, als wäre das Fleisch nicht immer noch offen.«

Wim verstand das Sinnbild. Es ging vielen wie Laszlo. Sie waren wie gelähmt. »Wir müssen aber vorwärtsblicken, wenn wir überleben wollen. Nur dann gibt es Hoffnung. Jedes Zögern kostet wertvolle Zeit. Reißt euch zusammen, dann können wir es schaffen, das Leben in Pago neu zu gestalten.« Keiner sagte etwas darauf. Es wurde von Tag zu Tag schwerer, der Verzweiflung mit Zuversicht zu begegnen. Dennoch sah der Dorfvogt es als seine Pflicht, nicht den Mut zu verlieren. Oder es zumindest nicht zu zeigen. Tief in seinem Innern aber war auch er oft starr vor Schreck. Alles hatte sich verändert. Wo sich vor wenigen Monaten noch die blühenden Kornfelder und Obstgärten Pagos befunden hatten, wuchs nun nichts mehr außer den Schneemassen. Vorbei waren die Tage, da sie Magien verschwenderisch angewandt hatten, um eine süße Leichtigkeit zu erschaffen. Musik, Blumen, reich gedeckte Tische – all das gab es nicht mehr. Ebenso waren die nützlichen Gaben verschwunden. Keiner vermochte es mehr, Holz mit Blicken zu spalten oder Wasser mit einem bloßen Fingerzeig zu erhitzen. Für Aufgaben wie diese mussten die Menschen jetzt neue Methoden entwickeln, die sich oft mühsam gestalteten.

Die Tür der Hütte wurde plötzlich geöffnet. Eine der Frauen Pagos kam herein. Sie brachte einen schneidend kalten Windstoß mit sich und unzählige weiße Flocken, die über den Boden tanzten. Auf ihren Armen trug sie einen Stapel zerschlissener Decken. Wortlos verteilte sie diese an die frierenden Männer.

Wim verzichtete darauf, damit ein anderer sich wärmen konnte. Stattdessen rieb er sich die kalten, rissigen Hände. Eine Berührung an der Schulter ließ ihn aufblicken. Es war Justor, sein Sohn, der sich jetzt neben ihn setzte. »Sie ist endlich eingeschlafen«, raunte er ihm zu. Er klang erleichtert.

Wim sah zum Wandbett, einer Nische mit zwei Luken, von denen eine offen stand und ein paar von Nurias braunen Haarsträhnen zeigte. Der quälende Hunger hielt seine zehnjährige Tochter oft stundenlang wach und ließ sie unruhig träumen. Hoffentlich schlief sie lange bis in den nächsten Tag hinein. Denn erst, wenn die Sucher aus dem Wald zurückkämen, nach stundenlangem Stapfen durch den Schnee und dem Freilegen alter Fundstellen, würde es vielleicht etwas zu essen geben.

Den Männern in der Hütte schien es allmählich etwas wärmer zu werden. Sie atmeten nun ruhiger, wie die Wölkchen vor ihren Mündern zeigten. Das ins Stocken geratene Gespräch lebte wieder auf.

»Es kommen weitere Schwierigkeiten auf uns zu, Wim«, äußerte jemand von außerhalb des Kerzenscheins seine Bedenken. »Die Dächer unserer Hütten halten den Schneemassen nicht länger stand. Viele Latten haben bereits Risse.«

»Wir werden sie verstärken, sobald das Wetter sich bessert.«

»Dazu müssten wir Bäume fällen, wie du weißt. Und das ohne Magie.«

Wim nickte, um das Problem wissend. »Ich habe bereits veranlasst, dass entsprechende Werkzeuge angefertigt werden. Bald können wir damit arbeiten.«

»Und wenn sich jemand dabei verletzt? Was dann? Es gibt niemanden mehr, der sich aufs Heilen versteht. Es ist es ein großes Wagnis. Du weißt, was mit Less geschehen ist …«

Wims Herz wurde schwer, als er an den jungen Mann dachte, der das Leben eigentlich noch vor sich gehabt hatte. Bei dem Versuch, Eier aus einem Vogelnest zu holen, war er kürzlich aus einem hohen Baum gestürzt. Beide Beine und beide Arme hatte er sich gebrochen. Qualvoll war er an den offenen Wunden zugrunde gegangen. Wims Fäuste ballten sich. In ihm brandete nun wieder jene unbändige Wut auf. Wie viel mussten die Menschen Areas noch ertragen?

Zornig presste er hervor: »Es bleibt uns keine Wahl. Wir stehen vor einem neuen Leben – ob es uns gefällt oder nicht. Wir müssen uns daran gewöhnen. Jedenfalls so lange, bis Lord Tarik endlich ein Einsehen hat.« Nach diesen Worten spuckte er vor sich aus.

»Was hast du vor, Vater?«, fragte Justor skeptisch.

Der Dorfvogt stand auf. Entschlossen verkündete er den Menschen, für die er sich verantwortlich fühlte: »Wir gehen erneut zur Burg. Ein letztes Mal.«

Justor schüttelte den Kopf. »Das ist Wahnsinn. Hat es nicht schon genug erfolglose Versuche gegeben? Was erhoffst du dir noch?«

»Antworten! Lord Tarik kann unmöglich wollen, dass all seine Untergebenen nach und nach sterben.«

»Und wenn doch?«, warf sein Sohn ein.

Wim besah das Gesicht des Fünfzehnjährigen, der auf der Schwelle zum Erwachsenwerden stand. Erst seit Kurzem war es ihm erlaubt, des Nachts bei den Männern zu sitzen und die Gespräche über Magien zu hören, von denen Kinder ausgeschlossen waren. Früher wäre das die Zeit gewesen, in der er selbst seine Gabe entwickelt hätte.

»Vater, sein Zorn über unser unaufhörliches Erscheinen wächst von Mal zu Mal. Die Warnungen waren mehr als deutlich. Was ist, wenn Lord Tariks Nachsehen irgendwann ein Ende hat?«

»Nein. Das Gute steckt noch in ihm, Justor. Es ist bloß die Verzweiflung, die ihn blind macht und so handeln lässt. Lady Miriams Zustand …«

»Das glaube ich nicht«, unterbrach Justor ihn barsch. »Er hat sich verändert. Sein Herz ist kalt geworden. Kalt wie der Schnee, den er uns geschickt hat. Wäre es so, wie du sagst, warum hätte er uns dann die Magien genommen? Welchen Sinn macht das, außer uns zu quälen?«

»Um das herauszufinden, müssen wir zu ihm gehen. Nur noch dieses eine Mal. Ich glaube fest daran: Im Angesicht seiner treuen Untertanen wird Lord Tarik sehen und verstehen, dass auch unser Leid Lady Miriams Erkrankung nicht von ihr nehmen wird.«

»Du bist verblendet, Vater. Deine Treuherzigkeit wird uns noch den Kopf kosten«, donnerte Justor jetzt.

»Sprich gefälligst nicht so mit deinem alten Herrn«, maßregelte Falcus ihn.

Justor funkelte den Hünen wütend an. »Ich bin kein Kind mehr.« Dann verschwand er in der Dunkelheit der Hütte.

Falcus wollte schon aufspringen, da hielt Wim ihn davon ab. »Nicht …« Er ließ den Jungen gewähren, schließlich durchlitt er gerade eine sehr schwere Zeit. Seit Tagen war Enia, seine Mutter und eine Sucherin, verschwunden. Alle in Pago hielten nach ihr Ausschau, aber der anhaltende Schneesturm ließ jede Hoffnung, sie noch lebend zu finden, von Tag zu Tag schwinden. Wim versuchte seine wahren Gefühle vor seinen beiden Kindern zu verbergen, doch unter dieser Schutzschicht drohte er wahnsinnig zu werden vor Angst um sein geliebtes Weib.

»Wann brechen wir auf, Dorfvogt?«, begehrte eine Stimme jetzt zu wissen.

»Sofort. Und diesmal werden wir so lange vor Burg Griseo verharren, bis er uns endlich anhört.« Wim erhob sich. »Packt alles zusammen, was ihr für den Weg braucht. Wir treffen uns in der großen Halle.«

Wenig später waren die fünf Auserwählten zum Aufbruch gerüstet – unter ihnen auch Justor. Alle übrigen Männer und Frauen hatten sich um sie versammelt. Man wünschte den Mutigen Glück, die das Schicksal des Dorfes hoffentlich zu wenden vermochten.

Justor hielt das Pferd mit den Opfergaben für Lord Tarik am Strick. Noch ein letztes Mal überprüfte er die Seile.

»Bist du bereit, Sohn?«, rief Wim ihm zu.

»Ja, Vater.« Der Junge hatte sich sichtlich beruhigt.

Die schwere Flügeltür wurde weit geöffnet. Wim trat als Erster hinaus in den Sturm und versank sogleich bis zu den Knien im Schnee. Eiskalte Flocken, vom Wind getrieben, peitschten ihm erbarmungslos ins Gesicht. Sie fühlten sich an wie tausend kleine Stiche. Unnachgiebig heulte der Wind in seinen Ohren. Die anderen folgten ihm auf dem Weg aus dem Dorf hinaus.

Der Saum von Wims Mantel war bereits zur Hälfte gefroren, da ließen er und seine Männer den Nadelwald hinter sich. Ebenso den Mischwald. Danach den Laubwald.

Wim kämpfte sich unerbittlich vorwärts. Immer wieder schlug er die Enden von schneebedeckten Zweigen aus dem Weg. Dabei blieb ihm eines nicht verborgen: Die Äste waren nicht kahl wie in einem gewöhnlichen Winter. An ihrem Gehölz hingen dicht an dicht grüne Blätter, die sich durch die Kälte eingerollt hatten. Ein untrügliches Zeichen, dass der Schnee in Wahrheit auf unnatürliche Art und Weise hervorgerufen wurde. Darunter verborgen befand sich die Natur derzeit im Sommer.

Die Dämmerung hatte schon eingesetzt, als sie ihren letzten Anstieg begannen. Niemand sprach mehr ein Wort. Alle waren am Ende ihrer Kräfte. Wims Hände und Füße schmerzten schon lange nicht mehr, sie waren jetzt gänzlich taub. Auf der Kuppe angekommen, blieben die fünf stehen und rangen nach Atem. Vor ihnen lag Griseo.

»Seht«, rief Falcus gegen den Sturm an. »Wir haben es bald geschafft.«

Wim schirmte die Augen mit den Händen ab. Die Burg thronte auf einem Felsen, von dem sie jeden Zentimeter einnahm. Nach allen Seiten hin fiel der Berg steil ab in eine tiefe Schlucht. Nur über eine steinerne Brücke, deren einziger Pfeiler auf einem zweiten Felsen ruhte, gelangte man in den Mauerring, der alles umschloss. Griseos einstiger Glanz war verschwunden. Nichts erinnerte mehr an den Tag, da Wim zum letzten Mal hier gewesen war – der Sommerthing, jene große Versammlung, an der Gericht gesprochen und Eide erneuert wurden. Alle Dorfvögte des Landes hatten sich zum Festmahl hier eingefunden. Vom Bergfried aus waren Fanfaren aus zig Trompeten ertönt. Die Brücke und die Türme waren mit Blumenranken geschmückt gewesen, und des Nachts hatten Feuerballons den sternenklaren Himmel erhellt. Dann aber, das Fest neigte sich schon fast dem Ende zu, geriet die Ordnung Areas durcheinander. Die Musik hörte auf zu spielen. Man verkündete, Lady Miriam sei plötzlich erkrankt. Abrupt wurden die Feierlichkeiten beendet. Alle mussten die Burg verlassen. Noch während Wim seine Heimreise antrat, begann es auf wundersame Weise zu schneien … Er schüttelte die Erinnerungen ab wie Flocken von seinen Schultern.

Die fünf Männer aus Pago begannen hintereinander den Abstieg. Auf der steinernen Brücke angekommen, fegte der Sturm mit einer solchen Kraft, dass er einen Mann in die Schlucht hätte schleudern können. In gebeugter Haltung, um den Böen keine Angriffsfläche zu bieten, hielten sie auf das mächtige Tor zu.

Justor ging am Schluss. Er hielt sich dicht am Körper des Pferdes, um sich vor dem Wind zu schützen, als er plötzlich etwas an seiner Schulter spürte. Sein Blick erfasste einen der beiden Säcke mit den Opfergaben, die rechts und links über den Pferderücken hingen. Etwas hatte sich darin bewegt. Er riss die Öffnung auf und blickte in das Gesicht seiner Schwester.

»Verdammt. Was machst du hier, Nuria?«, grollte er so leise, dass es kein anderer hören konnte.

»Ich wollte nicht ohne dich im Dorf zurückbleiben.«

Justor schloss kurz die Augen. Seine Schwester war einfach nicht zu bändigen. Ständig tat sie, was sie wollte. Was sollte er jetzt mit ihr machen? Seine Angst, dass Nuria etwas zustieß, war um einiges größer als die Angst vor Lord Tarik.

»Sag bitte nichts zu Vater. Ich bin auch ganz still.« Flehend sah sie ihren großen Bruder an.

»In Ordnung. Aber du bleibst in dem Sack – egal, was passiert. Versprich mir das.«

Das Mädchen nickte und schlüpfte zurück in sein Versteck – jedenfalls so weit, bis nur noch die Augen herauslugten.

Endlich stand Wim mit seinen Männern vor dem Ziel seines Weges, dem Eingangsportal der Burg. Ein Fallgitter mit armdicken Eisenstäben und ein massives Holztor versperrten ihm den Zugang. Der Anblick bewirkte, dass er sich klein und unbedeutend fühlte. Um seine wahren Empfindungen zu verbergen, verlieh er seinen Worten besonders viel Stärke: »Vergesst nicht, wir werden nicht gehen, bevor man uns angehört hat. Diesmal wird Lord Tarik ein Einsehen haben. Ich spüre es.«

Falcus nickte entschlossen. Breitbeinig stellte er sich auf. Dann ließ er seine große Faust durch das Fallgitter hindurch mehrmals gegen das Holz donnern. Jedes seiner Worte schallte laut und tief durch die Luft. »Lord Tarik!« Die Schlucht um

Griseo verstärkte seine Stimme noch. »Kommt heraus und hört unser Ansinnen!«

Wims Herz schlug ihm bis zum Hals. Eine Weile geschah nichts. »Noch mal!«, verlangte er.

Erneut hämmerte Falcus gegen das massive Holz und rief: »Lord Tarik! Öffnet das Tor. Euer Volk braucht Euren Schutz.«

Wieder warteten sie vergeblich. Wim sah hoch zum Mauergang. Keine Wachen waren zu sehen. Die Burg wirkte verlassen.

Gerade als Falcus im Begriff war, die Faust ein drittes Mal zu heben, begann das Fallgitter zu quietschen.

»Man hat uns bemerkt«, sagte Wim.

Alle traten einige Schritte zurück.

Schwerfällig spannten sich die armdicken Ketten an den Seiten und zogen das Gitter nach oben. Danach kamen die eisenbeschlagenen Flügeltüren langsam in Bewegung. Stück für Stück gaben sie den Blick frei auf das, was sich dahinter verbarg.

Die Gesichtslosen, wie die Getreuen des Lords wegen ihrer übergroßen Kapuzen genannt wurden, hatten sich nebeneinander aufgereiht und ihre Schwerter gezogen. Sie flankierten ihren Herrn, Lord Tarik. In eine pechschwarze Rüstung gehüllt, saß er auf seinem Pferd Monrak. Der Hengst scharrte beinahe wütend mit einem Huf. Der Blick des Herrschers hätte nicht grimmiger ausfallen können. Er stierte die Männer an, als wären sie Eindringlinge, und bleckte dabei die Zähne.

»Was wollt ihr hier?«, grollte er, sodass Wim eine Gänsehaut überlief. Die Stimme des Lords schien aus mehr als nur einem Mund zu kommen, sie wurde begleitet von einem dämonischen Echo. Auf grausige Weise übertönte sie mit Leichtigkeit das Tosen des Sturms.

Wim erschrak zutiefst. Und er spürte, dass es seinen Freunden ebenso erging. Eine ganze Weile schon hatte er seinen Herrn nicht mehr gesehen. Was war in der Zwischenzeit mit ihm geschehen? Lord Tarik hatte nahezu alles Menschliche verloren. Mehr wie ein tollwütiges Tier kam er ihm vor.

»Herr …«, begann Wim, indem er gegen den Wind anrief. Er legte die Handflächen als Geste des Friedens auf sein Herz. »Hört uns bitte an. Wir sind in großer Not.«

»Ich habe euch befohlen, die Burg zu meiden.«

»So sehr wir Euch auch gehorchen wollen, es ist uns unmöglich. Pagos Menschen droht der Tod. Bitte helft uns, wie Ihr es in früheren Zeiten stets getan habt.«

»Diese Zeiten sind vorbei. Verschwindet von hier. Es ist mir gleich, welche Nöte ihr leidet.«

Wim spürte Verzweiflung in seinem Innern aufsteigen. Er konnte nicht noch einmal mit leeren Händen nach Pago zurückkehren. Augenblicklich legte er jeden noch verbliebenen Stolz ab und faltete die Hände wie zum Gebet. »Bitte, mein Lord. Wir haben Euch beim letzten Thing den Eid wiederholt geschworen. Mein Wort gilt noch immer. Ich bin Euch treu ergeben. Aber …«

»Dann tu gefälligst, was dein Herr dir befielt. Kehre sofort um in den Wald zu deinem Dorf.«

»Was ist mit Eurem Wort? Auch Ihr gabt uns damals ein Versprechen.«

»So?« Es klang wie Spott, als hätte der Lord seine Schwüre niemals ernst gemeint. »Dann nehme ich mein Wort hiermit zurück.«

»Was? Aber …«

»Von nun an werde ich nie wieder einem Thing beiwohnen. Er ist überflüssig geworden. Ebenso wie die Magien im Land. Ihr habt nichts mehr von mir zu erwarten«, sprach er kalt.

»Das könnt Ihr nicht tun!« Falcus' Stimme war von Aussichtslosigkeit gezeichnet. Er stolperte vor. »Beendet wenigstens den Winter, damit wir wieder Korn anbauen können.«

Lord Tarik legte den Kopf schief, als er sich ihm zuwandte. »Willst du mir etwa sagen, was ich zu tun und zu lassen habe?«

»Unsere Frauen und Kinder hungern und frieren«, erwiderte Falcus. »Wie könnt Ihr zulassen, dass das geschieht, wo Euer eigenes Herz doch gerade ähnliche Qualen leidet.«

Wim sah ihn ruckartig von der Seite aus an. Das, was er im Begriff war zu tun, war gefährlich. »Nicht, Falcus!«

»Nur zu. Sprich es schon aus«, lockte der Lord ihn geradezu. »Gib mir einen Grund, dich zu richten.«

Wim erkannte die drohende Gefahr, denn sein Blick fiel nun auf die Hände des Lords. Er hielt die Zügel seines Pferdes so fest, dass die Knöchel weiß hervortraten. »Falcus, schweig jetzt!«, versuchte Wim seinen Freund erneut aufzuhalten. Lady Miriam zu erwähnen war ebenso verboten wie das Sprechen über die vergangenen Magien. Lord Tarik hatte es durch seine Männer in ganz Area verkünden lassen und gedroht, jeden bei Missachtung einzusperren oder zu töten.

Falcus aber ließ sich nicht beirren. »Versteht doch unseren Kummer. Ihr selbst habt ein Weib, um das Ihr Euch sorgt. Das Herz eines einfachen Mannes liebt ebenso wie das eines Herrschers.«

Lord Tariks Augen verengten sich, bis sie kaum mehr waren als bloße Schlitze. Er fixierte Falcus auf bedrohliche Weise. »Du wagst es also tatsächlich und brichst meine Gesetze sogar in meiner Gegenwart«, stellte er trocken fest.

»Bitte, Herr …«, Wim war vor seinen Freund gesprungen, der ihn jedoch an Länge weit überragte. »Er weiß nicht, was er sagt. Der Hunger lässt ihn wirr reden und raubt ihm den Verstand.«

Monrak, der Rappe des Lords, setzte sich in Bewegung, als wäre er selbst erzürnt über das, was er hier sah und hörte. Ungeduldig schlug er dabei mit dem Kopf und kaute auf seinem Gebissstück herum. Schaum lief aus seinem Mund.

»Nie wieder wirst du den Namen meiner Gemahlin in den Mund nehmen, du Wurm.«

»Ich werde selbst dafür sorgen«, versprach Wim, als er die große Hand von Falcus auf seiner Schulter spürte. Dieser schob ihn zur Seite, als wäre er bloß ein schmächtiges Kind.

»Ich hatte nicht Böses im Sinn, mein Lord. Wir sind hier, um Euch anzuflehen – in demütigster Haltung.« Er ging auf die Knie. »Lasst nicht zu, dass auch unsere Frauen erkranken. Lady Miriam würde das nicht wollen. Sie hat ein gütiges Herz …«

Der Atem des Herrschers ging immer schneller. Sein Brustkorb hob und senkte sich, während er die Luft zwischen seinen aufeinandergepressten Zähnen einsog und wieder ausstieß. Speichel speiend schrie er plötzlich: »Ich will nichts mehr hören!«

Mit einem Mal begann der Boden zu vibrieren. Wim sah, wie die Steine der Brücke zu tanzen begannen. Lücken taten sich dazwischen auf, in denen die weißen Flocken des Neuschnees versanken.

Die Hand des Lords schnellte nach vorn, wobei er die Finger krallenartig auf sein Gegenüber ausrichtete.

Falcus' Blick wurde plötzlich starr, ebenso seine Gliedmaßen, als wäre er von Kopf bis Fuß gefesselt.

Jetzt drehte der Herrscher die Hand.

Falcus' Füße verließen den festen Boden. Er schien nicht in der Lage, sich dagegen zu wehren. Seine Lippen öffneten sich. Er rang nach Luft.

Lord Tariks Blick war von tiefster Boshaftigkeit gezeichnet. Kein Fünkchen Mitleid war darin zu erkennen. »Ich habe dich gewarnt, doch du wolltest nicht hören.«

Falcus lief blau an im Gesicht. Die Adern auf seiner Stirn traten hervor. Seine Füße zuckten umher.

»Ich werde dafür sorgen, dass du meine Worte niemals mehr vergisst.«

Mit dem bloßen Ruck seiner Hand schleuderte Lord Tarik Falcus weit nach hinten. Der Hüne prallte hart auf und blieb auf dem Rücken liegen. Japsend versuchte er zu atmen.

Sofort stürmte Wim auf ihn zu. »Falcus!«, rief er. Sein Freund lebte. Wims Erleichterung darüber wich jedoch sogleich einer brennenden Wut, als er merkte, dass Falcus nicht auf ihn reagierte. Er schnellte herum und schrie gegen den Schneesturm an: »Was habt Ihr mit ihm gemacht?«

»Ich habe ihm eine Lektion erteilt.« Lord Tarik wendete seinen Hengst und ritt zurück Richtung Burghof. »Verschwindet von meiner Brücke und kommt nicht mehr zurück.«

Fassungslos sah Wim ihm nach. Ein Beben erfasste seinen Körper. All das Leid, das Pago seit Langem ertrug, schien vor seinem inneren Auge an ihm vorbeizuziehen. Was musste noch geschehen? Wann sah der Lord endlich ein, dass dieser Weg der falsche war? Mussten erst ihre Frauen und Kinder sterben?

»Es stimmt, was man sich erzählt«, rief er. »Euer Herz ist kalt wie das Eis, welches das Land überzieht. Ihr seid wahrlich ein Monstrum geworden!«

Das Pferd des Lords hielt abrupt an.

Wim wusste in dem Moment, dass er einen großen Fehler begangen hatte. Und auch, dass dieser nicht mehr gutzumachen war. Alles, was als Nächstes geschah, nahm er in einer Art Zeitlupe wahr.

Lord Tarik sprang von seinem Pferd, das Gesicht vor Zorn verzogen. Während er auf Wim zurannte, zog er sein Schwert aus der Scheide.

Wim konnte den Blick nicht davon nehmen. Er hatte bereits viel von diesem magischen Schwert gehört. Jetzt sah er sein rotes Glühen zum ersten Mal mit eigenen Augen.

»Nein!« Es war Justor, der ein langgezogenes Schreien ausstieß. Es wurde noch übertönt von einem schrillen Kreischen.

Wim wandte den Blick. Nuria! Sein Herz sank ein Stück tiefer, als er seine kleine Tochter hinter sich sah. Er lief rückwärts und breitete schützend die Arme aus. Im nächsten Augenblick wurde er von der Faust des Lords am Kragen gepackt. Wim fühlte sich dabei wie ein bloßes Blatt im Wind. Der Herrscher war stark wie zehn Männer und zwang ihn mühelos auf die Knie. »Du hast dein Schicksal eben selbst besiegelt. Ich werde dafür sorgen, dass du das Ungeheuer in mir nicht mehr sehen musst.«

Lord Tarik führte sein Schwert quer vor Wims Augen. Das grelle Leuchten nahm jetzt noch weiter zu, bis alles um die Klinge herum seine Umrisse verlor. Es war das Letzte, was Wim jemals sah. Er hörte sich selbst schreien. Die Hitze, die von dem Stahl ausging, begann seine Augen zu kochen. Die Welt um ihn herum bestand nur noch aus Schmerz. Etwas Flüssiges trat aus seinen Augenhöhlen und lief ihm über die Wangen. Erst jetzt lockerte sich die Faust des Lords.

Wim fiel zurück. Er konnte nicht aufhören zu schreien. Suchend betastete er sein Gesicht. Doch dort, wo eben noch seine Augen gewesen waren, griff er nun in zwei leere Höhlen.

Ein Mann! Er kommt ins Dorf.«

Justor hörte den Ruf vom Krankenbett seines Vaters aus, um das halb Pago versammelt war. Wim ging es schlecht. Sein verbundener Kopf ruckte hin und her. »Bring mich hinaus, Sohn«, verlangte er in altem Pflichtbewusstsein.

»Schon gut, Vater. Ich werde gehen.« Justor war gewarnt. Nur selten kam Besuch hierher. Es musste einen Grund dafür geben, und gute Nachrichten erreichten sie schon lange nicht mehr.

Außerhalb der großen Halle blickte er den Waldweg entlang. Der schwarze Punkt näherte sich nur langsam. Mehr stolpernd als laufend, kämpfte der Fremde sich durch den Schnee. Justor gab zwei Männern ein knappes Zeichen mit dem Kinn. Sofort rannten sie dem entkräfteten Mann entgegen und legten ihm die

Arme um die Schultern. Als sie ihn über die Schwelle der Halle trugen, schleiften seine Füße nur noch über den Boden.

Nach einem stärkenden Trunk sprach Justor ihn an. »Ich bin der Sohn des Dorfvogts. Wer bist du?«

»Mein Name tut nichts zur Sache. Ich habe Wichtigeres zu berichten«, krächzte er.

Justors Herz krampfte sich zusammen, während er bemüht war, Haltung zu bewahren. Was gab es nach der Verstümmelung seines Vaters und dem Verschwinden seiner Mutter noch zu erwarten?

»Ich bringe euch eine Nachricht, die … die alles zu verändern mag«, verkündete er heiser. »Sie betrifft jeden Einzelnen unter euch.«

»Sprich weiter!«

»Niemand weiß, warum, doch man erzählt es sich mittlerweile in ganz Area. Es gibt offenbar einen Weg, um an unsere alten Kräfte zu kommen.«

»Was sagst du da? Wie?«

»Die Mauern von Griseo …« Er hustete trocken. »Es heißt, dass man seine Magie zurückerhält, sobald man die Burg betritt.«

Justor spürte, wie er die Augen aufriss. Sein Atem stockte. Er konnte nicht verhindern, dass vor seinem inneren Auge eine einzelne rote Kerze erschien. Sie war zu einem Sinnbild geworden für eine gewisse Nacht, die er nie im Leben vergessen würde. »Wie sicher bist du dir, Fremder?«

Der Mann packte Justor mit der Faust am Kragen. Mit letzter Kraft zog er ihn näher an sich heran. »So sicher, wie die verdammte Kälte mich schon drei meiner Zehen gekostet hat.« Er fiel zurück, seine Augen schlossen sich.

Justor fürchtete schon, der Fremde hätte das letzte bisschen Leben ausgehaucht, da flüsterte er: »Wir haben wieder Hoffnung. Das Geheimnis von Griseo … Es wird die Gabe des Winters genannt.«

Teil I

Pago

Schnee

1

Das Licht schien in einem schmalen Streifen durch die geschlossenen Fensterläden.

Nuria blinzelte. Ein Strahl hatte in diesem Moment ihr rechtes Augenlid erreicht und ließ das Blut darin rot leuchten. Ihre Hand fuhr hoch, als führte sie ein Eigenleben, und fing das Licht ab. Da begann ihr Herz wie wild zu schlagen, denn sie begriff, was sie da sah. Hoffnung keimte in ihr auf. War es etwa vorbei? Sie konnte sich nicht erinnern, wann die Sonne sich das letzte Mal gegen die schneebepackten grauen Wolken über Pago durchgesetzt hatte.

Mit einer ausladenden Bewegung schlug sie ihre grobe Decke zur Seite. Sofort strich ein überraschend warmer Luftzug über ihren Körper. Die viele Kleidung, die sie beim Schlafen stets trug, und in der sie für gewöhnlich dennoch fror, ließ sie plötzlich schwitzen. Nuria hauchte in die Luft, um einen letzten Beweis einzufordern. Tatsächlich! Kein weißes Wölkchen war zu sehen. So schnell sie konnte, krabbelte sie über den Holzboden der Zwischendecke, die so niedrig war, dass man hier nicht stehen konnte. Getrieben von der Hoffnung, dass es wirklich wahr sein könnte, ignorierte sie die Leiter. Nuria sprang, kam auf den Bodendielen auf und hielt mehr stolpernd als gehend auf die Tür ihrer Hütte zu. Kurz davor jedoch blieb sie stehen. Ihr Mund war vor Aufregung trocken. Sie hatte die Hand schon Richtung Klinke erhoben, da schloss sie die Augen und flüsterte: »Lass es vorbei sein. Kein Weiß. Bitte kein Weiß!« Es war ein Stoßgebet zu einem der vielen Götter, an die sie schon lange nicht mehr glaubte.

Sie öffnete die Augen und gleichzeitig die Tür. Das Erste, was sie sah, war ein blauer Himmel. Zittrig sog sie den Atem ein. Tränen der Freude stiegen ihr in die Augen. Sie blinzelte sie weg und fühlte, wie eine warme Brise ihr die Wangen streichelte. Fassungslos vor Glück betrachtete sie den wundervollen Verlauf des Kobaltblaus im Zenit hin zum Lichtblau am Horizont. Es dauerte, bis sie sich daran sattgesehen hatte. Erst dann erlaubte sie sich einen Blick auf Pago. Viele, sehr viele Jahre hatte sie es so nicht mehr gesehen.

Ihr Heimatdorf schmiegte sich friedlich in die grasbewachsene Senke des Waldes. Es endete am Fluss Lacus, dessen Oberfläche silbrig in der Sonne glitzerte. Zwei Männern ließen gerade ihre Fischernetze ins Wasser gleiten. Schmetterlinge tanzten über die satten Weiden hinweg, auf denen Kühe mit langem braunem Fell grasten.

Nuria sog die Luft ein, als wäre sie Nahrung. Unzählige Düfte vereinten sich darin. Alle gehörten sie zum Sommer. Der Schnee war endlich vorbei. Nun konnte sie alles Leid vergessen. Ein spontaner Gedanke ließ Nuria laut lachen. Wie schön musste es sein, mal wieder Gras unter den nackten Sohlen zu spüren? Nacheinander trat sie sich die harten Lederstiefel von den Füßen und zog die löchrigen Strümpfe aus. Mit einem Satz sprang sie vom Vorbau ihrer Hütte auf die Wiese. Doch statt im Gras zu landen, fiel sie plötzlich tief. Ihre Arme schnellten vor, als könnte sie sich irgendwo festhalten. Schlagartig war sie wach.

Das sonnenbeschienene Pago war verschwunden. Nuria wurde augenblicklich das Herz schwer. Es war nur ein Traum gewesen. Vor ihren Augen befanden sich die gebogenen Dachlatten ihrer

Hütte. Ihr Atem ging noch immer schnell von dem vermeintlichen Fall. Auf diese Weise aufzuwachen war einfach schrecklich. Stoßweise entließ ihr Mund die vertrauten Wölkchen. Sie fror.

Nuria wagte es zunächst bloß, die Finger unter ihrer Decke hervorzustrecken. Zitternd tastete sie nach etwas Weichem und fand es neben sich. »Nun gut. Auf drei«, setzte sie sich selbst die Frist und zählte. »Eins. Zwei. Drei.« Blitzartig richtete sie sich auf und zog sich ihr wollenes Kleid über den Kopf, unter dem sich Hemd und Hose verbargen. Die Dorfordnung schrieb Kleider für Frauen vor. Leider! Es war nicht so, dass Nuria Kleider hasste. Eher hasste sie das, was man damit verband. Frauen sollten hübsch sein, angepasst, gemäßigt. Ihre Kleidung musste daher mehr schmückende Zwecke erfüllen denn praktische. Noch nie hatte Nuria bloß schön sein wollen!

Ihr Zittern ließ nach. Jetzt legte sie sich den Kapuzenumhang über die Schultern und schloss die Kordel eng an ihrem Hals. Die Bilder ihres Traums hingen ihr nach. Noch immer meinte sie, den Duft der Wiesengräser in der Nase zu haben. Was würde sie dafür geben, endlich mal wieder im warmen Lacus zu baden? Daran erinnert zu werden, dass dies seit Jahren unmöglich war, schmerzte. Und doch war Nuria auf eine seltsame Weise auch dankbar für ihren Traum. Wenn es sonst keinen Weg mehr gab, die alte Zeit zu erleben, dann wenigstens so.

Mit steifen Gliedern krabbelte Nuria den Spitzboden entlang. Die morsche Leiter knarrte unheilvoll unter ihrem Gewicht, was sie wieder daran erinnerte, dass einige Sprossen dringend ausgewechselt werden mussten. Schon längst hatte sie das tun wollen, aber die Beschaffung von Nahrung hatte stets den Vorrang. Sie griff nach ihrer Ledertasche und schlüpfte hüpfend in ihre Stiefel. Dann hielt sie auf die Tür zu. Das wundervolle Sommergefühl hatte sie noch nicht ganz abgeschüttelt. Hoffnung allerdings hatte sie keine. Mit der Gewissheit, gleich das übliche Bild zu sehen, versetzte sie dem Türholz einen groben Stoß. Krachend schlug es gegen die Hüttenwand.

Nuria blickte in ein Meer aus über Nacht gefallenen Schneeflocken. Wie eine Decke hatten sie sich über alles gelegt und gaben die Umrisse Pagos darunter in weichen Kurven wieder. Der ewige Schnee war nicht geschmolzen. Es war klirrend kalt, und das Dorf war starr vor Eis wie immer. Nuria entließ geräuschvoll den unwillkürlich angehaltenen Atem. Sie war nun doch enttäuscht, aber nicht überrascht. Das eintönige Grau und Weiß begleitete sie schließlich schon fast zehn Jahre lang. Farben gab es nur noch selten, denn das Land und seine Bewohner passten sich den Gegebenheiten an. Tiere bekamen weißes Fell und weiße Federn, Menschen weiße Haut und weißes Haar. Ihr eigenes Haar war bereits vom Scheitel bis zu den Spitzen von dem einstigen Kastanienbraun befreit. Nuria legte es sich auf die linke Schulter und begann es locker zu flechten. Dabei ließ sie den Blick weiter schweifen.

Schon eine ganze Weile hatte sie sich die eigentümlichen Behausungen des Dorfes nicht mehr genau angesehen. Warum sie es heute tat, wusste sie nicht. Die spezielle Form erinnerte sie an Schiffe, die man zur Hälfte in den Boden gerammt hatte. Pagos Hütten waren nicht immer so gewesen. Die Anpassung an die Schneemassen durch nach außen gewölbte Dächer hatte erst stattgefunden, nachdem die ersten Behausungen unter der Last eingestürzt waren. Sogar Tote hatte es gegeben. Der Entschluss, alle Hütten abzureißen und neu zu errichten, war ein Schock gewesen, glich es doch einem Sich-Abfinden, dass der Schnee nie wieder weichen würde.

Nuria warf ihren Zopf energisch nach hinten, als könnte sie so die düsteren Erinnerungen vertreiben. Gerade hatte sie sich ihre große Kapuze über den Kopf geschlagen, da erblickte sie Tuuli, die soeben ihre Hütte verließ und zu ihr hochsah. Ihre Freundin und Schwägerin war leicht an ihrem langen Pferdeschwanz zu erkennen, der neben dem unvermeidlichen Weiß eine letzte daumendicke Strähne in Schwarz aufwies. Nuria winkte und griff nach dem langen Messer, das sie über Nacht in das Holz der Hütte geschlagen hatte. Mit einem Ruck war ihr Werkzeug frei. Es verschwand hinter dem ledernen Gürtel, der ihr wollenes Kleid in der Mitte zusammenhielt.

Auf dem Weg nach unten reichte der weiße Pulverschnee Nuria fast bis zu den Knien. Trotz der zwei Paar Wollsocken drang die Kälte schon vor auf ihre Haut. Sie war auf halber Strecke zur Halle angelangt, da gesellte sie sich zu Tuuli, die auf sie gewartet hatte.

Ihre Schwägerin hakte sich bei ihr unter. »Na? Bereit für deinen großen Tag morgen?«

Nuria setzte einen vielsagenden Blick auf. »Noch nicht ganz.« Sie sah hinauf zum Wald, der sich weit über die bergigen Ebenen in der Ferne zog. Dort lag das Ziel ihres heutigen Weges.

Tuuli verstand. »Du gehst wieder dorthin?«

»Wie immer, wenn etwas Wichtiges ansteht und ich Zuspruch brauche.« Nuria zwinkerte ihr zu. »Offiziell suche ich natürlich etwas für unser Abendessen.«

»Du bist wirklich anders. Ich würde mich zu Tode fürchten allein im Wald. Der Weg dorthin ist weit und beschwerlich.«

»Ich scheue die Mühe nicht«, gab Nuria zurück. »Aber zuerst muss es mir gelingen, nicht von *ihm* entdeckt und ausgefragt zu werden.«

Tuuli lachte. »… was wahrscheinlich die schwierigere Aufgabe ist.«

Suchend reckte Nuria den Hals und sah sich um. »Ich kann ihn bislang nirgends entdecken. Wenn ich Glück habe, ist er bereits mit den anderen Männern in der Halle, und ich schaffe es, mich heimlich davonzustehlen.«

»An dir ist wahrlich ein Mann verloren gegangen, Nuria.«

»Danke schön«, antwortete sie grinsend.

»Das war sicher kein Kompliment, sondern eine bloße Tatsache. Welche Frau wünscht sich schon, am Thing teilzunehmen? Was ist, wenn der Lord dieses Jahr tatsächlich erscheint? Hast du keine Angst vor ihm, nach dem, was er deinem Vater angetan hat?«

»Vielleicht ein bisschen. Aber meine Hoffnung überwiegt.«

Tuuli schüttelte belustigt den Kopf. »Ich höre Justor aus deinen Worten, weißt du das?«

Während sie auf den Dorfplatz zuhielten, schweiften Nurias Gedanken ab. Jedes der vier Thingfeste im Jahr war ein besonderes Ereignis und gehörte zur einzigen Abwechslung, die es im tristen Dorfleben gab. Die Bedeutung des Things hatte sich über die Zeit allerdings verändert. Heute bezeichnete dieser Tag die Einleitung einer neuen Jahreszeit, von denen drei nur noch in der Erinnerung existierten. Vor dem Großen Schnee hatte der Thing als Gerichtstag gedient. Es war ein Freudenfest gewesen, an dem alle Männer im Land ihre Eidsprüche erneuerten und schworen, ihrem Herrscher zu dienen. Lord Tarik versprach seinen Untertanen im Gegenzug, sie zu schützen. Seit fast zehn Jahren jedoch war der Lord nicht mehr gekommen. Die Menschen aber hielten eisern an ihrer Tradition fest. Bereits Tage vorher machten sich alle in Pago gegenseitig Mut. Sicher würde Lord Tarik dieses Jahr erscheinen und ihrem Leid ein Ende setzen.

So oder so war dieser Thing für Nuria besonders. Denn nach jahrelangem Flehen und Bitten, und obwohl Frauen dem Fest für gewöhnlich nicht beiwohnten, hatte ihr Vater es ihr endlich erlaubt mitzukommen.

Die beiden Frauen erreichten den Hauptweg zwischen Wald und Halle. Hier ging es leichter voran, denn Falcus schaufelte täglich den Schnee zur Seite.

Der Hüne nickte ihnen kurz zu. Tuuli grüßte mit einem Lächeln zurück. »Guten Morgen, Falcus.«

Nuria dachte bei sich, dass seine Miene so ausdruckslos wie eh und je war. Doch nein, sie war es erst seit jenem schrecklichen Tag, da er auf Lord Tarik getroffen war, verbesserte Nuria sich selbst und spürte sogleich wieder die Todesangst, die sie als Kind damals überkommen hatte. Die grollende Stimme des Herrschers war plötzlich in ihrem Kopf, als riefe er ihr zu, sie sei die Nächste. Unwillkürlich bohrte Nuria die Fingernägel in die Handflächen und hielt die Luft an. Dabei zwang sie sich, die Gedanken an jenen Moment wieder dorthin zu verdrängen, wo sie hergekommen waren. Im Flüsterton fragte sie: »Offenbar keine Veränderung bei Falcus, was?«

»Wenn du mit Veränderung Verbesserung meinst, dann wohl eher nicht. Der Trübsinn hat ihn fest im Griff. Selbst der anstehende Thing kann offenbar daran nichts ändern.«

Nuria sah verstohlen zu dem Hünen. Beinahe müde schulterte er jetzt seine Holzschaufel und trottete von dannen. »Es scheint, als hätte Lord Tarik ihm damals einfach den Lebensmut genommen.«

»Tag für Tag in tiefer Traurigkeit«, fasste Tuuli zusammen. »Fraglich, ob das überhaupt noch ein Leben ist.«

Nuria ließ den letzten Satz ihrer Freundin so stehen und verschwieg, dass der Anblick von Falcus sie tatsächlich kurz zweifeln ließ, ob sie zum Thing gehen sollte. Er war wie ein lebender Toter. Was, wenn Lord Tarik das Gleiche mit ihr anstellte? Wieder wallte die nackte Angst in ihr hoch. Wieder musste Nuria sie mit Gewalt niederdrücken.

Die Frauen blieben vor der großen Halle stehen. Hier würden sich ihre Wege heute trennen.

»Pass auf dich auf«, beschwor Tuuli Nuria.

»Wir sehen uns heute Abend am Feuer.« Nuria blickte sich

nochmals um. Justor war nirgends zu sehen. Hastig schlug sie den Weg Richtung Wald ein. Sie hatte schon die Brücke erreicht, die sich über den Lacus spannte. Beinahe wagte sie sich zu freuen, da hörte sie es plötzlich hinter sich rufen.

»Du gehst allein?«

Sie blieb stehen. Schloss die Augen. Biss die Zähne zusammen. Schon wieder hatte Justor ihr Fortgehen bemerkt. Ihr kam es fast so vor, als flüsterte eine Stimme es ihm zu, sobald sie seine Nähe verließ. Langsam drehte sie sich um. Ihr Bruder kam ihr entgegen, das halblange weiße Haar trotz der Kälte verschwitzt. Er trug keinen Mantel, nur ein schmutziges Hemd mit gerafften Ärmeln. Seine Handgelenke waren mit Lederbändern umwickelt. Die Axt hielt er noch in der Faust. Wie es schien, hatte er an diesem frühen Morgen schon eine Menge Feuerholz gespalten.

»Wo genau gehst du heute hin?«

Um ihm auszuweichen, verhalf Nuria sich mit Spitzfindigkeiten. »Ich verrate meine Fundstellen nicht, wie du weißt. Ich habe einen Ruf zu verlieren.«

Ihr Bruder nickte, als hätte er erwartet, keine Antwort zu bekommen. Dabei sah er sie auf eine Weise an, die ihr verriet, dass er nicht zufrieden war. »Ich mag es nicht, wenn du gehst, ohne Bescheid zu sagen.«

»Ich bin erwachsen, Justor.«

Er ignorierte ihre Entgegnung. »Und auch nicht, wenn du alleine gehst.«

»Ich weiß.« Sie lächelte ihn warm an.

»Warum kannst du nicht im Dorf bleiben, wie die anderen Frauen auch?«

»Kennst du die Antwort nicht bereits? Ein solches Leben ist nichts für mich. Niemand weiß das besser als du.«

Er verzog unwillig den Mund. »Vater hat aber schon einen

Sohn. Was ist für dich so schlimm daran, die Rolle der Tochter einzunehmen?«

»Nichts. Solange ich eine freie Tochter sein darf.«

»Wie kann man so stur sein?«, entgegnete er wütend. »Wenn ich erst Oberhaupt von Pago bin, werde ich dir verbieten zu gehen.«

»Das können wir uns gar nicht erlauben«, gab sie unbeeindruckt zurück. »Schließlich bin ich die erfolgreichste Sucherin des Dorfes, wie du weißt.«

»Ja, leider.« Es klang, als hätte er auf etwas Übelschmeckendes gebissen. Dann wurde sein Ausdruck etwas weicher. »Schließe dich wenigstens anderen an, wenn du schon auf Nahrungssuche gehen willst. Ich bitte dich, Nuria.«

Sie schüttelte den Kopf. »Wir sind erfolgreicher, wenn wir gleichzeitig an verschiedenen Orten suchen.«

»Sind dir meine Wünsche so gleichgültig?«

»Nein«, versicherte sie so glaubwürdig, wie sie konnte. »Aber würde ich mich an alles halten, was du dir von mir wünschst, wäre es mir kaum möglich, des Morgens den Spitzboden meiner Hütte zu verlassen.«

»Bin ich wirklich so schlimm?«

Nuria kam lächelnd auf ihn zu, sah zu ihm auf und legte ihm eine Hand an die Wange. Er ließ es geschehen und schloss die Augen für eine Sekunde, wenngleich er sich damit auf eine Weise verletzlich zeigte, die ihm nicht ähnlich sah. Nuria brauchte keine Worte. Mit ihrer Geste allein sagte sie all das, was sie an Liebe für ihren Bruder fühlte. Ja, manchmal beschützte er sie zu sehr. Ganz besonders seit jenem Tag vor fast zehn Jahren. Justor meinte es nur gut, und deshalb verzieh sie ihm.

»Nimm wenigstens Amadee mit.«

»Wird er denn heute nicht gebraucht?«

»Nein. Die Vorbereitungen zum Thing zwingen uns in die Halle.«

Nuria sah zu dem gutmütigen Kaltblut hinüber, dessen einst braunes Fell immer größer werdende weiße Flecken aufwies. Die Mähne war mittlerweile gestreift, was hübsch aussah, wie Nuria fand. Gemeinsam mit Justor erreichte sie das Gatter, wo Amadee schon darauf zu warten schien, dass ihn jemand herausholte. Leise schnaubte er und ließ die Nüstern beben.

Nuria strich dem Pferd über das warme Fell. Irgendwann würde das Braun ganz verschwunden sein. Nicht zum ersten Mal fragte sie sich, was wohl danach geschehen würde … wenn jede Farbe im Land vertrieben war.

Justor klopfte ihm den starken Hals. Dann packte er Nurias angewinkelten Unterschenkel und hob sie mit Leichtigkeit auf den breiten Rücken des Wallachs. »Sei weit vor der Dunkelheit zurück und verlasse nicht die bekannten Wege. Du weißt, wie schnell man im Zwielicht bei all dem Weiß die Orientierung verliert. Lass dich nicht davon blenden, dass es gerade nicht schneit. Das Wetter könnte jederzeit umschlagen, hörst du?«

Nuria zog eine Augenbraue hoch.

Er lächelte schief und trat einen Schritt zurück. Dabei hob er die Hände. »Ich bitte dich bloß darum. Du musst es natürlich nicht tun. Jedenfalls *noch* nicht.«

Sie verstand seine Anspielung. Manchmal graute es ihr regelrecht vor dem Tag, da Justor das Amt ihres Vaters übernahm. »Ich werde aufpassen.« Sie kehrte ihm und Pago den Rücken, indem sie Amadee durch bloßen Schenkeldruck über die Brücke trieb. Ein Zaumzeug brauchte der Wallach nicht, nur ein Seil, das stets locker um seinen breiten Hals geknotet war und mehr dem Festhalten seines Reiters diente.

Der Waldweg lag unbetreten vor ihnen. Kraftvoll schritt Amadee voran und ließ die riesigen, behangenen Hufe durch den Schnee pflügen. Schon bald verstummten alle Geräusche des Dorfes. Im Wald selbst schien es, als würde jeder Laut vom Winterweiß geschluckt. Zurück blieb eine unwirkliche Stille, in der das Knirschen der Hufe im Schnee laut anmutete. Es ließ eine Schar leichtfüßiger Rehe davonstieben. Sie verschwanden zwischen kegelförmigen Tannen, deren Nadeln bis zu ihren Spitzen in weiße Eisblumen gehüllt waren.

Sehnsüchtig sah Nuria den Tieren nach. Alles wäre einfacher, dürften sie jagen. Das Gehölz war voller Klein- und Großwild. Selbst in diesem Augenblick hoppelten rechts und links von ihr ein paar flauschige Hasen den Weg entlang. Sie zeigten keinerlei Scheu. Wahrscheinlich wussten sie, dass sie von ihr nichts zu befürchten hatten. Nuria spürte ein Zucken in ihren Fingern. Zu gern hätte sie ihr Messer geworfen. Doch nach dem Erlegen eines Tiers hätte sie es sich ebenso gut gleich ins Herz rammen können. Das Jagen war ein Vorrecht Lord Tariks und wurde mit aller Härte bestraft. Zu Anfang des Großen Schnees war es immer wieder zu unerwarteten Kontrollen durch die Gesichtslosen gekommen. Gnadenlos hatten sie jeden Mann, jede Frau und jedes Kind mit sich genommen und in einen eisigen Kerker auf Griseo gesperrt. Eine einzige Wachtel zu fangen reichte schon aus. Seither nahmen die Sucher Pagos ausnahmslos vorlieb mit Rinden und Wurzeln, manchmal auch mit Beeren und Pilzen. Alles zu Eis gefroren und nicht gerade köstlich, doch zumindest war es möglich, davon zu überleben.

Nuria verließ den Weg und lenkte Amadee unter das geschützte Dach der hohen Baumkronen. Hier, wo die Schneedecke weniger dick war und der Wind sich an den massiven Baumstämmen brach, war das Vorankommen leichter. Unmittelbar vor ihren Augen konnte ein Ast das Gewicht nicht mehr tragen. In einem Stück ließ er seine weiße Last fallen. Noch in der Luft löste sie sich in eine Art feinen Nebel auf und rieselte geräuschlos zu Boden.

Nurias geübtes Auge bemerkte, was die Zeit mit dem Wald getan hatte. Rote und gelbe Blätter prangten ihr entgegen. Es war Spätherbst geworden – während der Kindheit ihre liebste Jahreszeit. Wie von selbst glitten ihre Erinnerungen dorthin zurück. Nuria sah plötzlich das goldene Licht der Sonne und meinte sie warm auf ihrer Haut zu spüren. Sie hörte wieder das helle Lachen ihrer Freunde, die barfuß zwischen den knorrigen Apfel-, Nuß- und Birnbäumen Fangen spielten, während die Mütter die Früchte ernteten. Edith, schon damals eine uralte Frau, hatte es gefallen, die Kinder zum Lachen zu bringen. Mit ihrer Magie ließ sie Äpfel in der Luft tanzen. Nuria lächelte traurig. Edith hatte den Großen Schnee nicht überlebt.

Die blasse Sonne hinter den Wolken war bereits ein gutes Stück gewandert, seit sie Pago verlassen und den Weg hinauf zur Hügelkette erklommen hatten. Ein Kraftakt für den Wallach. Dampf stieg aus seinem Fell empor und entfloh in die kalte Luft. Dabei verströmte sein Körper wohlige Wärme, die auf Nuria übergriff. Der bloße Gedanke, gleich seinen Rücken zu verlassen, ließ sie frösteln. Denn hier oben blies der Wind um einiges stärker als unten im Wald.

Ein leichtes Ziehen am Strick reichte aus, und Amadee blieb stehen. Vor Nuria lag das Ziel ihres Ritts. Kurz verharrte sie, betrachtete den windschiefen Zaun und die scheinbar willkürlich platzierten Findlinge. Der Friedhof Pagos wurde schon lange nicht mehr gepflegt. Das Wohl der Lebenden nahm so viel Kraft in Anspruch, dass die Toten das Nachsehen hatten.

Unwillig glitt Nuria von Amadees Rücken. Der Wallach begann sofort, sich das juckende Fell an der schroffen Rinde eines Baums zu schubbern. Danach senkte er den Kopf und schubste mit der Oberlippe den Schnee zur Seite. Tatsächlich fand er darunter ein wenig Gras.

Nurias eiskalte Hand öffnete das Gatter, so weit es ging. Es klemmte und hing schief. Sie hatte keine Augen dafür. Unbeirrt hielt sie auf jenen Findling zu, der ganz hinten lag. Ihre Finger berührten die graue Oberfläche des Steins, strichen darüber. Sie sank auf die Knie und schmiegte sich an das harte, kalte Denkmal, das so viel in ihr auslöste. »Ich bin wieder da!«

Ohne dass sie es verhindern konnte, stiegen Bilder in ihr auf. Nie würde sie vergessen, wann sie ihre Mutter das letzte Mal gesehen hatte. Es war kurz vor jener schrecklichen Nacht auf Griseos Brücke gewesen. Nuria verzog das Gesicht. Diese Zeit ihrer Kindheit hatte sie für immer geprägt. In Gedanken war sie jetzt wieder in dem Bett ihrer Eltern, in das sie oft heimlich geschlichen war. Etwas hatte sie aus ihrem leichten Schlaf geholt – wahrscheinlich der Hunger. Justor und ihre Mutter saßen allein um eine rote Kerze in der Dunkelheit und flüsterten. Immer wieder schüttelte ihr Bruder dabei verneinend den Kopf. Er sah erschrocken aus. Enia aber redete beharrlich auf ihn ein und hielt ihm währenddessen voller Liebe die Wangen. Nuria hatte zwar nicht hören können, worüber sie sprachen, aber was sie gesehen hatte, war eindeutig gewesen: Justor musste ihr einen Eid schwören. Hastig verlangte Enia von ihm, die entsprechenden Worte zu wiederholen. Daraufhin legte sie ihm einen Dolch in die Hand und zog ihn hindurch. Die Wunde bedeckte sie mit Asche, damit die Narbe sich später dunkel verfärbte und er seinen Schwur niemals vergaß. Kurz darauf warf sie sich einen Umhang über und verließ die Hütte …

Nuria hatte ihre Mutter niemals wiedergesehen. Fast war ihre kleine Kinderseele an der Frage zerbrochen, warum sie sie verlassen hatte. Den Schnee und den Hunger konnte sie klaglos ertragen, nicht so die fehlende Wärme ihrer Mutter, die sie stets in den Armen gehalten hatte, bis sie schlief. Ganz Pago hatte damals nach ihr gesucht. Viele, viele Tage später fand sie ausgerechnet Justor. Er schwieg bis heute darüber, wie Mutter nach dieser langen Zeit im Schnee ausgesehen haben mochte. Stattdessen begrub er sie hier auf dem Friedhof ganz allein, um seiner kleinen Schwester den Anblick zu ersparen und weil Vater es ohne sein Augenlicht nicht mehr konnte. Ihr Bruder hatte sich in jener Nacht verändert. Mit einem Schlag war er vom Kind zum Mann geworden.

Auch Nuria traf irgendwann, Jahre später, für sich eine ähnliche Entscheidung. Sie würde nicht am Tod ihrer Mutter zerbrechen. Sie würde stark sein – und wenn der verdammte Schnee ewig währte! Hier an ihrem Grab konnte sie sich am besten daran erinnern.

Als ihr Körper bereits steif vor Kälte war, erhob sie sich wieder. Es war an der Zeit zu gehen. Schon jetzt vermisste sie diesen Ort, der ihr trotz aller Traurigkeit so viel Kraft gab. Hierherzukommen und ihren Erinnerungen nachzuhängen war alles, was sie ihrer Mutter noch näher brachte. Es erschien ihr wie ein Privileg, ein kostbares Gut, das sie mit niemandem teilen wollte. Deshalb suchte sie diesen Ort stets alleine auf.

Anders als sonst war es ihr heute gelungen, die Tränen zurückzuhalten. Was blieb, war der unbändige Hass auf Lord Tarik. Für Nuria war er der Mörder ihrer Mutter. Solange sie den Herrscher hasste, schien ein Stück von Enia in ihr noch lebendig zu sein. Mit einem Kuss auf den eiskalten Stein verabschiedete sie sich.

»Bis bald, Mutter. Halte morgen meine Hand und gib mir Kraft für den Thing. Lass sich alles wieder zum Guten wenden. Mach, dass der Schnee verschwindet.«

Amadee graste noch immer. Nuria lief zu ihm und schob die eiskalten Hände unter seine dichte Mähne, wo es wunderbar warm war. Nach einer Weile begannen ihre Finger zu kribbeln. Noch konnte sie sich nicht dazu entschließen, sie herauszuziehen, da wurde ihr die Entscheidung abgenommen.

Ein besonders heftiger Windstoß erfasste sie und ließ Amadees Schopf fliegen. Der Wallach hob den Kopf und starrte in die Ferne. An seinen Nüstern hafteten noch Eiskristalle. Sein rechtes Ohr zuckte vor und zurück.

Durch den aufgewirbelten Neuschnee wurde Nuria kurzzeitig die Sicht genommen. Sie hielt sich den Handrücken schräg vor die Augen. Am Horizont hatte sich das Wetter verändert. Schwere bleigraue Wolken waren aufgezogen. Sie bewegten sich schnell – fraßen beinahe gierig alle Helligkeit am Himmel. Nuria wusste, sie trugen viel Schnee mit sich. Justors warnende Worte kamen ihr unweigerlich in den Sinn. Schon jetzt war es ungewiss, ob sie Pago noch rechtzeitig erreichen würde.

»Komm, mein Freund. Wir sollten uns schleunigst aufmachen.« Mit der linken Hand griff sie ein dickes Büschel von Amadees Mähne und schwang ihr rechtes Bein über den Pferderücken.

Ohne ihr weiteres Zutun lief der Wallach los. Mit jedem Schritt auf dem abschüssigen Weg schien es kälter zu werden. Längst hatte Nuria es unterlassen, sich festzuhalten. Stattdessen umklammerte sie ihren Mantel, damit der Wind nirgends hineinpfiff. Als die dunkelgrauen Wolken schließlich über sie hinwegzogen, verfinsterte sich der Wald. Die Temperatur fiel nochmals. Nuria begann heftig zu zittern. Die dem warmen Pferderücken abgewandte Seite ihrer Beine war bald so kalt, dass sie sie nicht mehr spürte. Sie mussten zurück ins Dorf – und zwar schnell! Dieses Wetter konnte leicht den Tod bedeuten. Sie hatte diesen Gedanken kaum zu Ende gedacht, da begann der Schneesturm. Ein Luftzug, so heftig, dass Amadee einen Ausfallschritt machen musste, brachte Nuria fast zu Fall. Dichter Schnee fiel herab und ließ alle Wege, Horizont und Himmel eins werden. Ohne den Wallach wäre sie zweifellos verloren – in mehr als nur einer Hinsicht. Außer Stande, bei dieser Kälte eine solche Strecke zu laufen, hätte sie zudem keine Orientierung mehr gehabt. Zum Glück besaß Amadee Sinne, die Nuria abgingen.

In sich zusammengesunken und halb erfroren, nahm Nuria das orangefarbene Licht nur noch schemenhaft wahr. Es dauerte, bis ihr Unterbewusstsein verstand, dass es sich um eine der geöffneten Flügeltüren der großen Halle handelte. Man hatte sie und Amadee bemerkt. Vermummte Gestalten rannten hinaus zu ihnen in den Schnee. Jemand ergriff den Strick um den Pferdehals. Nuria wurde vom Rücken des Wallachs gezogen. Bloß Augenblicke später befand sie sich im Inneren der Halle.

2

Sie war nicht ohnmächtig gewesen, aber offenbar kurz davor. Als ihr Kopf wieder klarer wurde, fühlte sich Nuria wie gerade erwacht. Sie saß auf ihrem angestammten Platz in der Halle vor der Feuerstelle. Schwer lag eine kratzige Decke auf ihr und darüber noch ein Fell, dessen muffiger Gestank sie einhüllte wie eine Wolke. Mit klammen Fingern zog sie es enger um die Schultern, um dann in ihre hohlen Hände zu hauchen.

Draußen tobte weiter der Sturm. Er hatte auch das Innere der Halle ausgekühlt. Wie gebannt starrte Nuria in die längliche Feuerstelle, wo gerade die letzten Scheite gestapelt und entzündet wurden. In der schroffen Steinwanne begann es bald zu knacken. Ein Geräusch, das ihr vorkam wie das liebliche Zwitschern bunter Vögel im Frühling, denn es kündete die kommende Wärme an. Als endlich die Flammen in einem vielversprechenden Orange vor ihr in die Höhe züngelten, war sie noch immer damit beschäftigt, ihr Zittern in den Griff zu bekommen. Eine sanfte Berührung an ihrer Schulter lenkte sie ab. Ohne hinzusehen, wusste sie, dass es Tuuli war, die sich jetzt neben sie setzte.

»Wie geht es dir?« Sie klang besorgt.

»Es ist alles in Ordnung.« Nuria war um eine starke Stimme bemüht. Sie hasste es, wenn die Aufmerksamkeit anderer auf ihr ruhte, selbst dann, wenn es fürsorglich gemeint war. Viel mehr als ihr eigenes Befinden kümmerte sie etwas anderes. »Konntet ihr es vor Vater geheim halten?«

»Ja. Er war abgelenkt durch die Vorbereitungen zum Thing. Und dein Bruder hat dich mal wieder gedeckt.«

»Zum Glück.« Nuria war ernsthaft erleichtert. Sie wollte Wim nicht noch mehr Sorgen bereiten, als Pago und der Schnee allein es schon taten. Ihr Freiheitsdrang hatte ihm über die Jahre einige Sorgenfalten beschert. »Waren die anderen Sucher erfolgreich?«

»Jedenfalls mehr als du.«

Nuria musste grinsen.

»Ich muss wieder zu meiner Suppe.« Tuuli stand auf und schenkte ihr noch ein aufmunterndes Lächeln. Wahrscheinlich auch deshalb, weil Justor gerade auf sie zuhielt. Beide wussten, was das zu bedeuten hatte.

Nuria blieb nicht verborgen, wie Tuuli ihrem Mann etwas zuraunte. Mit Sicherheit hatte sie ihn aufgefordert, nicht zu hart mit seiner Schwester zu verfahren.

Nur einen Atemzug später ließ er sich neben ihr nieder. Er schwieg.

Auch Nuria sagte nichts in Erwartung seines unumgänglichen Tadels.

»Ich kenne niemanden, der so leichtsinnig ist wie du. Wie konntest du nur so spät nach Pago zurückkehren?« Seine Stimme klang scharf. Offenbar waren Tuulis Worte ungehört verhallt.

»Die Fundstelle war weit entfernt«, log Nuria und hoffte, dass er nicht bereits in ihre leere Tasche gesehen und ihre Lüge enttarnt hatte.

»Wo genau bist du gewesen?«

»Du weißt, dass ich meine Orte nicht verra…«

»Blödsinn! Du verrätst sie *mir* nicht. Tuuli weiß bestimmt, wo du hingegangen bist«, stieß er beinahe beleidigt aus.

Nuria presste die Lippen aufeinander. Er hatte sie ertappt. Natürlich wusste Tuuli Bescheid.

»Hättest du Amadee nicht dabeigehabt, wärst du womöglich erfroren.«

»Hätte ich ihn nicht dabeigehabt, wäre ich vielleicht einen anderen Weg gegangen. Ich wusste, was ich tue, Justor.«

»Wie kannst du das sagen? Es war fast ein Werkzeug dazu nötig, um deine steifen Glieder von Amadee zu lösen. Du warst kalt wie Eis.«

»Und wenn schon, mein Kopf war klar«, beharrte Nuria mit gedämpfter Stimme, damit ihr Vater nichts von ihrem Streit mitbekam. »Wäre Pago noch weit gewesen, hätte ich mir eben einen Unterschlupf gesucht.«

»Ach ja? Wo denn, bei den zahlreichen, kuschelig warmen Plätzen im Wald?«, erwiderte er scharfzüngig. »Gib doch wenigstens zu, dass du unvorsichtig warst.«

»Das lasse ich mir ganz bestimmt nicht von jemandem sagen, der sein Leben schon unzählige Male aufs Spiel gesetzt hat, um auf die Burg des Lords zu gelangen und die Wintergabe zu erhalten.«

»Ich bin ein Mann!«, grollte er jetzt.

Nuria spürte, wie der Trotz in ihr aufstieg. Gerade wollte sie nachsetzen, da erkannte sie etwas in seinem Gesicht, das sie aufhielt. Jener Ausdruck, der stets dafür sorgte, dass sie es sich am Ende doch gefallen ließ, von ihm bevormundet zu werden wie ein Kind.

»Du musst aufhören dich ständig in Gefahr zu bringen, Nuria. Ich kann mich so nicht auf meine Aufgabe als angehendes Oberhaupt von Pago konzentrieren.«

Sie schluckte ihren Ärger herunter, als Justor den Blick abwandte und auf seine Hände starrte. Er hatte sich vorgebeugt, die Ellenbogen auf die Knie gestützt, die Handflächen zusammengelegt. Die Geste hatte etwas Flehendes. Seine nächsten Worte kamen einer Beichte nah.

»Ich bin es einfach gewohnt, dass die Leute hier auf mich hören. Nur du tust das nicht. So schaffe ich es nicht, dich zu beschützen. Die Angst um dich macht mich manchmal verrückt.«

Ihr Blick glitt weiter nach oben, zu seinem Profil. Gedankenversunken strich er das halblange Haar zurück. Dabei legte er kurz die einzig verbliebenen dunklen Strähnen an seinen Schläfen frei.

Um sie herum begannen die Bewohner Pagos ihre Plätze aufzusuchen – die Männer auf der einen Seite des Feuers, die Frauen auf der anderen. Justor sah auf.

Nuria griff nach seiner Hand. Sie wusste, was er hören wollte. »Es tut mir leid. Ich werde mich bessern.«

Er hob einen seiner Mundwinkel zu einem schiefen Lächeln. Es war offensichtlich, dass er ihr nicht glaubte. Wortlos stand er auf und gab ihr einen Kuss auf die Stirn, bevor er sich zum Gehen wandte.

»Justor.«

Noch einmal drehte er sich um.

Bloß mit ihren Augen gab Nuria ihm eines zu verstehen: *Sag Vater nichts von diesem Vorfall.*

Er nickte.

Kurz darauf war ganz Pago ums Feuer versammelt. Eine Weile wurde wenig gesprochen. Ein jeder hatte scheinbar seine Sinne darauf ausgerichtet, die Wärme der Flammen aufzusaugen. Das Reiben von Händen war zu hören, ebenso das Klopfen auf erkaltete Oberschenkel. Es verschmolz mit dem Geräusch eines langen Holzlöffels, der am Rand eines übergroßen Kessels abgeklopft wurde.

Nuria beugte sich vor und sah zur Feuerstelle am Ende der Halle, deren Schacht aus Feldsteinen bis durchs Dach reichte. Gerade wurde der Kessel darunter von seinem Haken über dem Feuer auf ein Dreibeingestell gewuchtet. Nurias Magen begann zu knurren. Die dünne Suppe würde ihre erste Mahlzeit heute sein. Hölzerne Schalen wurden gefüllt und durch die Reihen gereicht. Sie brauchte ihre gesamte Willenskraft, um sie an ihren Nebenmann weiterzureichen. Erst als jeder eine Schale in den Händen hielt, begannen alle zu essen. Nuria verfuhr dabei immer nach demselben Prinzip. Das wenige, was in ihrer Suppe schwamm, schob sie mit dem Löffel zur Seite – getrocknete Kräuter, essbare Wurzeln und zwei Pilze. Was immer man kauen konnte, und sei es auch noch so klein, aß sie stets zum Schluss. Das Kauen vermisste sie am meisten, seit Pago Hunger litt.

Mal wieder war sie viel zu schnell fertig. Wim schien es ebenso zu gehen, stellte Nuria verwundert fest. Er saß aufrecht am Kopfende, unweit der Flammenspitzen. Die Hitze ließ sein Antlitz flackern. Durch seine Blindheit bemerkte er nicht, dass Nuria ihn beobachtete. Seine blasse Haut wies bereits tiefe Furchen auf und war von Altersflecken gesprenkelt. Die letzten Schneejahre hatten sichtlich an ihm gezehrt. Plötzlich stieß ihn ein kleines Mädchen an. Sie reichte ihm eine leere Schüssel und leckte sich über den Mund. Nuria verstand sofort. Mal wieder hatte er einen Teil seines Essens an eines der Kinder abgetreten. Das tat er oft. Am liebsten hätte sie deshalb mit ihm geschimpft. Doch wer könnte wahrlich böse auf jemanden sein, der einem hungernden Kind half?

Wim hob jetzt die Hand und machte so deutlich, dass er zu sprechen wünschte. Alle Gesichter wandten sich ihm zu. »Sohn?«, fragte er als Erstes in die Runde. Sein Kopf bewegte sich ruckartig.

»Hier, Vater!«, gab Justor von seinem Platz aus zur Antwort. Seine kehlige Stimme wurde fast verschluckt vom Pfeifen des Windes. Der Sturm schien immer stärker zu werden.

Nuria versuchte das endlose Lied von draußen auszublenden. Sie sah, wie Wim den Kopf drehte, dorthin, wo die Frauen saßen.

»Tochter?«

»Sie sitzt mir gegenüber«, gab Justor zur Antwort.

Nuria lächelte ihrem Bruder dankbar zu. Sie wusste, er hatte für sie gesprochen, damit Wim das klitzekleine Zittern und die Entkräftung in ihrer Stimme nicht hörte, die dem klugen Mann verraten hätten, dass etwas vorgefallen sein musste.

Der Dorfvogt nickte zufrieden, auch wenn er sichtlich darum bemüht war, dass niemand seine Erleichterung bemerkte. Obwohl sie beide schon lange erwachsen waren, konnte Wim es nicht unterlassen, sich allabendlich nach ihrem Wohl zu erkundigen. Wenig verwunderlich, wie Nuria im Stillen einsah. Über die letzten Jahre hinweg hatten sie beide ihrem Vater das Leben nicht immer leicht gemacht. Es war wohl ihr Glück, dass sie die Kinder des Dorfvogts waren.

»Sind sonst alle unversehrt auf ihren Plätzen?«

Die etwa sechzig Männer und Frauen bejahten jeder für sich. Es war ein Brei aus Gemurmel – unmöglich herauszuhören, ob Pago vollzählig versammelt war. Und doch reichte es ihm so.

»Hört mir gut zu. Ich habe etwas zu verkünden.« Wim richtete den gebeugten Rücken so gerade auf, wie es ihm möglich war. »Diese Worte fallen mir schwer, und gleichzeitig machen sie mich zu einem stolzen Vater.«

Nurias Blick ruckte zu Justor. Im Augenwinkel erkannte sie, dass viele es ihr nachtaten. Er selbst schien vollkommen überrascht.

»Meine Zeit liegt hinter mir. Ich habe mein Leben lang alles für Pago getan. Jetzt aber fehlt mir die nötige Kraft, die es braucht, um uns aus diesen schweren Zeiten zu holen. Morgen ist der Winterthing. Mein Gefühl sagt mir, dass Lord Tarik diesmal erscheinen wird. Es braucht junges Blut, um ihm entgegenzutreten. Und darum gebe ich mein Amt als Dorfvogt vorzeitig ab und übertrage es meinem einzigen Sohn Justor.«

In der Halle war es für einen Augenblick so still wie in einem Grab.

»Nimmst du das Amt an, Junge?«, fragte Wim feierlich.

Justor erhob sich. Seine Gedanken waren ihm deutlich anzusehen: Endlich! Es war so weit, besagte der Ausdruck auf seinem Gesicht. Hörbar hieb er seine Faust gegen die Brust. »Ja, Vater. Ich nehme an.«

»Dann komm zu mir und lass dir meinen silbernen Fürspann anstecken, als Zeichen deiner Macht.«

Nuria verfolgte jeden Schritt ihres Bruders. Sie lächelte – trotz des Kloßes in ihrem Hals und ihrer wässrigen Augen, die sie blinzeln ließen. Niemand verdiente es mehr, Pago in Zukunft zu führen. Sie war stolz auf Justor, der schon jetzt aussah wie ein Anführer. Dennoch hegte sie eine winzige Befürchtung, dass sie sich womöglich nicht immer einig sein würden.

Hoch erhobenen Hauptes trat Justor vor seinen Vater.

Geübt löste Wim die Schnalle, die seinen pelzbesetzten Mantel seit Jahren zusammenhielt. Seine Blindheit bemerkte man nur deshalb, weil er die Höhe von Justors Schultern ertasten musste, bevor er ihm seinen Umhang darum legte. Der edle Fürspann, von dem niemand wusste, an wie vielen Männerkehlen er schon gesessen hatte, schien im Schein des Feuers zu glühen. Wim klopfte Justor auf die Schulter. »Führe Pago gerecht, mein Sohn. Stelle dein eigenes Wohl hintenan. Beschütze die Schwachen. Leite die Starken. Und gib den Fürspann eines Tages weiter an deinen zukünftigen Sohn.« Wim verließ seinen Platz am Kopfende und tastete sich vor bis zu jenen am Rande der Feuerstelle, indem er Schulter um Schulter berührte. Von hier aus rief er: »Erhebt eure Becher. Lasst uns trinken auf das Wohl des neuen Vogts. Er lebe hoch. Er lebe lang.«

Zig hölzerne Becher wurden in die Luft gereckt. Im Chor erklang es laut und kräftig: »Er lebe hoch. Er lebe lang.« Danach entbrannte Jubel. Allem erlebten Leid zum Trotz griff die Freude über auf die Gesichter der Dorfbewohner. Kein Hunger und kein Schnee konnten ihnen die Zuversicht nehmen, die in ihren Herzen wohnte. Ein jeder schien fest an Wims Worte zu glauben. Morgen, nach beinahe zehn vollen Jahren, würde Lord Tarik sich endlich wieder auf dem Thing zeigen!

Nuria allerdings sah noch etwas anderes. Sie erkannte es deutlich in den Gesichtern der Männer. Wo Wim seit dem Verlust seines Augenlichts Griseo verfluchte und das Aufsuchen der Burg verbot, war Justor wie besessen davon, zur Feste des Lords zu gelangen und sich die Wintergabe zu holen. Bisher war er immer gescheitert – entweder am Schnee oder an den Bewachern, die Wim heimlich auf ihn angesetzt hatte, oder an den Mauern Griseos selbst. Jetzt aber, da er die Macht besaß, die Gesetze Pagos zu ändern, würde er mit den Männern zur Burg ziehen. Nuria wusste, ihr Bruder würde sich nicht länger aufhalten lassen.

Seit dem ersten Morgenlicht war Nuria dabei, ihre Tasche mit dem Nötigsten für den Thing zu füllen. Der Sturm war vorbei – es kam einem Zeichen gleich, dass ihnen das Glück heute hold war. Kein pfeifender Wind und keine knarrenden Dachbalken drangen mehr an ihr Ohr. Stattdessen erfüllte das schrille Lachen der Kinder die Halle. Unbeschwert tobten sie herum, und niemand wies sie zurecht. Man ließ sie spielen und lachen, so laut sie wollten. Sollten sie doch Spaß haben an diesem Tag, da sich Pagos Schicksal höchstwahrscheinlich für immer wendete.

Nuria ließ sich von der Aufregung anstecken und verdrängte alle Gedanken an den tiefen Fall, der ebenso möglich war – nämlich dann, wenn Lord Tarik und Lady Miriam wieder nicht beim Thing erscheinen würden. So verfuhren alle in Pago. Die Hoffnung musste die Angst stets überwiegen. Welch einen Grund hätten die Männer und Frauen sonst, dieses karge Leben zu ertragen? Sorgsam verschloss sie ihre Tasche und machte sich auf die Suche nach Justor. Jeden Moment würde das Signal zum Aufbruch durch das Horn ertönen. Sie drängte sich vorbei an Männern, dic sich ihre edelsten Pelze und silbernen Armreife umlegten, und den Frauen, die das Aussehen ihres Gemahls noch ein letztes Mal in Augenschein nahmen. Sie alle wollten bereit sein, um vor dem Lord ihren Eid zu erneuern und sein Schutzversprechen zu empfangen.

Endlich fand sie Justor. Er lehnte an einem Balken und schärfte seine Axt. Zwischen seinen Augen hatte sich eine steile Falte gebildet. So sah er immer aus, wenn er über etwas nachgrübelte.

»Guten Morgen, edler Dorfvogt«, neckte sie ihn und machte einen Knicks.

Justor sah nur kurz auf. »Nuria.«

»Dein Gesicht verrät mir, dass dich etwas beschäftigt.«

»Du kennst mich besser als jeder andere.« Er hob die Waffe nun ins Licht. Das Schärfen seiner Axt war offenbar beendet. Behutsam fuhr er mit der Fingerkuppe über die glänzende Klinge.

»Was ist es, das dich umtreibt? Hast du Sorge wegen des Things?« Sie legte ihm eine Hand auf den starken Waffenarm und zwang diesen sanft hinunter. »Ich glaube fest daran, dass du Pago heute aus der schweren Zeit holen wirst. Und ich werde voller Stolz an deiner Seite stehen, wenn es geschieht.«

»Nein, Nuria.« Es waren nur zwei Worte. Doch seine Entschlossenheit klang deutlich heraus.

Ihr Atem wurde flach. »Was willst du damit sagen?«

»Das weißt du genau.« Er blickte streng auf sie herab. »Gestern war ich nur dein Bruder. Du hast nicht auf mich gehört. Jetzt bin ich Dorfvogt, und du wirst tun, was ich dir sage.«

Es lief ihr kalt den Rücken hinunter. So hatte er noch nie mit ihr gesprochen. »Wage es nicht …«, hauchte sie.

»Ich verbiete dir, mit zum Thing zu kommen.«

»Was?« Nuria ging einen Schritt rückwärts und sah ihn voller Abscheu an. »Das kannst du nicht tun. Vater hat es mir bereits erlaubt.«

»Das ist jetzt unerheblich.«

»Nicht für mich! Ich werde gehen.«

»Du wirst hierbleiben, und zwar, weil ich es sage.«

»Nein.« Nuria klang entschlossen. »Vater wird auf meiner Seite sein.«

Mit Wucht schlug Justor seine Axt in einen Balken. Das Geräusch ließ viele Umstehende zu ihnen sehen. »Widersprich mir nicht!«, donnerte er laut, sodass es auch die Letzten vernahmen und sich zu ihnen umdrehten. »Vater ist zurückgetreten. Nun bin ich für deine Sicherheit verantwortlich. Ich werde nicht zusehen, wie du dich weiter in Gefahr begibst – so wie gestern.«

Nuria spürte, wie sie rot anlief. Es war ihr unmöglich zu sagen, ob es mehr aus Scham oder Wut war. Oder beides. »Du willst dich über mich erheben«, stellte sie tonlos fest.

»Das brauche ich nicht, Nuria. Die Ordnung ist seit jeher klar, und die Aufgaben sind verteilt. Du setzt dich bloß fortwährend darüber hinweg. Damit ist ab heute Schluss. Als Schwester des Vogts hast du im Dorf genug zu tun. Du kümmerst dich um die Alten und die Kinder, bis ich zurück bin.«

»Was ist mit meinen Wünschen?« Sie trat wieder näher auf ihn zu und versuchte ihre Wut zu zügeln. Sein Gesicht war verschlossen wie nie. »Bitte, du kannst doch unmöglich wollen, dass ich unglücklich werde.«

Er schüttelte ihren Arm ab. »Es ist mein letztes Wort. Du bleibst. Eines Tages wirst du verstehen, dass ich aus Liebe zu dir so handle.« Noch einmal sah er ihr tief in die Augen. »Widersetz dich mir nicht, ansonsten werde ich dich bestrafen.«

Nuria war wie vor den Kopf geschlagen. Fassungslos blieb sie stehen und regte sich auch dann nicht, als Justor an ihr vorbeilief und dabei laut über die Köpfe Pagos hinwegrief:

»Wir brechen auf!«

Die Stunden des Tages waren wie im Flug vergangen. Nuria hatte nur wenige Schritte entfernt und auf einem erhöhten Stuhl an der Längsseite der Halle Platz genommen, der nun Justor vorbehalten war. Sie spürte weder die weichen Felle darauf noch die groben Schnitzereien an den Armlehnen. Alles fühlte sich taub an. Unverändert starrte sie auf einen Punkt vor sich in der nahezu leeren Halle. Sie dachte nach.

Das war also Justors erste Handlung als Oberhaupt Pagos gewesen. Wie einen Hofhund hatte er sie an die Kette gelegt. Er würde es wieder tun, so lange, bis ihr Wille gebrochen war. Dass er es angeblich aus Liebe tat, änderte für Nuria nichts. Warum war er so versessen darauf, sie zu schützen?

Als ihr Blick wieder klarer wurde, sah sie sich in der Halle um. Die Frauen gingen nun folgsam ihren Arbeiten nach. Eine fegte die Feuerstelle aus. Daneben flickte eine andere zerrissene Kleidung. Die älteren wiederum kümmerten sich um die Kinder. Nuria besah sie nacheinander und hatte das Gefühl zu ersticken. Dafür war sie nicht geschaffen! Sei es draußen im Wald auch noch so gefährlich, sie zog es dennoch vor. Eher starb sie dort in der Kälte, wie ihre Mutter, als sich für alle Zeit hinter ihrem Bruder zu verkriechen. Nuria fasste einen Entschluss. Vater wüsste sicher Rat. Er würde nicht zulassen, dass Justor seine neu gewonnene Macht benutzte, um sie zu brechen. Gerade wollte sie ihn aufsuchen, als ein schriller Schrei durch die Halle scholl und sich gegen den Kinderlärm durchsetzte.

Nuria sprang auf und blickte in die Richtung, aus welcher der Schrei gekommen war. Schon waren einige auf dem Weg in die hinterste Ecke, nahe der Feuerstelle. Ihr wurde heiß und kalt zugleich. Woher auch immer, sie wusste sofort, Wim war der Grund. »Vater!« Nuria hastete los und stürzte sich in die Traube eng beisammenstehender Körper. »Zur Seite. Lasst mich durch«, verlangte sie und schob sich ganz nach vorn. Sein Anblick raubte ihr jede Kraft. Sie fiel vor seinem Bett auf die Knie. Er muss es gespürt haben, fuhr es ihr durch den Kopf. Deshalb hatte er Justor sein Amt am Vortag übergeben! Sanft legte sie eine Hand auf seine Stirn. Er hatte kein Fieber. Doch sein Gesicht war blass und eingefallen, sein Mund ein Stück weit geöffnet. Über Nacht schien er die Hälfte seiner Statur eingebüßt zu haben. »Schnell, holt Wasser«, befahl sie niemand Bestimmtem. Dann nahm sie seine Hände in ihre und fragte ihn: »Wie kann ich dir helfen, Vater? Was soll ich tun?«

»Schon gut, Tochter«, presste er rau hervor. »Sorge dich nicht. Ich bin nur etwas müde.« Wim versuchte zu lächeln. Es sollte sie wohl beruhigen, doch es reichte bloß zu einer verzerrten Grimasse.

Es war Tuuli, die Nurias verzweifelten Blick von der anderen Seite des Bettes auffing, als sie ihr einen Becher mit Wasser reichte. Während sie Wims Kopf beim Trinken stützte, sagte sie: »Du musst ihm etwas zur Stärkung geben, Tuuli.«

Ihre Worte kamen ihr nur zögerlich über die Lippen. »Wir haben nichts.«

»Das kann nicht sein!«, beschied Nuria entsetzt. Bislang hatte es immer einen Notvorrat gegeben. Irgendetwas, das man zurückhielt für Kranke oder Kinder. Tuulis Blick aber war eindeutig. »Nichts? Gar nichts?«

Tuuli blieb ihr die Antwort schuldig. Das allein machte ihr den Ernst der Lage klar.

Nuria sank ein Stück mehr in sich zusammen. Sie konnte doch nicht einfach tatenlos dasitzen. Wie viel Zeit mochte ihrem Vater noch bleiben, bevor sich sein Zustand weiter verschlechterte? Die Verzweiflung drohte sie zu übermannen.

»Justor ist sicher vor der Abenddämmerung zurück. Er wird Rat wissen. Uns bleibt nur zu warten.« Tuuli schlug die Augen nieder.

Es war eine Geste, die so vieles sagte. Vor allem aber zeigte sie, wie sehr sie sich von Nuria unterschied. *Uns bleibt nur zu warten.* Diese Worte entfesselten etwas in Nuria. Sie brauchte Justor nicht, um sich in der Not zu helfen! Merklich wich ihre Mutlosigkeit einer festen Entschlossenheit. Sie würde selbst etwas tun und sich nicht ihrem Schicksal ergeben, wie die meisten Frauen Pagos es taten.

Nuria brachte jetzt ihre Lippen an Wims Ohr. Sie flüsterte: »Halte durch, Vater. Ich bin bald zurück. Dann wird alles gut.« Sie fühlte, wie er ihre Hand leicht drückte. Vielleicht wollte er ihr Glück wünschen, vielleicht aber auch verhindern, dass sie ging. Nuria ließ sich nicht aufhalten – weder von Justor noch von ihrem Vater. Sie drängelte sich durch die eng beieinanderstehenden Frauen und huschte unbemerkt davon. In einer Ecke fand sie einen Umhang und ein wollenes Schultertuch. Für mehr blieb keine Zeit.

Leise schlüpfte sie durch einen Spalt in der Tür. Er war gerade so breit, dass sie hindurchpasste. Auf der Schwelle verharrte sie ein paar Atemzüge und sah hinaus. Der Sturm war tatsächlich vorbei. Kein Lüftchen wehte. Die dünnen Schneeflocken sanken senkrecht herab. Der Himmel aber war so bleiern grau wie fast immer. Er hielt augenscheinlich noch viele Flocken bereit. Sie sah ein letztes Mal zurück zu den ihr so vertrauten Menschen. Niemand achtete auf sie, alle waren mit Wim beschäftigt. Etwas an diesem Bild löste in ihr das schmerzliche Gefühl von Abschied aus. Nuria spürte einen Druck hinter den Augen, der nur dann entstand, wenn man kurz davor war zu weinen. Sie war sich sicher, dieses Gefühl galt dem bedauernswerten Befinden ihres Vaters. Umso schneller sollte sie sich aufmachen. Entschlossen zog sie das Schultertuch enger um ihren Körper und verknotete die langen Enden vor ihrer Brust. Leise schloss sie die Schlupftür im Torflügel. Die Geräusche aus der Halle verstummten. Zurück blieb nur die Schneestille. Ein tiefer Atemzug musste als Vorbereitung reichen. Dann stapfte sie los.

3

Lord Tarik hatte Griseo nur aus einem Grund verlassen. Er wollte sich davon überzeugen, dass die Menschen Areas endlich nachgaben. Ihre Sturheit brachte ihn immer wieder zur Weißglut. Das wiederholte Abhalten des Things war für ihn wie ein lautstarkes Aufbegehren gegen seinen ausdrücklichen Befehl.

Er ritt über die Ebene, wo einstmals die Felder seiner Untertanen gewesen waren. Heute, nach beinahe zehn Jahren Schnee, konnte man nicht einmal mehr den Verlauf der damaligen Wege ausmachen, die die Äcker voneinander getrennt hatten.

»Seht, mein Lord. Der Bote kommt zurück«, sprach der Reiter neben ihm und zeigte nach vorn.

Von Weitem erkannte Lord Tarik das galoppierende Pferd mit dem Gesichtslosen darauf. Atemlos erreichte ihn der Mann wenig später. »Berichte«, verlangte er knapp.

»Sie sind auf dem Weg zum Thingplatz. Aus allen Richtungen kommen sie gereist. Die Männer tragen Opfergaben bei sich und Fackeln, und sie singen die alten Lieder.«

Kurz ließ die Beschreibung des Boten Bilder aus der Vergangenheit vor Lord Tariks innerem Auge aufflackern. Er und Miriam, wie sie unter großem Jubel durch die sich öffnende Menge seiner Untertanen traten. Ihre zarte Hand ruhte dabei auf seiner, die er auf Brusthöhe hielt. Alle Männer, die sie passierten, sanken in einen tiefen Kniefall. Miriam lächelte …

»Was sollen wir tun, Herr?«

Die Bilder verschwanden. Lord Tariks Blick verfinsterte sich. Die Erinnerungen taten ihm nicht gut. Er wollte nicht erinnert werden! Warum begriffen seine Untertanen das nicht? Wann würden sie ihre Dickköpfigkeit endlich ablegen und verstehen, dass der Thing der Vergangenheit angehörte?

»Mein Lord?«

»Sie wagen es also tatsächlich schon wieder«, zürnte er. »Ich verfahre wohl noch immer zu milde mit ihnen?« Wütend stieß er Monrak die Hacken in die Flanken. Der Hengst stob davon. Die sechs übrigen Männer ritten im Windschatten ihres Herrschers, sodass sie wie eine Pfeilspitze über das vereiste Land jagten.

Kurz bevor sie die Kuppe der Hügelkette erreichten, von wo aus sie den Thingplatz in der Schlucht sehen konnten, forderte Lord Tarik von dem Reiter zu seiner Rechten: »Verhülle mich!«

Der Gesichtslose reagierte sofort. Er nahm die Zügel in eine Hand und drehte die andere bedächtig vor den Augen. Seine Aufmerksamkeit schien starr darauf gerichtet. Es war, als lüde er die Luft zwischen seinen Fingern mit Magie auf. Allmählich begannen seine Bewegungen zarte Lichtstreifen mit sich zu ziehen. Als sie offenbar hell genug waren, reckte er den Arm und ließ das magische Licht auf seinen Herrn fließen. Der Herrscher verschwand wie unter einem federleichten Tuch, das auf ihn herabschwebte.

Er selbst hasste das Gefühl. Es war, als krabbelten zigtausend Ameisen über seinen Körper und unter seine Haut. Doch er hatte einst beschieden, nie wieder einem Thing beizuwohnen, und sein Wort galt noch immer. Unsichtbar erreichte er den höchsten Punkt des Hügels – gerade rechtzeitig, um zu sehen, wie zahlreiche Männer Areas sich dem Steinkreis näherten. Sie wurden angeführt von ihren Dorfvögten.

Lord Tarik betrachtete das Schauspiel. Er konnte nicht fassen, dass sie immer noch kamen. Woher nahmen sie ihre Zuversicht? Seine einzige Erklärung war, dass sie ihn verhöhnten.

»Zwingt sie zur Umkehr«, grollte er wütend. »Löst dieses Spektakel auf. Sie sollen aus der Schlucht verschwinden!«

Justor schlug das Herz bis zum Hals, als er den Thingplatz sah. Voller Stolz, heute als Dorfvogt hierher zurückgekehrt zu sein, näherte er sich ehrfürchtig dem heiligen Ort. Die im Kreis platzierten Findlinge waren hoch wie drei Männer. Das Rätsel darum, wie seine Urahnen es geschafft hatten, sie aufzustellen, machte diese Stätte noch mystischer. Schon immer hatte er hier, wo einen die rauen Gesteinswände der Schlucht auf drei Seiten umgaben, die Macht vergangener Zeiten gespürt. Heute war dieses Gefühl stärker denn je. Er roch das Feuer der Fackeln, die sie als Zeichen der ewigen Hoffnung auf Besserung bis zum letzten Funken verglimmen lassen würden, und er hörte die Gesänge der Männer, die laut von den Felsen widerhallten. Es waren Lieder in der fremdartigen Sprache ihrer Vorfahren, die kaum einer mehr verstand und doch jeder kannte.

Zu ihnen stießen immer mehr Gesandte aus anderen Dörfern. Auch sie trugen Opfergaben, Feuerholz, Weinkrüge. Ihre Trommeln erzeugten ein tiefes Echo an den Steilwänden der Schlucht. Es einte sie dieselbe Hoffnung. Einen ganzen Tag würden sie hier miteinander verbringen und auf das Herrscherpaar warten. Der Winterthing hatte begonnen!

Justor hielt sich aufrecht. Der Würdigkeit des Augenblicks angemessen, wollte er so unter den Augen aller als Erster den Steinkreis betreten. Weit schritt er aus, im Takt der Trommeln, als ihn etwas wie ein Blitz mit voller Wucht durchfuhr und zurückschleuderte. Sein Körper schoss nach hinten wie die Kugel eines Katapults und hinterließ eine Schneise in der Menge seiner Gefolgsleute. Schmerzensschreie wurden laut. Noch auf dem Rücken liegend, sah er, wie eine lodernde Flammenwand den Eingang des Thingplatzes versperrte. Das Feuer breitete sich gleichsam zu beiden Seiten aus und folgte dem Verlauf des Steinkreises. Als sich die Flammen beider Seiten trafen, stiegen sie hoch empor. Nicht senkrecht, sondern in Form einer brennenden Kuppel.

Das Geräusch des Infernos wurde jäh übertönt. »Da!«, rief eine Stimme. »Oben auf dem Berg.«

Die Männer reckten die Hälse. Auch Justor blickte hoch. Ein eiskalter Schauer jagte ihm über den Rücken.

Sechs Reiter des Lords standen dicht am Abhang. Einer von ihnen wirkte die Magie. Seine Hand war noch immer ausgestreckt. Jetzt, da seine Arbeit getan war, riss er den Kopf seines Pferdes mit einem Ruck an den Zügeln herum. Die anderen folgten ihm. Sie hatten genug gesehen, wie es schien.

Während Justor langsam wieder auf die Füße kam, hörte er die ersten Hilferufe. Die Wucht, mit der er in die Menge geschleudert worden war, hatte einen Mann die Besinnung gekostet und andere verletzt. Justor sah an sich herunter. Sein Hemd war an der Brust versengt – genau dort, wo die Magie ihn getroffen hatte. Seine Haut wies eine große Brandwunde auf. Jetzt, da er sie sah, begann sie zu schmerzen. Schlimmer jedoch als der Schmerz war seine Wut. Sie ließ ihn erzittern, als er die unnatürlich lodernden Flammen um den heiligen Steinkreis betrachtete, die die Männer davon abielt, die Bräuche der Vorfahren zu vollziehen. Warum wurde ihnen das auch noch genommen? Wie konnte Lord Tarik wollen, dass die Magie, die den Menschen Areas früher gedient hatte, nun ausschließlich gegen sie verwendet wurde?

Justor wandte sich ab. Er ertrug den Anblick nicht länger. Zum unzähligsten Male fragte er sich, welche Gabe er wohl mit sechzehn Jahren erhalten hätte. Was steckte in ihm, das sich nicht zeigen durfte? Gerade wünschte er sich nichts mehr, als die Kraft zu besitzen, um fliegen zu können. Er würde den Dunklen Reitern hinterherjagen, sie von ihren Pferden stoßen und töten – selbst wenn das seinen eigenen Tod bedeutete.

Der tiefe Fall war gekommen – schlimmer als je zuvor. Lord Tariks Fernbleiben in der Vergangenheit hatte den Menschen Areas zumindest erlaubt, weiter zu hoffen. Das Sprengen der friedvollen Runde hingegen war von niederschmetternder Deutlichkeit.

Justor fragte sich, wie sie in drei Monaten die Kraft aufbringen sollten, erneut zum Thingplatz zu ziehen. Es nicht zu tun war keine Möglichkeit. Seit dem Großen Schnee war der Thing zur neuen Zeitrechnung im Land geworden. Ihn aufzugeben wäre gleichbedeutend damit, die innere Ordnung zu zerstören.

Mit letzter Kraft erreichten die Männer Pagos das Dorf. Die Kunde über den erfolglosen Thing ließ die Frauen weinen.

Justor fiel auf seinen erhöhten Stuhl und ließ die Fäuste vor Zorn auf die Armlehnen krachen. Der erste Tag als Dorfvogt hatte ihn mehr Stolz gekostet, als er sich eingestehen mochte. Selbstzweifel trieben ihn um. Konnte er Pago überhaupt anführen? War es richtig gewesen, Wims Amt in diesen Zeiten anzunehmen? Seine üblen Gedanken wurden jäh unterbrochen, als Tuuli sich ihm eilig näherte. Er sah sofort, dass etwas nicht stimmte. »Was ist passiert, Weib?«

»Dein Vater … Er ist sehr schwach.«

Justor sprang auf. »Wo liegt er? Führe mich zu ihm.«

»Nein, warte.« Tuuli hielt ihn auf, indem sie ihm die Hände auf die Brust legte. »Er schläft gerade. Und du hast leider eine weitere Sorge.«

Sofort schwante ihm Böses. Es gab nur eines, was vergleichbar schlimm für ihn war.

»Nuria muss vor einiger Zeit die Halle verlassen haben. Nachdem ich ihr sagte, dass die Vorräte aufgebraucht sind, war sie plötzlich verschwunden. Ich habe kein gutes Gefühl.«

»Nein«, flüsterte Justor. Sein Blick wurde starr. »Wohin ist sie gegangen?«

»Ich weiß es nicht. Aber die Tür zum Zeughaus war geöffnet.«

Ein eiskalter Schauer fuhr ihm über den Körper. »Die Reiter des Lords sind noch im Wald!« Er sagte es mehr zu sich denn zu Tuuli. Ohne ein weiteres Wort stürzte er nach draußen. Die Hütte, die ihnen als Zeughaus diente, stand tatsächlich offen. Ein Blick hinein bestätigte seine Ahnung. An der Wand fehlte ein Bogen.

»Verdammt«, fluchte er. »Du stures, trotziges Weibsbild!«

Justor stieß sich am Türrahmen ab und rannte zur Weide. Amadee wieherte, als er ihn das Gatter öffnen sah. Sein Kopf fuhr auf und ab, er schnaubte. Es war unverkennbar, dass Justors Aufregung auf den Wallach übergriff. Mit einem Satz schwang er sich auf seinen Rücken und trieb ihn im Galopp Richtung Wald.

Obwohl es leicht schneite, waren Nurias tiefe Spuren noch immer gut zu erkennen. Justor flehte stumm, dass das Wetter sich hielt, bis er sie gefunden hatte. Er musste sie finden! Damals, im Schein der roten Kerze, hatte seine Mutter ihm unter anderem den Schwur abgenommen, für immer auf seine Schwester zu achten. Die schwarze Narbe in seiner Handfläche schien bei diesem Gedanken zu glühen. Nie würde er es sich verzeihen, wenn ihr jetzt etwas zustieße.

Als Nurias Spuren schließlich den Hauptpfad verließen, lenkte Justor den Wallach im Schritt in einen schmalen, finsteren Hohlweg. Amadee spitzte die Ohren. Sein Blick ging von links nach rechts. Schwarze Vögel saßen regungslos auf den Ästen und starrten zu ihnen herunter. Die dicht verzweigten Baumkronen ließen das ohnehin schon schummrige Licht nur unzureichend durch. Es begann stärker zu schneien.

Sie waren schon weit gekommen, da blieb Amadee mit einem Mal ruckartig stehen und senkte den Kopf. Luft stieß aus seinen Nüstern hervor. Auf dem Weg vor ihnen war Blut. Justors Herz krampfte sich zusammen. Die Angst um Nuria übermannte ihn. Schnalzend gab er Amadee die Fersen.

»Los, lauf! Lauf schnell. Wir müssen uns beeilen.«

Amadee zögerte nicht. Seine Hinterläufe stießen sich vom Waldboden ab. Die Bäume am Wegesrand zogen schnell an ihnen vorbei. Trotz seines massigen Körpers umrundete er jedes Hindernis geschickt, als der Hohlweg plötzlich im Nirgendwo endete.

Im letzten Augenblick zog Justor an dem Strick um Amadees Hals. Tänzelnd kam der Wallach zum Stehen und drehte sich vor Aufregung um sich selbst. Justors Blick suchte den Boden ab. Tatsächlich erfasste er die Spuren Nurias – und noch mehr Blut. Gerade wollte er Amadee wieder antreiben, da machte er etwas zwischen den Bäumen aus. Eine unscheinbare Bewegung bloß. Doch sie reichte, um seine Aufmerksamkeit zu erhaschen. Langsam ritt er näher. Hinter einer dichten Baumreihe erblickte er eine Lichtung. Nuria stand in der Mitte der freien Fläche. Etwa drei Mannslängen von ihr entfernt befand sich ein Hirsch. Das Tier hatte bereits einen Pfeil in seinem Körper stecken. Blut floss daraus und tropfte in den makellos weißen Schnee. Es war offenbar so stark geschwächt, dass es nicht mehr in Erwägung zog zu fliehen. Justor sah, wie Nuria den Bogen spannte. Ihre Brust hob und senkte sich schnell. Sie schwitzte von der Verfolgungsjagd. Es brauchte offenbar ihre ganze Konzentration, das Ziel ohne Zittern zu fixieren. Dann ließ sie die Sehne des Bogens los und schoss.

»Nein!«, schrie Justor, als der Pfeil den Hinterlauf des Tiers durchbohrte. Kurz knickte es ein. Die schwarzen Vögel in den Baumkronen erhoben sich erschrocken in die Luft und krähten.

Justor!«, stieß Nuria fassungslos aus, den Bogen noch erhoben.

Ihr Bruder sprang von Amadee und lief auf die Lichtung. »Was hast du getan?« Wütend riss er ihr die Waffe aus der Hand und den Köcher vom Rücken.

»Ich sorge dafür, dass unser Vater nicht verhungert.«

»Bist du wahnsinnig geworden?«, fragte er und wies auf den Hirsch. »Überall sind Blutspuren.«

Sie ging nicht darauf ein. Schneidend spie sie ihm entgegen: »Du solltest gar nicht hier sein, sondern auf deinem Thing, großer Dorfvogt.«

»Ich habe dir gesagt, dass du Pago nicht verlassen sollst.«

»Und ich habe dir gesagt, dass ich mir das nicht von dir verbieten lasse.«

»Ist das jetzt deine Rache? Du weißt genau, welche Strafe auf das Jagen steht. Der Tod!«

»Ja, so wie unser Vater vom Tod geholt wird, wenn ich keine Nahrung beschaffe. Was blieb mir also für eine Wahl? Warum bist du eigentlich hier?«

Justor gab ihr keine Antwort. Stattdessen ließ er den schweren Pelzmantel zu Boden gleiten. Dabei funkelte er sie wütend an.

»Was hast du vor?«

»Der Hirsch. Er lebt noch. Läuft er jetzt davon, hinterlässt er sein Blut auch noch im Rest des Waldes.« Justor legte einen Pfeil an und spannte die Sehne. Seine nackten Arme lagen frei und zeigten seine geschwollenen Adern. Im Gegensatz zu Nuria war es ihm ein Leichtes, die Sehne weit nach hinten zu ziehen. Er zielte genau. Zischend durchschnitt der Pfeil die Luft. Die eiserne Spitze traf den Hirsch direkt ins Herz. Das Tier war auf der Stelle tot. Justor griff nach seinem Mantel und befahl ihr streng: »Hole Amadee. Je schneller wir wieder in Pago sind, umso besser. Vielleicht haben wir Glück, und niemand bekommt etwas mit von deiner Dummheit.«

Nuria widersprach ihm jetzt nicht mehr. Stattdessen lief sie zum Waldrand, um den Wallach zu holen. Nie hätte sie es laut ausgesprochen, aber ein winziger Teil von ihr war dankbar, dass Justor da war. Jetzt, da ihre Wut auf ihn verraucht war, wurde ihr klar, dass sie allein den Hirsch nicht hätte tragen können.

Sie war gerade im Begriff, Amadees Zügel zu packen, um ihn zur Lichtung zu führen, als etwas sie davon abhielt. Ein Geräusch, das so eindeutig war, dass ihre Bewegungen gefroren. Ihre Augen stierten auf die andere Seite der Lichtung.

Justor holte sie aus ihrer Starre. »Versteck dich!«, wisperte er gerade noch so laut, dass sie es hören konnte, und machte eine eindeutige Armbewegung.

Schnell zwang sie Amadee hinter die immergrünen Zweige einer Tanne. Das Knirschen von Leder und das Klirren von Zaumzeug wurden lauter. Sie hörte Pferde, die auf ihren metallenen Gebissstücken herumkauten. Dann sah sie die sechs dunkelgrau gewandeten Reiter mit ihren alles verhüllenden Kapuzen. Auf ihren pechschwarzen Pferden kamen sie zwischen den Bäumen hindurch. Es waren die Männer des Lords!

Nurias Herz setzte einen Schlag aus. Sofort fühlte sie sich zurückversetzt in jene Nacht auf der Brücke Griseos. Die Angst einer Zehnjährigen, die das Böse mit eigenen Augen gesehen hatte, drohte sie zu übermannen. Sie musste sich die Hand auf den Mund pressen, um nicht zu schreien. Bedrohlich langsam stellten die Männer sich vor Justor auf. Fünf der sechs zogen ihre Schwerter. Das schleifende Geräusch, das dabei entstand, schmerzte Nuria regelrecht in den Ohren.

Ihr Augenmerk wurde plötzlich auf den Boden gelenkt. Hufspuren drückten sich in den tiefen Schnee, ohne dass Pferd und Reiter zu sehen gewesen wären. Sie waren übergroß und blieben inmitten der sechs Männer stehen. Nuria wusste sofort, was das zu bedeuten hatte. Lord Tarik war hier!

Der Mann, der kein Schwert gezogen hatte, sammelte magisches Licht zwischen seinen Händen. Sie waren weithin sichtbar von Brandmalen überzogen. Er warf das Licht auf die Hufspuren. Es war bloß eine knappe Bewegung – fast wirkte er gelangweilt dabei. Das Leuchten fraß sich an den Hufen entlang. Nach und nach erschien Monrak – der Hengst, dem man nachsagte, er hätte ein ebenso finsteres Wesen wie sein Reiter. Er überragte die anderen Pferde um ein Haupt. Jetzt erreichte das Licht den Lord selbst. Nuria hielt den Atem an, als sie seine Gestalt das erste Mal seit vielen Jahren wiedersah. Sein schwarzer Umhang reichte fast bis zum Boden und umgab seine lederne Rüstung, die mit kleinen Silberplatten verstärkt war. Die Magie traf auf sein Antlitz. Lord Tariks kantiges Kinn trug den Schatten eines Bartes auf ebenmäßig brauner Haut. Die überweißen Zähne verliehen ihm etwas Wildes. Seine alterslosen Augen jedoch zogen Nuria am meisten in den Bann. Unter dunklen, grimmigen Brauen leuchteten sie wie Bernstein, durch den die Sonne fiel. Hätte das Böse Lord Tarik nicht umgeben wie ein dichter Nebel, so hätte man sagen können, er sei schön.

Mit nur einer Hand hielt er die Zügel Monraks. Die andere ruhte auf dem Knauf seines Schwertes. Nun legte er den Kopf schief und fixierte Justor wie einen Jagdhund mit nur drei Beinen. Unnütz. Dem Tode geweiht!

Nuria war übel. Das, was den Herrscher umgab, flößte ihr Angst ein. Es überstrahlte alles und jeden um ihn herum. Obwohl er nicht der Größte oder der Stärkste unter seinen Männern war, ging von ihm die meiste Gefahr aus. Eine Macht und Überlegenheit, die beinahe mit den Händen zu greifen war und ihr den Atem raubte. Alles in ihr gemahnte sie zur Flucht. Und doch – darunter verborgen – war da auch noch der jahrelange, altbekannte Hass.

Justor schien ähnlich zu fühlen. Trotz der nicht zu leugnenden Übermacht hielt er sich aufrecht. Dann aber schien er sich zu besinnen und beugte ein Knie, wie vor dem Herrscher des Landes üblich.

»Mein Lord …«

»Was tust du hier?« Lord Tariks Worte klangen wie ein mehrstimmiges Grollen. Der Ton hallte von überall her.

»Mein Vater, er droht zu verhungern, Herr.«

Lord Tariks Blick schweifte zur Seite und erfasste den Hirsch. Die Lage war klar und bedurfte keiner Erklärung, doch er schien Gefallen daran zu haben. »Du stiehlst also mein Wild?«

»Ich würde es nicht tun, wäre es nicht nötig. Die Menschen in Pago brauchen Nahrung. Alle Vorräte sind aufgebraucht. Der Wald gibt kaum mehr Essbares her.«

»Zu nehmen, was mein ist, erscheint dir also richtig?«

»Nein, Herr.«

Nuria hörte, dass ihr Bruder seine Wut nur mühsam beherrschte. Stumm flehte sie: *Tu es nicht!*

»… zu essen, wenn man hungrig ist, erscheint mir richtig.« Justor sah Lord Tarik jetzt direkt an und erhob sich ungebeten.

Nuria schloss kurz die Augen. Als sie sie wieder öffnete, sah sie, wie die grauen Reiter ihre Klingen in beeindruckender Gleichzeitigkeit nach vorn ausrichteten.

Lord Tarik hob nur kurz die Hand, um ihnen Einhalt zu gebieten. Doch seine Finger spannten sich sichtbar um den Knauf seines Schwerts. »Sag mir deinen Namen.«

»Justor, Herr.«

»Und nun sag mir, welche Strafe auf Wilderei steht.«

»Der Tod.«

»Du bist klüger, als ich dachte.« Geradezu gemächlich zog Lord Tarik die Klinge aus der Scheide. Mit jedem freigelegten Zentimeter zeigte sich, dass es die Waffe eines Herrschers war. Das Schwert leuchtete rot und tauchte alles in der Umgebung in die Farbe von Blut. Ein unheilvolles Surren ging von dem Stahl aus, worauf die Tiere reagierten. Wieder flogen die Krähen aus den Baumwipfeln auf und krächzten mit ihren unheimlichen Stimmen. Die Pferde begannen zu tänzeln und schüttelten unruhig die Köpfe.

Nuria sah, wie der Lord seine Klinge über den Kopf hob – bereit zum Schlag. Seine Miene war jetzt von einem boshaften Lächeln gezeichnet.

»Lauf, Justor aus Pago!«

Nuria dachte nicht nach. Blitzschnell verstand sie, was zu tun war. Während Justor losrannte, schoss sie mit Amadee auf die Lichtung. Das Überraschungsmoment war auf ihrer Seite. Für einen Wimpernschlag waren Lord Tarik und seine Männer so verblüfft, dass sie stockten. In diesem Bruchteil einer Sekunde erreichte Nuria Justor. Mit aller Kraft zog sie an Amadees Strick. Der Wallach stemmte die Vorder- und Hinterläufe in den Schnee. Ein Nebel aus aufgewirbelten Flocken stob auf in die Luft und traf zischend auf das rot glühende Schwert des Lords. Noch während die schwarzen Pferde erschrocken zurückwichen, packte Nuria den Unterarm Justors und er den ihren. Ihr Bruder saß kaum auf dem Pferderücken, da wendete sie Amadee mit aller Kraft, die sie in ihren Gliedern zur Verfügung hatte.

Der Wallach stieß sich noch in der Drehung ab und jagte davon. Mit jedem Galoppsprung erhöhte er seine Geschwindigkeit und vergrößerte die Reichweite seiner Schritte. Die Kraft, die er dabei freisetzte, katapultierte seine Reiter beinahe von seinem Rücken.

Nuria hätte nicht zu sagen vermocht, ob der Wallach eigenmächtig handelte oder auf ihre Befehle horchte. Fest stand, dass er noch nie so schnell gelaufen war wie jetzt. Der zufällig gewählte Weg kam ihm dabei zugute. Er war breit und leicht abschüssig.

Hier übernahm Justor die Kontrolle. Er packte das Seil fest mit den Fäusten und schloss Nuria zwischen seinen Armen ein. Die Hacken an die Pferdeflanken gepresst, rief er: »Lauf, Amadee. Schnell. Schnell!«

Hinter ihnen donnerten die Hufe der schwarzen Pferde so laut, als wären sie nur noch eine Armlänge entfernt. Als Nuria es wagte, sich umzudrehen, bereute sie es sofort. Die Tiere selbst schienen voller Wut auf die Flüchtenden. Ihre Mäuler schäumten. Die muskelbepackten Körper drängten herbei wie dräuende Gewitterwolken und schoben sich gegenseitig beiseite, um an die Spitze zu gelangen. Dabei flatterten die Umhänge der Reiter so ausladend, als höben diese jeden Moment ab. »Sie kommen immer näher …«, entwich es Nuria panisch.

»Guck nach vorne«, befahl Justor ihr.

Sie tat es und entdeckte unweit von ihnen eine Weggabelung.

»Ich werde versuchen, sie nach links zu lenken. Im letzten Moment reiten wir dann nach rechts.«

»Aber das ist der Weg zu den Ebenen vor Griseo.«

»Ich weiß. Ich habe nicht vor, bis dorthin zu reiten. Das lichte Waldstück kurz vorher ist unsere letzte Gelegenheit.«

»Justor, nein!« Nuria kannte ihn gut genug, um zu wissen, was er vorhatte.

»Amadee wird dieses Tempo mit uns beiden auf seinem Rücken nicht mehr lange halten können. Sobald wir außer Sichtweite der Gesichtslosen sind, werfe ich mich ab und verstecke mich im Unterholz. Du bringst dich in Sicherheit. Hast du verstanden?«

Nuria wollte verneinen, sich weigern, ihn festhalten. Doch sie wusste, Justor hatte recht.

»Hast du verstanden?«, forderte er sie streng zu einer Antwort auf.

»Ja.«

»Dann halt dich fest!«

Nuria krallte ihre Hände in die Mähne, während Justor Amadee so weit wie möglich nach links lenkte, um ihre Verfolger zu täuschen. Erst im letzten Augenblick, als Nuria schon sicher war, es sei unmöglich, die Wendung noch zu schaffen, riss er Amadee nach rechts. Ohne Rücksicht auf seine Reiter legte der Wallach sich so sehr in die Kurve, dass Justors und Nurias Knie die verschneiten Büsche am Wegesrand streiften. Beide schrien und hörten erst auf, als das Manöver tatsächlich gelang.

Nuria sah zurück. »Es funktioniert«, rief sie Justor zu. Ihre Stimme wurde fast überdeckt von dem schrillen Wiehern heftig gezügelter Pferde und dem darauffolgenden Aufeinanderprallen. Drei der grauen Reiter waren nach links abgebogen, wo sie kollidierten. Der Lord und der Magier rauschten mit voller Wucht weiter geradeaus in den Wald. Letzterer reckte dabei schreiend den Arm nach vorn, um hastig einen Zauber zu wirken, der die Bäume vor ihnen in Staub auflöste. Zwei Gesichtslose jedoch fingen sich rechtzeitig. Noch schlitterten sie auf dem rutschigen Untergrund. Jeden Moment aber würden sie die Verfolgung wieder aufnehmen.

Nuria und Justor waren nur kurz im Vorteil. Sie verschwanden aus dem Sichtfeld ihrer Verfolger und jagten um die Kurve. Der Weg führte sie jetzt in eine Senke, wo der dichte Wald sich lichtete. Ohne den Schutz der Baumkronen lag der Schnee hier höher, was zumindest das geplante Abwerfen Justors ungefährlicher machte. Amadee allerdings hatte es deutlich schwerer und wurde merklich langsamer. Der Augenblick, sich zu trennen, war gekommen.

»Übernimm das Seil«, befahl Justor.

Nuria tat es. Die Zeit drängte. Schon von hier aus konnte sie die weitläufige Ebene sehen, die sich hinter dem Wald erstreckte.

Dort würde sie nichts mehr von Burg Griseo trennen außer dem Wind.

»Verlasse nicht den Schutz des Waldes, hörst du? Finde einen Weg zurück und bring dich in Sicherheit.«

»Was wird aus dir?«

»Denk jetzt nur an dich.«

Justor löste seine an der Mähne verbliebene Hand – bereit, sich fallen zu lassen und zu verschwinden. Da riss es Amadee unter lautem Krachen plötzlich den Boden unter den Hufen weg.

Nuria schrie auf, als Amadee fiel. Schnee wurde in die Luft gewirbelt. Sie wusste nicht, wie ihr geschah, bis ihr Körper in eiskaltes Wasser tauchte. Japsend rang sie nach Luft, während die Kälte ihr gleichzeitig dieselbe aus den Lungen presste. Sie waren in einen breiten Fluss eingebrochen, dessen gefrorene Oberfläche gänzlich verdeckt gewesen war. Strampelnd versuchte Nuria, sich zwischen spitzen Eisschollen an der Oberfläche zu halten. Die vielen Schichten ihrer Kleidung sogen sich voll und zogen sie nach unten. Wie aus weiter Ferne hörte sie Justors Stimme.

»Weg von Amadees Hufen!«

Der Wallach trat wild um sich. Immer wieder versuchte er die größeren Eisschollen Richtung Ufer zu erklimmen. Immer wieder brachen sie unter seinem Gewicht ein.

Nuria ruderte mit den Armen, um den Abstand zwischen ihr und Amadee zu vergrößern. Dabei schlugen die Wellen mehrfach über ihrem Kopf zusammen. Sie hatte bereits viel Wasser geschluckt, da fühlte sie Justors Hände. Er hielt sie oben, bis sie es schaffte, sich ans Ufer zu retten. Hustend und erschöpft blieb sie liegen.

Amadee gelangte nun auch aus dem Wasser. Justor griff nach seinem Schweif. Er ließ sich von dem Wallach aus dem Fluss ziehen und landete auf allen vieren neben seiner Schwester.

Das Ringen um Luft bereitete Nuria Schwindel. In ihren Ohren war ein anhaltendes Fiepen. Am Rande ihres Bewusstseins hallte es durch ihren Kopf, sie musste aufstehen und weiterrennen. Keines ihrer Glieder gehorchte mehr. Der Kampf ums Überleben hatte ihr alles abverlangt, doch er war noch nicht vorbei. Zu ihrem Entsetzen nahm sie schemenhaft wahr, wie die Gesichtslosen sich zum zweiten Mal aufstellten und wortlos ihre Schwerter zogen. Nuria fühlte den sinnlosen Instinkt, sich irgendwo verstecken zu wollen. Alles, was sie dafür zur Verfügung hatte, war die klatschnasse Kapuze ihres Umhangs. Sie zog sie sich weit ins Gesicht. Es brauchte nicht viel, um sich vorzustellen, was für ein jämmerliches Bild sie und Justor abgaben. Wahrscheinlich war es das letzte Fünkchen Stolz in ihr, das sie wenigstens aufstehen ließ, bevor man sie wohl tötete.

Justor schien ähnlich zu denken. Auch er kam wieder auf die Füße. Trotz der misslichen Lage schien der Schutz seiner Schwester wie immer Vorrang zu haben. In einer für ihn typischen Geste schob er Nuria mit seinem starken Arm hinter sich, während er mit der freien Hand Amadee am Zügel hielt.

Sie waren gefangen. Doch statt dass man sich auf sie stürzte, geschah einen quälenden Moment lang nichts.

Nuria vernahm das Rauschen des Flusses in ihrem Rücken. Es kam ihr unnatürlich laut vor, so still war es plötzlich. Noch immer fielen Schneeflocken vom Himmel – weich und schwebend, als wäre nichts von Bedeutung geschehen. Aus den Nüstern der dunklen Pferde quollen Wolken, die ein seichter Wind davontrug. »Was geschieht jetzt?«, presste sie unter starkem Zittern hervor, als ob ihr Bruder darauf eine Antwort wüsste.

»Bleib einfach hinter mir.« Seine Stimme klang ruhig, obwohl auch sein durchnässter Körper vor Kälte bebte.

Nuria war sich sicher, dass er bereits über eine Lösung nachdachte. Aufgeben war nicht Justors Art. Doch so sehr sie es sich auch wünschte, aus dieser Lage gab es kein Entrinnen. Wie hatte ihr Plan nur so furchtbar schiefgehen können? Anstatt Vater zu retten, würden Justor und sie nun wahrscheinlich sterben. Das alles war allein ihre Schuld. Nuria sah, wie die Reihe der grauen Reiter sich öffnete, und vernahm erneut das eindeutige Surren.

Alles wurde wieder in ein unheilvolles rotes Licht getaucht. Lord Tarik und Monrak schienen aus dem Nichts zu kommen.

»Du hast einen großen Fehler gemacht, Justor aus Pago. Wie mir scheint, bist du doch nicht so schlau«, zürnte er. »Wenngleich ich anerkennen muss, dass du und dein Gehilfe beide gute Reiter seid.«

Nuria spürte, wie Justors Griff um ihr Handgelenk fester wurde. Er wollte sie eindeutig daran hindern, ihre Deckung zu verlassen. Von hier aus sah sie, wie der Lord sein Schwert nun senkrecht vor sein Gesicht führte. Zusammen mit dem roten Licht wirkte er geradezu teuflisch. Die Art, wie er sprach, machte deutlich, dass Justors und ihr Leben ihm nichts bedeuteten.

»Der Tod hätte euch sowieso ereilt. Ein schneller Hieb bloß, mit einem Schwert wie diesem kaum zu spüren.«

Er vollführte eine so rasche Bewegung mit dem Schwertarm, dass Nurias Augen ihr kaum folgen konnten. Als die Klinge wieder regungslos in der Hand des Lords ruhte und sie sich schon fragte, was eben geschehen war, fiel ein Ohr von Monrak lautlos in den Schnee. Das Pferd hatte nicht mal mit der Wimper gezuckt. Selbst jetzt, als ein dünnes Rinnsal Blut an seiner Wange hinunterfloss, rührte sich der Hengst nicht. Nurias Knie drohten nachzugeben.

Lord Tarik fuhr fort, als hätte es seine schaurige Darbietung nicht gegeben. »Diese Gnade kann ich euch jetzt nicht mehr gewähren. Es wird nun etwas dauern, bis euch der Tod holt. Solltet ihr noch am Leben sein, nachdem ich euch hinter einem Pferd bis nach Griseo geschleift habe, sehen wir weiter.« Er steckte die Klinge zurück in die Scheide. »Ergreift sie!«

Nuria wurde schlecht. Sie hatte keinen Zweifel, dass er in die Tat umsetzen würde, was er gerade angedroht hat. Während vier der grauen Reiter von ihren Pferden stiegen, sickerte Tropfen für Tropfen das Blut aus ihrem Kopf in ihre Beine.

Vielleicht war es dem Ausfallschritt geschuldet, den sie tat, um nicht zu fallen. Lord Tariks Augen jedenfalls ruckten zum ersten Mal ein winziges Stück zur Seite – dorthin, wo sie stand. Er stockte auf eine seltsam erschrockene Art und Weise.

»Halt!«, befahl er streng. Seine Männer gefroren in ihrer Bewegung.

Nuria sah in seine Bernsteinaugen und spürte seinen Blick mit jeder Faser ihres Körpers. Es war wie der kalte Luftzug im Nacken, wenn man sowieso schon fror. Wie ein tiefer Splitter, der sich schmerzhaft unter einen Fingernagel trieb.

»Wer bist du?«, fragte er in eisigem Ton.

»Sie ist niemand. Bloß meine Schwes…«

»Schweig!«, schnitt Lord Tarik Justor streng das Wort ab. Sofort war sein Augenmerk wieder auf Nuria gerichtet. »Tritt vor«, befahl er tonlos. »Ich will dich ansehen.«

Es stand außer Frage, dass sie gehorchen musste. Nuria spürte, wie ihr Bruder unwillig ihr Handgelenk freigab. Mit vor Kälte steifen Gliedern bewegte sie sich langsam in Richtung des Lords. Es fühlte sich widersinnig an, auf ihn, das tödliche Schwert und Monrak zuzulaufen. Gerade so nah, dass man sagen konnte, sie habe seinem Befehl Folge geleistet, wagte sie sich vor. Den Blick auf das abgetrennte, blutige Pferdeohr gerichtet. Sie wollte nicht mit ansehen, wenn er das Schwert zum finalen Schlag hob. Mit Glück vermochte die Klinge tatsächlich schmerzlos zu töten.

»Schlag deine Kapuze zurück.«

Nuria biss fortwährend die Zähne zusammen, um sie am Aufeinanderschlagen zu hindern. Jetzt verstärkte sie den Druck noch. Denn zu ihrem Kältezittern kam die Wut. Offenbar wollte er sich an ihrer Angst laben. Den Gefallen würde sie ihm nicht tun! Langsam hob sie den Kopf und zog den Stoff zurück. Dabei rief sie sich ins Gedächtnis, warum sie Lord Tarik hasste. Das Gesicht ihrer Mutter erschien vor ihrem inneren Auge. Ebenso das ihres Vaters, den sie wahrscheinlich nie wiedersehen würde.

Lord Tarik betrachtete ihre Erscheinung so eingehend, als wären sie beide allein hier. So wie zuvor bei Justor legte er den Kopf dabei ein wenig schief und verengte die Augen. Der Moment dauerte an, länger, als es sich richtig anfühlte.

Was ging nur vor in ihm?, fragte sich Nuria zitternd. Es blieb ihr unklar, was ihn den schweigsamen Moment plötzlich beenden ließ. Seine Stimme hallte durch die Senke. Sie schien in Nurias Fleisch zu dringen, wie es sonst nur Pfeile vermochten.

»Du willst nicht sterben. Ich sehe es in deinem Gesicht. Noch weniger aber willst du, dass er stirbt.« Sein Kinn ruckte zu Justor. »Was, wenn ich dir sage, dass du die Möglichkeit bekommst, den qualvollen Tod deines Bruders abzuwenden?«

Nuria spürte, wie sich ihr Herz zusammenkrampfte. Seine Worte klangen im ersten Moment verlockend. Doch ihr Verstand war scharf genug, um zu wissen, sie konnten nichts Gutes verheißen.

»Hör nicht auf ihn!«, befahl Justor hinter ihr streng. »Es ist eine Falle.«

Wie immer war ihr Bruder zu allem bereit, um sie zu schützen. Doch die Rollen waren diesmal andersherum verteilt. Nuria war klar, dass Justor dem Tode nah war. »Sagt mir, wie.«

»Nuria …!«

Lord Tarik sprach ruhig und deutlich. »Vergiss ab heute, wer du bist. Lass alles zurück. Kehre Pago und jedem Menschen, den du kennst, den Rücken, und folge mir nach Griseo!«

»Für wie lange?«, hauchte Nuria.

»Für immer.«

Justor schnellte vor. »Niemals!«, stieß er so laut und energisch aus, dass selbst der einohrige Monrak einen Schritt zurückwich.

Der Magier hob blitzschnell die Hand. Unter lautem Zischen erschien eine flirrende Wand zwischen Justor und Nuria, die nur kurz aufleuchtete, als er dagegenrannte und zu Boden geschleudert wurde.

»Justor!« Sie wollte zu ihm, doch das Flimmern war noch immer da. Ein verzerrtes Bild zeigte ihr, wie ihr Bruder wieder auf die Füße kam. Erleichtert fasste Nuria sich ans Herz, da fuhr Lord Tarik unbeirrt fort.

»Du hast mein Angebot gehört. Willige ein, und dein Bruder wird leben. Lehne ab, und er wird sterben.«

Nuria drehte sich zu ihm um. Hatte sie richtig verstanden? Er verlangte ihr Einverständnis? Wozu? Konnte er sich nicht einfach nehmen, was er wollte? »Ich verstehe nicht … Was macht das alles für einen Sinn?«

Lord Tarik verwehrte ihr die Antwort. Stattdessen vollführte er eine Handbewegung in Richtung seiner Mannen, worauf die grauen Reiter ihre Jagdbeute in den Schnee fallen ließen. Mehrere Rehe, mit aufgerissenen Augen – gefroren im Moment des Todes. »Das soll für Pago sein.«

Nurias Blick ging zwischen den Tierkadavern und dem Lord hin und her.

»Behaltet Euer verdammtes Wild«, schrie Justor, der jetzt Anlauf nahm, um zu seiner Schwester zu kommen. Diesmal schien er mit Gegenwehr zu rechnen. »Ich werde meine Strafe selbst tragen. Und wenn es der Tod ist, dann sei es drum!«

Der Magier des Lords wirkte in seinen Bewegungen unbeeindruckt. Mühelos erschuf er eine weitere Wand – diesmal aus blauen Flammen. Zornig züngelten sie mannshoch aus dem Schnee.

Justor konnte sich erst im letzten Moment bremsen und riss

die Hände vors Gesicht. Kaum waren die Flammen verschwunden, wurde er durch den Magier hart zurückgeschleudert. Dieser warf etwas von sich. Eine Art Druckwelle in Kugelform, die Justor traf. Er schlitterte einige Meter über den Boden und kam erst an einem Baumstamm zum Stehen, wo er stöhnend zur Seite fiel.

»Hört auf! Bitte! Lasst meinen Bruder.« Es war ein Schreien und ein Flehen zu gleicher Zeit.

Lord Tarik hob die Hand in Richtung seines Magiers, der nur widerwillig von Justor abließ.

Nuria war klar, dass ihr Bruder nicht unendlich viele solcher Schläge würde einstecken können. Sie machte einen Schritt auf den Lord zu und starrte in seine gelblichen Augen. Es war wohl die Hoffnung, etwas wie Güte darin zu erkennen. Doch alles, was sie sah, war Boshaftigkeit. Dennoch blieb ihr keine Wahl. Es war einzig an ihr, Pagos Schicksal zu ändern und Justor zu retten. Das Opfer dafür war groß. »Ich habe Euer Wort? Ihr werdet meinen Bruder verschonen?«

»Was tust du da, Nuria?«, schrie Justor mit rauer Stimme. Noch immer hatte er sich nicht ganz von dem Schlag erholt.

Lord Tarik nickte ihr erhaben zu.

»Und Pago? Wird auch das Dorf in Frieden leben?« Wieder nickte Lord Tarik, was Nuria seltsam glaubwürdig erschien. Sie hatte keinen Grund, ihn für aufrichtig zu halten. Dennoch wusste sie, mehr würde sie nicht bekommen. »Dann nehme ich Euer Angebot an.« Sie selbst hörte das Entsetzen in ihrer Stimme.

»Nuria! Du weißt nicht, was du redest. Höre auf mich, nur dieses eine Mal!«

Sie kniff die Augen zu und versuchte, Justors unmissverständlichen Willen zu ignorieren und sein Schreien auszublenden. Tränen stiegen in ihr auf. Was hatte sie schon für eine Wahl?

»Sprich einen Schwur«, verlangte er gnadenlos.

»Tu es nicht!« Justor klang jetzt verzweifelt.

Tränen liefen ihr über die Wangen. »Ich schwöre, mit Euch zu kommen, wenn Ihr meinen Bruder und Pago verschont.«

»Du lässt alles zurück.«

»Ich schwöre, ich lasse alles zurück.«

»Du wirst vergessen, wer du bist.«

Nuria wusste nicht, warum er das verlangte. Ebenso wenig wusste sie, warum ihr dieser Schwur bei all der Schrecklichkeit, die ihr gerade widerfuhr, so schwer über die Lippen ging. »Ich schwöre ...« Sie stockte.

»Sag es!«, forderte der Herrscher unerbittlich.

Sie schluckte schwer. *Sprich es einfach aus*, versuchte sie sich selbst anzutreiben. »Ich schwöre ...« Wieder brach sie ab. Nuria hatte das Gefühl, ihre Familie mit diesen Worten zu verraten. Sie musste es dennoch tun. »Ich schwöre zu vergessen, wer ich bin.«

»Nein«, hauchte Justor. Ungehindert ließ man ihn jetzt auf seine Schwester zulaufen.

Nuria drehte sich zu ihm um, durch ihre Tränen fast blind. Bevor er auf sie einreden konnte, kam sie ihm zuvor. »Halte mich nicht auf. Ich werde gehen. Ich muss es tun, damit du lebst!«

»Nein, nein, nein ...« Er packte sie bei den Schultern. »Es wird einen anderen Weg geben.«

»Gibt es nicht.« Grob befreite sie sich aus seinem Griff, indem sie seine Hände wegstieß und ihn von sich schubste. »Geh!«, herrschte sie ihn weinend an.

»Ich lass dich nicht allein.«

»Tu es gefälligst«, schrie sie jetzt. »Ansonsten werden alle sterben. Denk an Vater. Du musst zurück nach Pago.«

Justor sah seine Schwester verzweifelt an. Die grausame Wahrheit sickerte allmählich zu ihm durch. Jedes Wort zwischen ihnen war plötzlich überflüssig geworden. Es war allzu klar: Sein Bleiben würde nicht nur ihr Schicksal besiegeln, sondern ebenso den qualvollen Hungertod all ihrer Liebsten bedeuten, für die Justor jetzt die Verantwortung trug.

»Aber wie kann ich dich gehen lassen, kleine Schwester?«, hauchte er.

»Ich entbinde dich von deiner Pflicht«, sagte sie. Ihre Stimme klang dünn und traurig. »Du hast alles getan. Das kleine Mädchen … es ist jetzt groß.«

Justor ging auf sie zu und lehnte seine Stirn gegen ihre. Er schloss die Augen.

Lord Tariks Stimme legte sich über die Szene wie ein schwarzes Tuch. »Versuche nicht, sie zu holen. Sehe ich dich auch nur in Griseos Nähe, wird sie sterben.«

Nuria bettete ihre eiskalte Hand auf seine ebenso kalte Wange. So, wie sie es oft getan hatte, um ihm ihre schwesterliche Liebe zu zeigen. Nie zuvor waren sie getrennt gewesen. Nun sollte dies der letzte Moment ihres Lebens sein, den sie zusammen verbrachten. Wie oft hatte sie seine Fürsorge verflucht? Jetzt wünschte sie sich nichts mehr, als dass er sie an der Hand nahm und nach Hause brachte. Noch einmal schmiegte sie sich in seine Arme. »Es ist alles meine Schuld. Verzeih mir.«

»Genug«, beschied Lord Tarik. »Es ist so weit.«

Sie wollte sich gerade aus Justors Umarmung lösen, da spürte Nuria, wie er sie festhielt. Flüsternd drangen seine Worte an ihr Ohr. »Hole dir die Gabe des Winters. Befreie dich damit. Es gibt sie wirklich.«

Teil II

Burg Griseo

Angst

4

Nuria nahm kaum noch wahr, wie Justor sie auf Amadees Rücken schob. Ihr halbherziger Versuch, ihm den Wallach zu überlassen, verhallte mühelos.

»Du musst ihn nehmen, Nuria. Sein Körper wird dich wärmen. Sonst erfrierst du.«

»Aber …«

»Ich schaffe es. Du weißt, ich bin stark.«

Amadee setzte sich in Bewegung. Ihre Finger glitten aus Justors Hand. Willenlos ließ Nuria sich von ihrem Pferd davontragen, das instinktiv den anderen sieben folgte. Alles ging so schnell. Ihr Kopf fühlte sich schwer an vom Weinen und gleichzeitig leer von der Kälte. Das durch die Schrittbewegung schwankende Bild brannte sich in ihren Kopf ein.

Justor stand regungslos neben dem Haufen toter Rehe. Seine Haut war blasser denn je, die Lippen blau gefroren. Er hatte die Fäuste geballt.

Nuria kannte ihn gut genug, um zu wissen, dass er mit sich und der aussichtslosen Lage focht. Hätte sie doch nur auf ihn gehört und das Dorf nicht verlassen! Dann wäre er niemals hinter ihr hergeritten. Er hätte nie den Bogen aus ihrer Hand genommen und nie den Hirsch erlegt. Die schreckliche Übereinkunft mit Lord Tarik wäre zu verhindern gewesen, hätte sie nicht wie immer ihren Kopf durchsetzen müssen. Wie sollte er es in seinen durchnässten Kleidern zurück nach Pago schaffen, bevor die

Dunkelheit einsetzte? Konnte es ihm ohne Amadee überhaupt gelingen, die Rehe ins Dorf zu tragen? Nuria versuchte, wie Justor zu denken, um nicht verrückt vor Angst zu werden. Wie sie ihn kannte, würde er nun jenes Reh aufschlitzen, das zuletzt gestorben war, und sich in den offenen Körper legen, um sich zu wärmen. Auf diese Weise sollte er es zumindest schaffen, sein Leben zu retten!

Schweren Herzens riss sie sich von ihm los und blickte nach vorne. Bewusst verbannte Nuria jede Erinnerung an Justor tief in ihr Innerstes. Sie musste das Leben, das sie gekannt hatte, vergessen und alle Aufmerksamkeit dem widmen, was vor ihr lag. Dabei hatte sie keine Ahnung, was sie auf Burg Griseo erwartete. Sehr wahrscheinlich ein kalter, dunkler Kerker im Fuße des berüchtigten Westturms, wo sie den Rest ihres traurigen Daseins in Einsamkeit verbringen würde.

Das Pfeifen des Windes lenkte ihr Augenmerk auf die Ebenen von Griseo, die jeder Mann und jede Frau aus Pago mieden. Schon jetzt erkannte Nuria, was dahinter Unheilvolles wartete. Fielen die Schneeflocken hier zwischen den Bäumen noch ruhig zu Boden, schossen sie dahinter beinahe waagerecht von rechts nach links. Angepeitscht vom Wind, formte der Schnee Gebilde, die sie an Ungeheuer gemahnten. Zwei Herzschläge lang sog sie die Luft in ihren Körper. Es war ein Versuch, sich auf die kommende Kälte gefasst zu machen – fror sie doch jetzt schon ganz erbärmlich.

Als Amadee die letzte schützende Baumreihe passierte und die Ebene betrat, erfasste sie ein Windstoß, der heftiger war als in ihrer schlimmsten Vorstellung. Es schien, als würde augenblicklich alles Leben aus ihr vertrieben, als erstarrte sie jeden Moment zu Eis. Mit letzter Kraft schlang Nuria die tauben Arme um ihren tropfnassen Körper und sank noch weiter auf dem Wallach zusammen. So, wie die Schneeflocken sie mehr und mehr bedeckten, nahm eine seltsame Müdigkeit allmählich von ihr Besitz. Wie lange würde sie es schaffen, diesen lebensfeindlichen Umständen zu trotzen? Ein irrer Gedanke kam ihr in den Kopf, der plötzlich etwas Tröstliches hatte. Vielleicht starb sie ja, bevor sie Griseos Kerker überhaupt erreichte. In diesem Augenblick erschien ihr das beinahe wie eine Erlösung.

Bald schon nahm Nuria alles um sie herum nur noch schemenhaft wahr. Das Flattern der Mäntel, der dunklen Mähnen und der Schweifhaare. Von hinten besah sie die erhabene Gestalt von Lord Tarik. Möglicherweise spürte er es und wandte ihr deshalb den Blick zu. Im Gegensatz zu ihr schien der eisige Wind ihm nichts anhaben zu können. Schneeflocken, die fortwährend auf seinen Körper fielen, schmolzen sogleich zu Wasser, als wäre er besonders warm. Von seinem schönen Gesicht konnte Nuria nichts ablesen – weder Mitleid noch Hass. Was hatte er nur vor mit ihr?

Mit dem Zucken zweier Finger bloß holte er einen seiner Gefolgsleute heran. Es war der Mann mit den Narbenhänden. Lord Tarik gab ihm einen unverständlichen Befehl, woraufhin der Reiter sein Pferd sofort wendete. Die anderen Gesichtslosen folgten ihm.

Plötzlich fand sich Nuria in der Mitte eines Kreises wieder, den man um sie gebildet hatte. Dumpf hallte eine Frage in ihrem Kopf. *Was hat das zu bedeuten?* Sie war gewarnt. Da machte sie im Augenwinkel eine Bewegung aus. Jene vernarbte Hand war flach nach oben ausgerichtet. Sie vollführte eine kreisende Bewegung, die ein fahles Licht hervorrief. Nuria befiel sofort die Angst.

»Nein, nicht …« Schnell wandte sie den Blick ab, als es mit einem Mal still um sie wurde. Das ohrenbetäubende Pfeifen nahm ein Ende. Der Wind hörte auf, an ihr zu reißen. Die Kälte ließ nach. Ehe Nuria es begreifen konnte, stellte sie fest, dass innerhalb des Kreises aus Pferden und Reitern keine Flocken mehr fielen. Über ihr befand sich eine Kuppel – ähnlich der flirrenden Wand, mit der Justor aufgehalten worden war. Außerhalb dieser Kuppel fegte weiterhin der Sturm über die Ebene.

Langsam richtete Nuria ihren eingesunkenen Körper auf und sah sich um. Niemand schenkte ihr Beachtung, dennoch schützte man sie mit einem Zauber. Lord Tarik ritt weiterhin an der Spitze, als wäre nichts von Bedeutung geschehen. Hatte er wirklich diesen Schutz befohlen? Weshalb? Was kümmerte es ihn, ob ihr warm war oder kalt, ob sie lebte oder starb?

Nach einer Weile bemerkte Nuria eine Veränderung der Umgebung. Amadee lief plötzlich bergauf. Sie hatten die seichten Hügel erreicht, die die Burg einschlossen. War es für die Pferde schon anstrengend genug gewesen, sich auf glatter Ebene durch den Schnee zu kämpfen, kostete der Weg nach oben umso mehr Kraft. Amadees Bewegungen wurden schwerfälliger. Das Eiswasser hatte ihn geschwächt und seine Glieder steif zurückgelassen. Der Wallach brauchte dringend eine Pause. *Halte durch, mein Freund. Ich bitte dich. Du bist alles, was ich noch habe*, flehte Nuria ihn insgeheim an. Gerade fragte sie sich, wie lang der Weg zur Burg wohl noch sein mochte, als sie die Bergkuppe erreichten. Der Anblick von Griseo versetzte sie sofort in der Zeit zurück. Damals hatte der Felsen, auf dem die Burg ruhte, sie an die Zunge des Teufels erinnert, und die schwarze Schlucht, die sie umgab, an dessen geöffneten Schlund. Dieses Bild hatte sich noch verschlimmert. Eiszapfen, so groß wie ein Mann, hingen jetzt von der Brücke und jedem Erker herunter. Zerrissene Fahnen flatterten auf den Turmspitzen. Nuria konnte nicht verhindern, dass ihr Mund trocken und ihre Hände feucht wurden. Worauf konnte sie jetzt noch hoffen? Würde es für sie ein Leben hinter diesen Mauern geben oder bloß einen langsamen Tod?

Nur wenig später hielten sie auf das eiserne Fallgitter zu. Es begann zu quietschen, während es ruckartig Stück für Stück hochgezogen wurde. Nuria fühlte ihr Herz bis zum Hals schlagen. Gleich würde sie durch die Mauern reiten, die sie für alle Zeit gefangen halten würden. Sie waren nur noch wenige Schritte entfernt. Jetzt vernahm sie ein lautes Knarren, das zu einem Knallen anwuchs. Die tonnenschweren Flügeltüren bewegten sich schwerfällig. Sie hielt die Luft an, ohne es zu merken. In ihr schrie alles nach Flucht. Innerlich bebend haftete ihr Blick an dem, was das sich öffnende Tor allmählich preisgab, als ein plötzlicher Stoß durch sie ging.

Amadee war stehen geblieben und stemmte die Hufe in den Boden. Er hatte die Ohren gespitzt und schnaubte nervös. Nuria verstand, dass er ihre Angst spürte. Sein sicherlich ohnehin geringer Wille, die düstere Burg zu betreten, löste sich gänzlich auf. Trotz ihres erhöhten Schenkeldrucks lief er panisch rückwärts. Sie griff nach seinem Strick, wollte sich festhalten. Ein Fehler! Die Reiter des Lords waren sofort zur Stelle, um sie an ihrer vermeintlichen Flucht zu hindern. Mit flatternden Mänteln hielten sie auf sie zu. Ihre bedrohlichen Gestalten schienen nochmals anzuwachsen.

»Nein ... halt ... ich ...«, versuchte Nuria sich zu erklären, während Amadee immer schneller nach hinten hastete. Der Wallach kam erst zum Stehen, als die Rappen der Reiter sie eng umzingelt hatten. »Hört mich an. Ich wollte nicht flüch...« Nuria konnte ihren Satz nicht beenden.

Lord Tarik schoss im Galopp durch den Kreis seiner Mannen. Monrak wieherte, als er ihn grob im Maul zog. Ruckartig blieb er neben Amadee stehen. Die Augen des Lords funkelten Nuria böse an. Sein Antlitz war kaum mehr als eine Handbreit von ihrem Gesicht entfernt.

»Du gehst nirgendwohin. Dein Schwur bindet dich«, grollte er erbost. Dann schrie er so laut, dass seine Stimme selbst in den Weiten des Schneesturms ein Echo nach sich zog. »Für immer!«

Es war das Letzte, was Nuria hörte. Sie versuchte zu sprechen, doch ihre Zunge war mit einem Mal wie gelähmt. Lord Tariks Wesen schien plötzlich ganz um sie herum zu sein. Er drang in sie ein, ohne ihren Körper zu berühren. Nuria konnte den Blick nicht abwenden. Ihr stockte der Atem. Sodann breitete sich eine übermächtige Schwäche in ihr aus, die zunächst ihre Arme und Beine erfasste und danach ihren Kopf. Sie fühlte einen unbändigen Schmerz an ihren Schläfen. Willenlos und schlaff fiel sie zur Seite. Alles wurde schwarz.

Das Erwachen fühlte sich schmerzhaft an. Ein Pochen im Kopf war das Erste, was Nuria wahrnahm. Mit noch geschlossenen Augen versuchte sie, den Rest ihres Körpers zu spüren. Ihre Schultern schmerzten, ihre Seite auch. Allmählich kehrten die Erinnerungen zurück. Sie endeten da, wo Lord Tarik sie bedroht hatte. Wo war sie jetzt? Dies musste ein Verlies sein, schlussfolgerte sie – ihr Grab. Das Blut gefror ihr in den Adern. Schlagartig öffnete Nuria die Augen. Was sie sah, war nichts! Völlige Dunkelheit! Augenblicklich geriet sie in Panik. Hatte er sie geblendet wie ihren Vater? In der Erwartung schrecklichster Wunden betastete sie ihr Gesicht. Als ihre Fingerspitzen etwas berührten, das unmöglich unversehrte Haut sein konnte, fuhren sie vor Schreck zurück. Ihr Atem ging in schnellen, kurzen Stößen. Ihr Herz schlug wie wild. Was war das? Verbrennungen? Verkrustetes Blut? Blind und panisch wie sie war, fuhren ihre Hände umher auf der Suche nach den kalten, feuchten Mauern ihres Kerkers. Als sie sich aufrichtete, rutschte ihr etwas vom Gesicht. Nuria nahm es fassungslos zur Hand. Ein Stück Stoff, das wohl feucht gewesen war und womöglich ihre Stirn bedeckt hatte. Ihr Herzschlag beruhigte sich wieder. »Ich bin nicht blind. Ich bin nicht blind«, stieß sie atemlos hervor und nahm gleichzeitig ihre Umgebung wahr. »Kein Verlies!« Für einen Moment konnte sie nicht glauben, was sie sah. Tatsächlich befand sie sich in einem Himmelbett.

Langsam zog sie einen der herrschaftlichen Vorhänge zurück. Sie waren so schwer und dicht gewebt, dass sie das spärliche Licht kaum hindurchließen. Nuria sah, dass die Fenster ebenfalls zugezogen waren. Die wenigen vorhandenen Lichtstrahlen aber reichten aus, um den Rest der kleinen Kammer zu erfassen. Eine bemalte Truhe, ein Wandteppich, der eine Jagdszene zeigte, ein gepolsterter Armlehnstuhl vor einer Feuerstelle. Das verkohlte Holz darin glomm noch schwach und verströmte einen unverwechselbaren Geruch.

»Hallo?«, rief Nuria in den Raum hinein. Ihre Stimme war rau, ihr Durst unbeschreiblich. Sie räusperte sich. »Ist jemand hier?« Eigentlich erwartete sie keine Antwort. Sie war allein. Und doch wollte sie sichergehen. Als nichts geschah, verließ sie das Bett. Dabei sah sie an sich herunter. Ihre Kleidung war unberührt. Sogar ihre dreckverkrusteten Stiefel trug sie noch, ebenso ihren Umhang. Alles war mittlerweile getrocknet und bretthart. Wie es schien, hatte man sie einfach auf das Bett gelegt. Obwohl das ein gutes Zeichen war, verwirrte es Nuria. Kein Kerker. Warum? Sie war noch mit diesem Gedanken beschäftigt, als das regelmäßige Geräusch von sich schnell nähernden Schritten an ihr Ohr drang. Nuria blickte sich suchend um. Kaum hatte sie die Tür gefunden, wurde sie auch schon geöffnet.

Jemand kam herein. Eine Frau, etwas älter als sie selbst. Sie war klein, und es schien, als bestünde sie bloß aus wirren dunklen Locken. Auf eine seltsam unnatürliche Art und Weise sprangen sie um ihren Körper herum, einzig gebändigt von einem glänzenden metallenen Stirnreif. Nuria sah, dass sie kurz stockte. Doch nicht ihretwegen.

»Was geht hier vor sich? Man sieht ja kaum seine Hand vor Augen.« Entschlossen hielt die Frau auf eines der Fenster zu.

Während sie sich an dem Vorhang zu schaffen machte, murmelte sie vor sich hin. »Als ob wir nicht bereits genug Dunkelheit im Land hätten.«

Nuria wagte es nicht, sich zu bewegen. Gebannt sah sie der Fremden zu, die offensichtlich niemanden hier vermutete. Gleich würde Licht in die Kammer fallen und das Schicksal seinen Lauf nehmen.

Die Frau versetzte der Kordel neben einem der Fenster einen kräftigen Ruck, woraufhin der Vorhang aufschwang und den Raum mit Licht flutete.

Zu Nurias Erstaunen konnte man dennoch nicht nach draußen sehen. Hinter der Fensterscheibe war es ebenmäßig weiß, als herrschte ein besonders dichter Nebel. Die Fremde war gerade im Begriff, zum nächsten Fenster zu gehen, als Nuria entschied, sich bemerkbar zu machen. »Hallo.«

Die Frau fuhr mit einem Satz herum. In der nächsten Sekunde riss sie die Augen weit auf. Ein Schrei, so schrill und durchdringend, dass es selbst dem Tapfersten die Haare im Nacken aufstellen konnte, schallte durch die Kammer.

Nuria hielt sich die Ohren zu und verzog das Gesicht.

Die Fremde jedoch schrie weiter und lief dabei rückwärts. Erst, als sie gegen den Bettpfosten stieß und dabei das Gleichgewicht verlor, verstummte sie. Dennoch schob sie sich im Sitzen so weit nach hinten, wie die Wand es zuließ.

»Endlich«, stieß Nuria aus, froh um die Stille. Sie entspannte ihr Gesicht wieder. »Wie kann man sich nur dermaßen erschrecken?«

Die Fremde kauerte noch immer am Boden. Regungslos starrte sie Nuria an, als könnte sie nicht glauben, was sie sah. »Das ist unmöglich«, stammelte sie und rieb sich die Augen.

»Du siehst wohl nicht oft Leute von außerhalb, was?« Nuria erhielt keine Antwort. Stattdessen bemerkte sie, wie die Augen der Frau sich verengten und ihr Blick immer wieder an ihr hinauf und hinunter glitt. Nuria fragte sich, ob es an ihrer Erscheinung lag. Mit Sicherheit war sie über und über mit Dreck bedeckt. Aber war das ein Grund, in eine solche Schreckstarre zu verfallen?

Die Fremde fragte: »Wer bist du?«

»Wer ich bin?«, gab Nuria verwirrt zurück.

»Ja, hast du keinen Namen?«

»Natürlich habe ich einen. Aber wen kümmert es schon, wie Gefangene heißen?«

»Sieht das hier aus wie ein Gefängnis?« Die Frau machte eine Geste, die das Zimmer umfasste.

»Nein, aber …« Nuria wusste nicht, was sie noch sagen sollte. Lag der Irrtum bei ihr? Unmöglich. Lord Tarik hatte sie auf seine Burg gezwungen. Das machte sie doch wohl zu einer Gefangenen, schlussfolgerte sie. »Was ist los mit dir? Ich sollte diejenige sein, die Fragen stellt. Du lebst doch offenbar an diesem schrecklichen Ort, wo Gefangene mit Sicherheit zur Tagesordnung gehören.«

»Erstens: Ja, ich lebe hier. Und zweitens …« Sie rappelte sich wieder auf, wandte aber keine Sekunde lang den Blick von Nuria. »Zweitens habe ich einen wirklich guten Grund, dich anzustarren.«

»Und der wäre?«

Das erste Mal huschte ein fassungsloses Lächeln über ihr Gesicht. »Du bist das Ebenbild von Lady Miriam!«

»Was?« Nuria traute ihren Ohren nicht.

»Du kannst es natürlich nicht wissen. Kaum einer im ganzen Land könnte das. Sie trug ja stets einen Schleier. Aber ich, ich weiß es schon.« Die Frau kam näher. Sie schien nun jede Einzelheit in Nurias Gesicht zu betrachten. »Die Augen. Die Lippen. Dein langer, schlanker Hals …«

Wie das eiskalte Flusswasser zuvor schlug die Erkenntnis über Nurias Kopf zusammen. Natürlich! Deshalb hatte Lord Tarik sie so merkwürdig angestarrt. »Kann das wirklich wahr sein?«

»Und ob. Mit Ausnahme der Farbe deiner Haare ist alles an dir so wie bei ihr.« Während sie redete, umrundete die Fremde Nuria und besah weiterhin jede Einzelheit ihres Körpers.

Nuria fühlte, wie der durchdringende Blick geradezu unter ihre Schmutzschicht kroch. Sie wurde misstrauisch. »Woher weißt du das so genau? Wer bist du überhaupt?«

»Mein Name ist Katrey, seit frühester Zeit Lady Miriams Kammerzofe.«

Sie musste es also wissen! Augenblicklich erkannte Nuria ihre Gelegenheit. »Dann bring mich zu ihr. Wenn nur die Hälfte von dem stimmt, was man sich über ihre Güte erzählt, wird ihr nicht recht sein, was in Pago und ganz Area geschieht.«

»Das geht leider nicht.« Die Fremde kam vor Nuria zum Stehen.

»Warum nicht? Ich weiß, sie ist krank. Aber das sind die Menschen in Pago auch.«

»Du verstehst das falsch.«

Nuria schüttelte verständnislos den Kopf. »Hast du überhaupt eine Ahnung, was es heißt zu hungern? Ich muss zu ihr und ...«

»Du hörst nicht zu«, unterbrach Katrey sie barsch. »Es ist nicht möglich – selbst, wenn ich es wollte.«

»Aber du bist ihre Kammerzofe.«

»Ich *war* es.«

Nuria schwieg, denn auf Katreys Gesicht lag plötzlich ein trauriger Ausdruck.

»Lady Miriam ist tot. Und das schon seit langer Zeit.«

»Nein!«, stieß Nuria erschrocken aus. »Das ist nicht wahr. Sie ist bloß krank. So erzählt man es sich überall.«

»Ich weiß.« Katrey presste die Lippen aufeinander und nickte.

»Wie ist sie gestorben? Wann?«

»Hör zu«, begann Katrey. »Die Gesetze von draußen gelten ebenso hier auf Griseo. Es ist mir verboten, über sie zu sprechen. Also auch über die Umstände ihres Todes.«

»Aber warum diese Lüge?«, fragte Nuria trotzdem. »Warum nicht die Wahrheit?«

Katreys Antwort kam erst nach einigen Atemzügen. »Ich habe schon viel zu viel gesagt. Mehr wirst du von mir nicht erfahren.«

Nuria spürte, dass jedes weitere Nachfragen sinnlos wäre. Alles, was ihr blieb, waren Mutmaßungen. Eine schreckliche Ahnung drängte sich ihr auf. Hatte Lord Tarik seine Gemahlin etwa umgebracht?

Während die Kammerzofe sich der Truhe zuwandte und den schweren Deckel öffnete, fragte sie: »Wie ist es dazu gekommen, dass du jetzt hier bist?«

Nuria gelang es nicht gleich, ihre Gedanken von Lady Miriam loszureißen. »Entschuldige. Was hast du gesagt?«

»Ich fragte, wieso du auf Griseo bist?«

Eigentlich hatte Nuria sich nie wieder an die Situation im Wald erinnern wollen. Knapp antwortete sie deshalb: »Mir blieb die Wahl zwischen diesem Leben und dem Tod.«

Nahezu unbeeindruckt überging die Zofe ihre Worte. »Was genau hat der Lord zu dir gesagt?«

»Ich …« Sie runzelte die Stirn. »Ich weiß es nicht mehr.«

»Erinnere dich!«, forderte Katrey nun streng.

»Es ging alles so schnell. Ich hatte Angst. Keine Ahnung, was er gesagt hat. Warum ist das so wichtig?«

»Weil es vielleicht erklärt, warum du hier bist. Ich habe jedenfalls einen Verdacht.«

Nuria schloss die Augen. Wieder sah sie sich auf Amadees Rücken. Fühlte, wie sie fiel. Das Wasser. Die Reiter. Schlagartig öffnete sie die Augen. Die Erinnerung war schwer zu ertragen. »Er sagte, ich soll mein altes Leben hinter mir lassen und vergessen, wer ich bin.«

Katrey sah jetzt zu ihr und nickte schmallippig. Dann blickte sie wieder in die Truhe. Mit beiden Händen hob sie ein Kleid heraus. Es war aus blauer Seide. Der Kragen und die Trompetenärmel waren mit silbernen Borten verziert. Sie hielt es mit ausgestreckten Armen von sich weg. »Wie ich vermutet habe …«

Nuria starrte sie an. Alles in ihr weigerte sich zu verstehen.

»Kommst du wirklich nicht selbst drauf?« Katrey machte eine ausladende Geste, die ihre Umgebung mit einschloss.

Ein Schaudern zog sich über Nurias Körper. »Sag mir, wessen Kammer das ist.«

»Es war eines von Lady Miriams Gemächern.«

Nuria sog scharf die Luft ein. Dabei trat sie ein paar Schritte zurück. Plötzlich kam die bislang verschleierte Erkenntnis über sie. Flüsternd sprach sie es aus. »Ich soll sie ersetzen.«

»Ja, es sieht ganz danach aus«, erwiderte Katrey trocken. Sie schien ihre ganze Aufmerksamkeit jetzt dem Kleid vor sich zu widmen. »Etwas zerknittert, doch es müsste gehen.«

Nuria starrte mit weit aufgerissenen Augen und geöffnetem Mund zu Boden. Ihre Gedanken rasten. Was bedeutete das für ihre Zukunft? War es besser oder schlechter als das, was sie gestern noch vermutet hatte? Sie fand keine Antwort darauf. »Vielleicht ist das alles ein Irrtum.« Sie sah auf zu Katrey. »Was genau hat er zu *dir* gesagt?«

»Ha«, lachte Katrey kurz auf. »Glaubst du wirklich, Lord Tarik weiht mich in seine Gedanken ein? Er sagte nicht mehr und nicht weniger als sonst.«

»Geht es etwas genauer?«

»Herrgott …«, stöhnte sie auf. »*Geh in die Kemenate und mach, was deine Aufgabe ist.* Das hat er gesagt. Ich bin es gewohnt, besser keine Fragen zu stellen, wenn er Befehle gibt. Darum bin ich hergekommen. Und hier fand ich dich vor.« Sie zuckte die Schultern. »Seine genauen Pläne wird er dir schon früh genug mitteilen. Ich werde bis dahin dafür sorgen, dass du bereit bist.«

»Und das heißt *was?*«

»Ich werde dir jetzt ein Bad einlassen und dich neu einkleiden, damit du ihn nicht mit deiner Erscheinung beleidigst.«

»Ich soll zu ihm …?« Nurias Finger berührten den Ansatz ihres Halses. Der Gedanke, Lord Tarik erneut gegenüberzustehen, schnürte ihr die Luft ab. Beinahe überhörte sie Katreys Frage.

»Verrätst du mir deinen Namen?«

Noch immer starrte sie vor sich hin.

»Hallo!« Die Kammerzofe winkte. »Komm zu dir. Wie heißt du?«

»Nuria.«

»Das klingt hübsch.« Katrey lächelte ihr beinahe aufmunternd zu. »Folge mir nach unten. Wir …« Ganz plötzlich hielt die Dienerin inne und griff sich an die Schläfe. Dabei machte sie einen gequälten Laut, der verriet, dass sie Schmerzen litt.

»Was ist mit dir?« Nuria hielt auf sie zu. Doch der Moment war so schnell vorbei, wie er gekommen war.

»Schon gut.« Katrey richtete sich wieder auf und machte klar, dass sie keine weitere Erklärung abgeben würde. »Dein Bad muss warten. Er will dich jetzt sehen.«

Nuria stellte keine Fragen, obwohl ihr so viele durch den Kopf gingen. Hatte *er* diesen Schmerz ausgelöst? Es würde zu dem Bild des gefühllosen Herrschers passen, das sie von ihm hatte.

Sie folgte Katrey aus der Kammer und betrat die Gänge der Burg. Anders als in ihrer Kemenate war es hier kalt und klamm. Der Geruch vergangener Tage hing in der Luft – muffig hölzern, mit einem Hauch von Asche. An den Wänden aus Feldsteinen hingen Wandfackeln in eisernen Halterungen, die sich von selbst entzündeten. Staunend betrachtete Nuria das Schauspiel. Alles hier war neu für sie und barg Geheimnisse, die verschlossenen Spitzbogentüren ebenso wie die weißen Tücher an den Wänden, die etwas verhüllten.

»Hier entlang«, durchschnitt Katrey Nurias Gedanken. Sie kamen zu einer breiten steinernen Treppe, die fein geschwungen war und eine Art Zwilling genau gegenüber besaß. Auf ungefähr der Hälfte ihrer Länge wurden die beiden Treppen zu einer. Diese floss geradezu in eine mächtige Vorhalle, die so hoch war, dass man sicher fünf Männer hätte übereinanderstellen können. Nuria musste achtgeben, um vor lauter Staunen nicht zu stolpern, während sie die Stufen hinabstieg. Noch nie in ihrem Leben war sie in einem Haus aus Stein gewesen – geschweige denn auf so einer Treppe.

Katrey blieb vor einer großen Flügeltür stehen. Sie wurde bewacht von zwei Gesichtslosen. »Öffnet uns«, verlangte sie selbstbewusst. Diesen letzten Moment nutzte sie, um Nuria Anweisungen zu erteilen. »Sprich nur, wenn er dich dazu auffordert. Höre gut zu, was er sagt. Seine Geduld mit unsereins ist schnell erschöpft.«

Nuria nickte nur und versuchte sich Katreys Worte einzuprägen. Neben ihr trat sie auf die verzierten Fliesen eines Saals, dessen Herrlichkeit sie bloß noch am Rande wahrnahm. Die kunstvoll bemalte Holzdecke. Die Teppiche an den Wänden sowie die zahlreichen Feuerstellen, in denen orange Flammen züngelten. Ihre Augen waren auf das gerichtet, was sich vor ihr befand. Es brauchte ihre ganze Willenskraft, die aufsteigende Panik niederzudrücken.

Lord Tarik hielt den Blick starr auf sie gerichtet. Breitbeinig saß er auf einem mächtigen Thron, der düsterer nicht hätte sein können. Aus schwarzem Holz gefertigt, prangten die schmerzverzerrten Fratzen von Dämonen auf der übergroßen Rückenlehne.

Als würden sie von ihm dort gefangen gehalten, war Nurias erster Gedanke.

Vor dem Lord machte Katrey eine tiefe Verbeugung, was dieser bloß mit einer wischenden Handbewegung würdigte. Katrey verzog sich daraufhin in eine Ecke und ließ Nuria allein zurück.

Schutzlos stand sie vor ihm. Wie ein Kaninchen im Angesicht eines blutrünstigen Jagdhundes. Gestern im Wald war er ihr schon stark und unbesiegbar vorgekommen. Jetzt – ihr Leben in seiner Hand – erschien er Nuria geradezu übernatürlich.

»Dein Fluchtversuch ...« Seine tiefe Stimme hatte keine Eile beim Sprechen. »Ich werde ein einziges Mal über diesen Ungehorsam hinwegsehen.«

Nuria lag die Wahrheit auf der Zunge, doch sie erinnerte sich an Katreys Worte.

»Du tust gut daran, nicht noch einmal solche Nachsichtigkeit von mir zu erwarten. Verstehst du das?«

»Ja.«

»Dann sage ich dir jetzt, warum du noch am Leben bist.«

Nuria bekam eine Gänsehaut. Hatte die Kammerzofe recht mit ihrer Vermutung?

»Du hast dein Leben einer beliebigen Laune der Natur zu verdanken. Einem Zufall, der dich aussehen lässt, wie Lady Miriam einst ausgesehen hat.«

Es ist also wahr, dachte Nuria fassungslos.

»Noch bin ich nicht sicher, ob dein Anblick mich bloß quält. In diesem Fall hättest du nicht mehr viel vom Leben zu erwarten. Vielleicht aber ...« Lord Tariks Finger spielten mit einem Ring. Er blickte Nuria einen Moment lang wortlos an. Dabei meinte sie, dass sein Ausdruck etwas weicher wurde, dann aber wieder verschlossen und hart. Zweifellos schien er über etwas nachzudenken. Das Warten war für sie beinahe nicht mehr zu ertragen, da sprach er weiter. »Vielleicht schaffst du es, mein Herz zu heilen.«

Nuria hielt nur mit Mühe an sich. Seine Worte klangen, als litte Lord Tarik Qualen wegen Lady Miriams Tod. Was war der Grund? Liebe oder Schuldgefühle?

Mit einem Mal setzte er sich aufrecht hin und legte beide Hände auf den Armstützen seines Throns ab, gerade so, als wollte er seinen Worten Nachdruck verleihen. »Deine einzige Aufgabe wird fortan sein zu werden, wie Lady Miriam war. Dein Äußeres wird berichtigt. Wenn mir gefällt, was ich sehe, wirst du daraufhin lernen, dich wie sie zu bewegen, wie sie zu sprechen, wie sie zu atmen. So lange, bis nichts mehr auf den Menschen hinweist, den deine Mutter einst geboren hat. Hast du auch das verstanden?«

Nuria nickte, obwohl sie jetzt schon nicht mehr hätte wiedergeben können, was er eben aufgezählt hatte. Alles, was sie noch wusste, war, dass er sie auslöschen wollte.

Lord Tarik fuhr fort. »Du hast im Wald geschworen zu vergessen, wer du bist. Dieser Schwur gilt jetzt und für alle Zeit. Wenn ich das Wort in höflicher Rede an dich richte, meine ich nicht das Mädchen aus Pago. Ich meine dann Lady Miriam. Mein einziges Interesse gilt ihr. Du kümmerst mich nicht. Je mehr du mich also an meine Gemahlin erinnerst, desto besser für dich. Ist auch das klar?«

Nuria schwirrte der Kopf von dem, was er Unglaubliches verlangte. »Ich weiß nicht«, stieß sie erschrocken aus. »Wie soll ich das hinbekommen?«

»Das war nicht meine Frage«, presste er zwischen den Zähnen hervor.

»Aber was Ihr verlangt …«

»Beantworte meine Frage.« Ihn verließ hörbar die Geduld. »Hast du verstanden, was ich erwarte?«

»Ja«, war ihre Antwort. In ihrem Kopf aber schrie eine Stimme: Nein!

Er nickte bedächtig und wurde wieder ruhiger. »Wenn du es schaffst, den Schein vor mir zu wahren, erwartet dich das Leben als Herrin von Area.«

»Was passiert, wenn ich es nicht schaffe?«

Lord Tariks Auge zuckte.

Nuria deutete es als Reaktion auf ihren erneuten Ungehorsam. *Sprich nur, wenn er dich dazu auffordert*, hörte sie Katreys Worte in ihrem Kopf.

Er ließ noch einmal Gnade walten und überging ihre Verstocktheit. »Wenn du es nicht schaffst, habe ich keine Verwendung für dich. Du wirst sterben.«

Nuria schluckte trocken. Sie wusste, er meinte das, was er sagte. Angesichts dieser schrecklichen Perspektive zögerte sie kurz. Dann aber gab sie ihrem inneren Drang weiter nach. Aus dem Augenwinkel erkannte sie noch, wie Katrey eine Geste machte. Nuria ignorierte sie. »Werde ich meine Familie je wiedersehen?«

Lord Tarik verengte zornig die Augen. »Dein Geplapper ist besser das Erste, was du ablegst. Ansonsten begnüge ich mich vielleicht damit, dass du bloß wie meine Gemahlin aussiehst, und schneide dir die Zunge heraus.«

Diese Drohung war deutlich genug. Nuria schwieg und presste die Lippen aufeinander. Nichts, was ihr jetzt noch auf der Seele brannte, konnte wichtig genug sein, um es auszusprechen. Auch nicht die Frage, wo man Amadee hingebracht hatte.

Lord Tarik erhob sich. »Noch etwas.« Seine lederne Rüstung knirschte. Langsam kam er auf sie zu. »Du wirst nur so viel über Lady Miriam erfahren, wie du wissen musst, um deine Aufgabe zu erfüllen. Sprich darüber hinaus niemals mit irgendwem über die Umstände ihres Todes oder über Magie.« Mit seinem letzten Wort hatte er sie erreicht. Nur einen Schritt von ihr entfernt blieb er stehen und blickte auf sie herunter.

Für diesen Moment sah Nuria das Antlitz des Lords so gut wie nie zuvor. Dabei erkannte sie erstmals ihren Irrtum. Hier, wo zahlreiche Feuer den Saal mit Licht fluteten, zeigte sich, dass seine Haut weniger braun war und vielmehr golden. Ein außergewöhnlicher Anblick für sie, die sie seit Jahren nur noch weiße Haut kannte. Während jene unglaublichen Augen sie eingehend betrachteten, fielen ihm kürzere Strähnen seiner dunklen Haare in die Stirn. Er strich sie nachlässig zurück. Dabei wurde ein Duft aufgewirbelt, der Nuria kurz vergessen ließ, wie tödlich er war. Plötzlich hielt sie seinem Blick nicht länger stand. Sie war sich ihrer zerlumpten Erscheinung allzu bewusst. Der Dreck des Waldes haftete an ihr. Lange, wirre Strähnen umrahmten ihre Schultern, da ihr geflochtener Zopf sich gelöst hatte. Dabei reichten sie bis weit über ihre Hüfte. Nuria war in diesem Moment wahrlich dankbar für ihren Umhang. Lächerlicherweise gab dieses alles umhüllende Kleidungsstück ihr das Gefühl von Sicherheit, weshalb sie die Kordel vor ihrem Hals mit den Händen umfasste.

Er sah es. »Du wirst dich deiner alten Kleidung entledigen und sie ins Feuer werfen. Etwas Derartiges trägt die Herrin Griseos nicht.« Seine Hand legte sich auf den Knauf seines Schwertes.

Nuria sah, wie er es langsam aus der Scheide zog. Wie am Vortag im Wald war auch diesmal das Schleifen für sie nur schwer auszuhalten – verhieß dieses Geräusch doch niemals etwas Gutes. Im nächsten Moment trat er einen Schritt zurück und richtete die Spitze der surrenden Klinge auf ihren Hals. Nuria fühlte die Hitze, die davon ausging. Sie biss die Zähne aufeinander, um das Glühen zu ertragen. Ihr Körper begann zu zittern – aus Furcht und aus Schmerz. Dann gewahrte sie ein Rucken seines Kinns. Lord Tarik sah auf ihre Hände. Nuria verstand und ließ die Arme sinken. Das Schwert machte eine kleine, schnelle Bewegung. Im Bruchteil eines Moments hatte die Klinge die Kordel durchschnitten. Schwer fiel ihr Umhang zu Boden. Zurück blieb das Gefühl von Nacktheit.

Lord Tarik ließ die Waffe wieder sinken. Er begann Nuria zu umrunden und kam hinter ihr zum Stehen.

Was hatte er als Nächstes vor? Nicht zu sehen, was er in ihrem Rücken tat, machte die Lage noch bedrohlicher für sie. Nuria richtete ihre übrigen Sinne dorthin aus, wo er stand. Unvermittelt spürte sie eine Berührung und zuckte zusammen. Lord Tarik nahm ihr Haar in seine Hände. Eine Bewegung in der Ecke der Halle ließ Nuria dorthin sehen.

Katrey fasste sich abermals an die Schläfe und sackte ein Stück in sich zusammen. Sofort machte sie sich auf zum Lord. »Was wünscht Ihr, Herr?«, fragte sie, als sie ihn und Nuria erreichte.

»Sag mir, wie lang war es?«

Nuria nahm einen Finger auf ihrem Rücken wahr. Dann hörte sie Katrey sagen: »In etwa so.«

»Halt es fest.«

Das Nächste, was Nuria spürte, war, wie ihr volles Haar hoch in die Luft gehoben wurde. Das Surren des Schwertes kam ihrem Ohr wieder näher. Ein kurzes Knistern folgte, dann ein eindeutiger Geruch.

Lord Tarik umrundete Nuria erneut. In seiner Faust hielt er die abgesengten Strähnen. Seine Finger öffneten sich, und das Haar in der Länge eines Arms schwebte geräuschlos zu Boden.

Nuria fühlte sich entblößt und gedemütigt. Sie wusste, sie sollte sich besser an dieses Gefühl gewöhnen. Die kommende Zeit würde beherrscht davon sein, dass sie verleugnete, wer sie einst gewesen war. So sehr es ihrem Wesen auch widerstrebte, sie würde sich fügen und tun, was Lord Tarik verlangte – jedoch nur zum Schein! Alles in ihr schrie nach Rache. Rache für den Tod ihrer Mutter. Rache für ihren Vater. Rache für Pago. Ja, sogar Rache für ihre langen Haare, die ihr nun bloß noch bis unter die Schulterblätter reichten. Unweigerlich musste sie an Justors Worte denken. *Hole dir die Gabe des Winters. Befreie dich damit. Es gibt sie wirklich.*

Lord Tarik sah Nuria noch immer an, als könnte er ihre Gedanken lesen. Jetzt richtete er das Wort an Katrey. Er wies dabei auf das Haar zu seinen Füßen. »Lass dieses Weiß verschwinden. Ich will es fortan nie mehr sehen.«

»Sehr wohl.«

5

Nuria ließ sich von Katrey aus dem Saal führen und dann durch Griseos Flure schieben. Deutlich spürte sie die sanft drängende Hand der Kammerzofe auf ihrem Rücken. Sie ergab sich ihr. Irgendwann fand sie sich in der Burgküche wieder.

Es musste eine ganze Weile vergangen sein, da fragte sich Nuria, wie lange sie schon auf diesem Schemel saß. Sie hatte ihre Gedanken über das, was sie heute erfahren hatte, ergebnislos abgeschlossen und erhob sich jetzt. Daraufhin umrundete sie eine riesige Kochstelle in der Mitte, deren deckenhoher Rauchabzug aussah wie ein Dach auf vier hölzernen Säulen. Über dem Feuer blubberte Wasser in einem mächtigen Kessel. Dahinter fand sie Katrey.

»Dein Bad ist gleich für dich bereit.«

Richtig. Deshalb waren sie hier. »Ist gut«, erwiderte Nuria matt. Sie trat an den Zuber. Er war zur Hälfte mit Wasser gefüllt. Die glatte Oberfläche warf kleine Wellen, als sie die Finger ihrer rechten Hand darin eintauchte. Das Wasser war kalt.

In diesem Augenblick trug Katrey eine so große Schöpfkelle an ihr vorbei, dass sie sie mit beiden Händen halten musste. »Vorsicht. Heiß!«, warnte sie und kippte die dampfende Flüssigkeit in den Bottich. Gleich darauf ging sie zurück zum Kessel, um den Vorgang zu wiederholen. »Ich mache es dir angenehm warm. Wirst schon sehen, danach fühlst du dich wie ein neuer Mensch.«

Nuria bemerkte das unpassende Wortspiel als Erste, gleich darauf auch die Kammerzofe.

Sie hielt inne und wirkte betroffen. »Tut mir leid. So meinte ich das nicht.«

»Schon gut. Die Lage ist wohl für uns beide neu.«

»Allerdings.«

Wenig später stieg Dampf aus dem Zuber auf, und Nuria glitt hinein in das wohlig warme Nass. Unweigerlich musste sie die Augen schließen. Sie hatte keine Ahnung, wann sie das letzte Mal ein Bad genommen hatte. Es musste eine Ewigkeit her sein.

Katrey reichte ihr ein blassrosa Stück Seife. »Hier. Hilft gegen den Dreck und tut auch dem Gemüt gut. Riech mal.«

Ein wundervoller Duft stieg ihr in die Nase. Er kam ihr bekannt vor.

»Rosen.« Katrey hatte ihren Blick richtig gedeutet. »Sie wachsen im schneelosen Garten.«

»Wo?«

Sie grinste. »Du weißt nichts davon? Glaub mir, so was hast du noch nicht gesehen. Es ist wunderschön dort.«

Nuria zweifelte ernsthaft daran, dass es an diesem schrecklichen Ort irgendetwas gab, das sie mit *wunderschön* bezeichnet hätte. Dennoch lächelte sie schmallippig. »Was wird jetzt mit mir passieren?«

»Du hast Lord Tarik ja gehört. Dein Äußeres soll angepasst werden. Ich muss dir dein Haar färben.«

Der Gedanke daran war seltsam. Wie mochte es sein, das eigene Spiegelbild derart verändert zu sehen? »Wie trug es Lady Miriam?«

»Hellrot, orange und golden. Wie die Farben eines Sonnenuntergangs. Sie mochte es außerdem aufwendig geflochten. Mal sehen, ob ich das überhaupt noch kann.«

»Und wenn das getan ist? Was passiert danach?«

»Du wirst mit Lord Tarik speisen. Ebenso, wie Lady Miriam es jeden Abend getan hat.«

Sie sah der Kammerzofe ins Gesicht. »Du meinst, wir sitzen beisammen an einem Tisch?« In ihr wallte das Bedürfnis auf, hysterisch zu lachen. »Wie soll ich mich dabei verhalten? Was ist, wenn ich einen Fehler mache?«

»Es wird dir schnell möglich sein, seine Reaktionen zu deuten. Er hat … die Möglichkeit, dich wissen zu lassen, was er will.«

»Was meinst du damit?«

Katrey wandte sich abrupt einer Anrichte zu, auf der zwei Schalen standen. Es war offensichtlich, dass sie nicht weiter darüber sprechen wollte. »Ich will dir keine Angst machen. Alles, was du für diesen ersten Abend wissen musst, weißt du bereits. Schweig, bis er dich anspricht. Wenn er es tut, verhalte dich, als wärst du edler Herkunft.«

In Gedanken wiederholte Nuria die letzten Sätze, um sie zu verinnerlichen. Wirklich schlauer war sie dadurch aber nicht. Es gab nur eine Sache, über die Nuria meinte, Gewissheit zu haben. Lord Tarik besaß ein Herz, so kalt wie der Schnee über Pago! Vielleicht, dachte sie beißend, war das ja tatsächlich alles, was sie wissen musste, um den heutigen Abend zu überstehen. Sie sah nun, wie Katrey von der Anrichte zurückkam, in der Hand die zwei Schalen. Sie hielt sie so, dass Nuria hineinsehen konnte.

»Hiermit machen wir dich zur Herrin von Griseo.«

Nuria betrachtete die dickflüssige Paste, die eine rot mit goldenen Sprenkeln darin, die andere leuchtend orange. Schon lange hatte sie solche Farben nicht mehr gesehen.

»Bist du bereit dafür?«

»Das muss ich wohl.«

Katrey nickte und bezog den Platz hinter ihrem Kopf.

Das Nächste, was Nuria spürte, waren sanfte Hände. Strähne für Strähne wurde ihr Haar abgeteilt und bearbeitet. Ein seltsamer Geruch stieg ihr in die Nase. Es war eine Mischung aus irgendetwas Essbarem und den Hinterlassenschaften von Pferden. Nuria dachte besser nicht weiter darüber nach.

»Es sind bloß Haare. Nichts weiter …«, versuchte die Dienerin das, was gerade geschah, herunterzuspielen.

Nuria wusste den Versuch zu schätzen. Es änderte jedoch nichts an ihrem Gefühl, Stück für Stück ausgelöscht zu werden. Und das war nur der Anfang. Erst, als jedes Haar von ihr mit der schweren Paste bedeckt war, machte sich eine angenehme Gleichgültigkeit in Nuria breit. Nun war es unwiderruflich geschehen.

»Ich komme gleich wieder. Dann wasche ich dein Haar aus.« Bevor sie ging, brachte sie noch eine Schöpfkelle voll mit heißem Wasser und goss den Inhalt in den Zuber. »Versuche dich etwas ausruhen.«

Nachdem Katrey die Küche verlassen hatte, sank Nuria bis zu den Schultern ins Wasser. Mit den Fingern tastete sie nach der Rosenseife. Als sie diese zu fassen bekam, drehte sie sie in den Händen, bis ein weicher Schaum entstand. Nuria rieb sich damit die Arme und Beine ein und vernahm dabei das leise Plätschern des Wassers. Wärme umgab sie. Der wundervolle Duft der Seife war so intensiv, dass er den der Paste in ihren Haaren zum Glück überdeckte. Für einen Moment gelang es ihr, alles um sich herum zu vergessen, als ein Geräusch sie in die Wirklichkeit zurückholte.

Es war wie ein Aufheulen. Dann folgte ein langgezogenes Jammern, das mittels eines Windzugs durch die Burg entfloh. Eine schwere Tür krachte zu. Nuria umklammerte die Seife fester. Ihr Blick ruckte in die Richtung, in die Katrey verschwunden war. Sie verharrte reglos, bis das Wasser im Zuber sich gänzlich beruhigt hatte.

»Katrey?«, rief sie jetzt, als nichts weiter geschah. »Bist du das?« Ihr Reden hinterließ kleine Wellen im Wasser. Ansonsten war es still um sie herum. Es muss der Wind gewesen sein, fasste Nuria für sich zusammen. Da erklang von irgendwo aus den weit verzweigten Gängen der Burg eine Stimme. *Holt mir Thymian. Und Nelken und Zimt … Zimt … Zimt.* Nuria fuhr zusammen und bekam eine Gänsehaut am ganzen Körper. Sie sah in jeden Winkel. »Wer hat da gesprochen?« Das eindeutige Gefühl, nicht allein zu sein, wurde bestätigt. Die Kräuterbündel, die an eisernen Haken von der Decke hingen, schaukelten plötzlich hin und her. »Wer ist da?« Niemand antwortete. Nuria spürte, wie es ihr kalt den Nacken herunterlief. Augenblicklich begann sie zu frösteln. So sehr, dass sie nun zitterte und ihre Zähne aufeinanderschlugen. Doch es war nicht der Angst geschuldet. Ein Blick auf das Wasser bestätigte, was eigentlich unmöglich war. Es hatte aufgehört zu dampfen und wurde kälter und kälter. »Was passiert hier?« Gerade als sie im Begriff war, aus dem Zuber zu springen, hörte sie die Tür der Burgküche knarren. Katrey kam wieder herein. Über ihren Arm hing das blaue Kleid, welches sie zuvor in Nurias Beisein aus der Truhe geholt hatte.

»So, nun werden wir dein Haar auswaschen und …«

»Wer hat da eben gesprochen? Ich habe eine Frau gehört.«

Katrey blieb stehen. »Gesprochen?«

»Ja, ganz eindeutig. Wer war das?«

»Du musst dich irren.«

»Nein. Es war da«, beharrte sie. »Ich habe es gehört!«

»Auf Griseo gibt es keine Frauen. Keine außer uns.« Die Dienerin lächelte und legte das Kleid derweil auf einer Bank ab. Beruhigend, wie ein Singsang, redete sie vor sich hin. »Nur Wachen, Bedienstete, verlassene Räume, dunkle Gänge, ein Lord.«

»Die Kräuter«, erklärte Nuria weiter und zeigte darauf. »Sie haben sich von selbst bewegt.«

Katrey lachte auf. »Diese Kräuter?«

»Wenn ich es dir doch sage.«

Die Kammerzofe nahm den Zeigefinger hoch und zog ihn durch ein Spinnennetz, das an einem der Bündel haftete. Sie schüttelte den Kopf. »Die haben sich das letzte Mal bewegt, als die Köche sie gepflückt haben. Und das war vor dem Schnee.«

Nurias Herz pochte noch immer so schnell, als wollte es ihr aus der Brust springen. Dennoch begann sie an sich zu zweifeln. Gleichzeitig bemerkte sie etwas im Augenwinkel. Dampf stieg wieder vom Badewasser hoch. Eben noch war es eiskalt gewesen. Während sie über eine logische Erklärung nachsann, legten sich zwei Hände auf ihre Schultern und zogen sie sanft zurück. Das Plätschern des Wassers, mit dem ihr Haar ausgespült wurde, drang an ihr Ohr. Alles war, als hätte es den unheimlichen Moment während Katreys Abwesenheit nicht gegeben.

Die Kammerzofe hüllte Nuria schließlich in große Tücher und half ihr beim Einkleiden. Dann führte sie sie zurück in ihre Kammer, wo sie eine lange Zeit an ihr herumzupfte und sie kämmte.

Nuria ließ alles mit sich geschehen.

»Fertig«, verkündete Katrey schließlich mit stolzer Miene. Die Hände unter dem Kinn gefaltet, sagte sie: »Ich kann nicht glauben, was ich sehe. Vor mir steht Lady Miriam.« Zwei Atemzüge lang betrachtete sie Nuria. Ihr Blick veränderte sich dabei, nahm einen traurigen Zug an. Dann schüttelte sie kurz den Kopf und vertrieb offenbar die Erinnerung. »Du kannst dich ansehen, wenn du magst. Dort steht ein Spiegel.«

Die viele Seide um Nuria herum raschelte, als sie sich erhob. Noch war das Bild von sich selbst in ihrem Kopf unverändert. Etwas in ihr erwartete deshalb, gleich das lange weiße Haar zu sehen. Die blasse Haut. Das dunkle, wollende Kleid mit seinen vielen Rissen und Flicken. Als der Spiegel ihr die Wirklichkeit zeigte, schlug Nuria sich die Hand vor den Mund.

»Was hast du mit mir gemacht?«, flüsterte sie so leise, dass

Katrey es unmöglich hören konnte. Vorsichtig berührte sie ihr Haar, das in Flammen zu stehen schien. Die Farben der einzelnen Strähnen waren so intensiv, dass ihr beinahe die Augen schmerzten. Die obere Hälfte ihrer Haare war hochgesteckt – an den Seiten war es aufwendig geflochten und gedreht. Der Rest fiel offen über ihre Schultern.

Katrey trat hinter sie und blickte über Nurias Schulter ebenfalls in den Spiegel. »Gefällt dir das Kleid?«

Nuria fühlte sich fremd in ihrem eigenen Körper. *Nein*, wollte sie sagen. Noch nie hatte sie Kleider gemocht. Schon die schlichten aus Leinen und Wolle waren ihr zuwider. Unpraktisch beim Reiten. Irreführend in Bezug auf ihr Wesen. Warum, um alles in der Welt, sollte sie nun dieses Ungetüm aus Seide, Silberfäden und verzierten Borten mögen, das ihr zudem das Atmen erschwerte?

»Du wirst dich schnell daran gewöhnen. Bald liebst du diese Kleider. Ganz bestimmt.« Die Dienerin hatte ihren Ausdruck wohl richtig gedeutet und war schon wieder mit etwas anderem beschäftigt. Fleißig raffte sie Nurias alte Habe zusammen. »Von diesen Lumpen kannst du dich jetzt verabschieden. So etwas wirst du wohl niemals mehr am Leib trag …« Plötzlich ließ sie alles fallen. Wieder griff sie sich mit schmerzverzerrtem Gesicht an die Schläfe.

»Katrey?«

»Lass nur«, sprach sie gequält und hob die Hand. »Er erwartet dich jetzt.«

Es war erst das dritte Mal, dass Nuria es mitbekam, doch schon jetzt schürte es ihre Wut. »Tut *er* das? Spricht er auf diese Weise zu dir?«

Katrey blieb ihr die Antwort schuldig. »Schnell. Lord Tarik wartet nicht gern.«

Nuria gehorchte lieber, schließlich wusste sie nicht, ob er sich sonst an ihr ausprobierte. Wieder folgte sie Katrey durch die zahlreichen Gänge der Burg. Keiner kam ihr bekannt vor, bis sie die gewundenen Treppenaufgänge erreichten. In der Vorhalle hielten sie sich rechts. Der Tür des Thronsaals gegenüber befand sich eine kleinere Rundbogentür. Sie war geöffnet. Was Nuria dadurch erspähte, machte sie sprachlos. Eine Tafel, so lang wie drei Männer groß waren, vollgestellt mit so vielen Speisen, dass ganz Pago tagelang davon hätte essen können. Doch nur zwei Teller waren aufgedeckt – jeweils an den kurzen Seiten.

»Noch nicht«, hielt Katrey sie auf und fasste sie beim Arm. Ihre Stimme war nur mehr ein Flüstern. »Erst setzt er sich. Dann gehst du hinein. So hat es Lady Miriam stets gewollt, damit er sich an ihrem Anblick erfreuen kann.« Während sie das sagte, wies sie auf die gegenüberliegende Tür.

Kurz darauf erschien Lord Tarik genau dort. Ein Mann mit einer Hellebarde ließ diese jetzt dreimal auf dem Boden aufkommen. »Lord Tarik«, kündigte er an.

Der Herrscher hielt sogleich auf seinen Platz zu. Sein knielanger Mantel war aus feinstem Brokat. Die Rüschen seines Hemdes an Hals und Handgelenken wippten bei jedem seiner Schritte.

»Jetzt du«, sprach Katrey. »Und denk daran. Du bist nicht Nuria. Du bist Lady Miriam.«

»Aber …«

»Geh!«

Nuria hätte am liebsten mit dem Fuß aufgestampft. Diese Worte konnte man ihr noch so oft sagen, sie halfen ihr nicht weiter. Noch nie war sie einer Adligen auch nur nah gewesen. Woher sollte sie wissen, wie solche Frauen sich verhielten?

»Geh schon!«, beharrte Katrey.

Es blieb ihr nichts anderes übrig, als so zu laufen, wie sie eben dachte, dass es richtig war. In der Hoffnung, wenigstens ein bisschen wie eine Lady auszusehen, hielt sie sich übermäßig aufrecht. Mit angehaltener Luft betrat Nuria den Saal. Weil sie nicht wusste, was sie mit ihren Armen machen sollte, legte sie sie rechts und links eng an den Körper. War das der Gang einer Dame?, fragte sie sich verzweifelt. Wohl kaum. Nuria kam sich lächerlich vor, wie einer der Wachhabenden beim Kontrollgang auf dem Mauerring – nur eben in einem Kleid. Sie wagte nicht zu Lord Tarik zu blicken. Er jedoch sah offenbar zu ihr.

»Lauf langsamer!«, verlangte er in einem Ton, der nicht ein Fünkchen Geduld in sich trug.

Nuria gehorchte. Sie spürte seinen Blick mit jeder Faser ihres Körpers, scharf wie die Klinge seines rot glühenden Schwertes.

»Leg deine rechte Handfläche auf deinen linken Handrücken.«

Nuria tat, was er wollte. Zu ihrer Überraschung machte diese Haltung etwas mit ihr. Das Schreiten fiel ihr leichter – wenigstens ein winziges bisschen. Kurz sah sie doch zu Lord Tarik. Etwas Neues glomm in seinem Blick auf. Es war das Gegenteil von Abneigung. Als sie endlich ihren gepolsterten Stuhl erreicht hatte, war der Ausdruck wieder verschwunden. Sie warf sich regelrecht auf ihren Platz. Es war wie das Erreichen eines rettenden Ufers für jemanden, der nicht schwimmen konnte.

Lord Tarik jedoch ließ nicht zu, dass sie seinem prüfenden Auge vorschnell entschwand.

»Sieh mich an.«

Nuria schlug die gesenkten Lider wieder auf. Ihre Blicke trafen sich. Dabei erkannte sie, dass Lord Tarik etwas suchte. Er forschte geradezu nach Fehlern im Bild. Jetzt galt es abzuwarten, ob die Wirklichkeit mit seiner Erinnerung übereinstimmte. Sein Ausdruck wurde hart und unangenehm.

»Dein Haar …«, begann er. »Es ist zu rot. Ich will es mehr golden.«

Nuria hatte unterschätzt, was es mit ihr machte, begutachtet und für ungenügend befunden zu werden. In ihr begann es zu brodeln.

»Und benutze mehr von der Rosenseife. Ich kann sie kaum riechen.«

Sie unterdrückte einen Gesichtsausdruck, der verriet, was sie wahrlich dachte. Mehr Rosenseife? Der intensive Geruch hüllte sie ein wie ein Bienenschwarm, dessen Nest man mit einem Stock zerschlagen hatte. Es war ihr nicht klar gewesen, dass selbst die Seife Teil ihrer Anpassung war. Vorhin noch war es ihr wie ein Privileg vorgekommen, so zu duften. Nun änderte sich ihr Empfinden dazu. Der Geruch von Rosen wurde zu einem Gestank. Er war jetzt überall, raubte ihr fast die Luft zum Atmen. Wie konnte er das nicht riechen?

»Iss!«, forderte er auf eine Weise, die keinen Widerspruch zuließ. Nuria gehorchte. Bei den ersten Bissen war ihr Hals wie zugeschnürt. Dann aber, als der herrliche Geschmack von Fleisch und Brot und Käse sich in ihrem Mund ausbreitete, stopfte sie immer mehr in sich hinein. Wann hatte sie zuletzt so etwas gegessen? Es war so lange her, dass sie keine Antwort darauf hatte.

»Genug«, beschied Lord Tarik nach einer kurzen Weile. Er sah sie an mit einer Mischung aus Verwunderung und Ekel.

Nuria stierte gierig auf ihren halb vollen Teller. In ihrer Hand war noch immer ein Stück Brot.

»Du bist fertig«, setzte er nach. »Lady Miriam hat ihren Teller niemals ganz leer gegessen.«

Sie öffnete die Finger und ließ das Brot auf den Teller fallen.

Lord Tarik sah ihr noch immer in die Augen. Derweil vollführte seine Hand eine winzige Bewegung.

Ein Gesichtsloser trat ein. Nahezu lautlos ging der Diener mit seinem Krug zu Lord Tarik. Plätschernd füllte er seinen Kelch. Dann kam er zu Nuria und schenkte auch ihr Wein ein.

»Trink!«

Der Duft von Zimt und Nelken drang in ihre Nase. Eine Erinnerung bahnte sich an.

»Ich sagte, trink!«, knurrte er.

Zögerlich griff Nuria nach ihrem Kelch. Niemals zuvor hatte sie Wein getrunken. Allein der Gedanke bereitete ihr Übelkeit. Sie nahm einen winzigen Schluck und stellte den Becher sofort zurück. Der Geschmack war geradezu widerlich.

»Leere den Becher.« Lord Tariks strengem Blick folgte ein Kinnrucken in Richtung des Weins. Es war klar, dass er nicht vorhatte zu debattieren.

Nuria ballte die Fäuste. Der Groll in ihr überdeckte ihr Pflichtgefühl. Reichte es nicht allmählich? Zumindest für den ersten Tag! Hatte sie nicht in kürzester Zeit ihre Heimat verloren? Ihre Familie? Ihr Pferd? Ihr Aussehen? Musste es jetzt auch noch der verdammte Wein sein, den er ihr aufzwang? »Ich denke, ich vertrage das nicht. Wenn Ihr erlaubt, würde ich lieber Wasser trinken.«

»Ich erlaube es nicht. Leere deinen Becher. Und zwar in langsamen Schlucken.«

Das war die Rache, schoss es Nuria durch den Kopf. Jetzt sollte sie den Wein auch noch langsam trinken. Sie begann zu beben vor Zorn. »Nein! Ich trinke das nicht.«

Augenblicklich veränderte sich seine Haltung. Er ließ die Handflächen unter lautem Krachen auf die hölzerne Tischplatte donnern. Schalen und Schüsseln schepperten. Sein Kelch stürzte um. Jetzt sprang er so schwungvoll auf die Füße, dass sein schwerer Stuhl nach hinten schoss. »Tu es!«, schrie er.

Nuria wusste nicht, wie ihr geschah. Ohne es selbst entschieden zu haben, schnellten ihre Hände hoch. Der Schmerz in ihrem Kopf war unerträglich, und er ging einher mit einem Ton, der nicht von dieser Welt zu sein schien. Sie hielt sich beide Schläfen und beugte sich gequält vor. Wie eine Ewigkeit fühlte es sich an, da ließen die Schmerzen allmählich nach. Der Ton in ihrem Kopf verschwand. Zurück blieb ein Gefühl der völligen Erschöpfung. Ihre Lippen waren blutleer. Fassungslos und mit letzter Kraft sah sie auf zu Lord Tarik, der nun auf sie zukam. Neben ihr blieb er stehen und blickte auf sie herunter, als wäre sie zu gar nichts nutze.

Seine Stimme war wieder ruhig, sein Blick erhaben. Er wusste, dass er nun bekommen würde, was er verlangte. »Trink den verdammten Wein aus.«

Nuria griff den Becher und stürzte die Flüssigkeit ihren Rachen runter. Sogleich musste sie dagegen ankämpfen, sich zu übergeben.

»Das war deine erste Lektion. Morgen folgt eine zweite.« Lord Tarik beugte sich zu ihr herunter. Seine Stimme war plötzlich verändert. Sie wurde zu einem sanften Schwingen. »Ich wünsche Euch eine geruhsame Nacht, Liebste.«

Nuria spürte, wie sein Daumen über ihre Wange strich und er sie auf die Stirn küsste. Nein, nicht sie. Er küsste Lady Miriam. Dann verschwand er in den Gängen Griseos, ohne sich umzublicken.

Entkräftet ließ sie sich zurück in den Lehnstuhl fallen. *Er ist wahnsinnig,* flüsterte eine Stimme in ihrem Kopf. Das Nächste, was Nuria wahrnahm, war, wie Katrey sich einen ihrer Arme um die Schulter legte, um sie fortzubringen. Ihre Stimme klang, als spräche sie zu einer Verrückten.

»Du dummes Ding hast wirklich noch viel zu lernen.«

Blutverschmiert saß Justor auf seinem erhöhten Platz in der Halle. Alle hatte er aus seiner direkten Nähe verscheucht – selbst Tuuli. In ihm war so viel Wut, dass er nicht garantieren konnte, vielleicht das Falsche zu tun. Dabei glich es einem Wunder, dass er es bis hierher geschafft hatte.

Eines der Rehe war noch warm gewesen. Sehr wahrscheinlich war es zuletzt getötet worden. Es aufzuschneiden und sich in den offenen Körper zu legen hatte ihm mit Sicherheit das Leben gerettet. Als das Reh selbst zu Eis geworden war, hatte er es geschultert und die restlichen Tiere notdürftig mit Schnee bedeckt. Die ganze Nacht hindurch war er gewandert, bis er Pago schließlich bei Tagesanbruch erreicht hatte.

Sein Erscheinen war ein Schock für viele gewesen. Einige Frauen hatten ihn berühren wollen. Sie hielten ihn für einen Geist. Justor konnte nur ahnen, wie seine Erscheinung wirken mochte. All das getrocknete Blut. Die Brandmale auf seiner Haut, als Zeugnis der Magie, die man an ihm gewirkt hatte. Sein hassverzerrter Blick. Dennoch war er augenblicklich wieder in die Rolle des Dorfvogts gefallen und hatte Befehle erteilt. So waren Falcus und vier weitere Männer bereits unterwegs, um die restliche Beute zu holen, bevor es wilde Tiere taten. Die Frauen hingegen sollten daraus ein Mahl bereiten, das endlich – nach einer Ewigkeit – wieder Sättigung versprach.

Für einen flüchtigen Betrachter hätte es sicher den Anschein gemacht, alles sei in bester Ordnung. Doch in Wahrheit hatte sich einiges drastisch verändert. Justor war nicht mehr derselbe Mensch. Jene zwei Dinge, die seit Jahren sein Antrieb gewesen waren, hatten sich ins Gegenteil verkehrt. Es war ihm, als wäre er mit Anlauf gegen eine Wand gerannt. Seine kleine Schwester befand sich in den barbarischsten Fängen, die es in Area gab, und sein Drang, nach Griseo zu gelangen, würde nun sogar ihren sicheren Tod bedeuten. Es war, als hätte man ihm den Sinn seines Lebens genommen.

Justor sah von seinem Platz aus, wie man ihn verstohlen beobachtete. Seine Erklärung zu den Ereignissen im Wald war knapp ausgefallen. Manche Dinge stellten sich trotz ihrer Grausamkeit schlicht dar. Lord Tarik hatte Nuria gefordert, und seine Schwester war mitgegangen. Sie hatte sich geopfert, um ihn zu retten und Pago Nahrung zu verschaffen. Die leeren Gesichter rund um ihn herum hatten deutlich gemacht, es dürstete sie geradezu nach mehr Antworten. Verschleppungen hatte es nur zu Anfang der Schneezeit gegeben, seitdem nicht mehr. Warum hat Lord Tarik Nuria gewollt? Weshalb erschien sie ihm wertvoll? Was hieß das für ihrer aller Zukunft? Dass Justor ihnen darauf keine Erklärung hatte liefern können, ließ alle mit einem Gefühl der Unsicherheit und Angst zurück.

Keiner machte ihm direkt einen Vorwurf, und doch war ein deutliches Misstrauen spürbar – wie ein alles überragender Findling, der durchs Dach auf die Feuerstelle gekracht war. Unmöglich zu ignorieren. *War es wirklich so gewesen, wie Justor sagte?*, stand in ihren Gesichtern geschrieben. Er konnte es ihnen nicht mal verdenken. Als Dorfvogt sollte er Schutz und Sicherheit gewähren. Stattdessen hatte er bereits am ersten Amtstag seine Schwester verloren. Es war nur eine Frage der Zeit, bis das, was hier in der Halle schwelte, zum Ausbruch käme. Justor wollte darauf vorbereitet sein.

Tarik verwehrte den beiden, die vor seinem Thron knieten, sich zu erheben. Zu wissen, dass ihre Glieder schmerzten, verschaffte ihm Genugtuung. Jedenfalls ein bisschen. Tief in sich wusste er eigentlich, sie hatten seinen Groll nicht verdient. Seit Jahren waren beide ihm treu ergeben. Dennoch ließ er seine Launen regelmäßig an ihnen aus. So auch jetzt. Die Begegnung mit dem Mädchen hatte ihn aufgewühlt. Nur diese beiden wussten, warum. Es einte sie, obwohl die Machtverteilung sie weit voneinander trennte. »Sag mir, Kammerzofe. Was kann so schwer daran sein, Haare zu färben?«

»Ich werde es besser machen, Herr. Morgen wird Euch das Ergebnis zufriedenstellen«, versicherte Katrey, ohne ihn anzusehen.

»Morgen …«, wiederholte er beißend. »Schlimm genug, dass mich ihr Auftreten erst derart beleidigen muss, bis du ein solches Versprechen abgibst.«

»Es wird nie wieder vorkommen!«

Tariks Blick ruckte hinüber zu dem Mann neben Katrey. Im Gegensatz zu ihr sah dieser ihm direkt in die Augen. Seine Stellung war weit höher. Dennoch ruhte seine vernarbte Hand demütigst auf seiner Brust. Tarik machte eine auffordernde Geste. »Ihr seid mein Berater. Beratet mich.«

»Mein Lord. Wenn Ihr mich fragt, sollten wir nicht warten.«

»Was ist Eure Empfehlung?«

»Es wäre ratsam, meine Arbeit vorziehen – nur um sicherzugehen.«

»Was? Das ist doch Blödsinn«, widersprach Katrey ihm harsch. »Sie ist gerade mal einen Tag auf Griseo.«

»Die Vergangenheit hat gezeigt, dass ein Tag manchmal schon genug ist«, erwiderte der Mann.

»Wollt Ihr sie etwa gänzlich verschrecken? Das Mädchen hat in kürzester Zeit alles verloren. Lasst es doch erst einmal zu sich kommen.«

»Als wenn das entscheidend wäre für die Zukunft Areas. Mich mit deiner Naivität rumschlagen zu müssen ist eine Beleidigung für mich. Das Mädchen aus Pago stellt noch immer eine Gefahr dar.«

»Eine *mögliche* Gefahr.«

»Das reicht ja wohl als Grund. Und es ist schließlich nicht der einzige.«

Tarik verspürte große Lust, die beiden zu knebeln. Keinen einzigen Moment schienen sie miteinander im selben Raum auszuhalten. »Aufhören!«, donnerte er.

Beide sahen sofort zu Boden und schwiegen.

Der Mann wandte sich als Erster vorsichtig wieder Lord Tarik zu. »Herr, bedenkt die Gelegenheit, die wir haben. Vielleicht ist *sie* der Schlüssel. Wir dürfen nicht zu lange warten.«

Tarik nickte gemächlich, während er das Für und Wider gegeneinander abwog. »Ich gestatte es. Morgen, gleich nach dem Erwachen.«

Guten Morgen.«

Nuria war gerade aufgewacht. Sie blinzelte. Durch die unzähligen dunklen Locken von Katrey fiel grelles Licht.

»Hast du gut geschlafen?«

»Ja, etwas zu gut sogar.« Es war eine Anspielung auf ihren Zustand vom Vortag.

»Möchtest du etwas essen?«

Auf ihren Lippen lag noch immer der widerliche Geschmack des Weins. »Nein, ich denke nicht.«

»Dann lass mich dich herrichten. Lord Tarik erwartet deine Anwesenheit im Kontor.«

Verschlafen setzte Nuria sich auf. Erst ein Plätschern ließ sie wieder zu Katrey sehen. Die Dienerin goss Wasser aus einem Krug in eine Schüssel. Daneben lag ein Stück Rosenseife. »Was hast du vor?«

»Erinnerst du dich nicht mehr an Lord Tariks Worte? Dein Haar. Es ist ihm zu dunkel.«

Mit Zeigefinger und Daumen zog Nuria sich eine der rötlichen Strähnen vors Gesicht. Noch immer wirkte die Farbe wie etwas, das nicht zu ihr gehörte.

»Wir werden es waschen müssen. So um die fünf bis sechs Mal.«

»Ist das dein Ernst?«

»Nur so bekommen wir die Farbe heller.« Katrey machte eine einladende Geste in Richtung des Stuhls, der vor ihr stand. »Setz dich.«

Hörbar atmete Nuria ein und aus. Sie hatte nicht die geringste Lust dazu, sich zigmal die Haare waschen zu lassen. Doch um Lord Tariks Zorn nicht auf sich zu ziehen, war es wohl unumgänglich. Also nahm sie vor Katrey Platz.

»Ich werde die Rosenseife benutzen. Vielleicht wird der Duft intensiver, wenn auch noch dein Haar danach riecht.«

Ich kann es kaum erwarten, dachte Nuria spöttisch und machte es sich so bequem, wie der Stuhl es zuließ. Ihre Gedanken schweiften bald ab zum gestrigen Abend. Bereits die zweite Nacht hatte sie auf Griseo verbracht, und beide in einer Art Besinnungslosigkeit. Das musste sich dringend ändern, bestimmte Nuria entschlossen. Sie brauchte einen klaren Kopf. Justors Worte im Wald hatten bisher nicht viel Raum einnehmen können. Doch jetzt formten sich die ersten Gedanken dazu. Wenn die Gabe des Winters wirklich existierte, wie ihr Bruder sagte, dann wäre sie ihrem Schicksal vielleicht doch nicht einfach ausgeliefert. Dann verfügte sie möglicherweise bald über magische Kräfte, die ihr halfen, alles zu ertragen – womöglich sogar zu fliehen! Doch worauf konnte sie hoffen? Hinter vorgehaltener Hand erzählte man sich seit Jahren die seltsamsten Dinge. Griseos Mauern hätten die Macht, aus Menschen Magier zu machen. Die Rede war vom Fliegen, vom Atmen unter Wasser, vom Gestaltwechsel Mensch zu Tier. Nuria verlor sich kurzzeitig in haltlosen Annahmen. Was mochte wohl ihre Fähigkeit sein? Vielleicht erhielt sie die Gabe, sich unsichtbar zu machen. In diesem Fall könnte sie einfach aus der Burg spazieren. Oder möglicherweise wäre sie in der Lage, mit ihrem bloßen Blick Stein zu schmelzen. Dann würde sie die Mauern Griseos zerstören. Allein der Gedanke war wohltuend. Aber was dann? Nurias Herz wurde schwer bei ihren nächsten Überlegungen. Sie hätte ihren Schwur gebrochen. Lord Tarik würde sie jagen bis ans Ende der Welt. Und er würde Pago zerstören. Nein, mit einer Flucht wäre niemandem geholfen. Ganz gleich, welche Magie ihr innewohnte, sie würde sie zunächst für sich behalten, bis sie einen guten Plan hatte. In der Zwischenzeit wollte sie so viel wie möglich über das Leben auf Griseo lernen. Und eines beschäftigte sie dabei besonders. Noch immer wusste sie nicht, wozu der Herrscher in der Lage war. Sie sollte sich bemühen, das herauszufinden.

»Katrey?«

»Ja.«

»Was hat Lord Tarik da gestern im Speisesaal mit mir gemacht?«

»Er hat dich dazu gebracht, dass du tust, was er will.«

»Aber wie? Er war … in meinem Kopf. Ist es das, was er auch immer mit dir tut?«

Katrey zögerte. »Ja.«

»Wie macht er das?«

Sie lachte kurz auf. »Du kannst dir sicher denken, dass wir nicht zusammensitzen und ausführlich über seine Kräfte plaudern.«

»Natürlich. Aber dennoch. Du bist schon lange auf Griseo. Du musst es wissen. Welche Fähigkeiten besitzt er genau?«

»Vielleicht weiß ich es«, wich sie ihr wieder aus. »Aber du vergisst, es ist verboten, darüber zu sprechen. Draußen wie auch hier.«

»Früher oder später werde ich es doch sowieso erfahren.«

»Nicht unbedingt. Lord Tarik wendet seine Magie nur sparsam an.«

»Warum?«, bohrte Nuria weiter.

Die Kammerzofe knetete eine Weile ihre Kopfhaut. »Ich wünsche dir, dass du es nicht erfährst.«

Ungeachtet dessen, dass ihr Haar klatschnass war, drehte Nuria sich auf ihrem Stuhl um. »Erkläre es mir!«

Katrey griff nach Nurias Schultern und zog sie zurück. »Du

machst ja alles nass.« Sie brachte sie wieder in Position und legte das Haar erneut in die Wasserschüssel, wo sie es zum wiederholten Male mit der Seife einschäumte. »Das, was du wissen willst, würde dir nicht bei der Erfüllung deiner Aufgabe helfen. Eher im Gegenteil. Vertraue mir.«

Nuria fragte sich, warum Katrey immer nur Andeutungen machte. Sie hatte es sich leichter vorgestellt, mehr zu erfahren. Die Dienerin schien ihre Enttäuschung zu spüren.

»Griseo gibt seine Geheimnisse nur ungern preis. Das kann zermürbend sein. Einige Antworten jedoch wirst du heute sicher trotzdem bekommen.«

»Wie denn?«

»Später triffst du auf Caruzo.«

»Wer ist das?«

»Der Haus- und Hofmagier, wenn du so willst.« Katrey machte eine Grimasse, die zeigte, dass dieser Caruzo sich wohl für etwas Besseres hielt – und sie nichts von ihm. »Er ist außerdem Lord Tariks rechte Hand.«

»Caruzo …«, wiederholte Nuria für sich. Sie hatte diesen Namen noch nie zuvor gehört.

»Er kam zur Burg, kurz bevor Lady Miriam von uns ging …« Sie beendete den Satz offenbar ungern. »Seither lebt er im Westturm. Sie hat ihn nie gemocht.«

Nuria sank auf ihrem Stuhl ein Stück nach unten. Wenn dieser Magier im düstersten Turm von allen hauste, konnte seine Gesellschaft ja kaum angenehm sein. »Was wird er mit mir tun?«

»Ich bin nur eine einfache Dienerin. Was weiß ich schon? Aber nimm dich besser vor ihm in Acht.«

Mal wieder hatte Nuria das Gefühl, dass Katrey ihr weniger verriet, als sie wirklich wusste. Sie ließ es auch diesmal auf sich beruhen. Bei all den Fragen, die ihr im Kopf herumschwirrten, kam es auf eine mehr oder weniger auch nicht an. Und so wie es aussah, blieb ihr noch mindestens ein halbes Leben lang Zeit, diese nach und nach beantwortet zu bekommen.

Als sie schlussendlich vor den Spiegel trat, geriet die Unterhaltung von eben zumindest kurz in Vergessenheit. Staunend drehte Nuria den Kopf. »Du hast es geschafft. Die Farbe ist tatsächlich heller und goldener.«

»Ja. Zu schade, dass es nicht lange hält. Wir werden das Waschen und Färben noch oft wiederholen müssen.«

Nuria trat einen Schritt zurück und strich mit den Händen über den ausladenden Rock, der im Wechsel aus roter und grüner Seide bestand. Für unzählige Frauen wäre dieses Kleid ein Traum gewesen. Für Nuria war es die Verdeutlichung dessen, dass sie hier niemandem etwas bedeutete. Bloß ihre Hülle schien von Wert. Sie erinnerte sich an ihre Gedanken von vorhin. Es brauchte gar keine Gabe, um unsichtbar zu sein, ging es ihr durch den Kopf. Sie war es bereits.

»Du siehst Lady Miriam heute wirklich besonders ähnlich. Wollen wir hoffen, dass das hilft. Komm, bevor er mich wieder *erinnert*.«

Nuria folgte ihr umgehend. Sie wollte nicht der Grund dafür sein, dass Katrey erneut Schmerzen erlitt. Schweigend schritten sie die verwirrend vielen Gänge entlang, ließen ungezählte Truhen und Türen hinter sich. Dabei fielen Nuria wieder jene weißen Tücher an den rauen Wänden auf. Irgendwann erreichten sie die geschwungenen Treppen. Doch statt nach unten zu gehen, folgten sie den Stufen diesmal nach oben.

»Lass mich ja nie allein hier. Ich würde mich sofort verirren.«

»Es ist leichter, als du denkst. Hier oben befinden sich die Gemächer des Lords. Darunter sind die der Lady – also deine. Ganz unten die der Bediensteten, die Küche, die Halle und der Speisesaal. Und dann gibt es noch den alten Teil der Burg. Aber der ist schon lange nicht mehr wichtig.«

»Ich habe mehr als einen Raum?«

»Oh ja! Einige sogar. Aber der Lord hat sie nach Lady Miriams Tod einfach versperrt. Niemand durfte sie seither betreten. So ist es noch immer.«

Schließlich hielten sie auf das Ende des Flurs zu. Sie erreichten eine Tür mit zwei Wachhabenden.

»Ab hier musst du alleine gehen.«

»Du kommst nicht mit rein?«

»Nein. Das, was hier drinnen passiert ... Ich bin nur eine Dienerin, wie du weißt.« Schon zum zweiten Mal betonte sie das. »Viel Glück.« Katrey drehte sich um und lief zur Treppe zurück.

»Danke«, flüsterte Nuria. Sie hätte zu gern gewusst, wofür sie Glück brauchte. Im nächsten Augenblick öffneten die Wachen die Tür zum Kontor, wie Katrey es genannt hatte. Der düstere Flur wurde mit Licht geflutet. Nuria trat ein und staunte. Das Erste, was sie sah, waren kathedralenartige Fenster, die fast vom Boden bis zur Decke reichten, mit jeweils einer breiten Fensterbank aus hellem Stein davor. Sie nahmen eine ganze Seite des Raums ein. Wie in ihrer Kammer waren auch diese Scheiben lichtdurchlässig. Und doch konnte man nicht hindurchsehen. War es seit ihrer Ankunft derart nebelig draußen? Langsam lief sie weiter – geradewegs zu auf eine gewaltige Wand voller Bücher und Schriftrollen. Viele standen so hoch, dass Nuria sich fragte, wie man sie je erreichen sollte. Sie musste den Kopf in den Nacken legen, um auch die obersten betrachten zu können. Nie zuvor hatte sie etwas Ähnliches gesehen.

»Halt. Nicht weiter.«

Nuria erschrak heftig. Aus irgendeinem Grund hatte sie angenommen, allein hier zu sein. »Es tut mir leid. Ich habe Euch nicht gesehen.«

Lord Tarik saß an einem Schreibtisch, der so groß und schwer war, dass acht Füße ihn tragen mussten. Er hatte die Ellenbogen darauf gestützt. Seine rechte Hand umfasste seine linke Faust. Er musterte sie. »Sieh mir ins Gesicht«, forderte er streng.

Nuria unterdrückte den Wunsch zu fliehen und stellte sich gerade hin, das Kinn ein Stück höher als gewöhnlich. Stand so eine Lady? Mal wieder hatte sie keine Ahnung. Die Augen des Lords ruhten auf ihr. Eingehend besah er ihr Haar. Derweil beobachtete Nuria ihn. Der Lord war diesmal ganz in schwarze Seide gehüllt. Die unzähligen Silberknöpfe seines Mantels reichten bis hoch zu seinem Stehkragen. Da er nicht grimmiger als sowieso schon dreinblickte, deutete Nuria das als Wohlgefallen.

Lord Tarik bemerkte jetzt ihr Kleid. Sein Blick veränderte sich. Er schien es eindeutig zu erkennen. Offenbar hingen schmerzhafte Erinnerungen damit zusammen. Zu ihrer Verwunderung schloss er kurz die Augen.

»Dreh dich.«

Langsam wandte sie sich um. Nuria versuchte fließende Bewegungen zu machen. Da sie erneut nicht wusste, wohin mit ihren Händen, krallte sie diese in ihr Kleid. Ihr Plan ging leider nicht auf.

Lord Tarik wirkte, als wäre er gezwungen, einen Unfall mit anzusehen. »Du bewegst dich wie ein Pferd.«

Nuria hatte nicht erwartet, gelobt zu werden. Aber seine Beleidigungen machten sie wütend. Weit weniger demütig, als es angebracht gewesen wäre, sagte sie: »Darf ich eine Frage stellen?«

»Nein«, lautete seine schlichte Antwort. »Ich möchte deine Stimme so wenig hören wie möglich. Sie stört mich, da sie bedauerlicherweise unveränderlich ist.«

Schaudernd kam ihr seine Drohung wieder in den Sinn. Besser, sie hielt sich an das Schweigen. Ansonsten schnitt er ihr vielleicht wirklich noch die Zunge heraus.

Er erhob sich und umrundete den mächtigen Tisch. Dicht vor Nuria blieb er stehen.

Mal wieder bemerkte sie, wie viel kleiner sie im Gegensatz zu ihm war.

»Sag mir, was du über die Gabe des Winters weißt.«

Augenblicklich brach Nuria der Schweiß aus. Das Gefühl, sich falsch zu entscheiden, egal was sie antwortete, lähmte sie kurzzeitig. Es verging ein Moment, bis sie erwiderte: »Nichts weiß ich darüber. Nur, dass es verboten ist, über sie zu sprechen.«

»Alle tun es dennoch. Lüg mich also nicht an.«

»Ich weiß nichts mit Gewissheit«, beharrte sie in ihrer Not. Wenigstens war das die Wahrheit.

Lord Tarik zog eine Augenbraue hoch. In seiner Stimme schwang nun etwas Gelangweiltes mit. Seine Hand machte eine rudernde Bewegung »Und was, das du nicht mit Gewissheit weißt, weißt du?«

Er würde weiter fragen, bis sie nachgab. Dessen war Nuria sich sicher. Sei es drum, entschied sie. Was hatte sie schon zu verlieren? Ihr Leben lag längst nicht mehr in ihrer Hand. »Ich hörte, dass es möglich sei, eine Gabe zu erhalten, wenn man Griseo betritt.«

Lord Tarik nickte und bleckte verächtlich die Zähne. »Du weißt also nichts?«, wiederholte er ihre Lüge.

Nuria hielt seinem Blick stand, doch sie brauchte all ihre Beherrschung, um nicht vor ihm zurückzuweichen. Am liebsten hätte sie ihn gefragt, welch eine Wahl sie denn hatte. War sie nicht gezwungen zu lügen?

»So leicht zu durchschauen.« Seine Bernsteinaugen sahen auf sie herab – auf jede erdenkliche Weise.

Nuria wollte wegsehen, Demut zeigen, ihn nicht provozieren mit ihrem Starren. Aber sie konnte nicht. Also verharrte sie.

Erst eine Störung beendete die Situation.

»Mein Lord«, ertönte es hinter ihnen. Ein Mann trat ein, der nach wenigen Schritten das Haupt senkte und sein Knie beugte.

Caruzo, dachte Nuria sofort. Sie wusste nicht, was sie erwartet hatte. Aber mit Sicherheit keinen Mann mit einem spitzen Hut und einem ebenso spitzen Bart. Fast schon lächerlich wirkte er auf sie. Der Magier trug einen ledernen Sack über seiner Schulter. Er ließ ihn zu Boden sinken. Dabei fiel Nuria etwas an seiner Hand auf. Überaus deutlich zeigten sich jene Brandmale, die Nuria schon im Wald bemerkt hatte. Er war der graue Reiter, der dort und auch in der Senke die Zauberei gewirkt hatte.

»Habt Ihr sie schon befragt, Herr?«

»Sie kennt die Legende. Tut, was immer zu tun ist.«

Caruzo nickte. »Wie Ihr befehlt.«

Nuria sah zwischen den Männern hin und her. Was geschah hier? Der Magier baute sich vor ihr auf, während Lord Tarik aus ihrem Blickfeld verschwand. Unterdessen hörte sie Schritte und eine Tür, die sich öffnete und wieder schloss.

Caruzo verschränkte die Arme vor der Brust. »Welche Magie besitzt du?«

»Was?« Nuria entglitt jede Haltung.

»Du hast mich gehört. Ich spreche von der Wintergabe. Verstell dich also nicht. Es wird leichter für dich sein, wenn du es freiwillig erzählst. Ansonsten muss ich dich zwingen, die Wahrheit zu sagen.«

Nurias Gedanken rasten. Sie wollte es nicht so weit kommen lassen, dass er sie zu irgendetwas zwang. »Ich versichere Euch, es gibt nichts zu erzählen.«

»Vielleicht hast du es noch nicht als Magie erkannt. Du bist jetzt seit zwei Tagen auf Griseo. Spürst du seitdem irgendeine Veränderung?«

»Nein.«

»Ein Kribbeln in den Händen?«

Sie sah auf ihre Finger. »Nein.«

»Vielleicht das Gefühl zu schweben.«

»Auch nicht.«

»Ist dir mal schlecht geworden?«

Nuria rang die Hände. »Nur, als ich Wein trinken musste.«

»Das ist es nicht, was ich meine. Spürst du besondere Hitze oder Kälte in dir?«

»Wovon redet Ihr? Wir leben zu Zeiten des Großen Schnees. Natürlich fühle ich Kälte.«

Der Magier sah ihr prüfend in die Augen. »Du willst dein Geheimnis also nicht preisgeben. Dann werde ich es dir anders entlocken müssen.«

Nuria konnte nicht fassen, dass er ihr nicht glaubte. Wie sollte sie sich dagegen verteidigen? »Was habt Ihr mit mir vor?«

»Ich werde dich prüfen. Jeder, der Magie besitzt, setzt sie früher oder später ein. Selbstschutz ist ein verlässlicher Verräter.«

»Selbstschutz?« Nurias Hals wurde trocken. Ehe sie sich's versah, eilte er zu seinem Ledersack und holte einen dünnen Kienspan hervor.

»Streck deine Hand aus.«

Nuria sah sich verzweifelt um. Dabei fiel ihr Blick auf Lord Tarik, der plötzlich auf einer der Fensterbänke saß. War er nicht eben gegangen? Regungslos betrachtete er das Geschehen. Das Gefühl, gänzlich allein zu sein, legte sich wie ein Schatten über sie. Es blieb ihr nichts anderes übrig, als zu gehorchen.

»Nimm den Kienspan in die linke Hand. Halte ihn am langen Arm von dir weg.«

Ihre Hand zitterte, als sie Folge leistete. Sie sah, wie Caruzo vor sie trat. Er ließ seine Hand über das Holz gleiten und schnipste. Es begann zu qualmen, und bald darauf entzündete es sich.

Nuria starrte in die Flamme. »Was soll ich jetzt tun?«

»Lösch das Feuer.« Caruzo trat einen Schritt zurück.

Fragend beobachtete sie ihn. Ihr Plan war schlicht. Sie wollte die Hand öffnen, den brennenden Kienspan fallen lassen und ihn austreten. Da machte der Magier eine Bewegung, als würde er ihr etwas entgegenwerfen. Ein Licht glomm auf. Es umschloss ihre Hand wie der helle Kreis um einen Vollmond im Nebel. Nuria spürte, dass ihre Finger ihr nicht mehr gehorchten. Es war, als gehörte die Hand, auf die sie starrte, jemand anderem. »Was habt Ihr mit mir gemacht?«

»Lösch das Feuer. Benutze deine Magie.«

Nuria versuchte mit aller Kraft, sich dem brennenden Holz zu entledigen, aber ihre Finger blieben geschlossen. Verzweifelt begann sie, mit ihrer rechten Hand an ihrem linken Arm zu zerren. Vergeblich. Der Kienspan verglühte schnell. Schon spürte sie die Hitze nahe ihrer Haut. »Ich kann es nicht löschen. Helft mir.«

»Verwende Magie, um dir selbst zu helfen.«

Ihre Stimme wurde schrill. »Ich besitze keine Magie!« Sie wurde panisch, begann auf und ab zu springen, um so das Feuer zu löschen. Es gelang nicht. »Halt! Hört auf!«, schrie sie jetzt, als das Feuer ihre Haut erreichte. »Ich verbrenne …«

Caruzo beendete den Zauber mit einer einzigen Handbewegung. Ein kühler Luftzug strich vorbei. Das Feuer erlosch. Die Beweglichkeit der Hand kehrte zurück.

Nuria öffnete sofort die Finger. Das verkohlte Stück Holz fiel zu Boden. Schwer atmend taumelte sie zurück und hielt sich das Handgelenk der Linken. Ihr ganzer Arm pochte schmerzhaft. Dort, wo die Flammen an ihrer Haut geleckt hatten, war sie stark gerötet. Schon jetzt zeichneten sich die Umrisse einer großen Brandblase ab. Als Nuria Caruzo wieder zu seinem Sack laufen sah, riss sie die Augen weit auf. »Was tut Ihr da?«

»Vielleicht verstellst du dich nur. Eine weitere Prüfung ist nötig.«

»Nein«, hauchte sie. »War das eben nicht Beweis genug für Euch? Ihr habt doch gesehen, dass ich keine Kräfte in mir habe.«

Er schien von ihren Worten gänzlich unbeeindruckt. »Du meinst, nicht *diese* Kräfte.«

»Überhaupt keine«, beteuerte Nuria mit Nachdruck. Ihre Hand schmerzte mittlerweile so stark, dass ihr davon übel wurde. Wie weit würde er noch gehen? Sie sollte es bald erfahren.

»Deine Magie lässt sich durch Selbstschutz offenbar nicht ermitteln. Vielleicht bringt es uns weiter, wenn es um den Schutz anderer geht. Auch ein wirkungsvolles Mittel.« Er kam zurück, in den Händen trug er eine schneeweiße Taube. Er streichelte ihren Kopf, woraufhin sie leise gurrte.

Nurias Herz schien ein Stück tiefer zu sacken. Seine Worte hatten keinen Zweifel daran gelassen, dass er dem Tier etwas antun wollte. »Bitte verschont die Taube. Ihr seht doch, dass ich nichts auszurichten vermag.«

»Du kannst sie retten«, behauptete er stoisch. »Verwende einfach deine Magie.«

»Wie denn?«, fragte Nuria verzweifelt. »Ich habe noch nie Magie besessen. So glaubt mir doch.«

»Deine Worte nützen dir nichts. Alle behaupten am Anfang, sie hätten keine Magie.«

Nuria stockte. »Wen meint ihr mit *alle*?«

Er gab ihr keine Erklärung. Stattdessen ließ er den Vogel nun vor ihren Augen schweben. »Rette die Taube. Bewahre sie vor ihrem schrecklichen Schicksal.«

»Ich weiß nicht wie.« Ihre Stimme war wie ein Hauch.

»Dann wirst du für ihren Tod verantwortlich sein.« Er hob die Hand und richtete sie aus. Die Luft um das weiße Gefieder begann zu flirren.

»Habt doch Erbarmen mit dem Tier«, rief sie, aber ihre Worte blieben ungehört. Mit blankem Entsetzen sah sie, wie Caruzo den Körper der Taube mit den Augen fixierte. »Tu es jetzt, oder sie muss sterben.«

Nuria starrte den Magier mutlos an. Einen Wimpernschlag später machte seine Hand eine schnelle, schneidende Bewegung durch die Luft. Ohne den Vogel dabei zu berühren, wurde ihm der Kopf vom Körper gerissen. Blut spritzte durch den Raum. Es benetzte Nuria – ihr Gesicht, ihr Haar. Fassungslos sah sie an sich herunter. Ihr Kleid war von roten Sprenkeln übersät.

Caruzos Antlitz verfinsterte sich. Er war sichtlich wütend über seinen Misserfolg. Einen Moment lang geschah nichts.

Dann wurde wieder eine Tür geöffnet. Schritte folgten. Lord Tarik erschien in ihrem Sichtfeld. Er verschwamm vor ihren Augen, doch Nuria hielt die Tränen erfolgreich zurück.

Sein Blick glitt kaum erkennbar an ihr auf und ab. Er runzelte die Stirn, als er ihre Hand sah. Streng beschied er: »Das reicht für heute. Ihr könnt gehen, Magier.«

Caruzo machte eine Verbeugung in Richtung des Lords. »Sehr wohl, Herr.« Kurz darauf war er verschwunden.

Nuria blickte voller Abscheu zu dem Herrscher, der ihre Qualen mit angesehen hatte, ohne einzuschreiten. In ihren Augen musste der Vorwurf nur so brennen. Obwohl sie wusste, dass sie nicht eigenmächtig vor ihm sprechen sollte, brach die Frage aus ihr heraus. »Warum wünscht Ihr Euch so sehr, dass ich Magie in mir trage?«

»Du irrst dich«, gab er tonlos zurück. »Wissen zu wollen, ob du Magie in dir hast, bedeutet nicht, dass ich es mir wünsche.«

»Was soll das heißen? Wozu dann das Ganze?«

»Das kannst du nicht verstehen.«

»Aber …«

»Ich verabscheue Magie«, spie er regelrecht aus.

Nuria verwirrte, was sie hörte. »Und dennoch lasst Ihr sie in Eurer Gegenwart anwenden?«

»Magie ist mir dienlich. Sie ist Mittel zum Zweck. Nicht mehr, nicht weniger.«

»Warum denkt Ihr so? Was ist der Grund?«

Er sah sie reglos an, als überlegte er, ob er sie in seine Gedanken einweihen sollte. Er tat es nicht. »Genug geredet«, entschied er schließlich. Dann fasste er sich an die Schläfe.

Ihre Vermutung, dass er Katrey herbeirief, wurde bestätigt. Im nächsten Augenblick öffnete sich die Tür. Sie musste dahinter gewartet haben.

»Ihr habt mich rufen lassen, Herr?« Katrey erhob sich aus ihrem Knicks und sah zu Nuria. Der Anblick ließ sie sichtlich zusammenfahren.

»Richte sie wieder her«, verlangte er, als wäre Nuria ein zerkratztes Möbel. »Ich wünsche, dass sie das gelbe Kleid zum Speisen trägt.«

»Sehr wohl«, antwortete Katrey leise.

»Und versorge ihre Hand, sodass sie gut heilt.«

6

Die Tür zur Kemenate war gerade ins Schloss gefallen. Bis hierhin hatte Nuria die Fassung wahren können. Doch jetzt, als Katrey die Schnüre ihres Kleides öffnete, strömten ihr die Tränen übers Gesicht. Nuria spürte Erleichterung, darum weinte sie lautlos weiter. Zwischendurch hob Katrey mal einen ihrer Arme oder drehte sie sanft zur Seite. Irgendwann war sie nackt. Nuria fühlte keine Scham. Sie ließ geschehen, dass die Dienerin das Blut von ihr abwusch und ihre Hand versorgte. Dabei dachte sie an Pago und die Menschen, die ihr lieb waren. Mit aller Kraft versuchte sie sich daran zu erinnern, warum sie hier war und Lord Tarik, Caruzo und deren Demütigungen ertrug. Welchen Zweck hatten diese Qualen noch mal? Ja, genau. Sie war hier, damit Justor und Vater lebten und ihr Heimatdorf unversehrt blieb. Noch gelang es ihr, die Antwort abzurufen. Noch! »Ich weiß nicht, wie lange ich das durchhalte.«

»So darfst du nicht denken.«

»Aber ich ertrage das nicht Tag für Tag.«

»Du musst, wenn du leben willst.«

»Was für ein Leben ist das?«

»Es kann besser werden. Wenn du dich bemühst und tust, was der Lord von dir verlangt. Vielleicht kann es sogar ein gutes Leben werden.«

Nuria dachte über Katreys Worte nach. Sicher steckte Wahrheit darin. Jedenfalls zum Teil. »Heute habe ich mich bemüht. Aber es lag nicht in meiner Macht, seine Wünsche zu erfüllen.«

»Was haben sie von dir verlangt?«

»Sie sprachen über die Gabe des Winters und fragten nach meiner Magie.« Ohne den Blick von jenem unsichtbaren Punkt in der Luft zu nehmen, den sie fixiert hatte, redete sie weiter. »Es reichte ihnen nicht, dass ich sagte, ich besitze keine. Dieser Caruzo machte Tests mit mir.« Jetzt sah sie Katrey an und hob ihre mittlerweile verbundene Hand. »Es schien ihm vollkommen gleichgültig zu sein, dass ich Schmerzen hatte.«

Katrey warf ihr Tuch in die Waschschüssel und schloss Nuria wortlos in die Arme.

Dankbar ließ sie es geschehen. Das Gefühl, wenigstens einen einzigen Menschen hier zu haben, der es gut mit ihr meinte, wärmte Nuria das Herz.

Eine Weile lang standen sie einfach nur da. Dann schob Katrey sie behutsam von sich weg. »Ich sage es dir wirklich ungern. Aber ich muss dein Haar waschen. Es ist verklebt vom Blut.«

»Schon wieder?«

»Leider ja.«

»Na schön, bringen wir es hinter uns.« Nuria nahm Platz auf dem gepolsterten Stuhl und legte den Kopf weit zurück. Wenig später spürte sie Katreys Hände, wie sie kreisende Bewegungen auf ihrer Kopfhaut machten. Der Duft von Rosenseife stieg ihr in die Nase. »Kann ich dich etwas fragen?«

»Sicher doch. Was willst du wissen?«

»Es geht um Magie.«

»Nicht schon wieder. Du weißt, es ist verbo…«

»Bin ich nicht eigentlich so etwas wie deine Herrin?«, unterbrach Nuria die Kammerzofe.

Katrey lachte kurz auf. »Ja, schon.«

»Dann sag mir, wozu du fähig bist.«

»Es tut mir leid, wenn ich dich enttäuschen muss …«

»Ich befehle es dir!«

»Aber ich habe keine Kräfte.«

Nuria drehte den Kopf nach hinten und verursachte so eine Pfütze auf dem Boden – wie schon am Morgen. »Wirklich nicht? Wie kann das sein?«

»Einige wenige werden ohne jede Magie geboren. Da kann selbst Griseo nichts bewirken.« Nachdrücklich drehte sie Nurias Kopf wieder in Position.

»Dann kann es also sein, dass auch ich keine Kräfte in mir habe.«

»Ja, möglich ist es.«

Nuria versank in Gedanken. Gerade wünschte sie sich nichts sehnlicher, als dass Caruzo sein schreckliches Schauspiel von heute niemals mehr wiederholte. Doch andererseits war ihr unmissverständlich klar geworden, dass sie sich ohne Magie nicht würde wehren können. Weder gegen Caruzo noch gegen Lord Tarik. Wohl oder übel musste sie darauf hoffen, eines Tages eine Gabe zu erhalten. Noch spürte Nuria nichts davon.

Katrey machte sich bald eifrig daran, ihr Haar Strähne für Strähne zu kämmen, wobei es trocknete. Danach begann sie es in zahlreiche Kringel zu legen und festzustecken.

Nuria kam derweil eine Erkenntnis. Sie war wirklich dankbar für den Umstand, dass Katrey keine Gabe besaß. Einem magielosen Menschen konnte sie zumindest auf andere Weise vertrauen als jemandem, der in der Lage war, sie durch Zauberkraft zu manipulieren. Noch kannten sie einander kaum, doch das würde sich unweigerlich ändern. So viel Auswahl an Gesellschaft gab es auf Griseo schließlich nicht.

Als die Kammerzofe nach einer gefühlten Ewigkeit fertig war, fühlte sich Nurias Nacken steif an. »Endlich …«, stöhnte sie und berichtigte ihre Gedanken von vorher. Besäße Katrey eine Frisuren-Magie, hätte sie tatsächlich nichts dagegen einzuwenden. Sie bewegte den Kopf hin und her, um die Muskeln zu lockern.

»Tut mir leid. Ich werde bald schneller sein, wenn ich wieder mehr Übung habe.«

Nuria sah, wie Katrey zur Truhe lief. Unter Aufwendung all ihrer Kraft öffnete sie den Deckel und zog einen Berg aus hell- und dunkelgelbem Seidendamast heraus. Nie hätte sie es zugegeben, aber das Kleid raubte ihr schier den Atem. Es funkelte und glitzerte selbst in dem blassen Licht des verstreichenden Tages. Auf dem Brustteil erkannte Nuria Falken, auf dem Rockteil Blumen, die sie noch nie gesehen hatte. »Warum wünschte sich der Lord genau dieses Kleid?«

»Eine gute Frage. Ich habe mich auch gewundert. Es hat nämlich eine besondere Bedeutung.«

»Erzählst du mir davon?«

Katrey schien kurz zu überlegen, ob das gestattet war. Sie entschied sich dafür. »Er überreichte es ihr, als sie auf Burg Griseo ankam. Ein Willkommensgeschenk sozusagen.«

Verwundert überlegte Nuria, ob er ihr etwas damit sagen wollte. Gleich danach verzog sie das Gesicht über ihre eigenen törichten Gedanken. Noch immer hatte sie es nicht verinnerlicht. Er wollte *ihr* nichts sagen. Alles, was ihn kümmerte, war das Abbild von Lady Miriam!

Es ist viel zu eng«, presste Nuria gequält hervor.

»Reiß dich zusammen. Du musst es ja nur für kurze Zeit tragen.«

»Aber ich kann nicht atmen«, beschwerte sich Nuria auf der Zwillingstreppe und zog an dem Ausschnitt des Kleides.

»Lass dir ja nichts anmerken. Wenn du ihn verärgerst, hast du sicher größere Probleme als fehlenden Atem.«

Katrey hatte nur allzu recht. Sie schwieg besser. An der Rundbogentür angekommen, versuchte Nuria ihre Gedanken zu sammeln. *Stehen bleiben, bis Lord Tarik sich setzt. Dann die Hände vor dem*

Bauch übereinanderlegen und langsam in den Saal schreiten. Diesmal würde sie an alles denken.

Katrey stieß sie plötzlich an. Lord Tarik hatte den Saal bereits betreten. Erhaben ließ er sich auf seinem Stuhl nieder.

Die Begegnung mit ihm im Kontor hatte Nuria gezeigt, wozu er fähig war. Sein Anblick löste vieles in ihr aus. Wut. Angst. Rache. Ihre verbundene Hand begann wieder schmerzhaft zu pochen.

Ein Diener, der in einer Ecke stand, hob mit einem Mal seine Hellebarde an. Dreimal stieß er sie auf den Boden. Dann rief er laut: »Lady Miriam.«

Nuria bekam eine Gänsehaut. Es war das erste Mal, dass man sie mit ihrem neuen Namen ansprach.

»Hab keine Angst. Es wird alles gut werden«, raunte Katrey ihr aufmunternd zu.

Nuria lächelte ihr kurz zu und trat in den Saal. Während sie langsam einen Fuß vor den anderen setzte, sah sie diesmal von Anfang an zu Lord Tarik. Sie wollte in seinem Gesicht lesen.

Er hatte einen Ellenbogen auf der Armlehne abgestützt. Sein Daumen strich über seine Lippen. Nachdenklich betrachtete er sie, bis sie die Hälfte des Weges hinter sich gebracht hatte.

»Mögt Ihr dieses Kleid?«

Sie hielt an. Höfliche Rede – es fiel ihr sofort auf. Auch sein Ton klang gemäßigt. Sie verstand, was er wollte. Bevor sie antwortete, kämpfte sie den Reiz zu würgen nieder – so sehr war ihr das, was sie tun musste, zuwider. »Es ist wunderschön. Ich danke Euch für dieses großzügige Willkommensgeschenk.«

Lord Tarik nickte ihr auf eine Weise zu, als sagte er: *Gern geschehen*. Zum ersten Mal schien ihr Abbild von Lady Miriam seiner Vorstellung zu entsprechen. An ihrem Platz angekommen, ließ Nuria sich langsam auf ihrem Stuhl nieder. Bis hierhin hatte sie offensichtlich einiges richtig gemacht. So weit, so gut.

Lord Tariks Miene wirkte geradezu zugänglich. »Ihr müsst hungrig sein. Fangt an zu speisen.«

Nuria sah über die lange Tafel hinweg. Trotz seiner sanften Worte lag eine greifbare Anspannung in der Luft.

»Worauf wartet Ihr?« Etwas in seiner Stimme klang noch immer wie ein Befehl. Ob er mit *ihr* auch so geredet hatte?

»Verzeiht. Ihr habt recht. Ich bin sehr hungrig.« Nuria hatte kaum drei Happen verspeist, da zuckte Lord Tarik mit einem Finger. Sofort war ein Gesichtsloser zur Stelle. Etwas alarmierte sie.

»Bring Lady Miriam Wein.«

Nicht schon wieder! Ihr Hals fühlte sich beim bloßen Gedanken an das Gesöff an wie zugeschnürt. Sich dagegen zu wehren erschien ihr nach der letzten Erfahrung allerdings undenkbar. Ein Plätschern drang an ihr Ohr, als der Diener ihren Becher vollgoss. Dabei sah sie weiterhin in die Bernsteinaugen des Lords.

Er nahm jetzt seinen Kelch zur Hand und hob ihn an, bevor er ihn an die Lippen führte. »Auf Eure Ankunft. Möget Ihr Euch auf Griseo wohlfühlen.«

»Habt Dank.« Sie starrte auf den tiefroten Wein. Wie gern hätte sie nun einen Becher Wasser aus dem Lacus.

»Trinkt mit mir«, sagte er. Es klang schon fordernder.

Stumm setzte Nuria das Gefäß an die Lippen und stürzte die Flüssigkeit hinunter. Auch den nächsten Becher musste sie auf sein Geheiß hin leeren und einen dritten. Dann endlich schien Lord Tarik zufrieden und verscheuchte den Diener mit einer knappen Handbewegung. Der Wein zeigte schnell Wirkung. In Nurias Kopf begann sich alles zu drehen. Sie hatte Mühe, die Augen offen zu halten. Ihre Lider wogen schwer. Es kam ihr vor, als wäre das Kleid jetzt noch enger als zuvor. Immer wieder stieß sie hörbar den Atem aus und versuchte, sich so hinzusetzen, dass sie leichter Luft bekam. Wie schon auf der Treppe zerrte sie fortwährend an ihrem Ausschnitt herum. Er war nicht nur eng, sondern auch kratzig. Durch den Wein jedes Feingefühls beraubt, ging sie dabei wohl zu grob vor. Ein Reißen drang plötzlich durch die Luft. Nuria spürte, wie das Gefühl von Enge nachließ und ihr gleichzeitig der Schreck durch die Glieder fuhr. Sie hatte das Kleid, das ihm so viel bedeutete, vor seinen Augen zerrissen.

Geräuschvoll stellte Lord Tarik seinen Silberkelch ab. Er lehnte sich bedrohlich langsam in seinem Stuhl zurück und platzierte die Arme auf den Lehnen.

»Es gibt noch viel für dich zu lernen«, sagte er tonlos. »Zeit für eine weitere Lektion.«

»Jetzt?«, stieß Nuria aus. Ihr blieb nicht verborgen, dass die Art der Anrede sich wieder geändert hatte. Ein mulmiges Gefühl drängte sich ihr auf. »Was verlangt Ihr?«

»Steh auf.«

Kaum stand sie auf ihren Füßen, sagte er: »Setz dich wieder.«

Was sollte das? Der Nebel in ihrem Kopf machte ihr das Denken schwer. Plump ließ Nuria sich auf den Armlehnstuhl fallen. Sie hatte es nicht beabsichtigt, der Wein trug die Schuld.

Lord Tariks Blick verfinsterte sich. »Bemühe dich besser etwas. Deine Bewegungen sind die einer Bäuerin. Steh wieder auf.«

Schwer erhob sie sich.

»Und jetzt gleite zurück auf das Polster, als wäre der Stuhl zerbrechlich.«

Nuria hatte wahrlich Mühe, sich in ihrem Zustand einen zerbrechlichen Stuhl vorzustellen. Doch es gelang ihr, sich vorsichtiger zu setzen.

»Noch einmal«, knurrte er geradezu. »Halte dein Haupt dabei, als trügest du eine Krone, die nicht herunterfallen darf.«

Sie folgte seinen Anweisungen, so gut sie konnte. Doch es kamen immer wieder neue Befehle hinzu. Bald schwirrte ihr der Kopf bei dem Versuch, sich an alle gleichzeitig zu erinnern.

»Noch eine Wiederholung«, forderte er irgendwann zum nunmehr zwölften Mal. Seine Stimme war hörbar gereizt. »Warum stützt du dich an den Armlehnen ab, als hättest du nur ein Bein? Leg die Hände in deinen Schoß.«

Nuria stand erneut auf. Sie betrachtete das wütende Gesicht des Herrschers, der mit jedem ihrer Versuche mehr Zorn aufzubauen schien. Unter anderen Umständen hätte sie jetzt wohl Angst verspürt. Doch der Wein machte sie entweder mutig oder dumm. Alles, was in ihr hochkam, war Groll über diese lächerliche Übung. Dennoch setzte sie sich wieder – bemühte sich ein letztes Mal.

»Nein!«, brüllte er über den Tisch. »Noch mal.«

Nuria fühlte, wie ihr das Blut in den Kopf schoss. Was, verdammt noch mal, wollte er von ihr? Abermals setzte sie alles daran, jeden seiner Wünsche zu befolgen. So grazil wie nur irgend möglich nahm sie Platz, in der Hoffnung, endlich aufhören zu dürfen.

Lord Tarik sprang auf. Er schrie: »Eine gebärende Ziege besitzt mehr Anmut als du!«

Nuria sprang ebenso auf. »Dann holt Euch doch eine gottverfluchte Ziege«, brüllte sie ihm in einem Moment des sich bahnbrechenden Zorns entgegen. Als sie Lord Tariks funkelnden Blick sah, setzte ihr Herz einen Schlag aus. Was hatte sie getan? Gleich würde er sich an seine Schläfe greifen und ihr wieder diesen Schmerz bescheren. Sicher länger und schlimmer als je zuvor. Nuria hatte nicht vor, es tatenlos abzuwarten. So schnell sie konnte, rannte sie durch die Rundbogentür. Hinter sich vernahm sie das Gebrüll des Lords.

»Komm sofort zurück!« Jede einzelne Wand der Burg schien seinen Schrei zu wiederholen.

Nuria jedoch hielt nicht an. Sie war bereit, sich in die Schlucht Griseos zu stürzen, damit das alles endlich ein Ende nahm. Blindlings rannte sie in den großen Saal, wo Lord Tarik sie erstmals empfangen hatte. An seinem Ende befand sich eine Tür. Ohne eine Ahnung, wohin sie führte, stürzte sie hindurch. Eine Wendeltreppe führte sie hinab. Mehr aus Wut als aus Traurigkeit begann sie zu schluchzen. Ihr Handrücken wischte bald darauf eine erste Träne von ihrer Wange, als sie am Ende der Treppe in einen niedrigen Gewölbegang mit Weinfässern gelangte. Nuria eilte vorbei an Wandfackeln, die sich wie überall in der Burg nacheinander selbst entzündeten und den Weg erhellten. Die Luft war erfüllt von einem moosigen Duft. Spinnweben strichen über sie. Ein feuchter Film legte sich auf ihre Haut. Hier war mit Sicherheit lange Zeit niemand mehr gewesen. Dieser Gedanke trieb Nuria nur noch weiter. Allein zu sein war alles, was sie sich gerade wünschte.

Das Ende des Gangs lag nun vor ihr. Sie verlangsamte ihre Schritte und sah nach oben. Die Decke türmte sich auf zu einer Halle. Vor sich sah sie ein mächtiges Spitzbogentor mit mehrfach geschwungenen Scharnieren aus Eisen. Sie zögerte keinen Moment. Mit beiden Händen drückte sie die armlange Klinke herunter. Das Tor bewegte sich. Ein grausiges Knarren ertönte. Nuria musste mit beiden Händen schieben, um es einen Spalt weit zu öffnen, der breit genug war, um hindurchzuschlüpfen.

Das, was Nuria dahinter sah, machte sie sprachlos. Sie stand inmitten einer Ruine, die einst eine Kirche gewesen war. Das Dach war verschwunden. Schnee rieselte von oben herein und wehte durch die scheibenlosen Spitzbogenfenster mit ihren steinernen Verzierungen. Aus einem unerfindlichen Grund fühlte Nuria sich plötzlich nicht mehr getrieben. Fuß um Fuß ließ sie das Langhaus hinter sich und blickte zu den Arkaden, durch die man in die Seitenschiffe gelangte. Immer wieder drehte sie sich um sich selbst, besah die Schneewehen in den Ecken und die alten Malereien an den Säulen, deren Kapitelle ins Nichts führten. So manche Wand war bereits mit Pflanzen bewachsen. Was war hier nur geschehen? Nuria erreichte schließlich jene drei Stufen, die sie in den halbrunden Chorbereich brachten. Ihr Blick heftete sich auf den steinernen Altar. Sie umrundete ihn. Zwei dicke Kerzen standen darauf. Ein löchriges Altartuch wehte im Wind. Alles sah so aus, als wäre es lange nicht benutzt worden. Die Ruhe dieser Mauern übertrug sich auf sie. Das erste Mal, seit sie auf Griseo war, fühlte sie Frieden. Da trat ihr Fuß plötzlich auf etwas Unebenes. Nuria sah zu Boden. Ein Perlenohrring lag dort. So glänzend, wie er war, wollte er gar nicht hierher passen. Sie nahm ihn auf.

Plötzlich wurde die Ruhe gestört. Ein Luftzug, viel stärker als der Wind zuvor, fegte durch die Gemäuer hin zum Chor und erfasste ihr Kleid. Nuria hielt ihren Rock fest, der nun hin und her gerissen wurde. Ein Heulen hallte durch die Ruine und bereitete ihr eine Gänsehaut. Dann ebbte der Wind wieder ab. Nuria blickte das Langhaus hinab. Es lag verlassen vor ihr. Dennoch drängte sich ein ihr bekanntes Gefühl auf. War sie wirklich alleine hier? »Hallo?« Nur ein Echo antwortete. »Ist hier jemand? Komm raus und zeig dich.« Stille.

Nuria wollte ihre Erkundung fortsetzen, als sie doch etwas hörte. Es klang zunächst wie das Rascheln trockener Blätter. Ihre Augen ruckten umher, ohne dass ihr Körper sich rührte. Laub gab es hier keines. War es womöglich doch ein Wispern gewesen? Sie zwang sich zum Durchatmen. Diese Burg war durchwirkt von Geräuschen, welche es in Pago nicht gab. Es war kein Wunder, dass manche davon ihr seltsam erschienen. Sicher war es gar nichts. Ihr Kopf spielte ihr einen Streich, und der Wein tat sein Übriges. Gerade zeigte ihr Versuch, sich selbst zu beruhigen, Wirkung, da hörte Nuria eindeutig Stimmen. Wie von weit her drangen sie an ihr Ohr. *Sprecht Eure Antwort*, tuschelte ein Mann. *Ich will*, sagte eine Frau. Es waren nur zwei Worte, doch sie wirkten unglaublich traurig.

Ohne dass Nuria es merkte, lief sie rückwärts. Bald darauf stieß sie an die kalte Außenmauer der Kirche. Mit aller Kraft presste sie ihren Rücken an den Stein hinter sich, so als könnte sie durch die Wand entschwinden. Die Stimmen in ihrem Kopf wurden lauter. Sie verwoben sich immer mehr mit denen anderer, bis ein stetiges Gemurmel in ihrem Kopf war. Es kam von allen Seiten. Nuria konnte keine ganzen Sätze mehr verstehen. Sie war kurz davor, aus der Kirche zu rennen, als sich plötzlich das Bild vor ihren Augen veränderte.

Die Schneewehen verschwanden. Ebenso die Pflanzen an den Wänden. Die Säulenmalereien gewannen an Farbe. Über ihr spannte sich nun ein kunstvolles Kreuzrippengewölbe vom Chor bis zum Portal. Das Altartuch hörte auf, im Wind zu flattern. Die Löcher darin schlossen sich eines nach dem anderen. Blumen in allen Farben verzierten jetzt den heiligsten Bereich der Kirche. Und im goldenen Schein der Sonne befand sich ein Brautpaar.

Nuria stockte der Atem. Sie sah sich um. Dies war eine Hochzeit. Mann und Frau knieten vor dem Altar, die Gesichter gesenkt. Ein Geistlicher hielt segenspendend die Handflächen über ihre Köpfe. Der überlange Schleier der Braut bedeckte die Hälfte des Ganges im Langhaus, wo die bunten Fensterscheiben der Kirche die anwesenden Adligen in farbige Tupfer tauchten. Nuria erkannte den Bräutigam: Lord Tarik. Sein Gesicht war verändert. Er lächelte froh. Kleine Fältchen zierten die Seiten seiner Augen. Behutsam nahm er nun die Hand seiner Braut und küsste sie – so, wie er sie gestern auf die Stirn geküsst hatte. Es musste Lady Miriam sein. Nuria betrachtete sie an seiner Seite. Noch immer hielt sie den Blick gen Boden. Doch schon jetzt ließ es sich nicht mehr leugnen. *Sie sieht wirklich aus wie ich*. Als Lord Tarik ihr Kinn mit dem Finger anhob, traf es sie wie ein Schlag. Lady Miriam lächelte gequält. Ihre Augen waren vom Weinen gerötet.

Eine kalte Hand schloss sich um Nurias Herz. Sie fühlte die Traurigkeit der Braut, als wäre sie in ihrem Körper.

Die vielen Sinnesempfindungen drückten Nuria geradezu nieder. Ihre Beine gaben nach. Sie fiel auf die Knie und fing sich gerade noch mit den Händen ab, bevor sie ganz zusammensackte. Der Sonnenschein verschwand – ebenso wie alles andere, was sie eben noch gesehen und gefühlt hatte. Die Schneewehen waren wieder da. In ihrem Kopf war ein Brummen, das alles verlangsamte. Woher waren diese Bilder gekommen? Warum die Tränen?

Nuria konnte die Augen nicht länger offen halten. Sie lag mehr, als dass sie saß. Ihr Körper war dermaßen erschöpft, dass es nur noch für ihren Herzschlag reichte. Schritte hallten in ihren Ohren. Sie kamen schnell näher.

»Dort liegt sie.«

War das Katrey? Nuria fühlte eine Berührung auf ihrer Haut.

»Sie ist ganz kalt.«

Starke Arme schoben sich unter sie und hoben sie hoch, als wöge sie nichts. Ihr Kopf lehnte bald an einer Brust. Nuria roch den Duft eines Mannes. Auf seltsame Weise schenkte er ihr Sicherheit. War es einer der Gesichtslosen? Das Gefühl zu schweben nahm von ihr Besitz. Es trug sie fort. Alles wurde schwarz. Mal wieder.

Dein Blick schlägt Flammen, Gemahl.« Unvermittelt spürte Justor Tuulis Hand auf seiner. Sie trat an seine Seite. »Äußerlich wirkst du ruhig. Aber in dir tobt ein Sturm.«

Justor bewahrte Haltung, wie man es von einem Mann seiner Stellung erwartete. Tuulis Worte trafen ihn dennoch im Kern.

Sie setzte sich auf ihren Platz neben ihm. Es wirkte noch hölzern, so als müsste sie sich erst daran gewöhnen, die Frau des Dorfvogts zu sein. »Kannst du mir versprechen, nichts zu tun, das dich in Gefahr bringt?«

»Ein törichter Wunsch. In diesen Zeiten ist bereits das morgendliche Erwachen gefährlich«, sagte er zynisch und fragte sich gleichzeitig, warum er gerade Tuuli so anfuhr. Sie hatte das nicht verdient.

Zum Glück wusste sie sein Verhalten zu deuten. »Das meine ich nicht, wie du dir denken kannst.« Obwohl sie das gewünschte *Ja* nicht bekommen hatte, ließ sie es darauf beruhen. »Ich weiß, worüber du fortwährend nachgrübelst. Dein ganzes Leben lang hast du versucht, auf sie achtzugeben. Nun scheint alles umsonst gewesen zu sein.«

»Das war es, in der Tat.«

»Hör auf, dir Vorwürfe zu machen.«

»Wie könnte ich?«

»Es war ihre Entscheidung, in den Wald zu gehen. Sie kannte die Gefahren.«

»Entbindet mich das von meiner Pflicht?«

Ihre Worte kamen jetzt langsam und betont. »Ist es das wirklich? Deine Pflicht?«

Mit Absicht gab er ihr darauf keine Antwort. Verstohlen besah er die schwarze Narbe in seiner Handfläche. Manchmal drohte er an der Last der Vergangenheit zu ersticken. »Ich hätte ihr nie verbieten dürfen, zum Thing zu gehen. Wäre sie an meiner Seite gewesen, hätte ich sie schützen können. Vater wusste das, und ich habe nicht auf ihn gehört.«

»Und so wärest du dann dein Leben lang verfahren?« Tuuli lachte bitter auf. »Nurias Wesen war schon immer wild und unzähmbar. Du kannst sie nicht bewachen wie einen Goldschatz.«

Er strich sich das Haar zurück und schüttelte den Kopf. »Ich habe dennoch einen Fehler gemacht.«

»Du hast nur zu ihrem Besten gehandelt.«

Justor lachte bitter auf. »Nuria ist mit Sicherheit anderer Meinung gewesen, so zornig, wie sie auf mich war.«

»Niemand konnte ahnen, was geschieht. Die Begegnung mit Lord Tarik war Schicksal.«

Er hörte ihre Worte, doch sie erreichten ihn nicht. Gedanklich war er wieder an jenem Tag im Wald. Ein ums andere Mal spielte er auf der Suche nach Antworten die Ereignisse durch. Warum hatte Lord Tarik sie gewollt? Warum verlangte er, dass sie vergessen sollte, wer sie war? Es wollte ihm einfach kein Grund dafür einfallen. Wenigstens gab es einen Gedanken, der ihm tröstlich erschien. Das, was Lord Tarik von ihr gefordert hatte, ließ darauf schließen, dass er sie am Leben lassen würde. Müde stellte er einen Ellenbogen auf und lehnte seine Stirn gegen die geballte Faust.

»Justor …« Tuulis Hand fuhr liebevoll in seinen Nacken.

»Was, Weib?«

»Dein Groll wird dir nicht helfen.«

Tuuli wollte ihm die Schuldgefühle nehmen. Er wusste das zu schätzen. Sie war eine gute Gemahlin.

»Wenn es einer schafft, unter Lord Tarik zu bestehen, dann ist es Nuria.«

»Ich weiß, Liebste.«

»Und es ist nicht ausgeschlossen, dass … sie Erfolg haben wird.«

Justor sah Tuuli jetzt eindringlich an. Es war nicht nötig, sie am Weiterreden zu hindern. Von selbst beließ sie es bei einer Anspielung auf die Wintergabe.

7

Lord Tarik hielt mit solcher Eile auf sein Kontor zu, dass einer der Wachen nicht genug Zeit blieb, um die Tür zu öffnen. Während der linke Flügel bereits den Durchgang frei gab, schien die rechte Seite zu klemmen.

Dieser Fehler seines Untergebenen kam ihm gerade recht. Voller Wut packte Tarik den Gesichtslosen an seiner verdeckten Kehle und schob ihn mit einem Arm gegen die Wand.

»Geh mir aus den Augen, du Nichtsnutz!«, donnerte er und schleuderte ihn wie einen Sack zu Boden. Danach stampfte er in sein Kontor. Es brodelte in ihm. Erinnerungen, die er lange nicht zugelassen hatte, drängten an die Oberfläche.

»Wo bleibt Caruzo?«, brüllte er dem anderen Wachmann zu. Ohne auf die Antwort zu warten, fasste er sich gleich mit beiden Händen an die Schläfen.

Ein Schrei aus Richtung des Flurs ließ ihn herumfahren.

Caruzo war bereits mit einem Fuß im Kontor. Auf der Schwelle brach er zusammen und hielt sich den Kopf. »Herr … ich bin schon hier. Haltet ein.«

Tarik ließ von ihm ab. Im nächsten Moment sah er Katrey das Kontor betreten. Sie hätte er als Nächstes gerufen – womöglich noch nachdrücklicher als den Magier.

Ihr Blick auf Caruzo verriet, dass sie froh war, diesem Schicksal gerade noch entkommen zu sein. Sie knickste tief. »Mein Lord.«

»Laufen alle auf Griseo neuerdings rückwärts?«

»Nein, Herr. Verzeiht, dass Ihr warten musstet.«

Tarik drehte sich so schwungvoll um, dass der Saum seines bodenlangen Umhangs sich bauschte. Er konnte sich nicht setzen. Aufgewühlt und ziellos lief er im Raum umher. »Ihr Verhalten überzeugt mich nicht«, grollte er dabei vor sich hin. »Ihre Gegenwart bringt keine Heilung. Nur Schmerz.«

»Gebt den Dingen Zeit«, schlug Katrey vorsichtig vor.

»Wozu? Ich verliere schon jetzt die Lust an ihr. Die einfachsten Dinge scheinen ihre Fähigkeiten zu übersteigen.«

»Wir stehen erst am Anfang.«

»Oder am Ende – je nachdem, wie ich entscheide.« Er sah streng auf die Dienerin hinab, die er schon so viele Jahre lang kannte. Manch einer auf Griseo mochte sich fragen, warum er sie überhaupt in seiner Gegenwart sprechen ließ. Doch Katrey war auf eine abstrakte Art und Weise das Letzte, was ihm noch von Miriam geblieben war. Dennoch, sie blieb eine Dienerin. »Starr mich gefälligst nicht so an.«

Sofort sah sie zu Boden.

Caruzo drängte sich vor. »Ihr Verhalten war mehr als ungehörig, wenn Ihr mich fragt. Für das unerlaubte Verschwinden aus dem Speisesaal solltet Ihr sie strafen.«

»Was schlagt Ihr vor?«

»Keine Nahrung. Einen ganzen Tag.«

»So soll es sein«, entschied Tarik mit einem Nicken und wanderte weiter.

»Herr.« Katrey kam ihm hinterher, die Hände besänftigend vor der Brust gefaltet. »Ich glaube kaum, dass das der richtige Weg ist.«

»Was soll daran falsch sein?«, fuhr er sie barsch an. »Sie missachtet meine Regeln. Soll ich sie etwa dafür belohnen? Beim Volk erreiche ich durch Strafe auch, was ich will.«

»Mit Verlaub, Euer Ziel ist in diesem Fall aber ein anderes.«

Tarik verengte den Blick. Er hasste es, wenn man ihm widersprach, und seine erste Reaktion darauf war für gewöhnlich Zorn. Doch in Katreys Worten steckte Wahrheit. »Du wagst viel, Kammerzofe.«

Sie schluckte sichtlich. »Nur, um Euch ebenso treu ergeben zu dienen wie einst Lady Miriam.«

»Mein Lord«, trat Caruzo erneut dazwischen. »Ich sehe es anders. Nur hartes Durchgreifen wird zu schnellem Erfolg führen. Wir dürfen ihre Herkunft nicht vergessen. Das einfache Volk ist gewitzt. Sie ist Teil davon. Vielleicht spielt sie Euch nur etwas vor. Wenn Ihr erlaubt, nehme ich mich ihrer erneut an, um zu überprüfen, ob sie wirklich keine Magie in sich trägt. Nicht, dass sie doch noch zur Gefahr wird.«

Die Dienerin sah Caruzo böse an. »Gefahr? Ihre Hand ist noch nicht einmal ansatzweise verheilt.«

Er zog Augenbrauen und Schultern hoch. »Möglicherweise nur deshalb, da sie uns ihre Heilkräfte vorenthält.«

»Wollt Ihr sie jetzt nach und nach zum Krüppel machen mit Euren Prüfungen? Nur, um sicherzugehen?«

»Blödsinn. Eine winzige Brandblase macht noch niemanden zum Krüppel. Meine Arbeit fordert nun mal Opfer.«

»Wenn Eure Arbeit etwas erfolgreicher wäre, dann hätten die Opfer ihre Berechtigung.«

Caruzo schnappte nach Luft. »Das muss ich mir von einer Magd wie dir nicht bieten lassen.«

Tarik besah die Streitenden. Sie hassten einander – schon immer. Er hatte so viele solcher Momente mit angesehen, dass er sie nicht mehr zählen konnte. Heute hatte er keine Geduld dafür. Kurzerhand berührte er seine Schläfe und beschied energisch: »Schluss mit dem Unsinn.«

Beide sackten mit schmerzverzerrten Gesichtern zu Boden.

»Ihr werdet noch Gelegenheit bekommen, sie weiter zu testen, Caruzo.« Tarik schritt zwischen den beiden hindurch und ging zu seinem Tisch. Dort warf er sich auf seinen Lehnstuhl und legte die übereinandergeschlagenen Beine auf der glänzenden Holzplatte ab. Über ihm kreiste eine unsichtbare schwarze Wolke. So fühlte es sich jedenfalls für ihn an. Das Mädchen aus Pago bereitete ihm Kopfschmerzen. Alles, was er wollte, war Miriam. Was er bekam, waren Erinnerungen und Schuldgefühle, die er eigentlich tief in sich begraben hatte.

Caruzo und Katrey traten wie zwei geprügelte Hunde vor seinen Tisch. Der Anblick tat ihm gut. Es war stets ein wirkungsvolles Mittel, seine Wut an ihnen auszulassen. »Sag mir, was du denkst, Kammerzofe.« Er rieb sich die Augen mit Daumen und Zeigefinger.

»Lasst mich mit ihr reden, mein Lord. Ich verspreche, der Vorfall im Speisesaal wird sich nicht wiederholen.«

Eine Weile verharrte er in seiner Position. Irgendwann entschied er: »Tu es.« Tarik sah auf.

Katrey knickste. »Noch etwas, Herr …« Nervös knetete sie die Hände.

»Sprich schon!« Er machte eine auffordernde Geste.

»Wenn Ihr Euch wünscht, dass sie mehr zu Lady Miriam wird, dann solltet Ihr ihr auch etwas mehr von Lady Miriam zeigen.«

»Was meinst du damit?«

»Die Räumlichkeiten. Gebt sie frei, damit sie darin wohnen kann. Es wird ihr helfen, sich in ihre Rolle einzufinden.«

Caruzo stieß seinen Unmut hervor. »Du willst es ihr trotz ihres Ungehorsams noch behaglicher machen? Dieser Vorschlag kann auch nur von einem Weib kommen. Eine Beleidigung unseres Lords ist das.«

»Ich gestatte es.«

»Herr!«, warf Caruzo erschrocken ein. Gleich darauf schien

er sich wieder zu besinnen und mäßigte seinen Ton. »Hört nicht auf das Geschwafel einer Kammerzofe. Was weiß sie schon?«

»Diese Kammerzofe war mit ihrer Aufgabe bislang erfolgreicher als Ihr mit der Euren, Magier. Das Mädchen aus Pago sieht immerhin schon mal aus wie meine Gemahlin.«

Lord Tarik bemerkte, wie Katrey Caruzo einen triumphierenden Blick zuwarf. Dann wandte sie sich erneut an ihn.

»Mein Lord, ich habe noch einen Vorschlag.«

Seine Augen verengten sich. »Werde nicht übermütig.«

Sie hielt kurz den Atem an. Katrey kannte ihn gut genug, um zu wissen, dass er nicht aufgeschlossen war für weitere Zugeständnisse. Dennoch wagte sie, ihre Idee auszusprechen. »Bloß einen allerletzten. Wenn …« Kurz verließ sie der Mut. »Wenn wir die Tücher von …«

»Genug!« Seine laute Stimme schallte durchs Kontor.

Katrey schien zu begreifen, dass sie zu viel gewagt hatte. So demütig wie nur irgend möglich knickste sie und trat etwas zurück.

Tarik wusste, was die Kammerzofe sagen wollte, auch wenn sie schwieg. Wütend funkelte er sie an. Dann zog er die Beine ruckartig vom Tisch, erhob sich und begann erneut im Kontor auf und ab zu wandern. Noch blieb er eine Antwort schuldig. *Die Tücher*, hallte es durch seinen Kopf. Beim bloßen Gedanken daran fühlte er einen Druck auf der Brust. Würde er ihrer Bitte stattgeben, gäbe es kein Entrinnen von der Vergangenheit mehr. »Was soll das schon bringen?«, fragte er, obwohl er die Antwort längst kannte.

»Zur Anschauung. Sie könnte vieles über Eure Gemahlin ler…«

Er hob die Hand. Sofort war es still. Auch jetzt wusste Tarik wieder, was sie sagen wollte. Wie so oft hatte Katrey recht. Er hörte auf umherzuwandern, und sah zu dem großen weißen

Tuch an der Wand. Langsam schritt er darauf zu und blieb davor stehen. Nach einer Weile umfasste seine Hand den unteren Zipfel. Ein kräftiger Ruck zwang das Tuch, sich von seinem Platz zu lösen. Laut flatternd sank es zu Boden – zusammen mit einer Menge Staub. Tarik trat zurück. Nach beinahe zehn Jahren lag das Gemälde erstmals wieder frei. Miriam trug darauf das gelbe Kleid, das er ihr zur Ankunft auf Griseo geschenkt hatte, und dazu einen Haarkranz aus roten Blumen, der die zarte Farbe ihrer Wangen und Lippen so wundervoll hervorgehoben hatte. Sie war zweifellos wunderschön gewesen – doch verliebt hatte er sich in ihr gutherziges Wesen. Tarik wünschte, er könnte zu dem Moment, den das Bild festgehalten hatte, zurückkehren. Er würde vieles in der Zeit danach anders machen.

»Lass die Tücher überall entfernen.« Er drehte dem Bild den Rücken zu.

»Seid Ihr sicher, dass Ihr das wollt?«, fragte Caruzo aufgeregt.

»Zweifelt Ihr etwa an meiner Entscheidung?«

»Nein. Das würde ich nie wagen. Aber die Vergangenheit hat gezeigt, dass es Euch besser erging, wenn Lady Miriam nicht so allgegenwärtig war.«

»Das Wagnis gehe ich ein. Ihr werdet mit den Folgen leben müssen. Ihr beide!« Tarik ging langsam auf Katrey und Caruzo zu. Er hatte den Zeigefinger drohend erhoben. »Sollten diese Maßnahmen nicht zum Erfolg führen, bestrafe ich nämlich nicht nur das Mädchen aus Pago, sondern euch zwei gleich mit. Ich werde euch in den verdammten Westturm sperren und den Eingang eigenhändig zumauern. Dort könnt ihr dann verrotten.« Seine Wut war zurückgekehrt. Die Erinnerungen taten ihm wahrlich nicht gut.

»Es wird funktionieren, ganz bestimmt.« Katreys Stimme zitterte.

»Das hoffe ich. Meine Geduld ist nämlich endlich. Ich gebe

der Sache Zeit bis zum nächsten Frühjahrsthing. Bis dahin muss die Täuschung vollkommen sein, denn ich gedenke, dem Land an diesem Tag zu verkünden, dass meine Gemahlin wieder genesen ist.«

»Sehr wohl«, sagte Katrey. Ihr Gesicht war blass.

Caruzos Gesicht hingegen war rot vor Zorn. Lord Tarik wusste, dass sein Magier nichts mehr hasste, als gegen die Kammerzofe das Nachsehen zu haben.

»Jetzt verschwindet. Geht mir aus den Augen.«

Caruzo deutete eine überaus knappe Verbeugung an und wirbelte herum. Mit zusammengepressten Lippen stapfte er Richtung Ausgang. Dabei schnellten seine Arme vor. Eine Druckwelle schoss ihm vorweg, worauf beide Seiten der Flügeltür aufsprangen. Die Wachhabenden dahinter hatten das nicht kommen sehen und wurden mit voller Wucht getroffen. Schmerzensschreie ertönten. Einer hielt sich den Kopf, der andere die Schulter.

Tarik rollte die Augen. Er schleuderte Caruzo laut hinterher: »Benutzt gefälligst Eure Hände.« Wie er Magie doch verabscheute!

Katrey sah sich immer wieder um. Das Einzige, was sie dabei feststellte, war, dass ihr niemand folgte. Kein Wunder, um diese Zeit. Alle auf Griseo schliefen noch. Es war mucksmäuschenstill in den Gängen der Burg. Sie hätte niemals sagen können, wie oft sie den unterirdischen Weg schon gegangen war. Sicherlich Hunderte Male. Jedenfalls so oft, dass sie auch in völliger Dunkelheit ans Ziel gekommen wäre. Dennoch trug sie ein kleines Talglicht mit sich. Es leuchtete die niedrige Tür vor ihr nur schwach an. Sie trat hindurch und befand sich auf einer steinernen Wendeltreppe. Kurz blickte sie nach unten. Ihr Herz drängte sie dazu hinabzusteigen. Doch das musste warten. Stattdessen ging sie nach oben, den schweren Korb dabei in ihre Armbeuge geklemmt. Atemlos erreichte sie nach vielen Stufen ihr Ziel.

»Caruzo. Macht auf!«

Sie musste eine Weile warten. Dann öffnete der verschlafene Magier die Tür. Sein Blick war vielsagend. »Du schon wieder.«

»Euch auch einen wunderschönen guten Morgen.«

»Kann es sein, dass du immer früher kommst?«

»Und wenn schon. Was wollt Ihr dagegen tun?«, fragte sie schnippisch und drückte sich an ihm vorbei.

Caruzo ließ es geschehen und trug dabei den Gesichtsausdruck eines Mannes, der gegen etwas Ungewolltes machtlos war.

Nur kurz strich ihr Blick über das Chaos, das sie hier umgab. Die runde Kammer war über und über vollgestellt mit den Zeugnissen jüngster Zauberversuche. Katrey sah ein gläsernes Behältnis, unter dem ein Löffel lag. Sie konnte nur vermuten, dass er versucht hatte, ihn mittels Gedankenkraft zu bewegen. Auf einem Tisch daneben befanden sich zahlreiche Kerzenständer. Die Kerzen darin sahen aus, als wären sie explodiert. Pyrokinese war eines der Dinge, an denen Caruzo sich in letzter Zeit häufiger ausprobierte. Während sie auf die schmale Treppe zuhielt, fiel ihr Blick auf etwas, das ihr neu war. Zwei Äpfel, die exakt gleich waren. Sie besaßen dieselbe auffällige rot-gelbe Färbung und ein Wurmloch nahe dem Stiel. »Replikation«, sprach Katrey unbedacht vor sich hin. Sofort stellte Caruzo sich zwischen sie und die Äpfel.

»Mal wieder bist du viel zu neugierig. Ich kann dich nicht daran hindern, nach oben zu gehen. Aber hier hast du nichts verloren.«

»Schon gut, schon gut.« Katrey hob eine Hand und zog die Schultern ein. Jeder ihrer Schritte auf den Stufen der Treppe wurde von Caruzo beäugt, damit sie es ja nicht wagte zurückzukommen. Sie öffnete die Luke und entschwand in die höchste Kammer des Westturms.

Es war tatsächlich schon wieder passiert, dachte Nuria bitter, als sie die Augen aufschlug und sich in ihrem Bett vorfand. Noch immer trug sie das gelbe Kleid. Wie konnte es sein, dass sie ständig die Kontrolle über sich verlor? Dabei hatte sie sich doch gestern fest vorgenommen, bei klarem Verstand zu bleiben.

»Du bist wach. Endlich!« Katrey lugte durch die Vorhänge des Bettes. »Wie geht es dir?«

»Ich bin unglaublich hungrig.«

»Das wundert mich nicht. Du hast gestern kaum etwas gegessen. Aber …« Die Dienerin machte ein zerknirschtes Gesicht. »Ich habe eine gute und eine schlechte Nachricht. Welche willst du zuerst hören?«

»Die gute.«

»Du musst heute nicht zu Caruzo.«

»Zum Glück«, gab Nuria befreit von sich und hoffte, dass der Magier sie nie wieder in seine Fänge nahm. Über ihre Erleichterung hätte sie beinahe vergessen, dass Katrey noch eine zweite Sache sagen wollte. »Und die schlechte Nachricht?«

»Da du gestern fortgerannt bist, wirst du heute zur Strafe den ganzen Tag hungern müssen.«

»Den ganzen Tag?«

»Caruzos Idee. Lord Tarik war außer sich vor Wut wegen deines Verhaltens. Ich musste ihm versprechen, dass du es nicht wieder tust.« Katrey sah sie an wie eine Mutter ihr ungezogenes Kind. »Was ist nur in dich gefahren?«

Nuria versuchte sich an die Ereignisse zu entsinnen, doch die Bilder kamen nur schemenhaft. Der Wein verschleierte ihre Erinnerung. Sie sah den Speisesaal vor ihrem inneren Auge. Hörte die Befehle des Lords. »Ich sollte mich zigmal erheben und wieder hinsetzen. Nie war es ihm gut genug.«

»Und du dachtest, wenn du wegrennst, geht ihm ein Licht auf?«

»Nein, natürlich nicht. Es ist dieser verdammte Wein, der mich so handeln lässt. Ich bin das nicht gewohnt. Warum muss ich dieses scheußliche Gesöff nur trinken?«

»Ganz einfach, weil Lady Miriam ihn geliebt hat.« Sie zuckte die Schultern. »Es ist unerheblich, ob dir der Wein schmeckt. Hast du das noch nicht verstanden?«

Da Nuria weder eine nette noch eine neutrale Antwort einfiel, sagte sie nichts darauf und fragte stattdessen: »Wie bin ich hierhergekommen?«

»Hast du gar keine Erinnerung mehr?«

»Irgendwie nicht. Ich sag's ja, der Wein …«

Katrey zog die Vorhänge ein Stück weiter auf und setzte sich ans Fußende des Betts. Sie nahm Nurias Hände in ihre. »Vergiss den gestrigen Abend. Darüber wurden jetzt genug Worte verloren.«

Die Kammerzofe sah sie so verständnisvoll an, dass Nuria ein schlechtes Gewissen bekam. »Habe ich dir viel Ärger beschert?«

»Schon in Ordnung. Konzentriere dich nur auf deine Aufgabe.«

Nuria legte den Kopf in den Nacken und atmete tief ein und aus. »Wie soll ich es schaffen, zu jemandem zu werden, den ich nie gekannt habe?«

»Nun, darum habe ich mich bereits gekümmert.«

Nurias Kopf ruckte zurück. Sie runzelte die Stirn. »Wirklich?«

Katrey lächelte breit. »Es sollte dir in Zukunft viel leichter fallen, dich in Lady Miriam hineinzuversetzen. Komm, ich zeige dir etwas.«

So zerzaust wie sie war, trat Nuria hinter Katrey aus ihrer Kammer. Sofort bemerkte sie die zwei Gesichtslosen, die sich auf dem Gang befanden. Nacheinander zogen sie die weißen Tücher von den Wänden und legten die Gemälde darunter frei. Verblüfft trat Nuria näher an eines heran. »Lady Miriam.« Sie besah die liegende Gestalt zwischen Sträuchern von Rosen.

»Ja, auf jedem einzelnen ist sie zu sehen.« Katrey war an ihre Seite getreten. »Sie hat sie selbst gemalt. Immer wieder verlangte Lord Tarik nach einem neuen Gemälde von ihr. Er sagte damals, es gäbe nichts Schöneres für ihn als ihr Gesicht.«

Nuria lief den Gang weiter entlang. Es dauerte einige Momente, da bemerkte sie, dass Katrey an einer der verschlossenen Türen stehen geblieben war. Ihre Miene sah seltsam verschwörerisch aus. Ihre Hand berührte die Klinke. Jetzt zog sie einen Schlüssel aus ihren Rockfalten hervor und hielt ihn sich vor das Gesicht.

»Ich habe noch mehr für dich erwirkt, als die Gemälde freizulegen. Ab heute beziehst du Lady Miriams Gemächer.«

Nuria starrte stumm auf den Schlüssel. Es war ihr ein absolutes Rätsel, wie man es schaffen konnte, auch nur das Geringste von Lord Tarik zu fordern. Die Kammerzofe besaß wirklich Mut.

»Erschrick nicht. Hier ist viele Jahre niemand mehr gewesen. Es wird dauern, bis es aussieht wie früher.« Katrey schloss auf.

Die Eisenscharniere quietschten so laut und durchdringend, als könnten sie die Eindringlinge auf diese Weise verscheuchen. Doch weder das noch die Spinnweben und der Staub hielten die Frauen auf.

Nuria trat in die Dunkelheit. Ein moderiger Geruch schlug ihr hier entgegen – und noch etwas anderes. »Rosen«, sprach sie ihren Gedanken leise aus. Ganz klar lag der Duft in der Luft. Wie war das möglich nach all den Jahren?

»Augenblick. Ich ziehe die Vorhänge auf. Dann können wir auch etwas sehen.« Katrey ächzte. Offenbar benötigte sie ihre ganze Kraft. Nach einem beherzten Ruck an einer Kordel bewegten sich die schweren Stoffe endlich zur Seite.

Das, was das erste Licht ihr eröffnete, überwältigte Nuria geradezu. Dieses Gemach war so groß, dass sie sich unweigerlich klein vorkam. Staunend drehte sie sich um sich selbst und ließ den Blick schweifen. Die bemalte Decke aus dicken Holzbalken reichte fast so hoch wie die der Halle Pagos. »Katrey, das ist ja unglaublich. Was für eine Pracht!«, entfloh es ihr.

»Nicht wahr?« Hustend hielt die Zofe auf das nächste Fenster zu und legte sich dabei den Rocksaum vor Mund und Nase. Jede von Katreys Bewegungen ließ den aufgewirbelten Staub durch die Luft fliegen. »Warte ab, bis ich erst alle Tücher von den Möbeln entfernt habe.«

Nuria lief zwischen den Bergen aus weißen Stoffen umher. Ihre Finger strichen darüber und zeichneten die Linien von Truhen, Tischen und einem Himmelbett nach. Einer willkürlichen Wahl nach zog sie eines der Tücher herunter. Der Staub ließ sie niesen. Zum Vorschein kam ein goldener Standspiegel. Er zeigte Nuria das Ausmaß ihres Zustandes. Sie erschrak. Ihre Haare standen wirr in alle Richtungen. Das gelbe Kleid war knittrig und am Ausschnitt zerrissen.

»Sieh nur!« Katrey wedelte mit der Hand in der Luft herum. Sie stand staunend vor einem der Fenster.

Nuria lief auf sie zu. Ihr Spiegelbild war sofort vergessen. »Man kann ja hindurchsehen«, stellte sie verwundert fest.

»Caruzo muss es damals vergessen haben zu blenden.«

»Caruzo war das?«

»Natürlich. Was hast du denn gedacht? Dass wir seit Tagen Nebel haben?«

Nuria behielt für sich, dass sie tatsächlich genau das angenommen hatte. Stattdessen legte sie eine Hand auf das Fensterglas. Es bestand aus zig kleinen, rautenförmigen Scheiben, die verschwommen wiedergaben, was sich außerhalb befand. Nuria sah zum Horizont. Blass erkannte sie dort die letzte Baumreihe des Waldes. In dieser Richtung lag Pago. Inbrünstig hoffte sie, dass es allen gut ging. Der Gedanke, dass das Wild des Lords derzeit den Hunger im Dorf stillte, beruhigte sie. Doch dieses Fleisch würde nicht ewig reichen. Was wäre danach? Sie riss sich los von dem Anblick des Waldes, um sich nicht zu sehr im Heimweh zu verlieren. »Warum hat Caruzo die Fenster blind gemacht?«

»Er ...«

»Sprich nicht mit ihr über Magie, Kammerzofe!« Der Magier war just über die Schwelle getreten und funkelte Katrey zornig an.

»Was wollt Ihr hier?«, fragte Katrey unfreundlich. »Dies sind die Gemächer der Lady. Ihr habt hier nichts verloren.«

»Hüte besser deine Zunge. Du vergisst wohl, wer vor dir steht«, herrschte er sie bedrohlich an.

»Wie gern würde ich das tun. Aber Ihr taucht einfach immer wieder auf.«

Nuria sah zwischen den beiden hin und her. Dabei kam sie nicht umhin, Katrey zu bewundern. Sie stand dem mächtigen Magier eigenartig furchtlos gegenüber. Zu gern hätte sie denselben Mut aufgebracht. Davon aber war sie weit entfernt.

Caruzo hustete. Der aufgewirbelte Staub hatte wohl auch seinen Hals erreicht. Mit belegter Stimme und einem Ärmel vor dem Mund stieß er aus: »Bilde dir lieber nicht zu viel ein auf die Gunst des Lords. Sie ist flüchtig wie das Tageslicht. Oder hast du schon vergessen, was er sagte? Er wird uns beide strafen, wenn sie es nicht schafft, ihn zu überzeugen.«

»Das hat er gesagt?«, fragte Nuria. Keiner ging auf sie ein.

»Darf ich Euch erinnern, dass Ihr es seid, der bislang keinen Erfolg hatte?«

Caruzo verzog nun spöttisch das Gesicht. Er wies mit seinem spitzbärtigen Kinn auf Nuria. »Gerade sieht es für mich so aus, als wären auch deine Errungenschaften vergänglich. Ich kann mich nicht erinnern, Lady Miriam jemals so gesehen zu haben.«

»Als ob Ihr sie so gut gekannt hättet, um das zu beurteilen. Zudem versteht Ihr nichts von den täglichen Gepflogenheiten einer Lady und wie viel Zeit sie in Anspruch nehmen. Also urteilt nicht über meine Arbeit.«

»Pah«, stieß Caruzo aus. »Das, was du eine Leistung nennst, mache ich zwischendurch.« Augenblicklich führte er die Hände vor seinem Körper zusammen, bis es aussah, als trüge er eine schwere Schale. Die Luft dazwischen begann zu flirren. Er warf sie von sich.

Ehe Nuria begriff, was geschah, fing der Boden unter ihren Füßen an zu vibrieren. Ein Leuchten umrundete ihren Rocksaum und stieg in schnellen Kreisen an ihr hoch. Plötzlich unfähig, sich zu rühren, blieb ihr nichts, als abzuwarten. Das Leuchten erreichte ihren Kopf. Nuria hielt den Atem an, bis der Zauber durch einen orangefarbenen Funkenregen zu seinem Ende kam. Mit einem Ruck erhielt sie ihre Beweglichkeit zurück. Plötzlich trug sie ein samtgrünes Kleid mit einem hellblauen Überwurf. Ihre Hand war neu verbunden. Mit der anderen betastete sie ihr Haar. Es war halb offen und bloß von einem leichten Schleier bedeckt, der von einem schmalen Reif gehalten wurde.

Caruzos hochmütiges Lächeln galt Katrey. »Dafür hättest du sicher zwei Stunden gebraucht. Du darfst mir also dankbar sein.«

»Welch ein scheußliches Kleid. So etwas hätte Lady Miriam nie getragen.«

»Gern geschehen. Und jetzt tritt zurück von dem Fenster. Nachdem ich deine Aufgabe erledigt habe, kommt nun meine an die Reihe.«

Nuria verstand sofort, dass er das Fenster so blind machen wollte wie alle anderen in der Burg. Am liebsten hätte sie ihn gebeten, es so zu lassen, wie es war. Doch sie wagte es nicht.

Caruzo streckte eine Hand aus und richtete sie auf die Scheibe. Wie es schien, musste er sich für diesen Zauber sammeln. Er schloss die Augen und senkte den Kopf auf seine Brust. Kurz darauf begann es um das Fenster herum zu knacken – es war das Geräusch von Eis. Am unteren Rand bildete sich eine undurchsichtige Masse. Wie anwachsende Frostblumen bahnten sie sich ihren Weg nach oben, bis die Aussicht dahinter verschwand, ohne das Licht im Raum zu mindern. Daraufhin sah es wieder ganz so aus, als wäre es nebelig draußen. Ungefragt ging der Magier nun die Wände im Gemach ab. Dabei hielt er die rechte Hand nacheinander auf die verhüllten Gemälde gerichtet. Ein deutlicher Fingerzeig genügte. Die Tücher zuckten auf und flatterten zu Boden. Als alle Gemälde entblößt waren, machte er weiter mit den Möbeln. Bald darauf war der ganze Boden bedeckt mit weißen Tüchern. Der Staub in der Luft war nun kaum mehr zu ertragen.

Nuria brannten die Augen. Sie drückte sich die Armbeuge auf Mund und Nase, doch der Husten wollte nicht abebben.

»Wenigstens den Rest schaffst du ja wohl ohne mich.« Verächtlich sah er zu Katrey.

»Ich habe Euch nicht darum gebeten, hier die Dienstmagd zu spielen.«

»Sei dir gewiss, ich habe weitaus Wichtigeres zu tun als das hier. Aber du hast Lord Tarik gehört. Die Zeit läuft gegen uns. Es macht keinen Sinn, wenn wir weiterhin bloß unsere eigenen Interessen vertreten. So wird *daraus* …«, er sah Nuria so geringschätzig an, als gliche sie selbst jetzt noch einer Vogelscheuche, »… niemals ein Abbild Lady Miriams.«

Nuria hasste die überhebliche Weise, mit der Caruzo über sie sprach, als wäre sie gar nicht im Raum. Oder als wäre sie zu dumm, seine Worte zu verstehen. Wüsste sie nicht, wozu er fähig war, hätte sie ihm deutlich gezeigt, was sie davon hielt. So aber mäßigte sie ihren Ton. »Darf ich vielleicht auch erfahren, worüber hier gesprochen wird?«

Caruzo sah zu ihr, dann zu Katrey. »Du hast es ihr etwa noch nicht gesagt?«

»Ich hätte es sicher längst getan, wärt Ihr nicht einfach hier hereingeplatzt.«

»Mir *was* gesagt?«, fragte Nuria nach.

»Der Lord hat gestern einen Entschluss gefasst. Bis zum Frühjahrsthing muss deine Verwandlung zu seiner Zufriedenheit abgeschlossen sein. Dort will er dann verkünden, dass Lady Miriam wieder genesen ist.«

»Ich habe also nur wenige Wochen, um mein Leben zu retten«, fasste Nuria trocken zusammen.

»Deins und unseres, um genau zu sein.«

Sie sah zu Caruzo. Endlich verstand sie, warum er sich hier gerade einsetzte. »Ihr seid doch ein Magier. Warum löst Ihr das Problem nicht mit einem Zauber? Könnt Ihr nicht machen, dass ich Lady Miriam mehr entspreche?«

»Glaubst du dumme Gans etwa, dieser Gedanke wäre mir nicht längst gekommen? Wenn das möglich wäre, hätte ich es bereits getan.«

»Magie kann viel, aber leider nicht alles«, ergänzte Katrey seine Worte.

»Das verstehe ich nicht. Wo sind die Grenzen? Ihr zaubert Schutzschilde, Feuer, Kleider.« Sie raffte ihren Rock ein Stück. »Was kann so schwer daran sein, aus einem Mädchen wie mir eine Lady zu machen? Ihr klingt, als wäre es fast unmöglich.«

»Die Antwort darauf übersteigt ganz einfach jenen Bereich, der dich zu interessieren hat.«

»Wir kriegen es auch so hin«, sagte Katrey jetzt und legte Nuria die Hand auf die Schulter. Ein breites Lächeln zierte ihr Gesicht.

»Wozu, wenn es einfacher und schneller gehen könnte?«, beharrte sie weiter. »Was ist das Problem?«

Caruzo rollte die Augen. »Fragen, Fragen, Fragen. Hast du es noch immer nicht verstanden? Es ist kein Zufall, dass du nichts über Magie weißt – Lord Tarik will es so. Niemand wird dir darin Nachhilfe erteilen. Also halte ein für alle Mal deine Neugierde im Zaum.« Caruzo machte eine abschneidende Geste mit den Händen.

Das war deutlich! Nuria blieb nichts weiter darauf zu sagen. Dabei entging ihr nicht, dass Katrey seine Geheimnistuerei unterstützte. Mal wieder schien sie mehr zu wissen, als sie sagte.

Caruzo klopfte auf seinen Umhang und versuchte so, ihn vom Staub zu befreien. Das Einzige, was er damit allerdings bewirkte, war, noch mehr Staub aufzuwirbeln. An Nuria gerichtet, sprach er: »Also, du hast es gehört. Es bleibt dir nur der altmodische und mühsame Weg. Üben!«

Katrey wedelte sich vor dem Gesicht herum. »Was sollten wir als Nächstes tun?«

»Das lasse ich dich entscheiden. Schließlich hast du auch die wunderbaren Einfälle gestern geliefert. Die Gemächer. Die Gemälde. Hättest du den Mund gehalten, wäre es gar nicht zu den Drohungen des Lords gekommen. Nun mach was draus. Ich habe im Westturm zu tun.« Mit diesen Worten drehte Caruzo den Frauen den Rücken zu. Er war schon fast aus der Tür, da rief er noch: »Am besten lässt du dir etwas richtig Gutes einfallen, damit sie Lord Tarik gleich heute Abend im Speisesaal beeindrucken kann.«

»Im Speisesaal?«, fragte Nuria. »Ich dachte, es ist mir heute nicht erlaubt zu essen.«

»Ist es auch nicht«, gab er mitleidlos zurück. »Aber soll deswegen vielleicht der Lord hungern?« Caruzo sah sie verständnislos an.

»Nein, natürlich nicht.«

Kopfschüttelnd verließ er die Gemächer.

Nuria fing Katreys mitleidigen Blick auf. »Schon gut«, wehrte sie ab. »Wenn ich eines in den letzten Jahren gelernt habe, dann zu hungern.« In Gedanken fügte sie hinzu, dass ein Teil von ihr dieses Gefühl möglicherweise sogar begrüßen würde. Mit Sicherheit erinnerte es sie an das Leben in Pago. An Justor. Und an Vater.

8

»Ich werde hier noch eine Weile zu tun haben«, erklärte Katrey und sah sich um. »Wenn du etwas tun willst, das dir für heute Abend nützlich ist, dann habe ich eine Idee.«

»Und welche?«

»Geh und sieh dir die Gemälde von Lady Miriam an. Studiere ihr Gesicht und ihre Haltung. Ich bin mir sicher, so kannst du einiges über sie lernen.«

»In Ordnung.« Nuria verließ die staubigen Räume und betrat den breiten Gang. Es war das erste Mal, dass sie sich alleine hier aufhielt. Längst kannte sie nicht alle Flure Griseos, dennoch war sie mittlerweile zuversichtlich, dass sie zurückfinden würde.

Sie näherte sich dem ersten Gemälde. Es zeigte Lady Miriam inmitten einer Schar kleiner braun-weißer Hunde. Einen von ihnen hielt sie auf dem Schoß. Er trug als Einziger ein hellblaues Halsband. Nuria nahm an, dass er ihr womöglich etwas bedeutet hatte. Beim Betrachten ihres Gesichts fiel ihr auf, dass sie einen ängstlichen Zug um den Mund hatte. Fast wie ein Kind, das den Erwachsenen vor sich nicht kannte.

Nuria ging weiter. Dabei hörte sie hier und da den Wind von draußen heulen. Sie hatte sich bereits daran gewöhnt, dass er stets durch die Gänge pfiff. Das nächste Gemälde gefiel ihr auf Anhieb. Lady Miriam saß in der Nische eines überlangen Fensters, den Blick auf ein Buch gerichtet, das locker auf ihren angewinkelten Beinen ruhte. Ihre rechte Hand spielte mit einer Haarsträhne. Die einfallende Sonne hinterließ einen hellen Lichtkegel auf dem Boden. Sie wirkte so vertieft, dass es Nuria ein Leichtes war, sich vorzustellen, wie sie den Raum betreten konnte, ohne dass Lady Miriam Notiz von ihr nahm. Eine ganze Weile lang betrachtete sie die Leinwand. Dabei ahmte Nuria die Pose der Adligen nach – die Haltung des Kopfes und die Art, wie sie den Ledereinband des Buchs hielt. Nur ungern riss sie sich schließlich los. Das Bild hatte etwas Friedliches. Es brannte sich in ihren Kopf ein und hallte in ihr nach. Vielleicht bemerkte sie deshalb kaum, wie sie den vertrauten Gang verließ und einen ihr unbekannten betrat. Hier fand sie das nächste Gemälde.

Lady Miriam saß auf dem steinernen Rand eines Brunnens. Die Fingerspitzen ihrer rechten Hand berührten das Wasser und hinterließen kleine Wellen darin. Ihr Blick ging nach oben. Er galt Lord Tarik. Mit allem, was sie hatte, schmachtete sie den Herrscher an, der ihr die linke Hand küsste. Nuria verzog das Gesicht. Dieses Bild war irgendwie eigenartig. Sie konnte nicht genau sagen, woran es lag, aber sie hatte das untrügliche Gefühl, dass es zu einem späteren Zeitpunkt entstanden war als die vorherigen.

Durch diesen widersprüchlichen Eindruck beschäftigt, lief sie an zahlreichen Gemälden einfach vorbei. Nuria gelangte zu einer kleinen Tür, die gerade hoch genug war, dass sie aufrecht hindurchgehen konnte. Zu ihrer Überraschung fand sie sich nun wieder bei den beiden geschwungenen Treppen. Es war beinahe, als führte jeder Weg in der Burg irgendwann hierher.

Tatsächlich hatte man überall die Tücher von den Bildern genommen – selbst in diesem Teil der Burg. Jetzt, da Nuria in der eindrucksvollen Vorhalle stand, erschien es ihr nur logisch, dass hier das größte Bild von allen hing. Staunend richtete sie den Blick weit nach oben, um das ganze Gemälde zu erfassen. Es zeigte Lady Miriam und Lord Tarik auf einem Thing. Aus der Vogelperspektive sah man beide im Steinkreis der Schlucht stehen, umringt von ihren Untergebenen, die demütig um das Paar knieten. Das Gras war grün und saftig. Die Sonne tauchte alles in ein goldenes Licht. Nuria betrachtete jeden Winkel der Malerei. Und je länger sie das Bild besah, desto mehr sog sie es ein. Obwohl sie noch nie selbst an einem Thing hatte teilnehmen dürfen, erschien ihr plötzlich alles so seltsam vertraut. Beinahe meinte Nuria, den seichten Wind auf ihrer Haut zu spüren. Wie war das möglich? Ihr wurde schwindelig. Fahrig suchte sie mit einer Hand nach der steinernen Wand. Sie schob es auf die anstrengende Haltung und darauf, dass sie heute noch nichts hatte essen dürfen. Es wäre schlau gewesen, sich kurz hinzusetzen. Nuria jedoch starrte weiter gebannt auf das Gemälde.

Einen Augenblick später begann alles vor ihren Augen zu schwimmen. Sie blinzelte. In ihrem Kopf blitzten einzelne Bilder auf. Szenen des Things. Opfergaben. Gesprochene Eide. Die alten Lieder. Dann, als fiele sie, änderte sich plötzlich die Perspektive. Sie war nun mittendrin, hörte Stimmen einzelner Männer. Dabei sah sie auf zum Herrscherpaar. Lady Miriam war wie immer verschleiert. Und doch konnte Nuria sie sehen. Es war ihr, als tauchte sie tief in ihr Wesen ein. Sie sah aus ihren Augen. Lady Miriam blickte hinüber zu ihrem Gemahl. Voller Stolz beobachtete sie, wie Lord Tarik vor den Dorfvögten Areas seinen Schutzschwur erneuerte und im Gegenzug ihren Treueschwur entgegennahm. Sie liebte ihn. Kaum konnte sie sich beherrschen, hier einfach nur zu stehen. Wäre es nach ihr gegangen, hätte sie nun seine Hand genommen und ihn an sich gezogen, um ihn zu küssen. Zum Glück war ihr Gesicht verhüllt. Unbemerkt von Areas Männern, grinste sie in sich hinein. Lord Tarik hatte nun dem letzten Mann seinen Eid geschworen. Er sah zu Lady Miriam und hob seine Hand auf Brusthöhe an, damit sie ihre darauflegen konnte. Die bloße Berührung seiner Haut löste einen Funkenflug in ihrem Bauch aus. Lautstarker Jubel brach unter dem Volk aus. Es war getan. Der Sommerthing stand kurz vor seinem Ende. *Wie fühlst du dich?*, fragte Lord Tarik sie. *Wundervoll. Solange ich nur an deiner Seite bin.* Sein Gesicht zeigte ein Lächeln. Und doch war da auch noch etwas anderes. Nuria konnte es sehen, aber nicht deuten. Es war keine Freude. Eher … Schuld! Die Szene um sie herum kam zum Erliegen. Langsam verzog sich das Bild wieder in die Vogelperspektive.

Nuria fühlte, wie der Zwang, das Gemälde zu betrachten, nachließ. Nur langsam kehrte sie wieder in ihren eigenen Körper zurück. Lord Tariks Gesichtsausdruck ging ihr nicht aus dem Kopf. Während sie nachdachte, lief sie Schritt für Schritt rückwärts. Sie hatte vergessen, dass sie auf dem Absatz der Treppe stand. Ihr Fuß glitt ins Leere. Ihre Arme ruderten, um das Schlimmste zu verhindern. Vergeblich. Sie fiel auf die harten Stufen – zunächst mit dem Rücken, dann mit der Schulter. Nach einer halben Umdrehung und einer schmerzhaften Schlitterpartie landete Nuria rücklings auf dem Steinboden. Einen Augenblick lang war ihr Körper ein einziger Schmerz. Pochend und stechend zugleich, zentrierte er sich schließlich auf einzelne Körperteile. Nur allmählich ließ die Schrecklähmung nach, und sie kam wieder auf die Füße. Dabei hielt sich Nuria den brummenden Schädel. »So ein Mist.« Stöhnend lehnte sie sich gegen das Treppengeländer. Erst als dieses gleichbleibende Gefühl zu einem stetigen Hämmern wurde, bemerkte Nuria, dass ihr das bekannt vorkam. Sie riss die Augen auf. Eine weitere, noch schrecklichere Erklärung für den Kopfschmerz kam ihr in den Sinn. Rief Lord Tarik etwa gerade nach ihr?

Nuria dachte nicht länger über das Für und Wider nach, sondern trieb ihren malträtierten Körper die Stufen hinauf. Atemlos erreichte sie die Tür des Kontors. Wie stets hielten zwei

Gesichtslose Wache. Nuria kam vor ihnen zum Stehen, noch immer benebelt. »Lasst mich ein. Lord Tarik schickt nach mir.«

Anstandslos gehorchten sie.

Sie trat ein. Die Tür hinter ihr wurde wieder geschlossen. Nuria presste den Rücken gegen das Holz und sah sich um. Der Herrscher stand vor seinem Tisch. Er war bloß mit einer Hose bekleidet, sein muskulöser Oberkörper war nackt. Vor ihm lag eine große Landkarte. Die Arme hatte er auf die Enden gestützt, damit sie sich nicht wieder einrollte. Er richtete sich auf. Die Karte rollte sich zusammen. Es sah ganz so aus, als hätte sie ihn gestört.

»Was hat das zu bedeuten?«

»Ihr habt mich rufen lassen.«

Seine Antwort kam nicht sofort. »Hältst du mich zum Narren?«

»Nein.« Nuria begann zu zweifeln. Rührte der Schmerz in ihrem Kopf doch von dem Sturz her? Oder von den ungewollten Bildern? »Ich dachte …«

»Wie bist du an den Wachen vorbeigekommen?«

Nurias Herz pochte schneller. »Ich habe ihnen befohlen zu öffnen.«

Lord Tarik umrundete jetzt den Tisch. Bis auf eine Schrittlänge trat er an sie heran. So nah, dass sie meinte, seine Körperwärme zu spüren. »Niemand außer mir befielt den Wachen«, grollte er. Jetzt hob er die Arme und schlug gleichzeitig mit beiden Händen neben Nurias Kopf gegen das Türholz. »Niemand«, wiederholte er laut.

Nuria erschrak. Sie war zwischen seinen Armen eingekesselt, und er sah auf sie herab, als wollte er ihr jeden Moment den Kopf abreißen.

»Warum bist du wirklich hier?«

Seine Beharrlichkeit machte sie langsam wütend. »Was wollt

Ihr hören? Da war wieder dieser Schmerz in meinem Kopf. So, als würdet Ihr mich rufen.«

»Du lügst«, unterstellte er ihr weiter.

»Was?«

»Sag die Wahrheit.«

Nuria hatte es satt, dass man ihren Worten keinen Glauben schenkte. Ihre Wut wuchs weiter an. »Glaubt Ihr wirklich, ich würde freiwillig Eure Nähe suchen?«, spie sie ihm entgegen. »Wenn dem so ist, dann muss ich Euch enttäuschen.«

Lord Tarik sah weiterhin auf sie herab.

Sie schaffte es, dem Blick aus seinen goldenen Augen standzuhalten. Er würde sie jetzt gewiss strafen. Vielleicht mit einem weiteren Tag ohne Essen. Vielleicht Schlimmeres. Zu ihrer unendlichen Überraschung jedoch nahm er die Arme einfach herunter. Den Kopf ein wenig schief gelegt, ging er zwei Schritte zurück und studierte ihr Gesicht. Er strich sich das Haar zurück und nickte nur. Ohne ein weiteres Wort drehte er sich um, nahm den Platz vor der Karte wieder ein. Seine Hände entrollten sie erneut und beschwerten die Enden mit Steinen.

»Bring mir Wein von dem Tisch dort drüben.« Sein Kinn wies in die entsprechende Richtung.

Nuria setzte sich langsam in Bewegung. Ihre Verwunderung schluckte sie herunter. Stattdessen goss sie den tiefroten Wein aus der Kanne in einen edelsteinbesetzten Pokal.

Er nahm ihn entgegen und trank, während er Nuria erneut betrachtete.

Wenn sie doch nur wüsste, was er dachte. Es würde ihr so viel leichter fallen, sich in seiner Gesellschaft zu bewegen. In dem Glauben, dass er sie unterwürfig bevorzugte, senkte sie den Blick. Dabei richtete sie ihre Aufmerksamkeit auf die Landkarte. Obwohl sie über Kopf lag, konnte Nuria ein Wort darauf lesen. *Magienverteilung*.

Lord Tarik bemerkte ihren Blick und schob die Steine mit einem Wisch beiseite. Sofort rollte die Karte sich wieder zusammen.

Nuria sah auf. »Gibt es noch etwas, das ich tun soll?«

»Ja«, antwortete er und stellte den Pokal geräuschvoll auf dem Tisch ab. »Tu, was Lady Miriam getan hätte.«

»Und was genau?«

Lord Tarik stützte die Hände auf die Tischplatte. Er fixierte Nuria wie ein Greifvogel eine Feldmaus. Jedes seiner Worte betonte er einzeln. Sie kamen wie Pfeilspitzen. »Sei Lady Miriam!«

Nuria schluckte. War das eine Falle? Sie sah sich im Kontor um. Der Versuch, sich in Lady Miriam hineinzuversetzen, brachte sie gedanklich zu den Gemälden. Ihre Beine verselbstständigten sich. Sie hielt auf die Regale zu und nahm willkürlich eines der Bücher heraus. Im Augenwinkel konnte sie sehen, dass Lord Tarik sie beobachtete. Regungslos verharrte er in seiner Haltung. Sie näherte sich langsam den hohen Fenstern. Die steinernen Bänke davor waren kalt. Anders als auf dem Gemälde gab es hier keine Polster und auch kein Sonnenlicht, das auf den Boden fiel. Nuria bemühte sich dennoch, sich auf die gleiche Weise hinzusetzen, wie sie es verinnerlicht hatte. Die Beine angewinkelt. Das Buch auf den Knien. Erst jetzt erkannte sie, dass es ein Buch über Rosen war. Sie schlug es auf und nahm dann bewusst eine ihrer Haarsträhnen zwischen die Finger. Während sie sie drehte und zwirbelte, hörte sie Lord Tarik die Karte wieder entrollen. Nach einer Weile wagte sie einen flüchtigen Blick.

Statt sich der Karte zu widmen, sah er zu ihr. Das, was Nuria tat, schien etwas in ihm zu berühren. Sie las es ab an seinem Atem. Das Heben und Senken seiner nackten Brust war ruhiger geworden.

Ihre Betrachtung ging über auf seine goldbraune Haut. Seine Muskeln, Sehnen und Adern waren deutlich zu erkennen. Jede

Bewegung brachte ihr Zusammenspiel zur Geltung. Nuria dachte noch, dass er ohne seine Kleidung geradezu menschlich wirkte, da griff er nach einem weißen Leinenhemd und zog es sich über. Es saß locker an ihm, mit einem weiten Ausschnitt, der nur von einer über Kreuz geschnürten Kordel gehalten wurde. Beschämt sah Nuria wieder auf ihr Rosenbuch. Hatte er etwa bemerkt, dass sie seinen Oberkörper betrachtet hatte? Wenn ja, sollte er sich besser nichts darauf einbilden. Er war für sie nicht mehr als ein Mörder. Ein Ungeheuer! Sie konnte den Tag nicht erwarten, da er seinen letzten Atemzug aushauchte. Nuria vergrub eine Hand in den Falten ihres Kleides. Unwillkürlich ballte sie sie zur Faust. Dabei formte sich nach und nach eine Idee in ihrem Kopf. Der Frühjahrtsthing! Hier könnte alles zu einem Ende kommen. Es war die beste Gelegenheit.

Nuria sah die Ereignisse bereits vor ihrem inneren Auge. Bis zu diesem Tag hätte sie es geschafft, ganz in Lady Miriams Rolle zu schlüpfen. Neben Lord Tarik würde sie den Steinkreis zum Thing betreten. Geduldig wartend, bis zu jenem Moment, in dem Lord Tarik verkündete, dass seine Gemahlin genesen sei. Nuria würde die Wahrheit herausschreien und alle Männer des Landes dazu auffordern, den Herrscher zu stürzen und ihn auf der Stelle zu töten!

Es mussten Stunden vergangen sein. Ihre Glieder waren steif von der unnatürlichen Sitzhaltung. Die Kälte der Steinbank war längst durch ihre Röcke gedrungen. Sie sehnte sich nach etwas Wasser. In Nuria war die Hoffnung, dass Lord Tarik sie einfach zurück in ihre Gemächer gehen ließ, ohne sie zusätzlich im Speisesaal zu quälen. Doch dieser Wunsch wurde jäh zerstört.

»Wir sehen uns im Speisesaal.«

Nuria legte das Buch auf die Bank. Alles tat ihr weh. Wenigstens würde sie gleich auf einem gepolsterten Stuhl Platz nehmen dürfen. Jedenfalls dann, wenn er sie nicht wieder dazu zwang, sich zigmal zu erheben. Ein Grauen lief ihr über den Rücken, als sie daran dachte, welche Lektionen er wohl heute für sie bereithielt. Vielleicht ein huldvolles Winken, dachte sie voller Hohn. Oder das richtige Raffen von Röcken beim Treppensteigen? Sie hatte die Tür bereits erreicht, da sprach Lord Tarik sie nochmals an.

»Nehmt es mit.«

Sie ließ die Hand wieder sinken, die gerade nach der Klinke greifen wollte, und wandte sich um.

»Das Buch. Ihr dürft es behalten. So könnt Ihr Eure geliebten Rosen stets ansehen.«

Nuria fiel auf, dass er jetzt mit Lady Miriam sprach. Offenbar war das eine Art Belohnung, da sie etwas richtig gemacht hatte. Schnell, bevor sich diese Gunst wieder auflöste, nahm sie das Buch an sich und verließ geschwind das Kontor.

Mit Absicht schlug sie jenen Weg zum Speisesaal ein, der sie an dem Bild von Lady Miriam auf der Fensterbank vorbeiführte. Es war ihr wahrlich zu Diensten gewesen – dank Katreys Einfall. Lächelnd verweilte Nuria einen Moment davor. Dabei fiel ihr eine Winzigkeit auf, die ihr zuvor entgangen war. Sie trat näher heran an die Malerei und hob das Buch mit den Rosen in dem gleichen Winkel wie auf dem Gemälde. Die Härchen in ihrem Nacken stellten sich auf. Es war dasselbe Buch! Wie konnte das sein? Sie hatte es doch willkürlich aus dem Regal gegriffen. Ihre Verwunderung wurde jäh unterbrochen.

»Nuria? Nuria?« Die Stimme wurde lauter mit jedem der gleichmäßigen Schritte. Plötzlich kam Katrey um die Ecke. Ihr Kleid war mit Flecken übersät, der Ansatz ihrer Haare verschwitzt. »Hier bist du!« Sie klang erleichtert und erschöpft zugleich. »Ich habe dich überall gesucht.«

»Tut mir leid. Du bist ja ganz heiser«, stellte sie fest.

»Ich habe dich sicher hundertmal gerufen und ganz Griseo auf den Kopf gestellt. Ich dachte, du hättest dich verlaufen.«.

»Oh nein, du Arme.« Nuria konnte sich nur vage vorstellen, wo Katrey überall gewesen sein musste, während sie bei Lord Tarik im Kontor gesessen hatte.

»Komm, es ist Zeit, dass ich dich zum Speisesaal bringe.« Katrey lief vorweg.

Nach einem letzten Blick auf das Bild folgte Nuria ihr.

»Hat das Betrachten der Gemälde dich weitergebracht?«

»Sehr sogar. Eine großartige Idee war das, Katrey.« Ihre Antwort fiel knapp aus, obwohl sie so vieles darauf hätte sagen können. Später würde sie ihr alles ganz genau erzählen.

»Das ist gut. Vielleicht wird manches jetzt einfacher für dich. Ich hoffe es jedenfalls sehr.« Katrey lächelte sie von der Seite her an. Dann sah sie sich rasch um. Ihr Blick wurde verschwörerisch. »Caruzo wird sich über meinen Erfolg schwarzärgern.«

Beide mussten herzlich lachen. Die Abneigung dem Magier gegenüber begann sie zu verbinden. Bester Stimmung erreichten sie den Speisesaal. Wie immer blieben sie vor der Rundbogentür stehen.

Katrey legte eine letzte Hand an Nuria, zog ihren Schleier zurecht und klopfte ihr etwas Schmutz vom Gewand. Dabei umrundete sie sie und bemerkte das Buch. »Was hast du denn da?«

Nuria zeigte es ihr bereitwillig. »Ein Buch über Rosen.«

»Ich kenne es«, sagte sie gedankenverloren. »Vor vielen Jahren gehörte es Lady Miriam.« Sie sah auf. »Wo hast du das her?«

»So verrückt es auch klingt, es ist ein Geschenk von Lord Tarik.«

»Wie bitte?«

»Ich erzähle es dir später.«

»Darf ich?« Sie streckte die Hände danach aus.

»Natürlich.«

Katreys Gesichtsausdruck wurde beim Betrachten des Buchs seltsam verstockt.

Besorgt fasste Nuria die Kammerzofe am Arm. »Ist alles in Ordnung?«

»Sicher. Ich meine … es ist nur …« Sie kämpfte um Worte. »Dieses Buch hat ihr so viel bedeutet. Und mir deshalb auch. Viele Erinnerungen sind damit verbunden.«

»Dann nimm es doch erst einmal an dich und lies ein wenig darin.«

Katrey presste es an ihr Herz. Ihr Gesicht sagte, was ihre Lippen nicht aussprachen. Wortlos umarmte sie Nuria – ein wenig fester als sonst.

Das Aufstampfen der Hellebarde beendete den Moment. »Lord Tarik«, kündigte der Gesichtslose im Speisesaal an.

Nuria sah ihn eintreten. Er hatte das weiße Hemd gegen eine goldverbrämte Tunika eingetauscht, die in seiner Mitte von einem breiten Ledergürtel gehalten wurde.

Wieder ertönte die Hellebarde. »Lady Miriam.«

»Ich gehe jetzt. Wir sehen uns später.«

Katrey verschwand, und Nuria machte sich bereit. Sie legte die Hände übereinander und betrat den Speisesaal. Bis hierhin war der Hunger für sie wie erwartet keine große Herausforderung gewesen. Jetzt aber schlug ihr ein Duft entgegen, der einer Mischung aus Fleisch, frischem Brot und süßem Brei entstammte. Es drehte ihr qualvoll den Magen um und ließ ihr das Wasser im Mund zusammenlaufen. Doch um nichts in der Welt hätte sie sich das anmerken lassen. Erhaben schritt sie auf ihren Platz zu. Sie war sich absolut sicher, gerade keinen Fehler zu begehen, da nahm sie im Augenwinkel wahr, wie Lord Tarik sich langsam von seinem Stuhl erhob. Der Ausdruck auf seinem Gesicht machte deutlich, dass etwas ganz und gar nicht stimmte. Verwirrt blieb sie auf halber Strecke stehen.

»Was ist mit dir passiert, seit wir uns im Kontor begegnet sind?«, fragte er misstrauisch und hielt auf sie zu. Sein Interesse galt nicht ihrem Körper, nicht ihrem Gesicht, sondern dem, was darüber lag.

Nuria dachte angestrengt nach. »Wovon sprecht Ihr?«

Lord Tarik erreichte sie. Ohne ein Wort nahm er ihr den Goldreif vom Kopf und zog den Schleier herunter. Beides ließ er auf den Steinboden fallen. Das Klirren des Reifs hallte an den Wänden wider. »Dein Haar ist weiß wie Schnee.« Er sagte es, als machte ihm der Anblick das Herz schwer. »Es sieht wieder aus wie bei deiner Ankunft.«

»Das kann nicht sein.« Nuria zog sich eine Strähne vor die Augen und fand seine Worte bestätigt.

»Wie ist das geschehen?«

»Ich weiß es nicht.« Nuria hörte selbst, wie fassungslos sie klang.

Er tat einen Schritt zurück. Sein Blick wurde immer verschlossener. Das, was eben im Kontor seinen Atem ruhig gemacht hatte, war wieder verschwunden. »Du willst mir die Wahrheit also nicht sagen?«

Sie schüttelte den Kopf und protestierte. »So ist es nicht. Glaubt mir bitte, nur dieses eine Mal.«

»Ich habe keine Veranlassung, das zu tun.«

»Ihr habt aber ebenso keinen Grund, das Gegenteil anzunehmen.«

Die Hellebarde stieß unvermittelt dreimal auf den Boden. »Magier Caruzo.«

Nurias Augen weiteten sich. »Warum ist er hier? Habt Ihr ihn gerufen?«

»Nein.« Lord Tarik wirkte ernsthaft überrascht.

Caruzo kam herein. »Herr, ich bin untröstlich, Euch beim Mahl zu stö…« Der Magier blieb stehen und betrachtete die Szenerie.

Nuria sah ihn wütend an. Sie wollte ihn anschreien, dass er verschwinden solle, damit nicht alles noch viel schlimmer wurde.

»Ihr Haar. Es ist weiß!«, stellte er entsetzt fest. Dabei betrachtete er Nuria wie einen Wandteppich mit einem Makel.

»Das sehe ich selbst«, erwiderte Lord Tarik. »Erzählt mir etwas, das ich noch nicht weiß.«

Caruzos Hand strich über seinen spitzen Bart. »Es könnte auf eine Magie hindeuten.«

»Blödsinn«, stieß Nuria aus. »Ich besitze keine Magie! Wann versteht Ihr das endlich?«

»Welche?«, fragte Lord Tarik. »Habt Ihr eine Idee?«

»Durchaus. Und ich nehme an, wir denken das Gleiche.« Caruzo sah ihn auffordernd an. Es war überdeutlich, was er zu hören wünschte.

Lord Tarik schien zu überlegen.

»Sie hat eine Gabe«, setzte der Magier nach, um ihn zu überzeugen. »Ich kann sie förmlich riechen.«

Nuria wurde wütend. Auf Caruzo, auf Lord Tarik, auf alles. Sie hatte ihre Machtlosigkeit so satt. Jeder Moment auf dieser Burg bedeutete eine ständige Bedrohung – und nun auch noch das mit ihren verdammten Haaren. Was würde als Nächstes folgen? »Wenn Ihr so sicher seid, dass ich eine Gabe besitze, dann wartet doch einfach ab, bis sie sich zeigt und ich Euch davon berichten kann.«

Lord Tarik schüttelte den Kopf. »Bis dahin könntest du uns schon längst gefährlich sein. Magien verstärken sich mit der Zeit. Es gilt also, sie früh auszumachen.«

Nurias Herz begann zu rasen. Etwas in ihr wusste, was nun geschehen würde.

»Herr, lasst mich sie testen. Und zwar *darauf*.«

»Worauf?«, verlangte sie zu wissen.

Lord Tarik sah Nuria an. Er zögerte noch immer. Seine Augen ruckten erneut hoch zu ihrem Haar.

Wüsste sie es nicht besser, hätte Nuria angenommen, es sei Enttäuschung in seiner Miene zu lesen.

»Mit Verlaub«, drängte Caruzo. »Wir können uns ein Zaudern nicht erlauben. Es hängt zu viel davon ab. Lasst es mich prüfen. Nur noch dieses eine Mal.«

»Ich gestatte es!«

Nurias Protest war beim Verlassen des Speisesaals versiegt. Ein dumpfes Gefühl hatte von ihr Besitz ergriffen und ließ sie Caruzo willenlos in die Vorhalle folgen.

Der Magier wirkte geradezu beflügelt. Sein Gang war fast ein Hüpfen. Vor dem mächtigen Tor richtete er die Handflächen darauf aus. Schon war eine Vibration spürbar und ein Quietschen zu hören.

»Caruzo …«, unterbrach Lord Tarik ihn schroff aus dem Speisesaal heraus, in dem er zurückgeblieben war.

Der Magier hielt sofort mit seinem Zauber inne. »Verzeiht. Ich vergaß«, rief er laut und gab den vier Gesichtslosen ein ungeduldiges Zeichen.

Nuria spürte den Wind auf ihrem Gesicht. Er trieb Schnee vor sich her, ließ ihr weißes Haar fliegen. Seit ihrer Ankunft auf der Burg war sie dem nicht mehr ausgesetzt gewesen. Es erinnerte sie an Pago. Ihre Sehnsucht steigerte sich mit jedem ihrer Schritte ins Unermessliche. Wohin gingen sie? Nuria sah Schneewehen, die sich an den Mauern bereits meterhoch türmten. Bloß auf einem schmalen Streifen quer über den Burghof wurden die stetig niederfallenden weißen Massen von vier Gesichtslosen zur Seite geschaufelt. Der Weg, der dabei entstand, führte geradewegs zum sechseckigen Bergfried. Eiskalt lief es Nuria den Rücken herunter. Was mochte dort drinnen verborgen sein? Womöglich ein Verlies. Oder gar eine Folterkammer! Sie brauchte nicht lange, um zu verstehen, dass jeder Gedanke an Flucht geradezu lächerlich war. So stieg sie die Außentreppe hinauf bis zum ersten Stock. Im Inneren des Bergfrieds angelangt, erklomm sie die hölzernen Stufen, die sich an die Steinmauer schmiegten. Ganz oben stieß Caruzo eine Klappe auf. Laut krachend klappte sie auf den Boden

Nuria hatte das Schlimmste erwartet und wurde von der Wahrheit überrascht. Keine Foltergeräte waren hier zu sehen, stattdessen fünf schmale Rundbogenfenster, ausgestattet mit Rohren, durch die man in die Ferne sehen konnte, und eine Tür. Sie führte auf einen Wehrgang, der sich einmal um die Spitze des Bergfrieds zog. Nuria wusste beim besten Willen nicht, was sie erwartete. Warum nur waren sie hier?

Sie sah zum Magier. Seine Augenbrauen bekamen einen noch grimmigeren Zug. Entschlossen krempelte er die Ärmel nach oben. Nuria presste ihren Rücken gegen die hölzerne Säule in der Mitte der Kammer, welche die Dachbalkenkonstruktion trug. Sie war ihr Schutz, wo es eigentlich keinen Schutz gab.

»Komm zu mir«, sprach Caruzo.

»Nein! Sagt mir erst, was Ihr von mir wollt.« Sie umklammerte die Säule mit den Armen.

Seine Hand wurde zu einer Kralle. Er richtete sie auf Nuria aus. »Du hast mir nichts zu befehlen.«

Ein Flirren schoss durch den Raum auf Nuria zu. Sie fühlte, wie sie ein Stück vom Boden abhob. Der Versuch, sich weiterhin festzuhalten, schlug fehl. Ihre Fingernägel hinterließen Kratzspuren im Holz und splitterten. Die Übermacht des Magiers trieb ihr den Angstschweiß auf die Stirn.

»Lasst mich! Hört auf.« Plötzlich erstarrten ihre Gliedmaßen. Unfähig, sich weiterhin zu wehren, schleiften ihre Zehenspitzen über den Stein. Stück für Stück näherte sie sich Caruzo ohne ihr

Zutun. Um ihren Hals fühlte sie einen mächtigen Druck. Die Luft blieb ihr weg. Erst als er sie absetzte, konnte sie wieder frei atmen. Nuria keuchte. Ihre Finger legten sich um ihren schmerzenden Schlund. Caruzo machte überdeutlich, dass er sich nahm, was er wollte, wenn sie es ihm nicht freiwillig gab.

Die Tür hinter ihm sprang krachend auf. Er sah sie dafür nicht mal an. Sofort fegten Schneewirbel herein. Das Wetter schien sich stetig zu verschlimmern.

»Leg dein Kleid ab.«

Nuria wollte schreien, dass sie das auf keinen Fall tun würde. Doch er hatte eben bewiesen, dass ihre Gegenwehr nichts bringen würde. Tränen der Wut stiegen ihr in die Augen, während sie ihr Oberkleid auszog und auf den Boden warf. Nur in einem dünnen Unterkleid stand sie da.

»Auch die Stiefel.«

»Wozu?«, stieß sie verzweifelt aus.

Seine Stimme klang stoisch. »Damit du frierst.«

»Was?« Nuria hatte mit allen möglichen Antworten gerechnet, jedoch nicht damit. »Warum soll ich frieren?«

»Erinnerst du dich nicht?«, fragte Caruzo und trat näher an sie heran. »Selbstschutz ist ein verlässlicher Verräter. Ich habe einen Verdacht, was deine Magie angeht. Liege ich richtig, wirst du dich auf diese Weise vielleicht endlich offenbaren.«

»Ich weiß nicht, wovon Ihr sprecht. So wie zuvor gibt es auch heute nichts, das ich Euch verraten könnte.«

»Wir werden es sehen.«

»Indem ich friere?«

Sein Gesicht blieb ohne jedes Erbarmen. »Raus mit dir.«

Zögerlich ging Nuria Richtung Tür. Die Steine unter ihren nackten Füßen wurden immer kälter. Als der Wind sie umspielte, trieb es ihr die Luft aus den Lungen. Zitternd schlang sie die Arme um die Brust. Es war nicht viel Zeit vergangen, da meinte sie zu spüren, wie ihr Blut bereits langsamer floss und sich aus ihren Füßen und Händen zurückzog.

»Frierst du genug?«

Bebend starrte sie ihn an – bloß wenige Schritte von ihm entfernt. Wo ihn die Mauern und seine Kleidung vor dem Unwetter schützten, war sie dem Schnee und der Kälte ausgeliefert.

»Na los. Tu schon etwas dagegen. Benutz deine Magie, und dein Leid hat ein Ende.«

Nuria hatte es nie für möglich gehalten, dass sie jemals einen Mann ähnlich stark hassen könnte wie Lord Tarik. Wenn sie irgendeine Magie hätte, verdammt noch mal, sie würde sie jetzt gegen Caruzo anwenden. So gesehen lag er richtig mit seiner Behauptung, Selbstschutz sei ein verlässlicher Verräter. Doch Nuria war gänzlich machtlos. Sie konnte nichts tun außer frieren, zittern und zornig in das Gesicht vor ihr starren. Seine Miene war geradezu erwartungsvoll. Wozu würde der Magier in Zukunft noch fähig sein? Würde sie womöglich weit Schlimmeres erleiden müssen als das hier? Konnte sie überhaupt noch Schlimmeres ertragen? Die Antwort war bis jetzt immer klar gewesen: Sie musste! Für Wim, für Justor, für Pago. Aber jetzt, in diesem Augenblick, konnte Nuria einfach nicht mehr! Sie löste die steifen Arme, die ihren Körper bis eben noch umschlungen hatten, und lief rückwärts. Die Schritte ihrer nackten Füße waren so klein, dass Caruzo sie offenbar zunächst nicht bemerkte. Dann erreichte sie die hölzerne Abgrenzung des Wehrgangs. Seitlich blickte sie hinab auf den Burghof. Es ging tief hinunter. Ihre Beine begannen zu kribbeln beim Gedanken, wie lange der Fall sein würde.

Ein letztes Mal sah sie auf. Nur undeutlich hörte sie jemanden rufen. Nuria dachte schon, es sei der Wind gewesen, da löste Caruzo die verschränkten Arme. Auch er hatte wohl etwas gehört. Aus dem Nichts tauchte Lord Tarik hinter ihm auf. Er war außer Atem.

Nuria sah ihm tief in die Augen, wo sie eine kleine Veränderung seines Ausdrucks von eben erkannte. Es war die Miene eines Mannes, der die Kontrolle über etwas verlor. Nuria labte sich daran. Flüsternd sprach sie: »Es ist vorbei. Lieber sterbe ich, als an Eurer Seite zu sein.«

Rücklings warf sie sich nach hinten und fühlte sich im selben Moment frei. Die Augen geschlossen, fiel ihr Körper über die Abgrenzung ins Nichts. Alles kam ihr besonders langsam vor. Nuria fürchtete den Aufprall nicht, sie ersehnte ihn.

Dann ging ein gewaltiger Ruck durch ihren Körper. Der Fall war vorbei. Um ihren Unterarm hatte sich eine Hand geschlossen. Baumelnd hing ihr Körper in der Luft. Nuria öffnete die Lider und sah in Lord Tariks Bernsteinaugen. Sie schienen zu sagen: Du bleibst! Er hielt sich nur mit seiner linken Hand am Holzrahmen des Wehrgangs fest, die rechte umklammerte ihren Arm.

»Nein! Was tut Ihr da?«, schrie sie ihm entgegen. Die Verwunderung darüber, wie er es geschafft haben konnte, rechtzeitig zu ihr zu gelangen, war unmittelbar ihrem Zorn gewichen. Nuria wollte nicht gerettet werden. Wozu? Um weitere Qualen erleiden zu müssen?

»Zieh dich an mir hoch.« Seine Stimme war ruhig.

»Lasst mich sofort fallen.« Sie klang hysterisch.

»Rede keinen Blödsinn. Du willst nicht sterben.«

Caruzo rannte auf den Wehrgang. »Herr, haltet durch. Ich hole Euch hoch.« Schon hatte er seine Handflächen auf ihn ausgerichtet.

»Keine Magie«, brüllte Lord Tarik gegen den Wind nach oben.

»Aber mein Lord. Dies ist doch wohl als eine Ausnahme zu verstehen.«

»Ihr habt mich gehört.«

»Aber … was soll ich dann tun?«

»Geht in Euren Westturm. Verschwindet!«

Caruzo schien fassungslos. Sein Mund klappte zwei Mal auf und schloss sich wieder. Er wollte etwas sagen, dann gehorchte er. »Wie Ihr wünscht.«

Lord Tarik wandte sich wieder Nuria zu. »Er ist weg. Du brauchst seinen Zauber vorerst also nicht mehr zu fürchten.«

»Vorerst?«, wiederholte sie fassungslos.

»Was willst du noch? War es nicht dein Wunsch, dass er geht? Jetzt rette dich endlich. Nimm deine andere Hand hinzu.«

»Pah, was wisst Ihr schon von meinen Wünschen? Soll ich Euch sagen, was ich will? Dass ein verdammter Blitz Euch trifft und Ihr zu Staub zerfallt.«

Lord Tarik sah sie an, als hätte sie ihm eine Ohrfeige verpasst. Dann antwortete er stumpf: »Das wird sicher nicht passieren. Schnee und Gewitter kommen nie zusammen. Und nun greif nach meinem Arm.«

»Das werde ich nicht tun. Lasst Ihr mich endlich los. Ich ertrage Euch und diesen düsteren Ort nicht länger.« Es war unglaublich befreiend, diese Dinge auszusprechen. Jetzt, da sie bereit war zu sterben, konnte sie, von jeder Angst erlöst, sagen, was sie wirklich dachte. »Lady Miriam hat Euch unmöglich lieben können. Euer Herz ist ein Stein. Ein hässlicher noch dazu. Ihr seid ein Monstrum.«

Unbewegt starrte er auf sie herunter. Sie vermochte zunächst nicht abzulesen, was diese mächtigen Worte in ihm bewirkten.

Dann fühlte Nuria, dass der Griff seiner Hand ein bisschen lockerer wurde. Ihr Arm glitt ein Stück weiter hindurch. »Tut es endlich!«, forderte sie barsch. Sie war sich schon sicher, dass er sie nun fallen lassen würde, da schlossen sich seine Finger wieder fester um ihr Handgelenk.

»Niemand befielt mir – schon gar nicht auf meiner eigenen Burg!«

Sein Blick war entschlossener denn je, was Nurias Blut zum Kochen brachte. »Warum, zum Teufel, lasst Ihr mich nicht gehen?«

»Glaube mir, wir können so die ganze Nacht verbringen. Mir macht das nichts aus. Aber für dich wäre das ein langsamer und elender Tod.«

Seine Worte hallten in ihr nach. Tatsächlich war es ihr bis jetzt nicht aufgefallen, dass sein Arm nicht mal vor Anstrengung zitterte. Offenbar bereitete das enorme Gewicht ihm ebenso wenig Probleme wie die Kälte. Er würde also wirklich nicht loslassen.

Ein unheilvolles Knacken drang durch die Luft. Es war so eindeutig, dass beide gleichzeitig zur Abgrenzung des Wehrgangs sahen. Der Balken, an dem der Lord sich festhielt, drohte aus seiner Verankerung zu reißen.

»Wie es aussieht, haben wir doch nicht die ganze Nacht«, bemerkte Nuria trocken.

Das Knacken wiederholte sich, und die Abstände wurden kürzer.

Sie griente feindselig. »Jetzt brauche ich nur noch abzuwarten, und wir beide stürzen in den Tod. Noch besser. Dann ist Area Euch auch gleich los.« Das Starren in sein Gesicht war ihr noch nie so leicht gefallen. Wenn sie jetzt starb, dann wenigstens mit Stolz. Es entschädigte sie für die Erniedrigungen der Vergangenheit. Endlich fühlte sie wieder ein Stück ihrer alten Stärke in sich.

»Du glaubst wirklich, ein morscher Holzbalken würde mein Ende sein?« Er ließ seine Worte so stehen.

Nuria verstand den Hinweis auf seine Fähigkeiten und gab ihre Gegenwehr dennoch nicht auf. »Nichts, was Ihr sagt, wird meine Meinung ändern.«

»Das weiß ich.« Er schloss jetzt die Augen und richtete den Kopf zur Seite – so als versuchte er, ein leises Geräusch zu hören.

Nuria beobachtete sein Verhalten mit wachsender Skepsis. Was tat er da? Einige Momente vergingen, in denen die Kälte noch mehr von ihr Besitz ergriff. Keiner von ihnen beiden sprach mehr. Nur das stetige Knacken war zu hören. Sie wagte einen Blick nach unten in die Tiefe, und mit einem Mal kam Nuria ihr eigenes Verhalten verrückt vor. Sie wollte nicht sterben! Was war mit Wim und Justor? Sie hatte doch einen Plan gefasst und konnte jetzt nicht einfach aufgeben. Ihre eiskalte Hand griff nun mit letzter Kraft nach seinem Unterarm, bis sie eine feste Verbindung hatten. Dann nahm sie auch noch die zweite Hand hinzu.

Lord Tarik zog sie mit Leichtigkeit nach oben.

»Leg deine Arme um meinen Hals.«

Sie zögerte.

»Ich kann uns nur nach oben bringen, wenn ich beide Hände frei habe.«

Widerstrebend schloss Nuria erst einen Arm um seinen Nacken und dann den zweiten. Gezwungenermaßen musste sie sich eng an ihn schmiegen, um ihr eigenes Körpergewicht zu halten. Aus irgendeinem Grund hatte sie geglaubt, er würde sich nicht anfühlen wie ein gewöhnlicher Mann. Doch als ihre Wange seine berührte, spürte sie Wärme und einen rauen Bart, der sich durch nichts von dem anderer Männer unterschied. Das dunkle Haar des Lords strich, vom Wind getrieben, weich über ihre Stirn. Auf eine groteske Weise fühlte sie sich hier sicher. Im nächsten Augenblick durchschoss Nuria ein Gefühl, als würde sie fliegen. Lord Tarik schwang sich mühelos zu einem der festeren Balken und dann nach oben. Von selbst verstärkte sie dabei ihre Umarmung. Ruckartig endete der Moment, als seine Füße festen Boden berührten. Sie standen wieder im Inneren des Bergfrieds.

Er hatte seine Hände um ihre Mitte gelegt – wohl um ihr zu Hilfe zu sein. »Du kannst jetzt loslassen.«

»Nehmt zuerst Eure Finger von mir.« Augenblicklich tat er,

was sie sich wünschte. Nuria bereute ihre Worte schnell. Ihre halb erfrorenen Füße kamen ungebremst auf dem harten Steinboden auf. Dabei durchzuckte sie ein so stechender Schmerz, dass sie stöhnend einknickte. Ihr Gesichtsfeld verengte sich zu einem Tunnel. Kleine Lichtblitze erschienen vor ihren Augen. *Reiß dich zusammen*, forderte Nuria sich selbst auf, als sie sich erhob und auf ihr Oberkleid und ihre Stiefel zuhumpelte. Das Letzte, was sie gerade wollte, war, erneut vor Lord Tarik die Besinnung zu verlieren. Diesmal nicht!

Wenig später stiegen sie die Stufen des Bergfrieds hinab. Nuria musste sich am Geländer festhalten. Der Schwindel war noch nicht vorbei. In Gedanken sprach sie sich weiter gut zu: *Gleich bist du in deiner Kammer. Nur noch wenige Schritte!* Als sie den Burghof betrat, peitschten der Wind und die Kälte ihr erneut entgegen. Seit Stunden hatte sie weder gegessen noch getrunken. Die Angst um ihr Leben und die Wut auf Caruzo sowie auf Lord Tarik hatten sie zusätzlich ausgezehrt. Sosehr sie sich auch bemühte, es ließ sich nicht verhindern. Alles um sie begann sich zu drehen. Gebannt starrte sie auf Lord Tariks breite Schultern, um einen Fixpunkt zu haben. Dabei nahm sie noch wahr, wie sein Umhang im Wind flog. Immer mehr entglitt er ihrem Sichtfeld.

Plötzlich, in einer fließenden Bewegung, drehte er sich um. Sein Mantel bauschte sich. Während ihre Knie einsanken, fing Lord Tarik sie auf. Mit Leichtigkeit hob er sie auf seine Arme.

Nuria spürte noch den brennenden Zorn auf ihren schwachen Körper. Dann kippte ihr Kopf willenlos an seine Brust, wo sie seinen Herzschlag fühlte. Ihr Unterbewusstsein nahm seinen Geruch wahr. Nun hatte sie Gewissheit. Er trug sie zum zweiten Mal auf diese Weise.

Nuria kam wieder ganz zu sich, als er sie auf das Bett legte, das einst Lady Miriam gehört hatte. Es war das erste Mal, dass sie die Kissen berührte und die weiche Seide unter sich spürte. Sofort umhüllte sie ein sonderbares Gefühl – ebenso wie der Duft von Rosen.

Lord Tarik zog seine Arme unter ihr hervor. Für diesen kurzen Moment trennte ihre Gesichter nur eine Handbreit. Seine Bewegungen wurden langsamer. Er musterte sie.

Nuria entging nicht jene Weichheit, die sie schon ein paar Mal an ihm bemerkt hatte. Sie war so vergänglich wie Schnee auf warmer Haut. *Er sieht Miriam, nicht mich!*, flüsterte eine Stimme in Nurias Kopf. Dann war der Moment schon wieder vorbei.

Lord Tarik richtete sich auf. Das Gesicht wieder undurchdringlich und ernst, rief er: »Kammerzofe!«

Hastige Schritte näherten sich. Katrey erschien am Bett. »Mein Lord?«

»Bring Essen und Trinken.«

»Habt Ihr es heute nicht verboten?«

Sein Augenlid zuckte. Er fragte hörbar gereizt: »Spreche ich so undeutlich?«

»Verzeiht, Herr. Ich hole Brot und Wein aus der Küche.«

Katrey musste bereits beim Ausgang sein, da wandte er den Kopf zur Seite und rief: »Keinen Wein.« Er sah auf Nuria herab. »Wasser!«

»Wie Ihr wünscht«, drang es leise herüber zum Bett, bevor Katrey verschwand.

Nuria verstand, es war eine Zubilligung. Vielleicht sogar eine Freundlichkeit. Trotzdem konnte sie nicht anders, als patzig zu reagieren. »Wie schade. Wo ich mich doch gerade an den Wein gewöhne.«

Er würdigte ihre kleine Rebellion mit einem gelangweilten Blick.

Sofort startete sie einen neuen Versuch. »Glaubt nicht, dass ich mich je bei Euch für meine Rettung bedanken werde.«

»Ruh dich aus«, gab er unbeeindruckt zurück. »Die Erfüllung deines Schwurs bedarf ab morgen wieder aller Kraft.«

Nuria konnte hören, welche Bedeutung hinter seinen Worten verborgen lag. *Du gehörst noch immer mir!* Noch vor einem Tag hätte ihr das eine Gänsehaut bereitet. Merkwürdigerweise war das jetzt anders. Der Moment auf dem Bergfried hatte etwas in ihr bewirkt. Sie sprach es aus. »Ich fürchte mich nicht mehr vor Euch.«

»Wenn du glaubst, das sei je mein Ziel gewesen, hast du nichts verstanden.«

Sie richtete ihren Oberkörper auf und erwiderte kämpferisch: »Ihr seid es, der nicht versteht. Wie könnt Ihr dieselbe Miriam wollen, wenn Ihr doch selbst nicht mehr derselbe seid?«

Er ging einen Schritt rückwärts und zog die Vorhänge des Himmelbetts zu, als wären sie die Gitter eines Kerkers.

Wie sehr Nuria sich dem nicht ergeben wollte! Am liebsten wäre sie aufgesprungen und hätte die Vorhänge zur Seite gerissen, bloß um ihm zu zeigen, dass sie zumindest *das* noch selbst entschied. Doch ihre Glieder fühlten sich an wie Blei. Schwer fiel sie zurück in die Kissen. Sie waren so weich, dass Nuria meinte, sie würde von ihnen umarmt.

Bereits mit der ersten Berührung der Bettstatt war das Gefühl einhergegangen, dass ihr Geist gleich wieder entschwinden würde. Sie kannte diese Empfindung mittlerweile – aus der Burgküche, aus der Kirchenruine, aus dem Flur mit den Gemälden. Bis jetzt hatte sie es zurückhalten können. Nun wurde es übermächtig. Anders als in den vorangegangenen Momenten ließ sie es zum ersten Mal bewusst zu. Die neu errungene Furchtlosigkeit in ihr bewirkte, dass ihr Drang nach Antworten überwog.

»Komm ruhig«, flüsterte sie. »Zeig dich. Sprich zu mir. Ich habe keine Angst mehr!« In diesem Augenblick schwappte es wie eine Welle über ihren Körper und riss sie mit sich. Es gab keinen Übergang und kein Entrinnen. Nuria grub die Finger tief in die Laken und presste ihren Hinterkopf in die Kissen. Schwer atmend versuchte sie das Vibrieren ihrer Mitte zu kontrollieren. Sie hatte mit vielem gerechnet, doch nicht damit. Ihr Körper gehörte nicht mehr ihr.

In den Stoffbahnen, die eigentlich einen Betthimmel bildeten, spiegelte sich plötzlich ein Paar. Bloß bedeckt von einem einzigen Laken, zeichneten sich darunter ihre Umrisse ab. Jetzt rutschte das Leinen ein Stück nach unten, woraufhin Nuria den muskulösen Rücken von Lord Tarik erkannte. Seine Arme hatte er neben dem schlanken weiblichen Körper von Lady Miriam abgelegt. Wie ein Raubtier auf Beutezug kroch er zu ihr hoch. Sie küssten sich. Nuria öffnete die Lippen. Sie fühlte ihn, als wäre sie in Miriams Körper. Es war die Brautnacht, wie der besonders aufwendige Schleier auf ihrem Kopf verriet. Lord Tarik küsste ihren Hals bis zu dem zarten Knochen oberhalb ihrer Brust. Nun bäumte sich sein Körper auf. Das Laken wurde angehoben, um dann in der Mitte gleichmäßig hinabzugleiten. Lady Miriam kniff die Augen zu. Er hielt inne. Nuria spürte einen Schmerz in ihrem Schoß, der ihr die Tränen in die Augen trieb. Den Mund zum Schrei geöffnet, blieb sie jedoch stumm. Stattdessen spreizte sie von selbst ihre Beine. Ein Teil von ihr fühlte Scham, ein anderer Teil Verlangen. Sie sah, wie Lord Tarik den Schleier von Miriams Kopf nahm. Das leuchtend rote Haar fiel den Strahlen der Sonne gleich um ihren Kopf. Beruhigend legte er daraufhin seine Hand auf ihre Schläfe. Sofort entspannte sich ihr Gesicht. Mit einer gleitenden Bewegung drang er tief in sie ein. Nuria nahm jeden Zentimeter seines Gemächts wahr, bis ihr nichts als Begierde innewohnte. Sie drängte ihre Hüfte vor, auf dass er sie ganz ausfüllte. Seine Stöße wurden fordernder. Es war ihr willkommen. Miriam stöhnte auf. Seine Hand lag unverändert auf ihrer Schläfe. Immer schneller glitt Lord Tarik aus ihr hinaus und wieder herein. Nuria konnte nichts mehr ausrichten. Der Höhepunkt eines ungeahnten Gefühls ließ sie schweißgebadet und atemlos zurück. Das Bild der beiden Liebenden verschwand.

Nuria brauchte eine Weile, um zu sich zu kommen. Danach war sie erfüllt von nur einem Gedanken. Sie wusste es jetzt mit Bestimmtheit: Irgendwie war sie in der Lage, Bilder der Vergangenheit zu erzeugen. Wann sie kamen und was sie ihr sagen sollten, hatte sie noch nicht herausgefunden. Sie würde weiter zuhören.

Caruzo war zu seinem Westturm gehastet, als hätte ihn der Teufel persönlich gejagt. Beinahe wie im Traum war er immer zwei Stufen auf einmal gelaufen. Kurz darauf hatte er die schwere Tür zu seiner Kammer zugeschlagen und einen Schrank davorgeschoben. Atemlos war er mit dem Rücken dagegen gefallen. So verharrte er noch.

Sein Herz raste, sein Mund war trocken. Lord Tarik hatte ihn fortgeschickt! Er hatte *sie* über ihn erhoben – zum allerersten Mal. War das der Anfang seines Endes? Caruzo war einer Panik nahe. Symbolisch legte er sich eine Hand auf seinen Schlund. Er spürte, wie sich das unsichtbare Seil, das darum geschlungen schien, enger zuzog.

Seit Jahren schon verfolgte ihn die Angst, dass Lord Tarik eines Tages hinter sein Geheimnis käme. Es ließ ihn von Zeit zu Zeit kaum schlafen. Seine Unentbehrlichkeit war alles, was er hatte, und er musste sie um jeden Preis erhalten. Verstohlen blickte er nach oben zu der Luke, die in die oberste Kammer führte. Seine Augen zogen sich zusammen. Er stieß sich ab vom Schrank und hielt auf die Stufen zu.

Teil III

Burg Griseo

Wandel

9

Herr.«

Die Kammerzofe vollführte einen hastigen Knicks, als Tarik hereinkam. Er sah, dass ihre Augen von dunklen Schatten umrahmt waren. Durch einen der Wachmänner hatte sie ihn wissen lassen, was vor sich ging.

»Berichte mir!«

»In der Nacht hat sie plötzlich Fieber bekommen. Ich versuche seitdem, ihre Waden und die Stirn kühl zu halten, aber es scheint dennoch von Stunde zu Stunde schlimmer zu werden. Jetzt schläft sie.«

»Wie ernst ist es?«

Katrey wrang das Leinentuch in ihren Händen über einer Schüssel aus. »Seht selbst.«

Tarik folgte ihr zum Himmelbett. Je näher er kam, desto deutlicher konnte er es durch den schmalen Spalt der Vorhänge erkennen. Die innere Hitze hatte ihr Gesicht gerötet. Ihre Haut glänzte nass. Das Haar war am Ansatz verklebt, wobei es urplötzlich wieder tiefrot schien. Er hatte keine Zeit, sich deshalb den Kopf zu zerbrechen.

Jetzt schob Katrey den schleierartigen Stoff ganz zur Seite. »Ich sage es ungern, Herr, aber ich bin in großer Sorge.« Die Kammerzofe wirkte geradezu mütterlich.

Der nun ungehinderte Blick auf die Bettstatt offenbarte, dass sie nicht übertrieb. Das Mädchen aus Pago schien dem Tod näher zu sein als dem Leben. Tarik fühlte einen Stich. Er wusste, sie selbst würde nicht um ihr Leben kämpfen. Das hatte sie ihm gestern eindrucksvoll bewiesen. Er berührte seine Schläfe und wartete ab. Währenddessen erschien das Bild vor seinen Augen, wie sehr sie im dünnen Unterkleid gefroren hatte. Die letzte Prüfung von Caruzo war zu viel gewesen. Und er hatte sie zugelassen. Nein, er hatte sich dazu drängen lassen!

Wie stets dauerte es nicht lange, bis er die immer gleichen Worte vernahm.

»Mein Lord.« Der Magier klang außer Atem.

»Kommt näher.« Im Augenwinkel sah Tarik, dass Caruzo daraufhin seinem Blick zum Bett folgte. »Das Fieber hat sie fest im Griff.«

Die Antwort des Magiers brauchte zwei Herzschläge lang – fast so, als fragte er sich, warum er hierfür gerufen wurde. »Ein paar Tage Bettruhe, und es wird sinken.«

Tarik vernahm die winzigen Spuren von Überheblichkeit in Caruzos Stimme. »Wie könnt Ihr so sicher sein, wo Ihr Euch zurzeit doch häufiger irrt?«

Dem sonst so beherrschten Magier entglitt kurz die sonst so beherrschte Miene. Er verteidigte sich nicht, doch die Anspielung ließ ihn vorsichtiger reden. »Bei allem Respekt. Lasst Euch nicht blenden, Herr. Es könnte Teil ihrer Magie sein. Vielleicht eine Täuschung, um die Freiheit zu erlangen.«

»Das Einzige, was sie bald erlangt, ist der Tod.«

»Auch wenn es mir nicht zusteht, Euer Wort anzuzweifeln, so seht doch selbst. Ihr Haar! Jetzt, wo sie die Kräfte verlassen, ist es wieder rot geworden. Ich schließe nicht aus, dass sie doch Magie besitzt. Meine Erfahrung sagt deutlich …«

»Eure Erfahrung«, unterbrach Tarik den Magier scharf und sah ihn nun direkt an, »… hat uns kein Stück weitergebracht.«

Caruzo schwieg.

»Ihr werdet sie gefälligst retten.«

»Dazu bin ich nicht in der Lage, wie Ihr wisst.«

»Noch nicht.« Tarik wandte sich wieder dem Bett zu. »Studiert die Karte und tut, was getan werden muss, damit sie es schafft.«

»Seid Ihr sicher? Ihr habt seit Jahren nicht erlaubt, dass …«

»Verschont mich mit Euren Ausflüchten«, fuhr er ihn an. »Ich werde Euch für ihren Tod verantwortlich machen, sollte es so weit kommen. Seid also besser erfolgreich, Magier.«

Caruzo verbeugte sich steif. Seine schnellen Schritte wurden bald leiser und verhallten in den Gängen Griseos.

Tarik stand noch eine Weile am Himmelbett. Dann vernahm er Geräusche vom Burghof. Hufgetrappel. Klirrendes Zaumzeug. Das Brüllen von Befehlen. Demnach zu urteilen, was er hörte, waren es sicher zehn Männer, die nun ins Land ritten. Mehr, als er jemals zugeben oder sich anmerken lassen würde, wünschte er, dass sie erfolgreich waren. Das Mädchen aus Pago durfte nicht sterben. Sie war seine einzige Hoffnung auf Frieden, auf Heilung! Davon war er jetzt überzeugt.

Komm, mein Gemahl. Das Essen wird dich auf andere Gedanken bringen.«

»Nein, lass. Ich habe keinen Hunger«, widersprach Justor.

Tuuli sah ihn vorwurfsvoll an, doch sie antwortete gemäßigt, wie es ihrem Wesen entsprach. »Dann eben später.«

Justor war sich bewusst, was sie dachte. Jahrelang hatten sie gehungert, und nun, wo es endlich Fleisch gab, wollte er nicht essen. Doch er konnte einfach nicht. Stattdessen beobachtete er, wie alle sich um die Feuerstelle scharten, auch sein Vater. Wim war durch das rote Fleisch tatsächlich wieder zu Kräften gekommen – das einzig Erfreuliche zurzeit. Justor selbst fühlte sich eigenartig – getrieben und gleichzeitig ausgebremst. Wie ein angebundenes Fluchttier. Einzig das Grübeln nach einer Lösung verschaffte ihm etwas Linderung. Er verlor sich fast darin.

Immer wieder in diesen Tagen kam ihm seine Mutter in den Sinn. Ihr Vermächtnis war möglicherweise der Schlüssel, und doch konnte er diesem Gedanken nicht mehr nachgehen. Niemand wusste, was er wusste. Wenn er sich entschied, sein Wissen zu teilen, würden womöglich Menschen sterben.

Die dampfenden Schalen wurden bereits ausgeteilt, da erhob sich einer der Männer und sah in Justors Richtung. Es war Arvid, ein Halbstarker mit kämpferischem Wesen.

»Ihr esst nicht mit uns, Dorfvogt?«

»Heute nicht, Arvid. Teilt meine Portion unter euch auf.«

»Das ist sehr bedauerlich. Ich finde, es gibt viel zu besprechen.«

Justor beäugte den Jungen, der auf der Schwelle stand, ein Mann zu werden. Er konnte ihm ansehen, dass er jene Aufsässigkeit in sich trug, die vielen seines Alters innewohnte. Er hatte keine Lust, sich mit ihm auseinanderzusetzen. Nicht jetzt!

»Lass gut sein, Arvid. Wenn du etwas zu besprechen hast, komm später zu mir.«

»Seid Ihr Euch plötzlich etwa zu fein dafür, bei uns zu sitzen?« Arvid verschränkte die Arme vor der Brust.

In der Halle fiel ein hölzerner Löffel zu Boden. Es war Tuulis. Dann war es vollkommen still.

»Ich rate dir, hüte deine Zunge.« Justor setzte sich nun gerade auf.

»Warum?« Arvid breitete die Arme weit aus. »Übergebt Ihr mich ansonsten auch dem Lord?«

Justor verengte die Augen. Seine Stimme klang nun bedrohlich. »Was willst du mir wirklich sagen? Sprich es aus.«

Arvid spuckte auf den Boden. Angriffslustig forderte er zu wissen: »Warum ziehen wir nicht zur Burg und wehren uns? Die jungen Männer Pagos waren voller Hoffnung, als Ihr Vogt wurdet. Euer ganzes Leben habt Ihr das gewollt – jeder hier weiß das. Und nun sitzt Ihr bloß da, anstatt uns anzuführen.«

»Du weißt, warum«, donnerte Justor. »Lord Tarik hat deutlich gemacht, er würde Nuria sofort töten, wenn wir es versuchen.«

»Ich würde es trotzdem wagen.« Der Junge ballte kämpferisch die Faust. »Und mit mir viele andere.«

»Ach ja? Und Nurias Leben aufs Spiel setzen? Du hältst dich wohl für besonders mutig. Sag mir, was hast du dem Lord und den Gesichtslosen denn entgegenzusetzen, du erfahrener Kämpfer?«

»Tut nicht so, als wüsstet Ihr die Antwort nicht. Es gibt einen Weg! Doch stattdessen sitzen wir bloß hier herum und frieren. Bald ist das Fleisch aufgebraucht. Dann kommt auch der Hunger zurück.«

Justor donnerte seine Fäuste auf die Armlehnen. »Du bist nichts als ein Heißsporn. Ich verbiete dir weiterzusprechen, bevor du uns alle noch in Gefahr bringst.«

»Eure Feigheit birgt die Gefahr. Ein jeder hier dachte, dass mit Euch eine neue Zeit beginnt. Doch Ihr habt offenbar all die Jahre nur hohles Geschwätz von Euch gegeben. In Wahrheit fürchtet Ihr Euch davor, nach Griseo zu gehen.«

Nach diesen Worten erhoben sich die Frauen. Sie griffen nach ihren Kindern und drängten sie in eine der hinteren Ecken der Halle.

Justor war aufgestanden. Er brüllte nicht mehr, sondern war ruhig. Jeder, der ihn besser kannte, wusste, dass das gefährlich war. »Ich warne dich, Arvid. Du sprichst jetzt besser nicht weiter.«

»Von einem Feigling lasse ich mir den Mund nicht verbieten. Ich sage, wir holen uns die Gabe des Winters mit oder ohne Euch!«

»Halt den Mund, du Dummkopf«, donnerte plötzlich Wim so heftig, wie er es niemals tat.

Arvid verschluckte seine nächsten Worte geradezu.

»Du kennst Lord Tarik und seine Grausamkeit nicht – hast noch nie Magie besessen. Damals warst du noch ein Kind. Also sprich nicht über Dinge, die du nicht verstehst.«

»Aber die Legende …«

»Schweig endlich! Und wage es nicht noch einmal, über die Wintergabe zu sprechen.« Wims Hände fuhren zu seinem Hinterkopf, wo er den Knoten seiner Augenbinde öffnete. Es dauerte eine Weile. Dann fiel der dreckige Lumpen, der stets um seine Augen gewickelt war, zu Boden.

Justor erschrak – so, wie alle anderen. Obwohl er wusste, dass sein Vater keine Augen mehr hatte, sah das vernarbte Fleisch um die schwarzen Höhlen in Wims Gesicht weit schlimmer aus als in seiner blassen Vorstellung.

Arvid wurde schlagartig fahl im Gesicht. Sein Adamsapfel zuckte, als müsste er sich jeden Moment übergeben.

»Das geschieht, wenn man nach Griseo geht und Lord Tarik herausfordert. Ich habe einst versucht, ihn zu bekehren. Da hat er mich tief in das rote Glühen seines Schwertes blicken lassen. Verstehst du jetzt?«

»Ja«, kam es dünn aus Arvids Mund.

»Dann erwähne nie wieder die Gabe des Winters. Sie ist eine Legende, die nur Unfrieden stiftet.«

In diesem Moment ertönte ein ohrenbetäubendes Geräusch, das alle Männer und Frauen zusammenzucken ließ – ein durchdringendes tiefes Brummen. Es wurde zu einem Wabern der Luft. Zunächst langsam, dann schneller und schneller, bis es Taubheit hervorzurufen vermochte. Viele pressten sich die Hände auf die Ohren. Auf der Suche nach dem Ursprung des Lärms blickten sie erschrocken umher.

Justor konnte längst nichts mehr hören, doch er sah Falcus, der erschrocken auf die große Flügeltür starrte. Sie war für ihn nur noch unscharf zu erkennen.

Die Frau weinte lautlos. Ihre Hand zitterte, als sie sie über den Kopf des Mannes führte, dessen Haupt unter einem Sack verborgen war. Sie wusste, dass dieser nun gleich die Wärme spüren würde, die zwischen ihm und ihren Fingern entstand. Ihre Gefühle drohten sie zu übermannen, die Sehnsucht ihres Herzens sie zu zerbrechen. Nur das unerbittliche Gesicht vor ihr ließ sie schweigen. Fest biss sie sich auf die Lippe. Jeder Laut konnte sie verraten. Wie viele Jahre waren vergangen? Sie hatte aufgehört zu zählen.

»Du hast es schon oft getan. Was ist diesmal anders? Tu es gefälligst!«

Er hatte tatsächlich keine Ahnung, schoss es ihr durch den Kopf. Es musste unbedingt so bleiben. Um nichts in der Welt durfte er die Wahrheit erfahren. Eher würde sie sich selbst die Zunge abbeißen und sie in einem Stück herunterwürgen. Sie sah hinab zu dem Gefesselten, der auf seinen Knien ruhte. Den Rücken gebeugt, den Kopf gesenkt. Wartend.

»Reiz mich nicht noch länger. Ich warne dich.«

Sie richtete ihre zweite Handfläche auf ihn aus und begann, indem sie die Augen schloss. Wie immer spürte sie nun eine beinahe nicht zu ertragende Hitze in der einen Hand. Es half ihr, sich vorzustellen, dass von dort aus ein eiskalter Fluss durch sie hindurchströmte. Wie Wasser, das sich seinen Weg bahnte zwischen zerklüfteten Felsen eines gewundenen Gebirges, schlängelte es sich nun durch ihre Eingeweide. Sie wusste, niemand konnte hören, was sie dabei vernahm. Ein Geräusch wie unzählige Pfeile, die gleichzeitig abgeschossen wurden und durch die Luft surrten. Das imaginäre Flusswasser verließ sie an der anderen Hand. Die Hitze verschwand, die Pfeile verstummten.

Der Gefangene wurde gepackt und hinausgebracht. Die allgegenwärtige Einsamkeit würde sich die nächste Zeit noch viel schlimmer anfühlen.

Fang an!«, forderte Tarik den Gesichtslosen auf, der nun ganz vorne in der Reihe der Wachmänner stand.

Dieser umfasste den Griff seines Langschwerts jetzt mit beiden Händen. Geschmeidig tänzelte er daraufhin um seinen Herrn herum. Sein Angriff ließ nicht lange auf sich warten. Er hob die Klinge und schoss zwei Schritte nach vorne.

Tarik hatte diese Bewegung vorausgesehen. Er machte einen Ausfallschritt, um festen Stand zu bekommen. Dabei führte er sein rot glühendes Schwert mit Leichtigkeit über seinen Kopf. Der senkrechte Angriff des Wachmanns endete an seiner waagerecht gestellten Waffe. Das Geräusch von Stahl auf Stahl klirrte laut durch die große Halle Griseos. Tarik setzte gnadenlos nach. In einer kreisrunden Bewegung schwang er das Schwert um seinen Körper und schlug zu.

Der Gesichtslose zog im letzten Moment den Kopf ein und stellte sein Schwert quer. Wieder trafen sich nur die Klingen. Eine ganze Weile lang schafften es beide Männer, die Angriffe des jeweils anderen zu parieren. Die Luft war erfüllt von einem sich wiederholenden, gnadenlosen Scheppern.

Obwohl dieser Gegner bislang mit Abstand der fähigste war, drängte Tarik den Wachmann stetig zurück. Seine Hiebe kamen immer schneller. Es hatte etwas Heilendes. Der Zorn in ihm ließ nach. Irgendwann jedoch standen die Männer sich gegenüber, die Schneiden ihrer Schwerter gekreuzt vor ihren Köpfen. Mit der gesamten Stärke seiner Muskeln drückte Tarik gegen die Waffe des Wachmanns. Einen Atemzug lang schienen die Kräfte ausgeglichen, doch er behalf sich mit einer Finte. Blitzschnell drehte er den Körper zur Seite, ließ die Klinge des Gesichtslosen dabei an seiner abschlittern und umrundete ihn mit einer anmutigen Bewegung. Schneller, als dem Wachmann seine unterlegene Position gewahr wurde, fuhr Tariks Schwertgriff auf dessen Rücken nieder.

Unter schmerzhaftem Stöhnen sackte der Wachmann zusammen. »Gnade! Herr, haltet ein«, flehte er mit erhobener Hand und robbte auf seinem Hinterteil zu den anderen Besiegten hinüber, die bereits blutend und gekrümmt auf dem Boden lagen.

Tarik senkte die Schwertspitze auf den Boden. Er ärgerte sich. Zu schnell, zu einfach, fasste er gedanklich zusammen. Gerade mal seine Stirn war leicht verschwitzt. Schon besah er den nächsten Gegner. Er war kleiner und schmächtiger als alle zuvor. Seine Hoffnung auf einen harten Kampf schwand schon jetzt. »Tritt vor.«

Zaghaft näherte er sich seinem Lord. Die Klinge des Mannes zitterte wie Espenlaub.

Der Anblick machte Tarik geradezu rasend. Wie sollte er sich so abreagieren? »Du trägst ein Schwert, Mann! Benimm dich nicht wie ein Weib mit einem Blumenstrauß.«

»Verzeiht, Herr«, kam es dünn hinter der Kapuze hervor. »Ich bin bloß ein Knecht.«

»Wen kümmert das? Kämpfe!« Tarik stellte sich breitbeinig auf, verlagerte sein Gewicht abwechselnd auf den linken und den rechten Fuß. Mehrmals öffnete er dabei die Finger und schloss sie wieder um den Griff seines Schwertes.

Zwei Wochen waren vergangen, ohne dass er etwas von Caruzo gehört oder gesehen hatte. Seither fragte er sich immer wieder, ob ihm gelungen war, was er seit Jahren verneinte. Um diese endlose Gedankenschleife zu durchbrechen, stürmte er vor. Sein ohnehin ängstlicher Gegner wurde vollkommen überrascht. Bereits der erste Hieb schleuderte ihm das Schwert aus der Hand. Meterweit schlitterte es über den Boden und kam vor Katreys

Füßen zum Erliegen, die gerade die Halle betrat. Tarik ließ die Waffe sinken, jedoch nur, um voller Groll auf den Nichtsnutz zu blicken, der es nicht mal schaffte, einen einzigen Schlag abzuwehren. Unter wütendem Gebrüll schlug er ihm die Faust ins verhüllte Gesicht. Besinnungslos sackte der Knecht zusammen.

Katrey sah nur kurz zu ihm herüber. Ihr Gesicht machte deutlich, dass derlei Anblick sie kaum mehr erschreckte. Bei ihrem Herrn angekommen, reichte sie ihm einen Becher Wein. »Ich dachte, Ihr seid vielleicht durstig.«

Tarik spürte erst jetzt, wie trocken seine Kehle war. Dankbar nahm er den Wein entgegen. Er hatte noch nichts davon getrunken, da roch er schon die Gewürze darin. Genau so hatte Miriam ihren Wein geliebt. Ständig mussten von weit her die passenden Zutaten aus dem Land zusammengetragen und in der Burgküche an Haken getrocknet werden. Für immer würde ihn dieser Geruch aus Nelken und Zimt an sie erinnern. Tarik stürzte den Wein seine Kehle hinab. Dabei bemerkte er, dass Katrey ihn auf jene besondere Weise ansah.

»Was ist?«

»Herr, darf ich mit Euch sprechen?«

»Worüber?«

»Über *sie*.«

Tarik wischte sich den Mund mit dem Ärmel ab. »Sprich!«

Die Kammerzofe hielt ihren angehaltenen Atem für ein oder zwei Wimpernschläge in sich. Dabei knetete sie die Hände. Schließlich fasste sie sich ein Herz, und es platzte regelrecht aus ihr heraus. »Ob es Euch nun gefällt oder nicht … Wenn Ihr wollt, dass Euer Vorhaben gelingt, müsst Ihr etwas ändern.«

Ihr deutlicher Ton war mindestens ebenso überraschend für ihn wie der Inhalt ihrer Worte. »Wie recht du hast. Ich habe tatsächlich Zweifel, ob mir gefällt, was ich höre.« Die rüde Armbewegung, mit der er ihr den leeren Becher zurückgab, bevor er seine ledernen Handschuhe auszog, sollte sie auf ihren Platz verweisen.

»Herr, bereits kleine Veränderungen könnten wahre Wunder bew…«

»Hat sie etwa nicht die Gemächer der Lady bezogen? Und sind nicht auch die Gemälde freigelegt worden?«

»Schon. Aber diese Veränderungen betrafen Griseo. Ich rede von *Euch*, mein Lord.«

Er hob drohend den Zeigefinger. »Nun bin ich mir sogar ganz sicher, dass mir nicht gefallen wird, was ich zu hören bekomme.«

Für einen Moment sah Katrey aus, als verließe sie der Mut. Dann aber setzte sie erneut an. »Lord Tarik, die Drohungen und Strafen und Prüfungen …« Sie klang, als würde sie fast an ihren Worten ersticken. Dennoch sprach sie weiter. »Auf diese Weise gewinnt man kein Herz!«

Die Finger um seinen Schwertknauf zogen sich fester zusammen. Keiner mochte ihm so widersprechen wie diese dreiste Kammerzofe. Sie hätte es verdient, dass er ihr hier und jetzt den Kopf abschlug. Und doch steckte er sein rotes Schwert zurück in die Scheide. Das Surren endete, womit die Schmerzensrufe der Gesichtslosen wieder lauter wurden.

»Wovon redest du?«, bellte er regelrecht und rang die Hände. »Dass ich nicht *nett* genug bin?«

Katreys Blick wanderte über den Haufen Verletzter hinter ihm. »Ja!«

»Ihr Weiber«, spie er aus. »Als ob es darum ginge. Sie soll doch bloß ein Abbild mimen. Ein Schauspiel, wenn du so willst.«

»Und Ihr glaubt, dass ihr das besser gelingt, wenn sie ständig Angst um ihr Leben haben muss?«

»Zu deiner Kenntnis … Ich habe ihr Leben kürzlich gerettet. Sie wollte vom Bergfried springen, wie du weißt.«

»Versteht doch«, haderte Katrey. Es klang, als wäre sie kurz vorm Verzweifeln. »Noch nie habe ich Euch ein freundliches Wort an sie richten hören. Dabei wäre es durchaus förderlich. Ihr solltet sie umwerben und liebenswürdig sein.«

»Sie umwerben?«, wiederholte Tarik vollkommen fassungslos. Laut fuhr er sie an: »Ich habe ihren Bruder verschont und dieses nutzlose Dorf gleich dazu. Ist das etwa nichts?«

Katrey presste die Lippen aufeinander und zog die Augenbrauen hoch, bis er zu Ende gebrüllt hatte. »Indem Ihr jemanden nicht tötet, seid Ihr noch lange nicht nett.«

Reflexartig legte er seine Hand zurück auf den Schwertknauf.

Sie hob die Hände. »Bitte. Könnt Ihr nicht wenigstens versuchen, sie dazu zu bringen, Euch zu mögen? Ich weiß, es ist lange her. Aber ...«

Mit einer Geste brachte er sie zum Schweigen. Sie sollte es nicht aussprechen. Katrey bewies wirklich Mut. Nein, sie spielte geradezu mit ihrem Leben. Welch eine Nervensäge sie doch war. Und doch bewirkte sie, dass er nachdachte. Tarik begann im großen Saal umherzuwandern. Sie folgte ihm, wartete geduldig, bis er sie an seinen Gedanken teilhaben ließ. Er gab es wirklich nur ungern zu, aber wahrscheinlich hatte Katrey recht. Alles Freundliche und Zugewandte war ihm über die Jahre abhandengekommen. Es war verkümmert wie eine Rose ohne Wasser. Er wusste nicht mal, wie er anfangen sollte.

»Niemand kannte Lady Miriam so gut wie du.« Er sah Katrey nicht an, kamen seine nächsten Worte doch einer Beichte gleich. »Welche meiner Eigenschaften hat sie gemocht? Sie hat es mir nie gesagt.«

»Nun, das ist nicht leicht zu beantworten.« Sie wich ihm aus. »Ihr wart damals wirklich ein anderer Mann als heute.«

Tarik rollte genervt die Augen. *Das* wusste er bereits. »Kannst du aufhören, alles noch komplizierter zu machen? Beantworte einfach meine Frage. Was mochte sie an mir?«

»Ihr habt versucht, sie glücklich zu machen. Wann immer ihr etwas gefallen hat oder sie etwas begehrte, habt Ihr es ihr zu Füßen gelegt. Erinnert Ihr Euch an die Hunde? Am Schluss waren es so viele, dass man nirgendwo in der Burg mehr vor ihnen sicher war.«

Er sagte nichts, obwohl er die Hunde nun vor seinem geistigen Auge hatte. Ihr Kläffen war so schrill gewesen, dass er sie manches Mal am liebsten den Köchen übergeben hätte. Nur Miriams Gesicht, wenn sie sie ansah und mit ihnen spielte, hatte ihn davon abgehalten.

»Oder das Malen. Stundenlang hat sie vor ihren Gemälden gesessen und war tief darin versunken. Ihr habt sie mit den wundersamsten Farbpulvern beschenkt. Es hat unzählige Stunden und Tage gebraucht, sie herbeizuschaffen oder herzustellen.«

Tarik wanderte weiter durch die Halle. Sie hatten das Ende erreicht. Er drehte wieder um, stieg hier und da über einen Verletzten, der sich nach wie vor unter Schmerzen auf dem Boden wand. Es war ihm noch immer gegenwärtig, wie eigenartig Miriam ihre Pinsel stets gehalten hatte. Zwischen Daumen und Mittelfinger.

»Und natürlich ihre Rosen«, sprach Katrey weiter. »Der schneelose Garten war ihr Ein und Alles. Bitte erinnert Euch, wie glücklich Ihr sie gemacht habt, als Ihr ihn von Caruzo habt erschaffen lassen.« Die Kammerzofe sah ihn von der Seite aus an. »Glaubt mir, Herr. Keine Strafe wird je bewirken, was eine schöne Geste kann. Tut es einfach noch mal – so wie damals –, und Ihr werdet sehen.«

10

Nuria hastete die geschwungene Treppe so schnell hinab, wie es ihr unter diesen Umständen möglich war. Caruzo lief hinter ihr. Er kochte geradezu vor Wut und hatte sie deshalb mit einem Zauber belegt. Ihre Hände waren mit einem glühenden Lichtband vor ihrem Körper gefesselt, ihr Mund durch einen ebenso leuchtenden Knebel verschlossen. Immer wieder trieb er sie an, indem er ihr einen Kugelblitz in den Rücken schoss. Schließlich scheuchte er sie zu der geöffneten Flügeltür des großen Saals. Noch immer hatte sie keine Ahnung, was hier eigentlich vor sich ging.

»Mein Lord! Es ist mir gelungen«, rief er laut.

Nuria hörte erstmals auf, sich gegen diese unerhörte Behandlung zu wehren. Würde sie jetzt endlich erfahren, *was* ihm gelungen war? Neben ihm betrat sie den Saal und erstarrte. Die Szenerie vor ihr warf zahlreiche Fragen auf. Inmitten einiger Gesichtsloser, die stöhnend am Boden lagen, standen Katrey und der Lord. Sie schienen in eine Unterhaltung vertieft, als gäbe es gar keine Verletzten. Was, zum Teufel, war hier geschehen? Es blieb keine Zeit, dem auf den Grund zu gehen. Sie fühlte, wie Caruzo sie grob am Arm packte und in Richtung seines Herrn zerrte.

»Seht, sie ist vollständig genesen.«

Nuria starrte Caruzo an. Genesen? Sie war erkrankt?

Lord Tarik sah von ihm zu ihr und wieder zu ihm. Offenbar

konnte er sich nur schwer entscheiden, was er zuerst hinterfragen sollte. »Was ist mit Eurem Gesicht passiert?«

»Das … äh … Die Anstrengung ist schuld. Es war ein überaus schwieriges Unterfangen, sie von der Schwelle zum Reich der Toten zurückzuholen.«

Nurias Kopf ruckte ein zweites Mal zu dem Magier. Obwohl es sinnlos war, begann sie mit aller Kraft zu protestieren. Heraus kamen allerdings nur die unterdrückten Laute einer Geknebelten. Zum einen wollte sie endlich erfahren, was geschehen war. Und zum anderen hatte sie nicht vor, Caruzos schamlose Lüge so stehen zu lassen. Er hatte sich die Farbe seiner Gesichtshälfte selbst zuzuschreiben. Als sie die Augen aufgeschlagen hatte, war er gerade dabei gewesen, einen Zauber an ihr zu wirken. Seine beiden Hände hatten schwer auf ihrer Brust gelegen. Aus Angst, es wäre wieder eine seiner magischen Prüfungen, hatte Nuria um sich geschlagen und seine Wange getroffen. Die Stelle musste durchaus schmerzen, so feuerrot, wie sie war. Dennoch fühlte sie kein bisschen Reue. Nicht mal in dem Augenblick, da er sie vor Zorn angeschrien und daraufhin mit einem Zauber gefesselt hatte.

»Ich habe volle zwei Wochen gebraucht. Doch es ist mir gelungen, Eurem Befehl zu folgen.« Caruzo ließ seine Worte salbungsvoll klingen. Seine Miene wirkte über die Maßen feierlich. »Aber dankt mir nicht. Ich bin Euer ergebener Diener.« Jetzt verbeugte er sich tief und legte dabei eine Hand auf sein Herz. Es stand außer Frage, dass er mehr als bereit war, sich ein ausgiebiges Lob abzuholen.

Katrey aber zog nun die Aufmerksamkeit des Herrschers auf sich. »Mein Lord? Dies scheint mir ein günstiger Augenblick zu sein.« Mit einem Finger zeigte sie auf Nuria. Dabei bedachte sie ihn mit einem so durchdringenden Blick, dass dieser urplötzlich den Rücken straffte und sich räusperte.

»Was erlaubt Ihr Euch eigentlich, Magier?«

Nuria sah, wie Caruzo ungläubig zu glotzen begann. Auch sie selbst verstand nicht sofort, wovon Lord Tarik sprach.

»Löst sofort die Fesseln von Lady Miriam und zeigt ein wenig Respekt vor Eurer Herrin.«

Caruzo klappte der Mund auf. Er schien unfähig, der Aufforderung nachzukommen.

»Verweigert Ihr etwa meinen Befehl?«, knurrte der Herrscher jetzt bedrohlich.

Dies holte Caruzo offenbar zurück in die Gegenwart. »Nein. Selbstverständlich nicht«, antwortete er vollkommen verwirrt und schwang einen seiner Arme in Nurias Richtung. Sofort lösten sich die gleißenden Fesseln in unzählige Funken auf.

Nuria sog Luft durch ihren Mund ein. Der Knebel hatte ihr das Atmen schwer gemacht. Sie rieb sich die Handgelenke, auf denen rote Striemen zurückgeblieben waren, und brachte vorsorglich ein paar Schritte zwischen sich und Caruzo, als ob sie das vor ihm schützen könnte. Sie hatte tausend Fragen, und doch ging ihr keine über die Lippen, denn Lord Tarik hielt jetzt auf sie zu. Nuria hatte nicht vor, sich kampflos zu ergeben. »Wehe Euch, Ihr fasst mich an«, drohte sie boshaft und zeigte dann auf Caruzo. »Ich verspreche Euch die gleiche rote Wange!«

Er sah nur kurz zu dem Magier, was diesen sofort aufforderte, sich zu verteidigen.

»Sie lügt«, stammelte er. »Es war die Anstrengung, wie ich sagte.«

Lord Tarik hob die Hand, und Caruzo verstummte. An Nuria gewandt, fragte er: »Wie geht es Euch?«

Sie hatte mit allem gerechnet, nicht aber mit einer Frage nach ihrem Befinden. Diese Freundlichkeit konnte unmöglich echt sein. »Was wollt Ihr hören? Sagt es mir doch einfach, damit ich es nachplappern kann.«

»Die Wahrheit. Wie geht es Euch?«

Sie zögerte. »Ohne Fesseln deutlich besser als mit.«

»Fühlt Ihr Euch noch krank?«

»Nein.«

»Schwach?«

»Nein.«

»Seid Ihr hungrig? Oder durstig?«

Nuria war verwirrt. Was sollte das? War das eine Falle? Noch viel unfreundlicher als zuvor zischte sie: »Ich begehre nichts!«

Lord Tariks Miene verfinsterte sich.

»Wenn Ihr erlaubt, gehe ich jetzt zurück in meine Gemächer.«

»Bitte. Dann geh«, grollte er. »Und schließ die Tür und alle Vorhänge. Ich gebe Bescheid, sobald es mich wieder nach einem zickigen Weibsbild wie dir gelüstet!«

Nuria bemerkte, dass sie der höflichen Anrede mal wieder verlustig gegangen war. Es war ihr gleichgültig. Auf den Hacken machte sie kehrt und stampfte los.

Tarik sah zu Katrey. Dabei zeigte er auf das Mädchen aus Pago. Ihr Verhalten war unverändert, trotz der netten Worte, die ihm alles abverlangt hatten. Nein, ihr Verhalten war eigentlich sogar noch schlimmer als zuvor!

Katrey aber hob beschwichtigend die Hände. Leise beschwor sie ihn: »Bitte. Gebt noch nicht auf, Herr.«

»Hast du nicht zugehört?«, schnauzte er sie an. »Es ist zwecklos.«

»Versucht es wenigstens noch ein Mal. Denkt an meine Worte. Nur eine Geste der Freundlichkeit. Erinnert Euch an damals.«

Er sah ihr nach, wie sie aus dem Saal in die Vorhalle stürmte. Eigentlich war ihm eher danach, sie in eine steinerne Büste zu verwandeln, die er oben auf dem Dach seines Bergfrieds befestigen konnte. Doch der winzige Funken Hoffnung, dass die Kammerzofe recht behielt, ließ ihn in die Vorhalle laufen und rufen: »Bleib stehen.«

Sie fuhr herum und funkelte ihn böse an. »Ist Euch doch noch eine Gemeinheit in den Sinn gekommen?«

Tarik kämpfte nieder, wonach ihm eigentlich der Sinn stand. Sie reizte ihn bis aufs Blut. »Halt endlich deinen Mund«, gab er zur Antwort, kam vor ihr zum Stehen und sah auf sie herunter. Ihre zierliche Gestalt stand in starkem Kontrast zu ihrem Mundwerk. Gerade glich sie Lady Miriam wirklich kein winziges bisschen. Hoffentlich schaffte sie es, wenigstens ein paar Atemzüge lang zu schweigen. Ansonsten konnte er für nichts garantieren.

Der Einfall war ihm eben gekommen. Nun würde sich zeigen, ob Katrey recht behielt. Er löste die Spange an seinem pelzbesetzten Mantel und schwang diesen ohne ein Wort um ihre schmalen Schultern. Seine Augen sahen nicht hin, während seine Finger die Spange an ihrem Hals schlossen. Stattdessen fixierten sie ihr trotziges Gesicht. Es musste wohl sein entschlossener Blick sein, der keinen Widerspruch zuließ. Denn plötzlich hatte sie jede Gegenwehr aufgegeben. Selbst dann noch, als er ihre Hand ergriff und sie hinter sich herzog.

Trotz der Möglichkeit, sich gleich zum Gespött der Burg zu machen, stieß er seine freie Hand vor und erzeugte so eine schimmernde Druckwelle. Das Burgtor Griseos flog auf und kam krachend an den mannshohen Quadersteinen der Außenwände zum Stehen. Ein Zucken an der Hand, die er hielt, verriet, dass sie sich erschrocken hatte. Tarik ignorierte es. In diesem Moment wog die Entschlossenheit, sein Ziel schnell zu erreichen, schwerer als seine Abscheu gegenüber der Magie. Eine Seltenheit. Nicht die absolute Kontrolle zu haben wühlte ihn auf. Während er über den Burghof hastete, schnellte seine ausgestreckte Handfläche abermals nach vorn. Der neu gefallene

Schnee stob zu allen Seiten hinweg, bis ein von Schneewehen gesäumter Weg entstand. Seine Schritte wurden länger, schneller. Sie musste fast hinter ihm herrennen, um mit ihm mitzuhalten. Es brauchte keine Hellseherei, um zu erahnen, dass sie sich gerade fragte, wohin er sie führte. Er ließ sie weiter im Ungewissen, hielt ihre Hand nach wie vor fest umklammert. Erst vor der schmalen Holztür eines länglichen Gebäudes, das sich an die Burgmauer schmiegte, blieb er stehen und ließ sie los. »Geh hinein«, forderte er wenig geduldig.

»Und wenn ich mich weigere?«

»Tu es einfach.«

»Nein. Ihr müsst mich schon zwingen.«

Tarik ballte die Fäuste. Was, zur Hölle noch mal, war auf dem Bergfried mit ihr geschehen? Ihre Furchtlosigkeit machte ihn rasend. Es war ein Spiel mit dem Feuer. In Gedanken packte er sie bereits an ihren Haaren und schleifte sie daran durch die Tür, damit sie ihm endlich Folge leistete. Doch das hätte seinen eigentlichen Plan zunichtegemacht.

»Ich werde dich nicht zwingen«, presste er hervor. »Stattdessen bitte ich dich. Geh hinein.« Die Worte schmeckten wie Gift in seinem Mund. Doch manches Gift vermochte auch zu heilen.

Ihre Brust hob und senkte sich sichtbar. Kurz schien sie zu überlegen. Dann öffnete sie tatsächlich die Holztür.

Er folgte ihr. Wie erwartet begrüßten ihn warmes Licht und warme Luft. Der Geruch von Stroh schlug ihm entgegen. Pferde steckten ihre Köpfe aus den Ställen. Ganz hinten, neben Monrak, stand auch jenes, das mit ihr auf die Burg gekommen war.

»Amadee! Du bist am Leben«, rief sie aus und hielt eilig auf ihn zu. Fast so, als wagte sie es nicht zu glauben, legte sie die Hände auf die breite Stirn des Wallachs und fuhr über sein Fell. Dann schmiegte sie sich an seine Nüstern und schloss die Augen.

Der Wallach ließ es geschehen und prustete leise. Es war eindeutig die Begrüßung unter zweien, die sich vertraut waren.

Tarik bemerkte, dass aller Hass von eben aus ihrer Stimme verschwunden war. Stattdessen klangen ihre Worte so weich und liebevoll, wie er es noch nie aus ihrem Mund vernommen hatte.

»Deine Mähne. Sie ist ja ganz weiß geworden«, stellte sie lächelnd fest und vergrub die Finger darin. Dann hielt sie plötzlich inne. Ihr Lächeln wurde schwächer. Sie sah neben dem Pferd zu Boden und fragte: »Was hat das zu bedeuten? Warum habt Ihr mich hergeführt?«

Tarik verstand. Sie wollte sichergehen, dass er die offensichtliche Liebe zu diesem Tier nicht auszunutzen versuchte. Offenbar fiel es ihr schwer zu glauben, dass er einfach etwas Gutes tun wollte. Er musste sich eingestehen, dass dies wohl ein Spiegel seines jüngsten Verhaltens war. Und auch, dass er nicht mochte, wie sich diese Erkenntnis anfühlte. *Das* geschah also, wenn er auf das Geschwätz der Kammerzofe hörte. Wozu hatte Katrey ihn da überredet? Sein eigentliches Vorhaben, dass er der jungen Frau in Wahrheit eine Freude hatte machen wollen, ging Tarik nicht mehr über die Lippen. Stattdessen schob er etwas anderes vor. »Lady Miriam war eine gute Reiterin. Es ist wichtig, dass dir diese Fähigkeit nicht abhandenkommt. Du solltest regelmäßig üben.«

Wenig später führte ein Gesichtsloser das Pferd auf den Burghof. Caruzo und Katrey standen im offenen Eingang der Burg und besahen das Schauspiel.

Tarik konnte an ihren Mienen ablesen, was sie dachten. Der Magier zweifelte am Verstand seines Herrn, während die Kammerzofe die Hände unter ihrem Kinn faltete und grinste. Tarik nahm dem Gesichtslosen die Zügel aus der Hand. Barsch forderte er: »Verschwinde.« Dann gab er Caruzo ein Zeichen, indem er zweimal schnipste und nach oben in die schneebepackten Wolken wies.

Caruzo verstand sofort. Er drehte die Handflächen vor sich gen Himmel. Langsam und unter Aufwendung all seiner Konzentration hob er sie in die Luft, die zu vibrieren begann. Mit ihnen stieg eine flirrende Kuppel empor, die den ganzen Burghof überspannte wie ein gläsernes Dach.

Tarik übergab ihr jetzt die Zügel. »Er gehört wieder dir. Du kannst zu ihm, wann immer du willst.« Ohne jedes weitere Wort packte er sie bei den Hüften. Mit Schwung hob er sie hoch, bis sie seitlich auf dem Rücken des Wallachs saß. Absichtlich verharrte er noch einen Moment. Er wollte sie sehen – die Verwunderung in ihrem Gesicht. Tarik wurde nicht enttäuscht.

»Ich danke Euch.« Es klang ungläubig. Bis jetzt hatte sie anscheinend noch befürchtet, das Blatt würde sich wenden.

Während er langsam nickte, spürte er endlich das, was Katrey ihm prophezeit hatte. »Wir sehen uns wieder beim abendlichen Mahl.« Tarik ging zurück in die Burg – vorbei an Caruzo, dem der Mund offen stand. Und vorbei an Katrey, die ihm, kaum sichtbar, zunickte.

Er war bereits die erste Treppe auf dem Weg zu seinem Kontor hinaufgegangen, als er die Richtung noch einmal änderte und an eines der blinden Fenster trat. Ein bloßes Wischen seiner Finger über das Glas ließ die milchige Masse für kurze Zeit verschwinden. Er sah zu ihr hinunter auf den Burghof. Sie und ihr Wallach hatten bereits einen sichtbaren Kreis im Schnee hinterlassen. Glücklich und gelöst sprach sie zu dem Pferd und legte ihre Hand dabei auf den starken Hals. Nie hatte die Frau aus Pago ihn mehr an Miriam erinnert als jetzt, wo sie endlich einmal lachte. Und doch war sie auch ganz anders als seine frühere Gemahlin.

Das Fenster wurde wieder blind.

Was willst du schon wieder hier?«, fragte der Mann und setzte sich aufrechter hin. Er lehnte sich mit dem Rücken an die kalte Steinmauer. Die Ketten um seine Glieder rasselten dabei. Die Luft war klamm. »Dein Anblick löst Übelkeit in mir aus.«

Ihr schmachtendes Lächeln wurde kurz unterbrochen. »Sprich doch nicht immer so mit mir. Es bricht mir das Herz.«

»Welches Herz? Du besitzt doch gar keines. Wie kann es dann brechen?«

Die Frau biss sich auf die Unterlippe und lächelte gequält durch die Gitterstäbe der eisernen Tür. Dann hob sie einen Korb. »Sieh doch. Ich habe dir ein paar Köstlichkeiten mitgebracht.« Sie holte ein Schlüsselbund hervor und öffnete den Kerker. Langsam ging sie näher. Wie immer, wenn sie hierherkam, ließ die Aufregung ihre Stimme etwas höher klingen. »Pasteten und Brot. Riecht gut, nicht wahr?«

Er sah sie an mit einem Blick voller Verachtung. Wortlos. Und doch schien er zu schreien, dass sie wieder verschwinden solle.

»Hast du vielleicht sonst einen Wunsch, den ich dir erfüllen kann? Brauchst du etwas? Noch eine Decke vielleicht? Etwas anderes zum Anziehen?« Sie sah sich im Verlies um. Die Dunkelheit, die Ketten und die groben Fundamentsteine des Westturms waren eine schreckliche Umgebung. Leider hatte sie nicht viele Möglichkeiten, es für ihn behaglicher zu machen.

»Ich habe nur einen Wunsch. Geh wieder!«

Sie stellte den Korb auf dem Boden ab. Ihr Gesicht war von Traurigkeit gezeichnet. Sie spürte, wie Tränen sich anbahnten. »Siehst du nicht, was ich für dich fühle?«

»Das ist mir gleich«, sprach der Mann. »Ich verachte dich und will dein Gesicht nicht länger sehen. Tue mir einen Gefallen: Geh und komm nicht wieder.«

»Du weißt, ich werde immer wiederkommen. Immer!« Sie drehte sich um und verschloss mit wundem Herzen die Tür.

Durchgefroren, aber glücklich betrat Nuria hinter Katrey ihr Gemach. Noch immer war sie geradezu selig von dem Ritt auf Amadee – wenngleich sie auch spürte, dass sie kürzlich noch sehr krank gewesen war. Der Anblick ihres Himmelbettes rief die unschöne Erinnerung daran wieder wach. Noch immer sah sie blass aus, wie der Standspiegel ihr zeigte. Aber das Wissen darum, dass sie nun sooft zu Amadee gehen durfte, wie sie wollte, gab Nuria das Gefühl, alles andere irgendwie ertragen zu können. Erst jetzt bemerkte sie, dass sie nach wie vor den Umhang Lord Tariks trug. Sie ließ sich die Spange von Katrey öffnen und beides sorgsam über eine gepolsterte Bank am Fenster legen. Wenig später klopfte sie mit ihrer rechten Hand auf das weiche Himmelbett. »Komm zu mir, Katrey.«

Die Kammerzofe folgte ihrem Ruf, auch wenn sie dabei ein fragendes Gesicht zeigte.

Nuria ließ sie nicht lange im Ungewissen. »Jetzt, da wir beide allein sind, wirst du mir erst einmal Rede und Antwort stehen. Sag mir, warum habe ich das Gefühl, dass du etwas mit Lord Tariks Sinneswandel zu tun hast?«

»Ach, das ist doch Unsinn«, wiegelte Katrey breit lächelnd ab. »Als ob ich einfache Dienerin so viel Einfluss auf den Lord hätte.«

»Deine Bescheidenheit in allen Ehren«, widersprach Nuria schmunzelnd. »Gib es schon zu. Ich habe euch reden sehen, als ich in die Halle kam. Du musst doch etwas zu ihm gesagt haben.«

»Nun, vielleicht habe ich ein wenig nachgeholfen.«

»Wie denn? Erzähl's mir schon«, drängte Nuria weiter.

»Ich habe ihn bloß daran erinnert, wie er früher war. Und daran, wie man eine Lady behandelt.«

»Und das hat er sich einfach gefallen lassen?«

Katrey stemmte die Hände in die Hüften und schüttelte gespielt entrüstet den Kopf. »So neugierig heute, meine Dame? Das sieht einer Adligen aber gar nicht ähnlich.«

Nuria spielte das Spiel mit, die Augenbrauen hochgezogen und das Kinn vorgereckt. »Und wie verhält es sich mit dem Verweigern eines Befehls deiner Herrin? Geziemt sich das etwa für eine Kammerzofe?«, konterte sie spitz. »Am besten frage ich Lord Tarik selbst, was sich genau im Saal zugetragen hat.«

Katrey wurde fahl im Gesicht. »Himmel, das wirst du schön bleiben lassen.«

Nuria lachte hell auf, als sie die Reaktion der Kammerzofe sah. »Keine Angst. Ich werde nichts dergleichen tun.«

»Ich käme augenblicklich in Teufels Küche.«

»Wahrscheinlich würdest du selbst dort klarkommen.« Kurz legte sich Nurias Ausgelassenheit. Das, was sie nun sagen wollte, meinte sie ernst. »Danke! Egal, was oder wie du es getan hast. Ich weiß zu schätzen, dass du so viel Mut beweist.«

Katrey nahm Nurias Hände in ihre. »Ich würde es nicht tun, wenn ich nicht sicher wäre, dass du es schaffen kannst.«

Nuria fühlte es mit einem Mal ganz deutlich: Eine Freundschaft hatte sich zwischen ihnen entwickelt. Noch vor Kurzem war sie unsicher gewesen, ob sie sich Katrey anvertrauen konnte. Beide waren sich fremd gewesen, zudem sollte sie den Platz ihrer geliebten Lady Miriam einnehmen. Nuria hätte es ihr nicht verdenken können, wäre Katrey von ihrer Anwesenheit wenig begeistert gewesen. Stattdessen empfing die Kammerzofe sie mit offenen Armen und kämpfte vor Lord Tarik für ihr Wohlergehen. »Ich muss dir etwas sagen«, begann sie vorsichtig.

Katrey verengte die Augen. »So? Was ist es?«

»Mir passieren wiederholt seltsame Dinge, seitdem ich hier bin. Ich höre Stimmen. Es fing alles an in der Burgküche. Erinnerst du dich?«

»Ja. Ich sagte dir damals, es sei bloß der Wind. Ist es danach etwa noch einmal geschehen?«

»Mehrmals sogar. Und die Augenblicke wurden immer … intensiver.«

»Du hörst Stimmen?«, wiederholte Katrey fragend. »Bist du dir da sicher? Ich meine, Griseo ist voller Geräusche.«

»Nein«, beschied Nuria fest. »Ich höre zweifellos jemanden sprechen. Und mittlerweile sehe ich auch Bilder dazu.«

Katrey schlug die Hand vor den Mund. Dahinter flüsterte sie: »Was siehst du?«

Nuria suchte nach den richtigen Worten. »Es ist die Vergangenheit, wie ich vermute. Lady Miriam, Lord Tarik. Ich sehe sie nicht nur, ich fühle sie.« Nuria ließ Katreys Hände los und stand auf, um keine weiteren Einzelheiten preisgeben zu müssen. Nie im Leben hätte sie von der Szene im Bett erzählen können, ohne vor Scham im Boden zu versinken. »Es hat gedauert, bis ich es verstanden habe. Aber ich denke, ich weiß, was mit mir geschieht.«

Katrey sah gebannt zu ihr rüber.

»Die Gabe des Winters.«

»Du hast also doch eine Magie!«

»Ja, ich denke es jedenfalls.« Ihre Finger spielten mit dem Fell des Umhangs auf der Bank, auf die sie sich gesetzt hatte.

Katrey sah auf einmal nachdenklich aus. Starr betrachtete sie die Muster auf den Kissen der Bettstatt. Dann ruckte ihr Kopf hoch. »Kannst du es irgendwie steuern?«

»Nein, nicht so richtig.« Nuria wanderte weiter ziellos durch das Gemach. »Die Bilder kommen und gehen. Ich verstehe nicht, wann und warum. Auch der Zusammenhang ist mir noch nicht klar. Alles scheint so willkürlich zu sein.«

»Dann musst du es üben. Die Gabe verstärkt sich mit der Zeit. Je eher du anfängst, desto besser. Bestimmt kannst du sie eines Tages beherrschen.«

»Und dann?«

»Was meinst du?«

Nuria guckte etwas gequält. »Na ja, wenn ich ehrlich bin, dachte ich immer, die Wintergabe ermöglicht einem Dinge, wie durch Wände zu laufen oder die Gedanken anderer zu hören oder Wasser zu beherrschen. Verstehst du?«

Katrey glotzte sie an. »Sag bloß, du bist enttäuscht von deiner Gabe.«

Nuria presste die Lippen aufeinander und zuckte kurz die Schultern. Ihr war natürlich klar, dass ihre Gefühle schwer für jemanden zu verstehen waren, der keine Magie in sich trug. Trotzdem versuchte sie, es Katrey verständlich zu machen. »Mal ehrlich, was für eine merkwürdige Wintergabe ist das? Bilder aus der Vergangenheit sehen. Was soll ich damit anfangen?«

Die Kammerzofe lächelte nun schief. Sie griff sich eines der kostbaren Kissen, um die Muster darauf mit dem Finger nachzuzeichnen. »Ich hörte mal jemanden sagen, jeder kriegt die Gabe, die er braucht. Wenn du die Augen dahingehend öffnest, wirst du schon verstehen, was deine Magie dir bringt.« Jetzt sah sie wieder auf.

Nuria dachte nach. Eigentlich hatte sie bereits eine Ahnung. Dennoch sprach Katrey es aus.

»Du wirst Antworten erhalten auf Fragen, die du mir nicht stellen darfst. Über Miriam, über Lord Tarik. Vielleicht über ihre Magien. Verstehst du? Hadere also nicht damit, sondern nutze deine Gabe auf deinem Weg, zu Miriam zu werden.«

Nuria zog eine Augenbraue hoch. »Dazu wäre es allerdings überaus hilfreich, wenn sie mich nicht stets in den unmöglichsten Momenten einfach überkommen würde.«

»Dann lerne sie eben zu kontrollieren. Niemand hat je gesagt, dass es einfach wird.«

»Das stimmt«, bejahte Nuria, nur um dann einen letzten, aber drängenden Wunsch zu äußern. »Katrey?«

»Ja?«

»Du musst mir eines versprechen. Sag nie auch nur ein einziges Wort darüber zu Lord Tarik oder Caruzo. Sie dürfen auf keinen Fall erfahren, dass ich eine Gabe habe.«

»Ich verspreche es.«

11

Das dunkelrote Kleid mit den ausladenden Trompetenärmeln wog mindestens so viel wie ein ganzer Mensch. So empfand es Nuria zumindest, als Katrey ihr die Schnüre an Brust und Rücken fertig gebunden und ihr die perlenbestickte Haube aufgesetzt hatte. Auf Letzterer hatte Nuria bestanden, da ihr Haar schon wieder blasser wurde. Lieber verbarg sie es ein paar Tage lang, als es ständig zu färben. Skeptisch betrachtete sie ihr Spiegelbild. Dies war mit Abstand das auffälligste Kleid, das sie seit ihrer Ankunft auf Griseo getragen hatte. »Meinst du wirklich, dass das nötig ist?«

»Auf jeden Fall«, versicherte Katrey. »Jetzt, da es zwischen dir und Lord Tarik besser zu laufen scheint, wollen wir doch kein Wagnis eingehen, oder?«

Vermutlich steckte ein Funken Wahrheit in Katreys Worten. Dennoch fühlte Nuria sich unwohl. Es schien ihr einfach unmöglich, sich an diese Kleidung zu gewöhnen. »Nicht nur, dass ich mir lächerlich vorkomme in all dem Zeug. Ich frage mich, ob ich es damit unfallfrei die Treppe hinunterschaffe?«

Katrey kniete an Nurias Seite und nestelte konzentriert an ihrer Mitte herum, wo der schmale Ledergürtel sich verdreht hatte. Gedankenversunken murmelte sie: »Wenn nicht, dann rufe ich eben nach Caruzo. Der versteht sich ja neuerdings aufs Heilen.«

Nuria hatte noch immer den Arm gehoben, um es Katrey

leichter zu machen. Verwundert sah sie jetzt zu ihr hinunter. »Wieso neuerdings? Konnte er das nicht schon immer?«

Die Kammerzofe gefror in ihrer Bewegung. Dann trat sie vor Nuria und fasste sie bei den Schultern. Sie schüttelte den Kopf. Lächelte. »Du Arme. Als wäre hier nicht alles schon kompliziert genug für dich. Da verwirre ich dich noch zusätzlich.« Sie lachte auf – schriller als gewöhnlich. »Ich meinte natürlich, dass er vor deiner Erkrankung bloß aus der Übung war. Auf Griseo sind wohl alle stets zu gesund.«

Verwundert überlegte Nuria, was sie darauf antworten sollte. Katreys Verhalten wirkte unecht auf sie. Das bittere Gefühl, dass die Kammerzofe Geheimnisse vor ihr hatte, war wie ein Stein im Bauch – ganz besonders nach dem gestrigen Moment der Innigkeit.

Urplötzlich fasste Katrey sich an die Schläfe und verzog das Gesicht. Sie wandte sich ab und stieß gequält hervor: »Ich glaube, wir müssen gehen.«

In diesem Augenblick klopfte es an der Tür. »Lord Tarik begehrt Einlass!«, hallte es von draußen.

Nuria fühlte einen Stich im Herzen. Warum sollte der Herrscher die Kammerzofe rufen lassen, wenn er sich schon hier befand? Katrey hatte tatsächlich gelogen, um von ihren vorangegangenen Worten abzulenken!

»Herein«, rief Nuria matt.

Ein Gesichtsloser öffnete die Tür. Lord Tarik aber blieb im Türrahmen stehen. Beinahe lässig lehnte er mit einer Schulter dagegen, die Arme vor der Brust verschränkt. Er war von Kopf bis Fuß in Schwarz gekleidet, mit einem weiten stehenden Kragen um seinen Hals und dem roten Schwert um die Hüfte.

Nuria stockte, von sich selbst überrascht. Katrey war augenblicklich vergessen. Zum ersten Mal seit langer Zeit sah sie nicht ausschließlich das Böse in ihm, sondern bemerkte stattdessen seine Erscheinung. Das Ehrfurchteinflößende war noch immer spürbar. Doch ebenso etwas anderes, das seine Bernsteinaugen für sie plötzlich warm erstrahlen ließ. Sie betrachteten sie auf eine Weise, die für Nuria neu war und ihr sagte, dass sie in diesem Augenblick nichts von ihm zu befürchten hatte.

»Bin ich etwa zu spät?«

»Nein, keineswegs. Ich würde Euch vor dem Mahl nur gerne noch etwas zeigen.«

Sie nickte. Nuria war innerlich ruhig. Mit seinem Umhang und der Spange auf dem Arm schritt sie in dem inzwischen tadellosen Gang einer Lady auf ihn zu. Eine Armlänge von ihm entfernt blieb sie stehen. »Ich danke Euch dafür«, sagte sie beim Überreichen.

»Gern geschehen.« Er stieß sich vom Türrahmen ab und nahm seine Habe entgegen. Nur, um alles gleich darauf an den Gesichtslosen weiterzureichen. Dabei nahm er nie den Blick von ihr. »Ich hoffe, er hat Euch ausreichend warm gehalten.«

»Es war wohl eher Eure Güte, die mich gewärmt hat, denn der Umhang. Ihr habt Amadee gut versorgen lassen. Dafür bin ich Euch dankbar.« Nuria ließ ein kleines Lächeln zu.

Lord Tarik verzog keine Miene. »Der Dank gebührt mehr meinem Hengst Monrak. Wie der Stallbursche sagte, sind die beiden unzertrennlich. Mir blieb also keine Wahl, außer Euren Wallach behandeln zu lassen wie ein rohes Ei.«

Verstehe, dachte Nuria schmunzelnd. *Ein Lob annehmen gehört also nicht zu Euren Stärken.*

»Kommt. Folgt mir«, sprach Lord Tarik.

Nebeneinander liefen sie langsam den Flur entlang, vor ihnen der Gesichtslose. Er schien das Ziel zu kennen, denn bei einer der Türen unweit des Schlafgemachs blieb er stehen.

»Öffne die Tür.«

»Wo führt Ihr mich hin?«, fragte Nuria neugierig.

»Seht einfach selbst.« Er machte eine Geste, die sie vor ihm in den noch dunklen Raum geleiten sollte.

Nuria setzte Fuß vor Fuß. Schemenhaft erkannte sie, dass der Raum voller flacher Gegenstände war.

Der Gesichtslose ächzte bei dem Versuch, die Vorhänge zur Seite zu bewegen. Anstelle von Licht drang plötzlich ein reißendes Geräusch zu ihnen, das nichts Gutes erahnen ließ. »Die Kordel. Sie ist gerissen, Herr. Bitte verzeiht mir.« Seine Stimme klang ängstlich.

Lord Tarik sog hörbar die Luft ein. Doch er entschied sich offenbar dagegen, dem Diener den verhüllten Kopf abzureißen. »Geh!«, verlangte er schlicht.

Flink eilte der Mann hinaus.

Nuria fragte sich noch, was jetzt wohl geschehen würde, da erkannte sie, wie Lord Tarik die Arme anhob. Das durch die offene Tür einfallende Fackellicht des Flurs ermöglichte ihr zu sehen, wie er nun mit den Zeigefingern auf die Fenster deutete. Langsam zog er die Arme auseinander. Die Vorhänge schoben sich so leichtgängig zur Seite, als wögen sie nichts. Jetzt ruckte sein Kopf zum Kamin, in dem augenblicklich die Flammen aufloderten und das Holz zu knistern begann. Sein Gesicht sah dabei unbeeindruckt aus. Es war offensichtlich, dass seine Fähigkeiten nichts Besonderes für ihn waren. »Ich hoffe, es ist Euch nicht zu kalt hier.«

»Das ist fast unmöglich in einem Kleid, aus dem man locker vier machen könnte.«

Er sah kurz an ihr herab.

»Ich dachte, Ihr verabscheut Magie.« Nuria konnte sich nicht verkneifen, diesen Gedanken laut auszusprechen.

»So ist es auch. Aber nicht so sehr, dass ich selbst zum Diener werde, wenn diese mich im Stich lassen.«

War das ein Lächeln?, fragte sich Nuria erstaunt. Seine Aufforderung lenkte sie ab.

»Seht Euch um.«

Nuria ließ den Blick schweifen. Jetzt erkannte sie, was die flachen Gegenstände waren. Unzählige Gemälde lehnten an den Wänden oder standen auf hölzernen Gerüsten, die überall im Raum verteilt waren. Zwischen ihnen blieb nur wenig Platz, um hindurchzugehen. Die meisten Bilder waren unfertig. Sie alle zeigten ein Motiv: Lady Miriam.

»Sind etwa alle aus ihrer Hand?«

»Ja. Sie verbrachte viele, viele Stunden hier. Das Malen hat sie glücklich gemacht.«

Nuria hörte ihm zu, ihr Blick allerdings galt ausschließlich den Gemälden. Sie ging eines nach dem anderen ab, beginnend an der Wand neben der Tür.

»Dort, wo Ihr gerade seid, stehen ihre ersten Bilder. Sie hingen einst überall in der Burg verteilt. Doch Miriam war sehr kritisch mit sich. Eines Tages sagte sie, die Gemälde seien nicht gut genug, ließ sie abhängen und hier aufbewahren.«

Nuria sah Bild für Bild in das erhabene Gesicht der Adligen, die sie immer besser zu kennen glaubte. Etwas fiel ihr dabei auf – so wie neulich noch in den Fluren der Burg. Lady Miriam blickte streng. Nein, nicht nur streng, verbesserte sich Nuria. Ihr Gesicht wirkte geradezu verschlossen. War das ein wirklichkeitsgetreues Abbild ihrer selbst? Oder wollte sie sich bloß so darstellen?

»Hier stehen ihre neueren Bilder. Sie sind nie fertig geworden.«

Nuria trat auf die andere Seite des Raums, wo Lord Tarik sich mit dem Rücken an die Wand gelehnt hatte, einen Fuß an ebendieser aufgestellt. Er spielte mit dem Ring an seinem Finger und beobachtete sie, wie sie sich den Malereien widmete. Sofort erkannte Nuria, wie anders diese Gemälde im Vergleich doch waren. Nicht bloß die Farben schienen leuchtender zu sein und die

Hintergründe lebendiger. Lady Miriam selbst strahlte aus sich heraus. Sie sah so glücklich aus, dass Nuria unweigerlich lächeln musste. Konnte das ein Zufall sein?

Ein Gemälde tat es ihr besonders an. Bis auf eine letzte weiße Ecke war es fertig. Die Adlige befand sich im großen Saal, gemeinsam mit Lord Tarik. Sie tanzten und hatten dazu einen Arm im rechten Winkel erhoben. Die Handflächen berührten sich, die jeweils andere Hand ruhte auf dem Rücken. Ihre Gesichter waren einander zugewandt, sodass sie dem Betrachter des Gemäldes ihre Profile zeigten. Aus diesem Bild sprachen so viel Liebe und Innigkeit, dass Nuria beinahe ehrfürchtig wurde. Ihre Finger berührten die Leinwand, strichen über die unebene Oberfläche der Farbe. Ein Kribbeln stieg in ihr auf. Sie meinte, Musik zu hören. Nuria wusste, was das bedeutete.

»Gefällt es Euch?«

»Ja, sehr. Es ist einzigartig.« Sie sah zu ihm hinüber.

»Es ist das einzige Bild, das ich nie mochte.«

»Wie kann das sein?«, fragte Nuria verblüfft.

»Manche Erinnerungen sind eben wie eine wunderschön anzusehende, lieblich duftende Giftpflanze.« Lord Tarik ließ seine Worte so stehen. Kurz galt sein Blick den Flammen der Feuerstelle. Als er sich abwandte, erloschen sie urplötzlich. »Wir sollten gehen. Das Mahl ist sicher schon angerichtet.«

Nuria wurde zunehmend wärmer. Sie fühlte, wie ihre Gabe weiter an die Oberfläche drängte. Lord Tarik durfte nichts davon mitbekommen. Sie hatte ihm noch immer den Rücken zugekehrt. Um eine ruhige Stimme bemüht, sagte sie: »Ich würde gerne noch einen Moment alleine hier verbringen, wenn Ihr nichts dagegen habt.«

Seine Schritte Richtung Ausgang verstummten.

»Von Frau zu Frau. Wenn Ihr versteht«, ergänzte Nuria in der Hoffnung, dass er nicht weiter nachfragte.

»Nun gut. Bleibt solange Ihr wollt.«

Kaum war die Tür zugefallen, schien ihre Gabe mit beiden Händen nach ihr zu greifen. Nuria machte sich bereit. Mit geschlossenen Augen und spitzen Lippen holte sie tief Luft. Noch immer hatte sie ihre Finger auf der Farbe des Bildes liegen. Jetzt richtete sie den Blick starr auf die Gesichter der Tanzenden aus, bis sie ganz in dem Moment versank, den das Gemälde darstellte. Nuria hörte eine Harfe erklingen. Dann kam eine Flöte hinzu. Trommeln. Sie war bereit für das, was als Nächstes kam. Die Farbe auf dem Bild bewegte sich, schwang im Takt der Musik. Nuria verlor sich fast in den wogenden Falten des Kleides. Dann war sie ganz da, eine unsichtbare Zuschauerin am Rande des großen Saals, in dem ein Fest gefeiert wurde. Acht vornehm gekleidete Adlige tanzten miteinander – vier Männer und vier Frauen. Unter ihnen waren auch Lord Tarik und Lady Miriam. Sie alle beherrschten eine Art hüpfenden Grundschritt, bei dem sie die Hüfte abwechselnd nach links und nach rechts drehten. Es war ein vorgeschriebener Tanz, der einem Muster folgte. Mal liefen sie aufeinander zu, dann wieder zurück. Es bildeten sich Paare, die einander im Tanz umschwärmten. Darauf wiederum fassten sich die Frauen an den Händen und drehten sich im Kreis nach links, während sich die Männer um sie herum spiegelverkehrt bewegten. Es blieb offen, ob sie die Damen beschützten oder bedrängten. Jetzt drehten sich die Frauen und näherten sich kokett den Männern. Nuria war wie gebannt. Der Tanz hatte etwas Anmutiges und war dennoch sehr gewagt. Wie eine Liebelei, die sich gerade anbahnte und eigentlich nicht sein durfte.

Lady Miriam zog Nurias Aufmerksamkeit auf sich. Die Adlige bewegte sich im Kreis um Lord Tarik, der still stand. Ihre Handfläche strich dabei über seinen Körper. Sie lachte ausgelassen, blickte zwischendurch verführerisch. Auch wenn jetzt jedes Paar für sich tanzte, bewegten sich die Frauen dennoch im Gleichschritt. Sie drehten sich, auf dass ihre Kleider flogen. Sie hüpften im Takt der Flöte und der Trommel. Den Gesichtern nach zu urteilen tanzten hier nur Liebende, die die Augen nicht voneinander abwenden konnten. Nuria fühlte sich in Lady Miriam hinein. Ihr Herz quoll dabei förmlich über vor Verlangen und Liebe. Plötzlich aber gefror das Bild. Alle im Saal standen still. Ehe Nuria sich's versah, begann die Szenerie rückwärts zu laufen. Notgedrungen betrachtete sie den gesamten Tanz bis zu seinem Anfang, als Lord Tarik und Lady Miriam rückwärts aus der Flügeltür traten. Das Bild vor ihren Augen wurde schneller und schneller, bis Nuria kaum noch etwas erkannte. Kurz bevor sie selbst ihre Gabe zu beenden versuchte, hielten die Bilder an. Nun befand sie sich in Lady Miriams Gemach. Die Adlige saß auf der Bank, auf der vor Kurzem noch der Mantel Lord Tariks gelegen hatte, und starrte aus dem Fenster. Es musste derselbe Tag sein, denn sie trug bereits das Festkleid. Nuria ging näher heran. Von der Seite her sah sie etwas auf ihren Wangen glitzern. Das Öffnen der Tür ließ Nuria hinter sich blicken. Lord Tarik kam herein. *Seid Ihr so weit?*, fragte er. *Man erwartet uns.* Lady Miriam wischte sich hektisch die Tränen von den Wangen. Der Blick des Herrschers aber verriet, dass er es dennoch sah. *Was kann ich noch tun?* Er erhielt keine Antwort. *Ich liebe Euch, Miriam.* Langsam schritt er auf sie zu. Sein Gesicht war gezeichnet von unendlicher Traurigkeit. Direkt hinter ihr blieb er stehen und sah auf sie hinab. Seine Hand legte sich an eine Seite ihres langen, schlanken Halses, den eine Kette zierte. Seine Finger fuhren darunter. Alles an ihm zeigte, er hasste dieses Schmuckstück! Die feinen Härchen in Lady Miriams Nacken stellten sich auf.

Nuria verlor das Bild und fand sich plötzlich vor dem Gemälde wieder. Außer dass ihr der Atem fehlte, hatte sie es geschafft. Keine Ohnmacht. Kein Schwindel. Stattdessen erinnerte sie sich genau daran, was sie eben gesehen hatte. Ganz verstehen konnte sie es dennoch nicht. Was hatte Lord Tarik getan oder zu Miriam gesagt, dass sie trotz ihrer Traurigkeit hinterher so ausgelassen im Saal tanzte? Etwas in Nuria warnte sie. Lag hier das Geheimnis? Der Grund, warum Lord Tarik ausgerechnet dieses Gemälde nicht mochte? Nuria ging ein paar Schritte rückwärts, ohne die Malerei aus den Augen zu lassen. Für den Moment hatte sie alles erfahren, was sie nur konnte. Sie machte sich auf zum Speisesaal.

Vor der Rundbogentür zwang sich Nuria zu einem kleinen Lächeln. Dann trat sie ein und nahm auf ihrer Seite des Tisches Platz.

»Habt Ihr gefunden, wonach Euch war?«, fragte Lord Tarik. Er lehnte sich zurück. Seine Hand drehte den Pokal vor sich. Abwartend.

»Ich bin nicht ganz sicher«, antwortete sie wahrheitsgemäß.

»Vielleicht erschließt es sich Euch ja noch. Geht ruhig jederzeit wieder zu den Gemälden.«

Nuria nickte ihm zum Dank zu. Sie bemerkte, dass er ihr Freiheiten gewährte. Jetzt hob sie ihren Pokal an und rief dem Gesichtslosen in der Ecke zu: »Bring mir Wein.« Diese Geste war ein Entgegenkommen, das zweierlei Hoffnung barg. Zum einen wollte sie sich ihm gegenüber erkenntlich zeigen. Zum anderen hoffte sie, dass er sich durch ihre Freiwilligkeit damit zufriedengab, wenn sie nur langsam und wenig Wein trank.

Lord Tarik beobachtete all das wortlos. Als auch sein Pokal gefüllt war, trank er ihr zu. »Auf ein friedvolles Mahl.«

Eine ganze Weile saßen sie sich gegenüber und aßen. Keiner sprach ein Wort. Zu Nurias Erstaunen fühlte sich das nicht merkwürdig an. Im Gegenteil, es lag etwas Angenehmes über diesen Momenten. Wie die Schneestille im Wald, die auf einen Sturm folgte. Nuria wagte einen Blick zu ihm. Lord Tarik schien einen ähnlichen Gedanken gehabt zu haben. Auch er sah sie jetzt an.

»Ich bin mittlerweile zufrieden mit Euch, was das Verhalten

im Speisesaal betrifft. Es kommt dem von Lady Miriam schon sehr nah.«

»Dann wäre das also geschafft«, fasste Nuria zusammen. »Meine Reitkenntnisse würde ich auch als angemessen betrachten. Mein Haar und meine Kleidung entsprechen ihr ebenso.«

Lord Tarik stützte die Ellenbogen auf. Seine rechte Hand umfasste die linke, die zur Faust geballt war. »Ihr habt recht. Es ist schon einiges erreicht. Aber noch nicht alles.«

»Dann helft mir. Was noch muss ich beherrschen, um mehr zu sein wie sie? Was hat sie so besonders gemacht?«

Der Herrscher schien kurz zu überlegen, ob er ihrer Aufforderung Folge leisten wollte. Er tat es. »Sie hatte eine gewisse Grazie«, begann er. »Die Art, wie sie sich bewegte und sprach, war besonders. Eine Mischung aus Erhabenheit und Demut. Niemand hätte je ihren Stand angezweifelt – selbst, wenn sie bloß ein Laken getragen hätte. Und doch sah sie auf keinen ihrer Untergebenen herab. Sie hatte das nicht nötig. Es war beinahe wie Magie.« Seine letzten Worte sagte er gedankenversunken.

»Magie …«, wiederholte Nuria. Sie war beeindruckt. Noch nie hatte sie ihn auf diese Weise über sie sprechen hören. Zum ersten Mal wünschte sie sich, Lady Miriam wirklich gekannt zu haben. »Könnt Ihr es mir irgendwie zeigen?«

Er sah aus, als hätte er sich verhört. Seine Augenbrauen zogen sich enger zusammen.

Vorsichtig setzte sie nach. »Ich würde gern lernen und spüren, wie man sich so verhält, wie Ihr es beschreibt. Meine Vorstellungskraft allein reicht dazu nicht aus.« Sie trank einen weiteren Schluck Wein. »Dort, wo ich herkomme, geht es schließlich nur ums Überleben.«

Wieder war dieses Zucken seines Augenlids zu sehen. »Ihr stellt Euch das zu leicht vor.«

»Haltet Ihr mich für nicht ausreichend fähig?«

»Das ist es nicht.«

»Was dann? Ist es nicht zumindest einen Versuch wert?«

Lord Tarik sah eindringlich zu ihr herüber. Es war ein deutliches Abwägen. Nur einen Moment später stand er auf, die Hände noch auf der Tischplatte. »Bleibt hier sitzen. Ich bin gleich zurück.« Dann verließ er schnellen Schrittes den Speisesaal.

Sie konnte noch sehen, wie er sich dabei an die Schläfe fasste. Kurz darauf hörte Nuria aus allen Gängen Griseos das Trappen unzähliger Füße. Sie reckte den Hals, um aus der Rundbogentür sehen zu können. Das Einzige, was sie erkannte, war ein Huschen von grauen Umhängen. Gesichtslose, wie Nuria sofort verstand. Was hatte Lord Tarik vor? Sie hörte Caruzos Stimme.

»Mein Lord? Ihr habt gerufen?«

»Folgt mir in den Saal«, forderte der Herrscher.

Danach verstand Nuria nichts mehr. Sie rührte sich nicht vom Fleck, aber ihre Anspannung wuchs.

Tarik kehrte zurück in den Speisesaal. Er wusste, sein Vorhaben war etwas verrückt. Aus irgendeinem Grund aber hatte er das Gefühl, es war der richtige Zeitpunkt, um so weit zu gehen. Jetzt gleich, wenn er sie mit aller Heftigkeit dem gegenüberstellte, was Griseo in früheren Jahren ausgemacht hatte, würde sich zeigen, ob sie als Ersatz von Miriam geschaffen war.

Langsam hielt er auf sie zu. »Seid Ihr bereit für Eure nächste Lektion?« Tarik verschwieg mit Absicht, dass es mehrere Lektionen auf einmal waren.

»Ja«, antwortete sie mit einem erwartungsvollen Gesichtsausdruck. »Was muss ich tun?«

»Stellt Euch neben mich.« Er hob eine Hand auf Brusthöhe. »Ihr müsst …« Noch bevor er es erklären konnte, legte sie ihre Hand schon sanft auf seine. Es durchschoss ihn eiskalt. Es hätte ebenso gut Miriam sein können. Anerkennend sah er zu ihr. »Ihr lernt schnell.«

Sie ließ ein Lächeln aufblitzen.

»Seht jetzt nach vorn. Euer Blick ist stets dorthin gerichtet, wo Euer Ziel liegt.«

»Wo soll das sein?«

»Bei Eurem Thron.«

Erstaunen flammte in ihren Augen auf. »Ich wusste nicht, dass ich einen habe.«

»Er steht ja auch erst seit wenigen Momenten wieder dort, wo er hingehört. Neben meinem.« Seine Worte bereiteten ihr eine Gänsehaut. Der Ärmel ihres Kleides war ein Stück nach hinten gerutscht, sodass er es bemerkte.

»Kommt jetzt.« Nebeneinander und im Gleichschritt verließen sie den Speisesaal und betraten die Vorhalle. Im Augenwinkel konnte Tarik erkennen, dass sie zum Gemälde des Things hochsah. Möglicherweise war es Einbildung, doch er meinte zu sehen, wie sie ihr Kinn nun ein Stück höher hob und ihr Blick etwas erhabener wurde. Sie schien wirklich zu versuchen, es Miriam gleichzutun, was ihn in seiner kurzfristigen, aber weitreichenden Entscheidung nur bestärkte. Vor den verschlossenen Flügeltüren blieben sie stehen. Er sah sie von der Seite her an. »Nicht erschrecken. Bewahrt Haltung um jeden Preis.« Dann blickte er wieder nach vorn.

Kaum wurde der Eingang geöffnet, zuckte sie zusammen. Ihr Gesicht ließ, trotz seiner Warnung, kurzzeitig jede Erhabenheit vermissen. Sie wich ein Stück zurück. Ihre Hand drohte von seiner zu rutschen.

»Steht ganz still und seht genau hin«, verlangte Tarik.

Die große Halle war gefüllt mit unzähligen Gesichtslosen. Sie standen dicht beisammen und gaben unter gekreuzten Hellebarden in der Mitte einen Gang frei.

»Woher kommen all diese Menschen? Gibt es wirklich so viele Bedienstete hier auf der Burg?«

»Aber ja. Sie haben nur Befehl, sich im Hintergrund zu halten«, sagte er und raunte ihr gleich darauf zu: »Nicht vergessen. Ihr seid die Herrin dieser Burg und daran gewöhnt. Klappt also Euren Mund zu.«

Sie gehorchte und korrigierte ihre Haltung.

Nun schritten sie auf den Thronbereich zu. Tarik versuchte derweil, ihre Fantasie zu beflügeln. »Stellt Euch Folgendes vor. Es ist der Tag des Things. Alle Eide sind gesprochen. Das Fest steht kurz vor seinem Anfang. Jeder in Area wartet nur noch darauf, dass wir unsere Thronsitze erreichen und die Feierlichkeiten einläuten.«

»Und die Gesichtslosen sind die Männer und Frauen Areas?«

»So ist es. Ihr dürft ihnen auch zuwinken. Hebt dazu die freie Hand, aber nicht höher als Euren Kopf. Ihr dreht sie bloß. Die Finger bleiben dabei geschlossen.«

»Etwa so?«, fragte sie, offenbar bestrebt, sich in Lady Miriam einzufinden.

»Ganz genau«, bejahte Tarik. Sie hatten ungefähr die Hälfte des langen Weges hinter sich gebracht. Noch immer war ihr Verhalten steif. »Ihr dürft übrigens lächeln. Auch Adlige benutzen ihre Mundwinkel.«

Sie lächelte jetzt tatsächlich, aber wohl mehr wegen seiner scherzhaften Worte.

»Es ist einfach so still hier. Das macht es schwer für mich.«

»Wie recht Ihr habt. Ein Freudenfest braucht wahrlich mehr, nicht wahr?« Tarik hatte nur auf den richtigen Moment gewartet. Er gab Caruzo ein Zeichen, der mit Katrey unweit des Thronbereichs stand.

Der Magier ließ den Blick konzentriert durch die Halle schweifen. Plötzlich entrollten sich zeitgleich zig Banner mit Wappen überall an den Wänden.

»Was geschieht hier?«, entfloh es ihr, während sie sich umsah.

Nun riss Caruzo beide Arme in die Luft. Ein Surren drang durch den Saal, woraufhin schmale bunte Bänder an der Decke erschienen. Sie flatterten in Wellenbewegungen auf alle herab. Gleich darauf erzeugten seine vorgeworfenen Arme einen weichen Teppich aus gelben und roten Blütenblättern, die den Gang in der Mitte bedeckten.

Sie sah nach unten, und Tarik tat es ihr gleich. Der Saum ihres Kleides schob die Blumenpracht vor sich her.

Bislang zufrieden, nickte er nun einer Reihe von Männern zu, die sich im Thronbereich aufgestellt hatten. Sie hoben lange, dünne Trompeten an ihre Münder, an deren Hälsen Fahnen herabhingen. Fanfaren ertönten, die das Kommen des Herrscherpaars ankündigten. »Fällt es Euch nun leichter, es sich vorzustellen?«, fragte er.

Sie war so beschäftigt damit, das Treiben zu beobachten, dass ihre Antwort verzögert kam. »Ja, durchaus.«

Jetzt erreichten sie das Ende des Saals. Tarik betrachtete den Thron Miriams, den er so viele Jahre nicht gesehen hatte. Er war kleiner und ohne jene furchterregenden Gesichter darauf, die seinen Thron seit ihrem Tode zierten. Dafür aber mit Schnitzereien ihrer geliebten Rosen. Die Erinnerung daran, wie sie nebeneinander dort gesessen hatten, drängte in ihm hoch. Wie stolz es ihn stets gemacht hatte, eine Frau wie sie an seiner Seite zu wissen. Oft war es ihm nur mit Mühe gelungen, nicht ihre Hand zu nehmen und sie zu küssen. Es wäre eines Herrschers nicht angemessen gewesen, so etwas häufig in der Öffentlichkeit zu tun. Tarik fragte sich heute, warum er auf diese blödsinnigen Regeln geachtet hatte. Mittlerweile würde er es nicht mehr tun, wenn sie noch hier wäre. Doch neben ihm ging jemand anderes, und zu seinem Erstaunen konnte er sich ihres Anblicks erfreuen. Seine Aufmerksamkeit galt wieder ihr. Er ließ sie wissen: »Ihr müsst vor Eurem

Thron stehen bleiben, bis ich bei meinem Platz bin. Wir setzen uns gemeinsam.«

Sie nickte und achtete sichtbar auf seine Bewegungen. Gleichzeitig ließen sie sich nieder.

Als Tarik die Hand hob, verstummten die Trompeten. Auch Caruzo winkte er zu.

Schwer ließ dieser die Arme sinken. Der Magier war verschwitzt und hechelte so hörbar nach Luft, dass selbst Katrey das Herz weich zu werden schien und sie ihn zu einem Stuhl geleitete.

»Ich denke, das war ungefähr das, was Ihr meintet, als Ihr einen Einblick in das Leben von früher gewünscht habt, nicht wahr?«

»Ich bin Lady Miriam heute in der Tat ein großes Stück nähergekommen.«

»Dann haben wir unser Ziel für diesen Tag fast erreicht.«

»Fast?«

»Noch wisst Ihr nicht, wie es sich anfühlt, wenn die Menschen einem zujubeln.«

»Das ist wahr.«

Tarik sah nach vorn. Er wusste, sein Beschluss würde das Leben auf Griseo von Grund auf verändern. Sie hatte den Anstoß gegeben, den es brauchte. Es fühlte sich richtig an. »Männer Griseos«, ließ Tarik seine tiefe Stimme ertönen. »Es brechen neue Zeiten an. Das, was ich euch nun gewähre, soll ebendies verdeutlichen. So befehle ich euch, nehmt die Kapuzen ab und entledigt euch der grauen Umhänge.«

So unmittelbar, wie die Gesichtslosen eben noch reagiert hatten, so zögerlich verhielten sie sich jetzt. Ein jeder wartete ab, was sein Nebenmann tat.

»Ihr habt mich gehört. Nehmt sie runter. Zeigt eure Gesichter«, wiederholte Tarik. Er verstand nur zu gut, dass sie es nicht glauben konnten. Die ersten Mutigen machten es vor. Die weniger Mutigen folgten ihrem Beispiel. Als auch der Letzte sein Gesicht enthüllt hatte, sprach er erneut. »Hört jetzt, wem ihr das zu verdanken habt.« Er sah zu der Frau aus Pago und rief: »Lady Miriam!«

Was folgte, war ein ohrenbetäubender Jubel. Er war echt, von Herzen, voller Erleichterung und Freude.

»Könnt Ihr es fühlen?«, fragte er.

Sie nickte, sichtlich fassungslos.

Tarik sah in die jubilierende Menge. Zufrieden rieb er sich dabei das Kinn. So viele Jahre hatte die einzelnen Männer nichts voneinander unterschieden als ihre Körperlänge. Sie jetzt wieder als Menschen wahrzunehmen war eigenartig. Jene Männer, die vor zehn Jahren noch jung gewesen waren, hatten heute die ersten Falten. Dennoch erkannte er alle wieder. Sofort stiegen zahlreiche Erinnerungen in ihm auf. Es waren Bilder, die er damals, mitsamt den altvertrauten Gesichtern, tief in sich begraben hatte: Feste, auf denen sie gemeinsam getrunken und gelacht hatten. Kämpfe, bei denen sie Seite an Seite füreinander eingestanden waren. Nach Miriams Tod waren ihre mitleidigen Mienen für ihn einfach nicht zu ertragen gewesen. So hatte Tarik sie gezwungen, sich zu verhüllen. Jetzt, da er sie wiedersah, musste er sich eingestehen, dass es guttat. Mehr noch, er kämpfte den Drang nieder, jeden Einzelnen von ihnen umarmen zu wollen.

Noch einmal schielte er zu ihr herüber. Fasziniert ging ihr Blick von einem zum nächsten. Tarik konnte sich gut vorstellen, dass die Gesichtslosen für sie nun plötzlich nichts Schreckliches mehr an sich hatten. Sicher würde es ihr helfen, sich weiter in ihre Rolle einzufinden. Nur dieses eine Ziel sollte für ihn schließlich entscheidend sein. Das war es, worum es ging, erinnerte Tarik sich selbst, als hätte er es kurzzeitig vergessen. Sie sollte zu Miriam werden, und jene Person, die sie von Geburt an war, sollte verschwinden.

Er stand auf ohne ein Wort des Abschieds und verließ die Halle.

Warum bist du so erschöpft?«, fragte sie Caruzo.

Der Magier saß auf einem der gepolsterten Stühle hoch oben im Turm. Die Augen fielen ihm ein ums andere Mal zu. Noch immer spürte er die Nachbeben des Zaubers in seinen Armen – eine Mischung aus Kribbeln und Schmerzen. Er konnte sie kaum mehr anheben. »Darf ich nicht einfach mal müde sein?«

»Natürlich«, antwortete sie ruhig auf seine schnippischen Worte. »Ich frage doch nur, warum.«

»Die Arbeit als Hofmagier des Lords ist eben anspruchsvoll.«

»Du weichst mir aus. Seit Tagen schon. Was genau ist heute auf der Burg geschehen? Ich habe Musik gehört und Jubelrufe.«

Caruzo wandte ihr den Blick zu, ohne dass sein Körper sich bewegte. »Du hast richtig gehört. Die Männer der Burg haben gejubelt. Lord Tarik hat ihnen erlaubt, die Kapuzen abzunehmen.«

Ihr Gesichtsausdruck wurde starr. »Etwa für immer?«

Er gähnte ausgiebig. »Niemand kann sagen, ob die Entscheidung des Lords für immer ist. Möglicherweise ja, möglicherweise verlangt er morgen, dass sie in Frauenkleidern herumrennen. Was weiß ich schon? Er ist launenhaft.«

»Aus welchem Anlass heraus hat er so gehandelt?«

Caruzo hasste es, wenn sie das tat. Sie wusste nur zu gut, dass er ihr wenig über die Vorgänge auf Griseo verriet, dennoch fragte sie und fragte und fragte. Manches Mal hätte er ihr am liebsten den Mund verschlossen. »Wahrscheinlich hatte er Geburtstag«, stieß er genervt aus. »Und nun lass schon die Fragerei.«

Sie widmete sich wieder ihrer Handarbeit, offensichtlich enttäuscht darüber, dass er sie wieder einmal im Dunkeln ließ.

»Weißt du noch, als wir Kinder waren, Bruder? Es gab da diesen einen Fluss, mitten im Wald.«

Seine Augen waren noch immer geschlossen. »Der mit den großen Steinen im Flussbett? Wo die Lachse hochsprangen?«

»Richtig. Genau den meine ich. Erinnerst du dich noch daran, wie wir dort immer gespielt haben?«

Caruzo meinte nun, das rauschende Wasser zu hören. Er sah den breiten Strom wieder vor sich. »Ich habe aus Stöcken und Gräsern Schiffe gebaut und sie flussabwärts fahren lassen. Solange ich konnte, bin ich ihnen am Ufer nachgerannt.«

»Und ich wollte immer auf den Steinen laufen, bis auf die andere Seite.«

»Oh ja, das weiß ich noch. Ich habe dich stets davon abgehalten. Du warst wie besessen von der Idee.«

»Eines Tages ist es mir gelungen, weißt du das eigentlich? Ich glaube, ich habe es dir nie erzählt.«

Caruzo wunderte sich. »Wie?«

»Es war in dem längsten und wärmsten Sommer. Das Wasser am Fluss trocknete immer mehr aus, bis die Steine hoch herausragten. Da habe ich es gewagt. Von Stein zu Stein bin ich gesprungen. Irgendwann war ich tatsächlich drüben. Ich habe nicht aufgegeben und beharrlich an meinem Wunsch festgehalten.« Sie sah jetzt auf und ihm mitten ins Gesicht. Ihre Augen zeigten ein listiges Funkeln. »Lass mich besser nicht austrocknen, Caruzo. Ich kann lange warten. Und das könnte mich am Ende sogar noch stärker machen.«

12

Justor hackte auf das Holz ein, als wäre es der Schädel des Lords. Es hatte etwas so unendlich Befriedigendes, dass er einfach nicht aufhören konnte. Seine Muskeln brannten bereits. Der Stapel neben ihm war seit dem ersten Tageslicht stetig angewachsen. Es brauchte nicht mehr viel, und der Haufen würde ihn überragen.

Noch immer konnte er nicht fassen, was vor zwei Wochen geschehen war. Die Männer des Lords waren nach Pago gekommen – zum ersten Mal seit vielen Jahren. Justor hatte einen der Gesichtslosen an seiner vernarbten Hand erkannt, als sie sich Zutritt zur Halle verschafft hatten. Ein Nebel war entstanden, der sie alle für einen Tag gelähmt hatte. Erst danach war klar geworden, dass die drei ältesten Männer Pagos fehlten – auch Wim.

Justor hob die Axt weit über den Kopf. Er legte all seine Wut in den nächsten Schlag. Das Stück Holz zerbarst in zig Teile. Zornig stellte er das nächste Scheit auf und schlug wieder mit voller Härte zu. Erneut blieben bloß Splitter übrig. Seine Wut übermannte ihn. Mit einem lauten Brüllen schleuderte er die Axt von sich. Sie durchbrach die Bretter des Verschlags und verschwand dahinter. Schwer atmend blieb Justor zurück. Er stemmte die Hände in die Seiten und legte den Kopf in den Nacken. Was sollte er nur tun? Er fühlte sich zerrissen zwischen der Verantwortung für Pago und dem Drang, Nuria und Wim zu helfen. Sollte er womöglich trotz der Drohung des Lords nach

Griseo gehen? Jetzt, da sein Vater auch entführt worden war, befand er sich in einem noch größeren Konflikt. Für gewöhnlich kamen die Entführten nach einigen Tagen, manchmal auch Wochen, von allein zurück. Man ließ sie einfach frei, ohne dass sie eine Ahnung hatten, warum sie auf Griseo gefangen gehalten worden waren. Inständig hoffte Justor, dass es auch mit Wim so geschehen würde.

Er senkte den Kopf, wurde wieder ruhiger. Der Unterstand aus drei Wänden und einem Dach hatte ihn bislang so weit geschützt, dass er nicht auf das Wetter geachtet hatte. Jetzt aber fegte der Schnee plötzlich durch die offene Seite hinein und bedeckte seine Füße. Der Wind hatte gedreht. Justor lief ein paar Schritte und sah in den Himmel. Eine Wolke, übergroß und dunkelgrau, näherte sich Pago mit hoher Geschwindigkeit. Die Vorboten-Winde ließen nichts Gutes erwarten. Schon vernahm er erste Warnrufe.

»Seht, der Himmel verdunkelt sich.«

»Ein Unwetter kommt auf.«

Justor legte beide Hände um den Mund. »Rettet euch in die Halle. Lasst alles stehen und liegen.« Jetzt verließ er selbst den Unterstand und lief los. Alle, die sich draußen befanden, taten es ihm umgehend gleich und strömten zur Flügeltür. »Los, lauft. Schneller!«, forderte er und winkte die Männer und Frauen heran. Bei der Halle angekommen, stellte er sich an der Schlupftür auf. Er wollte als Letzter hineingehen, um sich zu versichern, dass niemand zurückblieb.

Die Wolke erreichte jetzt Pago. Der Wind wurde zum Sturm. Wie auf ein Zeichen ging plötzlich ein so dichtes Schnee-Eis-Gemisch nieder, dass es unmöglich war, noch weitere Zurückgelassene zu finden. Wer es bis jetzt nicht in die Halle geschafft hatte, der konnte nur noch auf sein Glück hoffen.

Justor zog mit aller Kraft an der Tür. Falcus musste ihm zu

Hilfe eilen. Gemeinsam mit ein paar Männern verstärkten sie die Flügeltüren durch einen schweren Querbalken. Dann war es geschafft. »Danke, mein Freund«, sagte er zu Falcus und hieb ihm erschöpft die Hand auf die Schulter. Sein Blick blieb ausdruckslos wie eh und je.

In diesem Augenblick brandete Geschrei auf. Es kam aus der Mitte der Halle.

Tuuli löste sich aus dem Pulk und trat eilig auf Justor zu.

»Was passiert dort?«, fragte er sie und versuchte über die Köpfe hinwegzusehen.

»Es ist wieder Arvid«, gab sie zur Antwort. »Er wiegelt die Männer gegen dich auf.«

»Dieser Dummkopf. Ich werde ihm zeigen, was ich davon halte, und diesen Blödsinn ein für alle Mal beenden.«

Tuuli griff nach seinem Arm. »Warte. Du weißt nicht, was er sagte. Er …«

Justor riss sich los. »Es ist mir gleich. Ich werde dem jetzt ein Ende setzen.« Bei der Menschentraube angekommen, brüllte er: »Auseinander. Sofort!« Die Männer gehorchten ihm, und die Traube öffnete sich. Dabei war es für Justor gleich zu erkennen – links standen seine Anhänger, rechts diejenigen, die gegen ihn waren. »Was geht hier vor sich?«

Arvid löste sich aus der rechten Gruppe. Er breitete die Arme aus. »Habt Ihr mal rausgeguckt, Vogt?«

»Redest du von dem Sturm?«

»Ich rede von der Ursache des Sturms.«

Justor sah, dass die Männer in dessen Rücken sein Selbstbewusstsein stärkten und seine Zunge lockerten. Es war ihm nicht entgangen, dass Arvid die letzten drei Tage zunehmend in Geheimnistuerei verfallen war und Männer um sich geschart hatte. Justor hatte geradezu gewittert, dass ein Tumult nahte.

»Was willst du, Arvid?«, grollte er.

»Ich sage Euch, was ich will. Die Wahrheit! Was ist wirklich damals im Wald geschehen?«

Justor ballte die Fäuste. »Das weißt du genau. Ich habe bereits alles erklärt.«

Arvid lachte auf. »Ich weiß gar nichts. Nur das, was ich sehe. Und gerade sehe ich, dass drei Männer aus unseren Reihen fehlen und ein Unwetter über uns hereinbricht, das auf mich wirkt wie eine Strafe.«

Noch war Justor ruhig. Solange Arvid nicht aussprach, was er andeutete, würde er nichts unternehmen. »Es schneit seit Jahren, du Schwachkopf. Und plötzlich ist das Wetter eine Rache?«

»Der Schnee wird immer stärker. Ich sage, der Lord will uns bestrafen.«

»Und wofür?«

»Möglicherweise für unerlaubtes Jagen.« Arvids Stimme ging nach oben, als hätte er eine Frage gestellt. Er zog die Augenbrauen hoch. Außer dem Wüten des Sturms war plötzlich nichts mehr zu hören.

Justor stieß ungläubig den Atem aus. »Du zweifelst mein Wort also an?«

»Wie könnte ich nicht?«, fragte Arvid halb flüsternd, halb zischend. »Was wir an jenem Tag zu hören und zu sehen bekamen, wirft Rätsel auf. Ihr gingt in den Wald und kamt ohne Eure ungehorsame Schwester zurück – blutverschmiert.«

»Das Blut war nicht Nurias. Es stammte von den verdammten Rehen, die deinen Bauch seither füllen.« Die Wut stieg unaufhaltsam in ihm hoch. Was erlaubte dieser Halbstarke sich?

»Ach ja, die Rehe!« Arvid nickte mit spöttischem Ausdruck. »Das selbstlose Geschenk des grausamen Herrschers von Area, der sich seit Jahren nicht darum schert, ob wir leben oder sterben.«

»Halt jetzt besser den Mund. Er gab sie Pago im Tausch gegen Nuria.«

»Wie bedauerlich, dass es keine Zeugen gibt dafür, wie er Euch die Tiere überließ. So könnte man fast denken, Ihr wäret die aufmüpfige Art von Nuria einfach leid gewesen und hättet sie im Wald verscharrt. Danach seid Ihr Rehe jagen gegangen, in deren Blut Ihr anschließend gebadet habt, um ihr Blut abzuwaschen.«

»Wie kannst du es wagen? Jeder weiß, wie viel sie mir bedeutet.«

Arvid sprach unbeeindruckt weiter. »Sie war Euch im Weg, weil sie sich nicht von Euch führen ließ. Ihr Wesen war schon immer rebellisch. Deshalb habt Ihr sie auch nicht mit zum Thing genommen, obwohl Wim, unser Altvogt, es bereits erlaubt hatte. Selbst das Wort Eures eigenen Vaters zählte nicht mehr für Euch. Ihr wolltet die alleinige Macht, und jetzt straft uns Lord Tarik für Euren Starrsinn. Ihr seid ein Lügner und ein Lump.«

Ohne jeden Übergang stürzte sich Justor auf Arvid. Er riss ihn zu Boden und schlug mit der Faust auf sein Gesicht ein. Die ersten beiden Schläge trafen ihr Ziel nur ungenau. Der dritte Schlag ließ den Nasenknochen splittern und brachte Blut hervor. Justor fühlte Hände auf seinem Körper. Er hörte die Schreie der Frauen. Seine Faust jedoch fand immer wieder ihr Ziel. Der nächste Hieb schlug Arvid zwei Zähne aus. Der nächste traf seine Schläfe. Die Augen des jungen Mannes rollten nach hinten, da schaffte Falcus es, Justor nach hinten zu zerren.

Arvid bewegte sich nicht mehr.

Justor kümmerte es nicht. Er fühlte es in seinem Kopf pochen. Speichel speiend schrie er: »Wer zweifelt noch an meinem Wort?«

Niemand gab eine Antwort.

»Los. Tretet vor, ihr Ungläubigen«, schrie er Arvids Anhängern entgegen.

Sie alle wichen vor ihm zurück. Ihre Gesichter waren ein Spiegel der Wirkung, die Justor auf sie hatte.

Langsam beruhigte sich sein Herz. »Ich werde jeden Einzelnen umbringen, der mich noch einmal einen Lügner nennt. Oder einen Mörder. Alle, die anderer Meinung sind, gehen jetzt auf die Knie.«

Nach und nach begaben sie sich in jene demütige Haltung, mit der Justor seine Stellung unmissverständlich deutlich machte. Die Männer auf der rechten Seite folgten der Anweisung als Erste.

Sein Blick fiel auf Tuuli, die bereits auf den Knien ruhte. Er ging auf sie zu, reichte ihr die Hand mit Arvids Blut daran. »Komm an meine Seite, Liebste.« Justor brachte sie zu ihrem erhöhten Platz neben seinem. Dort ließen sie sich nieder. Er wusste, er hatte sich den Respekt verschafft, den er verdiente. Doch mit einer Sache hatte Arvid dennoch recht gehabt. Es gab keine Zeugen, keinen Beweis. Erst wenn man Nuria auf Griseo wusste, würden seine Macht und sein Wort nie wieder angezweifelt werden. Er war an demselben Punkt angelangt wie so oft in den vergangenen zehn Jahren. Er musste zur Burg – jetzt noch mehr als zuvor. Aber ihm waren die Hände gebunden. Warum, verdammt noch mal, hatte Lord Tarik seine Schwester gewollt?

He! Ihr da drüben. Hört Ihr mich?« Wim vernahm das Klirren von Ketten. »Sprecht mit mir. Wie heißt Ihr?« Er bekam keine Antwort. So ging das schon seit Tagen. Der Mann aus dem Kerker gegenüber schwieg sich aus, egal, was er ihn fragte. Wim wollte schon aufgeben, da geschah es doch.

»Mein Name tut nichts zur Sache«, kam es matt.

Wim war so glücklich darüber, eine Antwort zu bekommen, dass er geschwind zur Kerkertür krabbelte. Es tat gut, endlich wieder eine Stimme zu hören. Seine Hände umfassten die eiskalten Stäbe. Er drückte sein Gesicht dagegen. »Wo … wo kommt Ihr her?«

»Von außerhalb Areas. Viele Tagesreisen entfernt.«

»Warum hat Lord Tarik Euch eingesperrt?«

»Was ändert es, wenn wir darüber reden?«

Wim befiel die Angst, dass er das Sprechen wieder einstellen könnte. »Wir müssen nicht darüber reden.« Angestrengt dachte er nach. »Sagt, wer ist die Frau, die immer zu Euch kommt? Ist sie vielleicht Eure Gemahlin?«

»Nein. Gewiss nicht.«

»Sie behandelt Euch bevorzugt. Ihr müsst ein wichtiger Mann sein.«

»Ich bin ein Niemand.«

»Weshalb bringt sie Euch dann all die leckeren Speisen, die ich immer rieche?«

Der Mann gab keine Antwort mehr.

»Hallo? Bitte … sprecht weiter mit mir. Ich fühle mich so einsam.« Statt Worten vernahm Wim nun etwas anderes. Ein Rutschen auf dem Boden. »Was war das?«

»Seht doch nach unten. Irgendwo vor Eurer Kerkertür.«

»Ich bin blind. Es tut mir leid.«

Die Ketten des Mannes klirrten. Offenbar bewegte er sich. »Weiter vor kann ich nicht. Man hat mich an Armen und Beinen gefesselt.«

Grundgütiger, dachte Wim. Was mochte dieser Mann verbrochen haben?

»Streckt Eure Hände weit durch die Gitter und versucht zu fangen, was ich Euch rüberschiebe.«

Das Rutschen drang erneut durch das Verlies.

Wims Gehör war durch seine Blindheit ausgezeichnet. Er schaffte es auf Anhieb, das Geschenk zu greifen. »Brot! Frisches Brot auch noch.«

»Esst Euch satt, alter Mann.«

»Habt tausend Dank, Fremder.«

Bist du heute schon draußen gewesen?« Nuria sah zu einem der blinden Fenster. Das konstante Heulen, das Griseo oft von sich gab, war seit gestern stärker.

Katrey blickte von ihrem Ende der gemeinsamen Handarbeit auf. »Ich war tatsächlich schon auf dem Burghof. Ein Sturm hängt über dem Land. Sicher wird er sich bald verziehen.«

Nuria dachte an Pago. Hoffentlich waren alle wohlauf. Sie sah sie förmlich vor sich, wie sie Schutz in der großen Halle suchten und sich an der Feuerstelle wärmten. Der Bau würde dem Sturm standhalten – da hatte sie keinen Zweifel. Aber wie lange würden die Rehe ihnen als Nahrung reichen? Es war undenkbar, bei diesem Wetter im Wald nach Beeren oder Pilzen zu suchen. Mit einem Seufzen schob sie die Sorgen um ihre Liebsten beiseite. Sie konnte von hier aus sowieso nichts bewirken. Bloß ihren Plan, den konnte sie weiterverfolgen. Der erste Teil war bereits so gut wie getan. Sie befand sich auf dem besten Wege, Lord Tariks Vertrauen zu gewinnen. Bis zum Thing musste es ihr gelingen, dass er keinen Verdacht schöpfte.

Sie sah jetzt wieder auf das längliche Tuch in ihrem Schoß. Es sollte mit Rosen verziert werden. Katrey war bereits seit dem Morgen ganz versunken in ihre Arbeit. Für Nuria allerdings stellte sich das Sticken als weitaus schwieriger heraus. Sie war frustriert und bereute gerade sicher zum hundertsten Male, sich darauf eingelassen zu haben. Sie besaß kein Auge für filigran gestickte Blumen und stach sich andauernd in den Finger. Als es wieder geschah, schimpfte sie.

»Herrgott noch mal. Das ist nichts für mich. Unbegreiflich, warum das eine beliebte Art des Zeitvertreibs unter adligen Frauen ist.« Wütend schob sie alles von ihren Beinen und stand auf.

»Aller Anfang ist schwer. Du gibst zu schnell auf.«

»Schnell? Mich schmerzen der Rücken, die Augen und vor allem meine Finger.«

»Aber Lady Miriam … Sie hat Sticken sehr gemocht.«

»Und wieso finde ich dann nirgendwo in der Burg bestickte Tücher?«, wetterte Nuria und sah zu Katrey.

Die Mundwinkel der Kammerzofe begannen zu zucken.

»Du veralberst mich?«, stellte sie entrüstet fest.

Katrey prustete los und hielt sich die Hand dabei vor den Mund. »Es tut mir leid.«

»Ich fasse es nicht. Warum quälst du mich mit diesem Blödsinn?«

»Es war nicht meine Idee, sondern Caruzos. Er dachte, es könnte Lord Tarik gefallen – wegen der Rosen. Ich habe ihm gleich gesagt, dass …«

»Ja?«, forderte Nuria sie zum Weiterreden auf und legte den Kopf schief. Sie ahnte, dass die Kammerzofe sagen wollte, sie besäße kein Talent fürs Sticken. Dabei war sie ihr nicht wirklich böse.

»Na ja, ein vornehmes Kleid macht noch lange keine Lady«, umschrieb es Katrey geschickt. »Das Sticken will eben gelernt sein. Caruzo ist verwöhnt von seinen magischen Fähigkeiten und stellt sich die Dinge oft zu leicht vor.«

Gespielt beleidigt schnappte Nuria nach Luft. »Also ich finde, dass ich schon eine ganz hervorragende Adlige abgebe. Hast du vergessen, wie ich im großen Saal durch die jubelnde Menge geschritten bin, nachdem alle ihre Umhänge ablegen durften?«

»Wie könnte ich?«, sagte Katrey aufrichtig anerkennend. »Du hast unglaublich ausgesehen. Zudem wird das, was da geschehen ist, das Leben auf der Burg verändern. Alle sind dir dafür dankbar.«

Nuria musste grinsen bei so viel Anerkennung. Dabei war sie gar nicht der Meinung, all das Lob verdient zu haben. »Hättest du nicht auf Lord Tarik eingeredet, wäre es nie zu seinem Sinneswandel gekommen.«

»Ach, ich weiß nicht«, sie widmete sich wieder der Stickerei. Ihre Lippen wurden dabei von einem kaum auszumachenden Lächeln umspielt. »Auf mich machte es in der jüngsten Vergangenheit den Anschein, als wollte er dir wirklich gefallen.«

Mit diesen Worten hatte Nuria nicht gerechnet. Der bloße Gedanke ließ sie stocken, sodass sie zunächst keine Antwort herausbrachte. Lord Tarik wollte ihr gefallen? Unmöglich!

»Sag nicht, es wäre dir nicht aufgefallen.«

»Wenn überhaupt, will er Lady Miriam gefallen. *Mir* ganz sicher nicht«, gab sie zurück und beendete die Spekulationen.

»Wie du meinst.« Katrey ging nicht weiter darauf ein. »Und? Willst du weitersticken?«

»Auf keinen Fall! Wenn ich unbedingt eine Beschäftigung mit Rosen ausführen soll, dann bleibe ich besser beim Lesen des Rosenbuchs. Wo ist es eigentlich?«

»Es steht dort drüben, im Armarium.«

Nuria folgte Katreys ausgestrecktem Finger und erblickte zum ersten Mal die Wandnische in der Steinmauer. Zwei Querbretter waren dort eingelegt. Auf einem der Bretter stand das Buch. Sie nahm es zur Hand und strich über den Einband, um den Staub zu entfernen. Dann schlug sie es auf. Der Geruch des Leders stieg ihr in die Nase. Die Seiten blätterten sich immer leichter, je weiter sie den Einband öffnete. Dann, ungefähr bei der Mitte des Buchs, hielt die Bewegung inne. An dem verfärbten Rand erkannte Nuria, dass diese Seiten bereits oft gelesen wurden. Sie zeigten das Bild einer wunderschönen tiefblauen Rose sowie ihre Beschreibung. Während Nuria die Zeilen überflog, ging sie zurück zu Katrey.

Mitternachtsrose. Überaus selten und von betörendem Duft. Keine Dornen, deshalb so verführerisch, las sie im Stillen. Da fühlte sie es schon kommen. Ihre Gabe drängte erneut an die Oberfläche. *Gleich! Noch nicht*, beschied Nuria in Gedanken, als könnte sie mit ihrer Magie verhandeln. Sie wollte noch mehr erfahren. *Bei dieser Blume ist äußerste Vorsicht geboten. Allein das Berühren der Blätter ist tödlich.* Jetzt sah sie auf. »Katrey!«

Der Kopf der Kammerzofe ruckte hoch. Nurias Ton verriet wohl mehr als ihre Worte.

»Es passiert schon wieder. Genau jetzt.« Starr blickte sie auf einen unbestimmten Punkt vor sich.

Langsam und vorsichtig stand Katrey auf, so als hätte sie Angst, die Gabe mit einer zu hastigen Bewegung zu verscheuchen. »Was genau siehst du?«

»Den schneelosen Garten. Miriam wandelt hindurch. Ihr Kleid und ihre Hände sind schmutzig von der Erde. Sie lächelt, schneidet verblühte Rosen von einem Busch mit rosa Blüten ab und summt dabei vor sich hin.«

»Sprich weiter.«

»Das Rosenbuch. Ich sehe es auf einer kleinen Holzbank liegen. Miriam geht hin und schlägt es auf. Sie scheint etwas nachlesen zu wollen.« Nuria verengte den Blick, obwohl die Bilder nur in ihrem Kopf existierten. »Gelbe Rosen sind auf einem Bild zu sehen. Sie betrachtet sie genau, liest die Worte daneben.«

»Was passiert jetzt?«, forderte Katrey zu wissen und legte Nuria dabei die Hand auf den Arm.

»Miriam sieht auf, geht zu einem Rosenbusch, der dieselben Blüten trägt.« Nuria sog scharf die Luft ein. »Sie schreit, lässt das Buch fallen. Läuft rückwärts. Die Blüten sind nun tiefblau.« Nuria verwirrte selbst, was sie dort sah. Die Bilder wurden bereits blasser. Mit aller Macht hielt sie daran fest. Sie wollte wissen, was es mit den Blüten auf sich hatte, und redete nun immer schneller. »Lord Tarik stürmt in den Garten. Er fragt sie, was geschehen ist. Sie weicht vor ihm zurück und fordert zu wissen, ob er diese Rosen hat anlegen lassen. Er verneint. Sie scheint ihm nicht zu glauben.« Die Bilder stockten jetzt. Nuria versuchte sich zu konzentrieren, doch die Magie war vorbei. Nuria sah Katrey an. »Die Mitternachtsrose.« Sie zeigte ihr das Bild. »Sie ist tödlich. Hat er etwa …?«

Katrey ließ die Hand jetzt sinken und wandte sich ab. »Ich darf doch nicht darüber sprechen.«

»Aber du weißt es, oder?«

»Warum quälst du mich mit diesen Fragen? Die Lage ist auch für mich sehr schwer.«

Nuria bekam ein schlechtes Gewissen. »Natürlich. Es tut mir leid. Ich wollte dich nicht bedrängen.«

»Schon gut.« Katrey blickte wieder versöhnlich.

»Diese Gabe ist so verwirrend für mich. Sie nimmt einfach Besitz von mir, ob ich will oder nicht. Hinterher habe ich oft mehr Fragen als Antworten.«

»Ganz so ist es nicht.«

»Du hast gut reden als jemand, der ohne Gabe geboren ist.«

»Hör mir doch zu. Mir ist eben etwas klar geworden. Deine Gabe kommt nicht einfach so.« Katrey legte ihre Hände nun auf die von Nuria. Beide umfassten gleichsam den Einband des Buchs. »Sie hängt zusammen mit Gegenständen auf dieser Burg. Wenn du sie berührst oder betrachtest ...« Sie schüttelte fragend den Kopf. »Es klingt verrückt, aber ich glaube, sie sprechen zu dir.«

Nurias Mund klappte auf. »Du hast recht«, wisperte sie. Blitzartig fielen ihr alle Situationen und die passenden Gegenstände ein. Die Rosenseife im Zuber, der Ohrring in der Kirchenruine, die Gemälde, das Bett, das Rosenbuch. »Wie habe ich das so lange nicht begreifen können?«

»Vielleicht wolltest du es nicht wahrhaben. Du hattest Angst. Aber nun, wo du Bescheid weißt, kannst du wahrlich lernen, deine Gabe zu beeinflussen. Geh und hole dir Antworten von Griseo.«

Nuria nickte und lief rückwärts. Dann wandte sie sich um und eilte aus der Tür.

13

Tarik saß in seinem Kontor vor der Karte Areas – die ganze Nacht schon. Vor Stunden war es hell geworden – jedenfalls so hell, wie das Unwetter um Griseo es zuließ. Mal wieder hatte seine Grübelei kein Ergebnis erbracht. Müde rieb er sich die Augen und fuhr mit der Hand in seinen Nacken, während er den Kopf kreisen ließ. Der drängende Wunsch, etwas gegen den ewigen Schnee zu unternehmen, war zwar unterschwellig stets gegenwärtig. Doch dass er ihm den Schlaf raubte, dazu kam es in den letzten Jahren nur noch selten. Vergangene Nacht hatte es ihn wieder übermannt.

Die immer gleichen Fragen belegten seine Gedanken. Warum war der Schnee gekommen? Warum ging er nicht? Wie konnte er ihn aufhalten? In Nächten wie diesen wiederholte er in einer endlosen Schleife alle Fakten. Seine Hoffnung war, etwas zu entdecken, das er bislang übersehen hatte.

Miriams Ableben war nicht mal einen ganzen Tag lang her gewesen, da hatte es angefangen. Die ersten Flocken waren ihm zunächst vorgekommen wie ein Gruß aus dem Reich der Toten. Wer sonst hätte dafür verantwortlich sein können? Ihre Gabe, das Wetter zu beeinflussen, war schließlich einzigartig im ganzen Land. Doch dann, als der Schnee nicht mehr weichen wollte und der Hunger über das Land hereinbrach, war es ihm, als schickte Miriam keinen Gruß, sondern ihre Rache.

Tarik stand auf. Er warf einen letzten Blick auf die Karte Areas.

Sie war beinahe zehn Jahre alt, vergilbt und an den Enden eingerissen. Immer wieder hatte er sie mit Informationen aus seinem Gedächtnis ergänzt, bis beinahe jeder freie Platz beschrieben worden war. Mittlerweile glaubte er sicher, jede der früheren Magien aus den Dörfern seines Reiches erfasst zu haben, an die er sich noch entsinnen konnte. Leider nicht alle. Es brachte ihn kaum weiter.

Er umrundete den Tisch und trat zum Fenster. Hier ließ er die Finger über die Rautenscheiben gleiten. Dort, wo er sie berührte, klarte die Sicht für kurze Zeit auf. Schnee und Eis, wohin er auch sah. Der Sturm trieb den weißen Fluch beliebig vor sich her und machte es unmöglich, über die Mauern Griseos hinwegzusehen. Tarik rollte die Augen und drehte sich um. Eigentlich zu sich selbst sagte er: »Wie sehr ich diesen Anblick nicht mehr ertrage!« Da trat Katrey zu ihm ins Kontor.

»So geht es doch uns allen, Herr.«

Tarik bemerkte, wie sie ein Tablett auf seinem Tisch abstellte. »Was ist das?«

»Ihr habt die ganze Nacht nicht geschlafen. Ich dachte, ihr braucht vielleicht etwas zur Stärkung.«

Dieses Frauenzimmer, schoss es ihm durch den Sinn. Nichts konnte man tun, ohne dass sie es bemerkte. Es machte sie zu einer aufmerksamen Dienerin und gleichzeitig zu einem Spion. »Woher weißt du, was ich in der Nacht treibe?«, fragte er und riss ein Stück von dem Brot ab, das sie gebracht hatte.

»Nun, zum einen sieht man es Euch deutlich im Gesicht an. Zum anderen war Euer Fluchen des Nachts in der ganzen Burg zu hören. Davon endet der Schnee im Übrigen auch nicht.«

»Du bist wie ein schmerzender Zahn. Man will ihn loswerden. Aber ohne ihn kann man nicht kauen.« Er trank den Wein und bedachte sie mit einem verächtlichen Blick. »Kannst du nicht ein einziges Mal etwas Erheiterndes sagen?«

»Durchaus kann ich das. Lady Miriam wandelt gerade durch die Burg und erfreut sich an der Neuerung, die Ihr jüngst beschlossen habt. Es wäre ein guter Zeitpunkt, sie aufzusuchen und etwas *Erheiterndes* zu sagen.«

Er sah sie an und überlegte, was man alles ohne Zähne essen konnte. Ihre Spitzfindigkeiten nagten an seinen strapazierten Nerven. Und doch – wie immer – hatte sie recht.

»Ein ungezwungenes Gespräch kann Wunder bewirken. Vielleicht nur nicht über das Wetter. Das ist heute eher wenig erheiternd.«

Sie lächelte so unschuldig, dass Tarik sich jeden Kommentar verkniff. Er wischte sich den Mund an dem Ärmel seines hellen Hemds ab und lief einfach an ihr vorbei. Erst, nachdem er losgegangen war, fiel ihm auf, dass er Katrey vergessen hatte zu fragen, wo genau sie sich befand. Griseo war groß. Sie mittels seiner Gabe zu rufen war in diesem Fall wohl kaum das Richtige. So blieb ihm nur, durch die Gänge zu streifen – begleitet von dem immer lauter werdenden Pfeifen des Sturms. Flur um Flur ließ er hinter sich. Dabei begegneten ihm ehemals Gesichtslose.

»Guten Morgen, Herr«, begrüßte ihn Idris mit einer Verbeugung – sein Koch, der keinen Tag gealtert aussah.

»Idris«, ließ Tarik verlauten. Es war eine Mischung aus Freude und Verwunderung.

Der Koch nickte kurz, bevor er weiterlief.

Schon hörte Tarik es erneut rufen.

»Einen guten Tag, mein Lord.«

»Ebenso von mir, mein Herr.«

Er drehte sich zur anderen Seite, sah Lysander und Ace nach. Die Diener waren so eilig weitergelaufen, dass er gar nichts mehr zu ihnen hatte sagen können. Beide waren mittlerweile ergraut. Vor zehn Jahren waren ihre Gesichter etwas Alltägliches für ihn gewesen. Jetzt würde er wohl noch eine Weile brauchen, um sich wieder an sie zu gewöhnen. Tarik setzte seinen Weg fort und erreichte einen Gang, den er äußerst selten benutzte. Er führte zu einem Ort, an dem er schon eine Weile nicht mehr gewesen war. Kaum war er um die Ecke gebogen, da erblickte er die junge Frau aus Pago. Sie saß auf einer gepolsterten Fensterbank in einem Erker, wo das fahle Licht, das heute durch die dunklen Wolken fiel, wenigstens von drei Seiten kam. Tief in das Rosenbuch versunken, bemerkte sie sein Näherkommen zunächst nicht. Tarik fühlte, wie sehr es ihn freute, dass sie in diesem Buch las. Nachdem er es Miriam damals geschenkt hatte, war ihre Liebe zu Blumen erwacht. Der Garten war das Allererste gewesen, worum sie ihn je gebeten hatte. Nur zu gern war er der Erfüllung ihres Wunsches nachgekommen.

Als der Boden unter ihm knarrte, sah sie auf.

»Lord Tarik. Ich habe Euch gar nicht bemerkt.« Sie erhob sich.

»Ein guter Platz zum Lesen.«

»Ja, und ein wirklich schönes Buch.«

»Welche Blume gefällt Euch daraus?«

Sie zögerte einen Wimpernschlag. Noch immer schien sie hinter jeder seiner Fragen eine Irreführung zu wittern. Dann aber schlug sie die Seiten auf. Von selbst öffneten sie sich dort, wo eine blaue Rose abgebildet war. Er hatte diese Blume noch nie zuvor gesehen. Sie stockte kurz. Dann blätterte sie weiter.

»Nun, ich bin noch nicht ganz durch. Aber diese hier ist besonders schön, wie ich finde.«

Tarik trat an ihre Rechte, damit sie gemeinsam in das Buch sehen konnten.

Sie warf ihm einen unscheinbaren Seitenblick zu. Dann widmete sie sich wieder der Abbildung der Rosen. »Sie heißt Sommerrot. Ihre Blätter sind weiß in der Mitte und rot an den Rändern. Ihre Blüten öffnen sich so weit, dass sie fast kreisrund sind. Man sagt ihr nach, sie würde Schmetterlinge anziehen.«

Er sah sie an, so lange, bis sie seinen Blick erwiderte. »Eine wirklich gute Wahl.«

Der Moment verstrich, ohne dass etwas geschah. Erst die sich nähernden Schritte ließen beide aufsehen.

Katrey kam um die Ecke, das Tablett aus dem Kontor in der Hand. »Herr.« Die Kammerzofe blieb stehen. Sie sah von ihm zu ihr.

Tarik bemerkte, dass sie einen Augenblick lang beschämt wirkte, den Moment gestört zu haben. Er wollte sie am liebsten herausfordernd fragen, ob es nicht genau das gewesen war, wozu sie ihn im Kontor aufgefordert hatte. Doch stattdessen bemerkte er etwas in ihrem Ausdruck. »Was gibt es?«

»Der Stallmeister sucht Euch. Der Sturm wird immer stärker und droht das Dach des Pferdestalls abzudecken.«

»Ich komme.« Kaum hatte er das gesagt, geschah etwas Unvorhergesehenes. Ein Windstoß, so heftig, dass die Scheiben hell und anhaltend klirrten, fegte an Griseos Mauern entlang. Tarik drehte sich zu dem Erker in seinem Rücken um. Ihm schwante Böses, als der Wind nochmals zunahm. Bevor er eine Warnung aussprechen konnte, zerbarst die Scheibe vor seinen Augen mit einem ohrenbetäubenden Scheppern. Instinktiv sprang er vor und schützte den Frauenkörper neben sich mit seinem. Glassplitter flogen umher und bedeckten ihn und den Boden meterweit.

Katrey ließ das Tablett fallen. Der Lärm und ihr Schreien mussten durch die ganze Burg zu hören sein.

Pfeifend schoss der Wind in den Flur der Burg hinein und trieb Hagel vor sich her. Tarik schirmte die Augen dagegen ab.

Sekunden später kamen Lysander und Ace um die Ecke gerannt. »Was ist passiert?«, fragte einer von ihnen.

»Geht zurück«, befahl Tarik den Frauen und den Dienern.

Nuria gehorchte und lief zu Katrey. Von hier aus konnte sie sehen, wie Lord Tarik kreisende Bewegungen mit seinen Händen vollführte, als hielte er eine Kugel in den Fingern. Die Luft dazwischen begann Funken zu schlagen. Jetzt zog er die Hände langsam auseinander. Sie zitterten, so viel Magie hatte sich dazwischen gesammelt. Die leuchtende Luft verteilte sich wie eine zähflüssige Masse und ließ die Scherben des zerbrochenen Glases tanzen. Von selbst setzte sich die Scheibe wieder zusammen. Der Wind verstummte daraufhin.

Lord Tarik sah zu ihnen herüber. Sein Blick war ernst. »Haltet Euch von den Scheiben fern, solange das Unwetter wütet. Ich werde nachsehen, was …«

»Ihr seid verletzt«, stieß Nuria erschrocken aus und blickte auf die kleine Blutpfütze am Boden. Beständig tropfte es aus seinem Ärmel, der auf Höhe des Oberarms zerschnitten war.

Lord Tarik sah auf die Schnittwunde. Er schien mehr entnervt, als dass er Schmerzen litt.

»Ich hole Caruzo, damit er Euch heilt«, rief Katrey.

»Keine Magie«, donnerte er. »Nicht mehr als nötig.«

Nuria wusste, er meinte das Fenster. Es war ihm regelrecht zuwider gewesen, es durch Magie instand zu setzen.

»Aber, Herr. Ihr blutet recht stark. Auch am Bein habt Ihr eine Wunde. Und auf der Stirn …« Katreys Stimme war leiser geworden. Immer mehr Stellen begannen zu bluten. Sie war sichtlich erschrocken über seinen Zustand.

»Es ist nichts.« An Nuria gewandt, sagte er: »Geht besser in Eure Gemächer, bis das Schlimmste vorbei ist.«

Anstatt zu anworten, betrachtete sie sein weißes Hemd, das schon an vielen Stellen rot durchtränkt war. Es bestand kein Zweifel: Um ihn stand es schlimmer, als im ersten Augenblick angenommen. »Ihr solltet wirklich Caruzos Hilfe in Erwägung ziehen.«

»Ich sagte, keine Magie«, wiederholte er streng.

Nuria kam es vor vor, als hätte seine Stimme schon an Stärke verloren.

Lord Tarik lief an ihnen vorbei. Doch bereits auf der Hälfte des Gangs wurden seine kräftigen Schritte langsamer. Jetzt blieb er stehen. Er schwankte.

Er würde sich weiter wehren, dessen war sich Nuria gewiss. Sie entschied, eigenmächtig zu handeln. Wenn nötig, gegen seinen Willen. An die beiden Diener gerichtet, befahl sie: »Bringt Euren Herrn in sein Schlafgemach.« Dann wandte sie sich Katrey zu. »Hol Leinen und heißes Wasser. Schnell!«

Die Männer zögerten nicht, ihrem Befehl zu folgen. Beinahe wirkten sie froh darüber, dass jemand den Mut besaß einzugreifen. Kürzlich noch, vor dem Abnehmen der Kapuzen, wäre das womöglich anders gewesen, dachte Nuria. Jetzt aber eilten die Männer zu Lord Tarik – gerade noch rechtzeitig. Seine Beine gaben nach, doch die Diener fingen ihn auf.

Nur Minuten später befand er sich auf einem Sessel in seinem Schlafgemach. Zusammengesunken, vom Blutverlust geschwächt. Jedoch nur sein Körper, nicht aber sein Geist.

Nuria war zum ersten Mal hier. Flüchtig sah sie sich um. Im Gegensatz zu ihrem Gemach wirkte die Kammer düster und klein. Die Vorhänge waren zugezogen. Licht spendeten nur das Feuer im Kamin und drei dicke Kerzen in einem silbernen Leuchter, der durch das heruntergelaufene Wachs kaum noch auszumachen war. Augenscheinlich legte Lord Tarik nicht viel Wert auf Behaglichkeit.

»Geht«, verlangte er.

Fast wie aus einem Munde sprachen die Diener: »Wie Ihr wünscht, Herr.« Sie verbeugten sich knapp und verließen die Kammer.

Katrey drückte sich jäh an ihnen vorbei, in jeder Hand einen dampfenden Eimer und unter ihren Armen die geforderten Laken.

»Bring die Sachen hier rüber.« Nuria kniete sich jetzt neben den Sessel und wies auf eine Stelle neben sich.

Katrey wollte sich sogleich ans Werk machen. »Ich reiße das Leinen schon mal in Streifen. Wir sollten bei der Wunde am Arm beginnen. Sie scheint am tiefsten zu …«

»Auch du. Geh«, forderte Lord Tarik jetzt erneut mit rauer Stimme.

Nuria sah zu der Kammerzofe. Katrey schien genau zu wissen, dass er bloß mit ihr gesprochen hatte. »Ich bekomme das schon hin«, versicherte sie leise.

Ihre Zofe nickte. »Ich werde im Flur warten, falls du Hilfe brauchst.«

Die Tür klappte zu.

Nuria sah zu Lord Tarik. Er begann sich zu regen. Seine linke Hand tastete nach etwas. Er hatte sichtlich Schmerzen dabei.

»Was habt Ihr vor? Lasst mich Euch helfen.«

Er sah zu ihr. Dann zückte er plötzlich ein großes Messer. Einen Herzschlag lang ruhte es in seiner Hand. Jetzt überreichte er es ihr – den Griff nach vorne gerichtet, die Klinge in der bloßen Hand. »Schneidet mein Hemd auf.«

Nuria nahm es langsam an sich, zog es vorsichtig durch seine Finger, ohne ihn zu verletzen. Sie sah ihm dabei ausschließlich in die Augen. Dieser Moment war unwirklich. Was hätte sie vor Kurzem noch für eine solche Gelegenheit gegeben? Er schien zu wissen, was sie dachte: Geschwächt wie er war, stellte er das perfekte Opfer dar.

»Ein interessanter Augenblick, nicht wahr?« Er lächelte schief.

Sein unerschrockenes Gesicht wühlte sie auf. Fürchtete er sich tatsächlich so wenig? Es gab schließlich weit mehr Gründe für sie, ihn umbringen zu wollen, als es nicht zu tun. Nurias Finger umfassten den Griff der Klinge fester. Zu lange hatte sie ihren Geist auf Rache geeicht, um nun nicht zwangsläufig so zu handeln. Warum aber zögerte sie? *Denk an Vater und an Mutter,* beschwor sie sich selbst. *Schneid ihm schon die Kehle durch!* Ihre Hand bewegte sich vor in Richtung seines Halses.

Er starrte unverändert in ihre Augen. Selbst, als er provokant das Kinn hob, blickte er nicht weg.

Nurias Gedanken waren wie Schreie in ihrem Kopf. *Tu es endlich. Nur ein Schnitt, und ganz Area ist von ihm befreit.* Ihre Hand wurde plötzlich von seiner gepackt. Es war eine so schnelle Bewegung, dass Nuria sie nicht hatte kommen sehen. Sie erschrak.

Lord Tarik zwang die Klinge jetzt an seine Kehle. »Hier!« Der Ton seiner Stimme forderte sie auf. *Tu es, wenn du dich traust!*

Ihre Hand begann zu zittern.

Es passierte nichts.

Endlich ließ Lord Tarik Nurias Handgelenk wieder los und sagte: »Fangt an meinem Hemdkragen an zu schneiden.«

Ich kann es tatsächlich nicht, hallte es in ihrem Kopf wider. Nuria war fassungslos. Irgendetwas hatte sich verändert, ohne dass sie es wollte. Die Klinge sank ein Stück tiefer, hakte sich hinter die Kordel, die seinen Kragen zusammenhielt. Sie schnitt. Danach ließ sie das Messer durch das Leinen gleiten. Mit einem hellen Geräusch trennten sich Stoff und Klinge. Was hatte sie nur aufgehalten? Vielleicht, dachte sie bei sich, würde sie das eines Tages bereuen.

Er nahm ihr die Waffe aus der Hand und ließ sie achtlos zu Boden poltern. Sein Hinterkopf fiel zurück an die Lehne. Alle Kraft schien ihn zu verlassen.

Nuria öffnete sein Hemd, zog es vorsichtig von der Schicht aus Blut und kleinen Scherben ab, die im Kerzenschein glitzerten. Der Anblick hatte etwas seltsam Magisches. Dennoch, die Aufgabe, die vor ihr lag, drückte sie nieder. Noch nie hatte sie jemanden versorgt, der derart schwer verletzt gewesen war. Was, wenn sie einen Fehler machte? Verzweifelt fragte sie: »Warum holt Ihr Caruzo nicht hinzu?«

»Das wisst Ihr genau.« Seine Augen blieben geschlossen.

»Aber ... was wäre so schlimm daran, wenn er Euch mit einem Fingerzeig heilt? Warum zieht Ihr es vor zu leiden? Eure Schmerzen wären sofort vorbei.«

Sein Kopf rollte zur Seite, sodass er sie ansehen konnte. »Die wenigsten Schmerzen sind unerträglich. Ich weiß, wovon ich spreche. Diese hier sind es nicht.«

Verständnislos schüttelte Nuria den Kopf. »Ihr seid so stur, wenn es um Magie geht. Sagt mir wenigstens, woher Eure Abneigung dagegen kommt.«

»Das könnt Ihr nicht verstehen. Versucht es gar nicht erst. Und nun fangt besser an.«

Nuria spürte, er würde sich nicht erweichen lassen. Sie hatte also nur zwei Möglichkeiten: ihn sich selbst zu überlassen oder zu tun, was zu tun war, um ihm zu helfen. Sie brauchte ein paar Herzschläge lang, um das Gefühl abzuschütteln, sich selbst nicht wiederzuerkennen. Sie würde ihm helfen. Entschlossen tauchte sie ein Stück Leinen in das dampfende Wasser und wrang es aus. »Ich werde Euch erst einmal waschen müssen, um alle Wunden zu finden. Es wird nicht angenehm werden.« Nuria hörte, wie ihre Stimme klang. Ein bisschen zornig, da er keine Magie zulassen wollte, aber auch mitfühlend.

»Ich werde mich nicht beschweren.«

Noch immer besah sie den freien Oberkörper. Trotz des vielen Blutes konnte sie die gestählten Muskeln unter der braunen Haut ausmachen. Der bloße Gedanke, ihn zu berühren, war merkwürdig. Vorsichtig begann sie das Blut abzuwischen. Stück für Stück widmete sie sich seinem Körper, tupfte über die Schnittwunden, die noch zahlreicher waren als angenommen. Nurias Hände arbeiteten bedachtsam. Vielleicht war es das beständige Heben und Senken seiner Brust, das beruhigend auf sie wirkte. Lord Tarik hielt sein Wort. Er sagte kaum einen Ton. Wenn, glich es mehr einem Knurren. Zwischendurch bleckte er kurz die Zähne vor Schmerz. Es war unverkennbar, dass er litt. Nuria dachte daran, dass es gleich noch schlimmer werden würde. »Seid Ihr bereit? Ich werde jetzt die Scherben und Splitter entfernen.«

»Tut es einfach.« Seine Hände umfassten die Enden der Armlehnen.

Ihre Finger griffen nach dem ersten Stück Glas. Es steckte tief im Fleisch. Ein schmatzendes Geräusch war zu hören, als sie es herauszog. Lord Tarik stöhnte mit zusammengepressten Zähnen. Seine Handknöchel traten weiß hervor, als er sich festkrallte, um den Schmerz zu ertragen. Sofort danach lief es dunkelrot aus dem Schnitt heraus. Nuria hielt ein Tuch auf die Wunde – so lange, bis die Blutung aufhörte. Sie fühlte dabei sein Herz schnell schlagen. Nach einer Weile fragte sie: »Geht es wieder?«

»Ja. Fahrt fort.«

Umgehend widmete sie sich der nächsten Scherbe. Auch die saß tief. Er verzog das Gesicht, stöhnte, sagte aber nichts. Sein Blut floss erneut. Wieder presste Nuria ein Leinentuch auf die Wunde. Dieser Ablauf wiederholte sich schier endlos. Anfangs hatte Nuria im Kopf mitgezählt. Irgendwann jedoch hatte sie aufgehört. Während ihre Finger bald von selbst arbeiteten, schweiften ihre Gedanken ab. Ihr kam in den Sinn, dass es ebenso sie selbst sein könnte, die an seiner Stelle hier saß. Er hatte sie geschützt und war nur deshalb so schwer verwundet.

»Ich danke Euch, dass Ihr Euch vor mich gestellt habt.«

Er öffnete die Augen. Sie sahen müde aus. »Gern geschehen.«

Wieder vergingen einige Herzschläge, ohne dass einer von ihnen sprach.

Nurias Gedanken allerdings beschäftigten sich weiter mit

dem, was geschehen war. Sie ahnte zwar, dass es wahrscheinlich nicht der beste Zeitpunkt für ein Gespräch dieser Art war, doch die heutige Situation hatte ihr etwas klargemacht. Oder zumindest dachte sie das. Sie brauchte eine Bestätigung, ehe sie es wirklich glauben konnte. »Darf ich Euch eine Frage stellen?«

»Ihr dürft«, gab er rau zurück. »Aber ich kann Euch nicht versprechen, dass Euch die Antwort gefällt.«

Nuria überging seine Worte, obwohl sie vermuten ließen, dass er bereits wusste, was als Nächstes kam. Sie begann vorsichtig. »Die Stärke des Sturms scheint Euch überrascht zu haben.«

»War das Eure Frage?«

»Nein, natürlich nicht.«

»Was wollt Ihr wirklich wissen?«

Nuria blieb weiter behutsam. Sie fürchtete, dass er ihr die Antwort schuldig bleiben würde, wenn sie zu forsch vorging. Deshalb änderte sie ihre Taktik. »Die blinden Fenster überall in der Burg. Sie lassen mich seit einer Weile nachdenklich zurück.«

»Ist das so?«

Er machte es ihr nicht gerade leicht, dachte Nuria angestrengt. »Ja. Katrey erklärte mir, Caruzo habe sie auf Euren Wunsch hin verändert.«

»Das stimmt.«

»Nun. Ich frage mich, warum.«

»Wisst Ihr es nicht schon?«

»Ihr wollt den Schnee nicht sehen.«

»Ihr seid scharfsinnig. Und jetzt fragt endlich, was Ihr wirklich zu wissen begehrt!«

»Das Wetter. Es liegt außerhalb Eurer Macht, richtig?«

»Ja.«

Nuria hielt inne mit dem, was sie tat, und blickte starr in sein Gesicht. Obwohl die Arbeit sie schwitzen ließ, lief es ihr auf einmal kalt den Rücken hinunter. »Ihr habt den Schnee also nicht geschickt?«

»Nein.«

Nurias Herz kam vor Schock ins Stolpern. Dieses eine Wort brachte alles, was sie die letzten zehn Jahre zu wissen geglaubt hatte, ins Wanken. In ihrem Kopf waren so viele Fragen, dass sie nicht entscheiden konnte, welche sie zuerst stellen sollte. Wenn der Winter nicht von ihm kam, war er auch nicht schuld am Tod ihrer Mutter! Sie wollte mehr wissen. Jetzt sofort. Doch er kam ihr zuvor.

»Genug der Fragen. Es hat sich nichts daran geändert, dass es Dinge gibt, die Ihr nicht zu wissen braucht.«

»Bitte«, flehte Nuria geradezu. »Sagt mir nur noch eines. Ich muss es wissen.« Sein Schweigen war ihr Aufforderung genug. »Wäret Ihr in der Lage, dem Winter mit Euren Kräften Einhalt zu gebieten?«

»Ich sagte, genug!«

»Tut Ihr es vielleicht nur nicht, da Ihr Magie so sehr verabscheut?« Der scharfe Ton ihrer Stimme machte deutlich, dass der bloße Gedanke, es könnte so sein, sie bis ins Mark erschütterte.

Tarik erkannte sich selbst nicht wieder. Normalerweise reichte der kleinste Ungehorsam, um seinen Zorn zu entfachen. Jetzt war es anders – vermutlich, weil er geschwächt war und sie ihm half. Er fühlte plötzlich mit ihr, konnte verstehen, dass diese Neuigkeit über den ewigen Schnee, der ihr halbes Leben bestimmt hatte, sie aufwühlte. »Nein. So ist es nicht.«

»Wie dann?«, beharrte sie weiter.

»Der Schnee tut, was er will. Niemand im Land verfügt über die Wettermagie. Jedenfalls nicht mehr.«

»Was soll das heißen?«

Tarik spürte kurz in sich hinein. Sollte er es ihr erzählen? Er entschied sich dafür. »Lady Miriam war die Einzige, die diese Gabe in sich trug. Seit ihrem Todestag schneit es. Ich versuche schon lange, den Winter aufzuhalten. Ohne Erfolg.«

»Ihr versucht ihn zu beenden?«

»Leider gelingt es mir nicht, wie Ihr unschwer erkennen könnt. Jetzt wisst Ihr es.«

Sie starrte ihn an, als hielte er sie zum Narren. Dann, als sie womöglich in Erwägung zog, dass er die Wahrheit sprach, ging ihr Blick zu Boden und gleichzeitig ins Leere. »Heißt das etwa, Lady Miriam hat den Schnee heraufbeschworen?«

»Ich habe darauf keine Antwort. Sie oder ihr Tod, oder nichts von beidem. Ich befürchte, wir werden es nie erfahren.«

Langsam schüttelte sie den Kopf. »Es ist alles anders als gedacht«, fasste sie flüsternd zusammen. Sie schien es selbst noch nicht ganz zu glauben. Jetzt sah sie ihn wieder an. »Die Menschen in Area, sie denken, Ihr habt den Schnee übers Land gebracht, und verachten Euch dafür.«

»Es kümmert mich nicht, was sie denken.«

»Das sollte es aber. Warum sagt Ihr ihnen nicht die Wahrheit?«

»Ich habe meine Gründe.«

»Erklärt sie mir.«

»Genug«, stieß er nun doch streng hervor. »Hört auf, Fragen zu stellen. Ich habe bereits mehr gesagt, als ich je vorgehabt habe.«

Sie schwieg, offenbar in dem Wissen, dass er nun nichts mehr preisgeben würde. Wenig später tasteten ihre Finger auf der Suche nach weiteren Glassplittern wieder über seine Haut.

Tarik lehnte sich erneut zurück. Er schloss die Augen, spürte nur noch die Hände auf sich und ebenso das fiese Ziehen und Schneiden, wenn sie eine weitere Scherbe entfernte. Es kostete ihn tatsächlich alle Mühe, den Schmerz auszuhalten. Dennoch war es nicht unmöglich. Tatsächlich wäre es nie für ihn in Betracht gekommen, Caruzo zu holen – aus mehr als nur einem Grund. Zum einen hatte er keine Angst vor dem Tod. Zum anderen hatte er sie vorhin nicht belogen. Dieser Schmerz war nicht unerträglich. Jener damals, als Miriam starb, der war es gewesen. Eine schier endlose Qual, in der sich Schuldgefühle und Sehnsucht in einem peinigenden Kanon abwechselten. Jahrelang hatte ihn dieses Gefühl begleitet wie ein Schatten. Tarik war sicher gewesen, es nie loszuwerden. Und nun, zu seiner unendlichen Überraschung, hatte sich dieses Gefühl plötzlich verändert. Der Gedanke an Miriam war mit einem Mal weniger stechend. Das Sprechen über sie war ihm eben leichtgefallen. Erstaunt stellte er fest, dass er die Versorgung seiner Wunden auf eine verzerrte Weise genießen konnte. Er fühlte sich dadurch lebendig, verletzlich, menschlich. Das Monstrum, das aus ihm geworden war, wich mit jedem Augenblick, den er mit ihr verbrachte.

»Jetzt möchte ich Euch eine Frage stellen.«

»Tut das.« Sie hörte nicht auf, ihn zu untersuchen. Es wirkte, als hätte sie allmählich alle Scherben entfernt.

»Wie ist Euer Name?«

Die Antwort kam schnell. Sie vermutete wohl, er wolle sie bloß testen. »Lady Miriam.«

»Nein. Ich meine, Euer echter Name.«

Sie sah auf.

»Wie heißt du?«, fragte Tarik.

»Nuria.«

Teil IV

Burg Griseo

Gefühle

14

Nuria hielt einen der deckenhohen Bettpfosten umfasst. Immer dann, wenn Katrey die Schnüre ihrer Korsage festzog, ging ein Ruck durch ihren Körper. Noch immer konnte sie wahrlich nicht behaupten, dass es ihr gefiel, solche Kleider zu tragen. Gerade das Anziehen war oftmals eine Qual. Doch diesmal befand sie sich mit ihren Gedanken weit, weit weg. Es war der siebte Tag nach dem Vorfall mit dem zersplitterten Fenster. Die Zeit dazwischen hatte Nuria aufgewühlt – ganz besonders der Moment, als Lord Tarik sie nach ihrem echten Namen gefragt hatte. Sein Blick war ihr so gegenwärtig, als stünde er vor ihr. Er hatte nicht Lady Miriam angesehen, sondern sie. Auf seine Frage, ob sie am nächsten Tag wieder nach seinen Wunden sehen würde, hatte Nuria mit Ja geantwortet. Am Tag darauf kam dieselbe Frage und dieselbe Antwort. So war eine Woche ins Land gezogen.

»Willst du eigentlich nie wieder mit mir sprechen?«

»Was?«, antwortete Nuria gedankenversunken.

»Du bist seit Tagen so wortkarg, dass ich mich frage, ob du deine Zunge verschluckt hast. Hast du?«

»Nein«, gab sie lächelnd zurück. »Sie ist da, wo sie immer war.« Zum Beweis streckte Nuria sie ihr heraus.

»Da bin ich ja beruhigt«, scherzte die Kammerzofe.

»Tut mir leid. Es ist nur … Die Ereignisse der letzten Tage waren … verwirrend.«

»Wie meinst du das, *verwirrend?*«, fragte Katrey erstaunt. »Hast du denn nicht bloß Lord Tariks Wunden versorgt?«

»Doch, natürlich«, murmelte sie. Für einen Sekundenbruchteil drängte sich Nuria eine Erinnerung auf. Katrey war kürzlich nicht ehrlich mit ihr gewesen. Es hatte sie getroffen und ließ sie jetzt zögern. Aus diesem Grunde war sie die vergangene Woche auch so schweigsam gewesen. Doch letztendlich blieb ihr kaum eine Wahl, außer Katrey zu vertrauen.

Die Kammerzofe umrundete Nuria. Sie zog eine Augenbraue hoch und brachte sich so aufdringlich in ihr Blickfeld, dass diese sie nicht länger ignorieren konnte. »Kannst du etwas genauer werden?«

Nuria hielt den Atem an, suchte nach den richtigen Worten, stieß die Luft dann geräuschvoll aus. »Er fragte mich nach meinem echten Namen.«

Schwer ließ Katrey sich vor Nuria auf einen Holzschemel fallen. »Wie bitte?«

»Ja, und seitdem ist alles plötzlich so anders. Wir haben auch über den Schnee gesprochen und über Lady Miriam.«

»Ihr habt *was?*«, stieß Katrey fassungslos aus. Die Augen drohten ihr beinahe aus den Höhlen zu treten.

»Frag mich nicht, wie ich das geschafft habe. Darauf fehlt mir die Antwort. Aber ich weiß jetzt, dass der Schnee gar nicht sein Werk ist und dass er sogar versucht, ihm Einhalt zu gebieten. Und auch, dass Lady Miriam eine Wettergabe besaß.«

Die Kammerzofe schlug die Hand vor den Mund. Kurz darauf sammelte sie sich wieder und ließ die Hand sinken. »Es ist nicht zu fassen. Lord Tarik bricht seine eigenen Gesetze. Was weißt du noch?«

»Das war alles. Ich wollte natürlich mehr erfahren und habe Fragen gestellt. Aber er ließ sich zu nichts weiter hinreißen. Dabei ist mir noch immer so vieles nicht klar. Vor allem, ob der

Schnee tatsächlich von Lady Miriam geschickt worden ist. Was für einen Grund hätte sie haben können, das zu tun?«

Katrey lachte kurz auf und hob die Hände. »Du glaubst ja wohl nicht, ich wüsste etwas, worauf Lord Tarik bereits seit Jahren eine Antwort sucht, oder?«

»Nein, natürlich nicht«, sagte Nuria und zuckte die Schultern. »Aber verstehst du nun, was ich mit verwirrend gemeint habe?«

»Oh ja. Allerdings.« Ihre Zofe verließ den Schemel und widmete sich erneut dem aufwendigen Kleid, indem sie die Schnüre wieder aufnahm. Ihre nächsten Worte klangen gedankenverloren. »Die Dinge auf Griseo ändern sich also langsam.«

»Ist es nicht das, was du dir gewünscht hast?«

»Natürlich. Aber du solltest dich trotzdem vorsehen. Womöglich testet Lord Tarik dich. Vergiss niemals: Sein einziges Interesse gilt Lady Miriam.«

Nuria nickte und spürte gleichzeitig, dass sie das nicht hatte hören wollen. Dennoch war sie dankbar für Katreys Worte. Die Kammerzofe kannte Lord Tarik schon lange und wusste ihn einzuschätzen. Es war sicher ratsam, auf sie zu hören. Bald ging der nächste Ruck durch ihren Körper. Dieses Kleid anzuziehen war wirklich eine besondere Qual.

»So, fertig. Jetzt noch der Schleier. Wir müssen dein Haar heute gut verbergen. Die Farbe sieht scheußlich aus. Morgen werden wir das Rot auffrischen.« Katrey befestigte den Schleier, das Kinnband und das Schappel.

Nuria fühlte die beklemmende Enge um ihren Kopf, zudem juckte der grobe Stoff ganz furchtbar. Sie besah sich im Spiegel und dachte, dass es tatsächlich mit dem Teufel zugehen müsste, wenn sich auch nur ein einziges Haar nach draußen verirrte. »Wie schlau von dir, Katrey. Nach einem Tag mit diesem Ding werde ich dich wahrscheinlich anflehen, mein Haar zu färben.«

Ihre Zofe grinste. »Das würde mir die Arbeit erheblich erleichtern.«

»Wir sehen uns später.« Nuria verließ ihr Gemach. Dabei fiel ihr Blick flüchtig auf die Tür von Katreys neuer Kammer. Es war jene, in die man sie nach ihrer unschönen Ankunft gebracht hatte. Wie sehr sich die Dinge doch seitdem verändert hatten, kam es Nuria in den Sinn. Damals war sie voller Todesangst in der Bettstatt erwacht, nicht ahnend, ob man sie für immer in einen Kerker sperren würde. Heute, Wochen danach, bewegte sie sich frei in der Burg und gewann Stück für Stück Freiheiten zurück. Das Zimmer hatte seinen Schrecken verloren, ebenso die Gesichtslosen, ebenso Lord Tarik.

Lautlos lief sie den Gang entlang. Die Fackeln entzündeten sich und leuchteten ihr den Weg. Draußen wütete unaufhaltsam der Sturm. Auf den Fluren der Burg jedoch war es noch still, was dieser Tage tatsächlich eine Seltenheit war. Seit die Dienerschaft die Kapuzen hatte abnehmen dürfen, ging es nämlich lebhafter zu auf Griseo. Kaum einen Schritt konnte man mehr tun, ohne auf jemanden zu treffen. Die Bediensteten begegneten ihr dabei stets mit Achtung – und sprachen sie ausschließlich mit *Lady Miriam* an.

Wenig später betrat sie die Treppe zum obersten Stockwerk. Es entging ihr nicht, dass ihre Schritte heute ein wenig beschwingter waren als zuvor. Sie spürte ihr Herz schneller klopfen. War sie tatsächlich aufgeregt? Obwohl sie und Lord Tarik während des Versorgens seiner Wunden kaum miteinander gesprochen hatten, herrschte plötzlich eine vage Vertrautheit zwischen ihnen. Dieses Gefühl war so neu und ungewohnt, dass es Nuria noch immer überraschte.

Die Tür des Schlafgemachs war nun in Sichtweite. Nuria begann auf ihrer Unterlippe zu kauen. Sie wurde langsamer, und statt direkt zu ihrem Ziel zu laufen, trat sie zu einem der blinden

Fenster. Das Licht des Tages hatte sich kaum gegen die Dunkelheit der Nacht durchgesetzt. Mehr erkannte sie nicht. Kurz verlor sie sich in dem Gedanken, wie sehr sie es doch vermisste, wirklich hinaussehen zu können. Da wurde ihr gewahr, dass sie wahrhaftig zögerte. Geradezu erschrocken über ihr eigenes Verhalten, gab sie sich einen Ruck und ging auf das Schlafgemach des Lords zu. Was für einen Grund hatte sie schon zu zaudern? Keinen! Es ging bloß um Wunden. Nuria straffte den Rücken. Als sie jedoch die Hand zum Klopfen erhob, öffnete sich die Tür von innen. Lord Tarik stand im Rahmen und sah zu ihr herab.

»Guten Morgen.«

Nuria fühlte, wie sie gegen ihren Willen errötete. Fast so, als hätte er durch das Türholz ihre Gedanken lesen können. »Guten Morgen.«

»Ihr seid früh wach.«

»Der Sturm«, gab sie schnell zur Antwort. »Er ist furchtbar laut zu hören in meinem Gemach.«

»Wetterseite.«

»Wie bitte?«

»Euer Gemach liegt Richtung Osten. Der Wind trifft dort auf die Mauern Griseos, weshalb es bei Euch lauter ist als in anderen Teilen der Burg.«

Sie nickte, ohne richtig zugehört zu haben. Seine Erscheinung lenkte sie ab. Das dunkle Haar war nachlässig mit einem Lederband umwickelt. Es entließ hier und da eine Haarsträhne, die ihm ins Gesicht fiel. Unter seinen Bernsteinaugen lagen die Schatten eines Verwundeten, der zu wenig schlief, weil er keine behagliche Position fand. Der Bart war etwas länger geworden. Dennoch wirkte Tarik bereits wieder so stark wie vor seiner Verletzung. Er hatte nicht gelogen. Die Schmerzen seiner Wunden schienen für ihn nicht unerträglich zu sein.

Jetzt öffnete Lord Tarik die Tür weit und tat einen Schritt zurück. »Ihr wollt die Verbände doch sicher nicht im Flur wechseln.«

Nuria trat ein. Wie am ersten Tag erhellten nur die Flammen im Kamin und der Schein der Kerzen die Kammer. Das fehlende Licht versetzte sie sogleich in eine seltsam angespannte Stimmung. Ihr Herz schlug noch immer schnell, als Lord Tarik die Tür hinter ihr schloss.

Ohne ein weiteres Wort blieb er eine Schrittlänge entfernt von ihr stehen und zog sein Hemd aus. Sein Oberkörper war um die Mitte herum verbunden, so wie einige Stellen seiner Arme. Hier und da waren dunkle und helle Schnittwunden zu sehen, die bereits keinen Verband mehr brauchten.

Nuria bemühte sich, nicht in sein Gesicht zu blicken. Die vergangenen Tage hatten ihr gezeigt, dass sie sich davon zerstreuen ließ, weil sie ständig versuchte, darin zu lesen. Katreys Worte kamen ihr in den Sinn. *Vergiss niemals, sein einziges Interesse gilt Lady Miriam.* Sie besah den Körper vor ihr, als gehörte er nicht Lord Tarik. Langsam näherte sie sich, hob die Hand und fuhr mit dem Finger die sich schließenden Wunden nach. »Sie verheilen gut. Und viel schneller, als ich gedacht habe.«

»Und das ohne jede Magie«, stellte er fest und zwinkerte ihr zu.

Zum zweiten Mal fühlte Nuria, wie ihr das Blut in den Kopf stieg. Zum Glück war das Licht so schwummrig. Sie widmete sich dem größten Verband um Tariks Mitte und wagte einen bloßen Blick darunter, indem sie die Leinenstreifen vorsichtig mit den Fingern von seinem Körper wegzog. »Keine Nachblutungen mehr. Lasst mich die Wunde am Arm ansehen.« Sie trat an seine Seite. Er rührte sich zunächst nicht, als sie den Leinenstreifen abwickelte. Doch dann spürte Nuria seinen Atem. Er hatte den Kopf gedreht und blickte auf sie herunter. Sie versuchte, sich bloß auf den Schnitt zu konzentrieren, obwohl ihr Mund trocken wurde. »Diese Stelle gefällt mir nicht. Sie ist gerötet. Tut sie noch weh?«

»Ein wenig.«

»Ich werde die Wunde reinigen und einen neuen Verband anlegen.« Sie lief zu den Leinenstreifen und dem frischen Wasser, das täglich von einem der Diener bereitgestellt wurde. Dann tauchte sie eines der Tücher hinein, vernahm das Plätschern des Wassers und das Knistern des Feuers. Dabei beschwor sie sich nochmals, auf der Hut zu sein. Sie durfte seine neu gewonnene Freundlichkeit nicht falsch verstehen. »Ich werde vorsichtig sein«, sagte sie und begab sich an seine Seite. »Bitte haltet still.«

»Natürlich.«

Gegen ihren Willen sah sie doch auf. Ihre Blicke trafen sich. Alles wirkte seltsam verschoben, kam es ihr in den Sinn. Nun hörte er auf sie. Beide wussten, dass er mehr Kraft, mehr Macht, mehr von einfach allem besaß, was nötig war, um jemanden zu beherrschen. Und doch fügte er sich seit Tagen ihren Weisungen. Sie löste den Blick von seinen Augen und strich behutsam über seinen Arm. Selbst durch das Tuch hindurch konnte sie fühlen, dass der Schnitt geschwollen war. Es waren nur winzige Bewegungen, Nuria sah sie dennoch. Lord Tarik spannte den Kiefer an und zog kaum merklich die Augenbrauen zusammen. Sie hob sofort die Hand. »Bitte verzeiht. War ich zu grob?«

»Schon gut, macht einfach weiter.«

Nuria fuhr sich mit dem Arm über die Stirn. Durch das ständige Feuer im Kamin war es sowieso schon unsagbar heiß in der eher kleinen Kammer. Das schwere Kleid, die Haube und der Schleier machten es noch schlimmer. Sie wollte sich gerade wieder seinem Arm widmen, da sah sie, wie Lord Tarik etwas beäugte. Er hob die Hand, die Augen noch immer verengt. Nuria fühlte seine Finger auf ihrer Stirn. Sanft zog er eine Haarsträhne unter dem Schleier hervor, der durch ihre unachtsame Geste verrutscht war.

»Das versteckt Ihr also unter all dem Stoff.«

Nuria wusste sofort Bescheid. Sie hätte sich ohrfeigen können. Seit Tagen schon drückte sie sich vor dem Färben und quälte sich deshalb sogar mit dieser Haube, und nun war alles umsonst. Schnell versicherte sie: »Katrey wird es heute noch nachfärben.«

Seine Miene war unbewegt. Er gab ihr keine Antwort.

»Es wird nicht wieder vorkommen«, setzte Nuria nach.

Lord Tarik zog ihr wortlos den gesamten Kopfschmuck herunter.

Nuria fühlte, wie ihr Haar auf die Schultern fiel. Sie kam sich plötzlich seltsam nackt vor. Und schuldig ebenso. Hatte sie nun alles zunichtegemacht, was gerade erst seinen Anfang genommen hatte?

Er warf den Schleier und den Ring achtlos zur Seite. Das helle Klirren des Schappels auf dem steinharten Boden tat Nuria beinahe in den Ohren weh. »Sagt Eurer Kammerzofe, dass ich dieses Gebinde nicht ausstehen kann. Ich mochte es noch nie. Tragt es nicht wieder.«

»Wie Ihr wünscht«, antwortete Nuria tonlos. Sie war noch immer alarmiert.

Er ging nun zu einem Tisch, auf dem ein Pokal stand, und brachte ihn mit sich. Vor Nuria stehend, trank er daraus. Dabei betrachtete er abwechselnd ihr Haar und ihr Gesicht. Schließlich wischte er sich mit dem Arm über den Mund. »Lasst es einfach so.«

»Was sagt Ihr da?«

»Ihr habt mich gehört. Ich entbinde Euch von der Pflicht, Euer Haar zu färben.«

»So wird es aber wieder weiß«, erklärte Nuria das Offensichtliche.

Er trank erneut einen Schluck. »Irgendwann wären Lady Miriams Haare auch weiß geworden, nicht wahr?« Lächelnd reichte er ihr den Pokal.

Sie nahm ihn entgegen. Mittlerweile hatte sie sich tatsächlich an den Geschmack von Wein gewöhnt. »Gewiss. Eines Tages ganz bestimmt.«

Wenig später verließ Nuria das Schlafgemach des Lords. Auf dem Flur fiel alle Anspannung von ihr ab. Sie fühlte sich zittrig und suchte sich den nächstgelegenen Platz an einem der bodentiefen, blinden Fenster, um durchzuatmen. Ein weiteres Mal hatte sie befürchtet, dass seine Stimmung umschlagen würde. Wieder war es nicht geschehen. Möglicherweise konnte sie ihm ja doch vertrauen. Sie dachte zum erneuten Male an Katreys Worte. Je häufiger sie sich diese in Gedanken vorsagte, desto weniger wollten sie zu der jetzigen Lage passen. Vielleicht testete er sie gar nicht! Die Zeit würde es zeigen.

Sie lehnte ihre erhitzte Wange gegen die eiskalte Fensterscheibe. Die Kühle tat so gut, dass sie eine Weile dort verharrte.

Was treibt dich um, liebe Freundin? Du bist heute so still.«

Sie streichelte das braun-weiße Hündchen mit dem hellblauen Halsband. Es saß auf ihrem Schoß und schlief auf dem eisblauen Brokatstoff ihres Kleides. »Etwas geht hier vor sich. Schon länger.«

»Da irrst du dich.« Sie schenkte ihr ein warmes Lächeln und griff in ihren Korb mit der Pastete.

»Leugne es nicht. Ich bitte dich. Selbst hier oben ist es zu spüren.«

Die Antwort ließ auf sich warten. »*Er* will nicht, dass ich es dir sage. Und für mich steht zu viel auf dem Spiel. Es tut mir leid.«

Die Frau mit dem blauen Kleid stand plötzlich auf und setzte den Hund zu Boden. An diesem Tag war sie gereizt und deshalb ungehalten. »So? Was denn genau? Womit hat er dich in der Hand?«

Ihr Gegenüber hielt inne. Daraufhin stellte sie die Pastete zurück in den Korb. »Wollen wir das jetzt wirklich tun?« Die Stimme klang nun ernst. »Uns gegenseitig unsere Geheimnisse beichten?« Die Frau blickte ihr starr ins Gesicht.

Ihr blaues Kleid spannte, als sie tief einatmete. Sie gab ihr keine Antwort.

»Auch ich habe nämlich Fragen an dich. Warum gehst du nicht? Wenn du es wolltest, könntest du. Wir beide wissen das.« Sie machte eine bedeutungsschwere Pause. »Ich kann mir denken, warum du bleibst. Du führst etwas im Schilde, und *er* darf es nicht wissen.«

Es war bloß eine unterschwellige Drohung. Aber sie reichte aus. Ja, auch für sie stand zu viel auf dem Spiel. Es jetzt zu riskieren bedeutete, alles könnte umsonst gewesen sein. Langsam setzte sie sich wieder. Der Hund sprang auf ihren Schoß zurück. »So haben wir wohl beide viel zu verlieren.«

»Offenbar«, erwiderte die Frau mit dem Korb und ging damit zum Ausgang. »Ich komme dich bald wieder besuchen.«

»Das wäre sehr schön«, erwiderte sie tonlos, während sie erneut das Tier auf ihren Beinen streichelte.

Hinter ihm wurde die Schlupftür geöffnet. Justor ahnte bereits, dass es Tuuli war. Tatsächlich fühlte er jetzt zwei Hände auf seinen Schultern. Liebevoll strichen sie ihm den Schnee herunter, der ihn gleich darauf gnadenlos erneut bedeckte. »Du holst dir noch den Tod hier draußen.«

»Noch immer gibt es kein Lebenszeichen von Vater.«

»Es ist nicht lang genug her.«

»Wie lange war es sonst immer?«

»Ich weiß es nicht mehr genau«, antwortete Tuuli. »Es sind Jahre vergangen, seit jemand geholt wurde. Manchmal dauerte es nur Tage, glaube ich. Andere Male ganze Wochen.«

»Was, wenn er schon da draußen ist?«

Darauf zu antworten fiel Tuuli offensichtlich schwer. Er tat es an ihrer Stelle.

»Vielleicht irrt er umher und droht den Kältetod zu sterben.«

»Ich weiß, dass du das befürchtest.«

»Und was, wenn ich gehe und euch hier mit Arvid zurücklasse? Es ist nicht ausgeschlossen, dass er seine Männer erneut zusammenrottet. Vielleicht kommt Vater genau dann und fällt in seinem geschwächten Zustand Arvid in die Hände.«

»Die Entscheidung ist schwer.«

»Wie soll ich nur die richtige Wahl treffen?«

»Denk daran, was Wim dir geraten hätte.«

Justor lachte trocken auf. »Ich höre ihn in meinem Kopf und sehe ihn vor meinen Augen.«

»Was sagt er dir?«

»Er gibt mir eine Ohrfeige, weil ich bloß daran gedacht habe zu gehen. Er sagt, ich habe jetzt die Verantwortung für Pago. Meine Gefühle stehen der Sicherheit des Dorfes nach.«

»Jetzt höre ich ihn auch.«

Justor drehte sich zu Tuuli um. Ihre Miene war voller Zuversicht. Sie nickte ihm zu.

»Du hast die richtige Entscheidung getroffen. Eine weise Entscheidung. Und jetzt komm mit rein.«

Sie traten ins Innere der großen Halle und bedeckten den Boden mit den dicken Flocken, die auf sie gefallen waren.

Justors Blick schweifte über die Männer und Frauen Pagos. Sie saßen am Feuer versammelt und aßen. Nur Arvid nicht. Er schlürfte den bloßen Sud und funkelte den Dorfvogt aus dem verbliebenen Auge an. Seine Nase war noch immer blau und grün und zeigte deutlich zu einer Seite. Justor hielt seinem hasserfüllten Blick stand. Dabei ging ihm durch den Kopf, dass eine bittere Ironie in dieser Situation lag. Endlich hatten sie Fleisch auf dem Teller. Und Arvid konnte es nicht essen, weil ihm die Zähne dazu fehlten.

15

Bring mir doch den schwarzen Mantel, Lysander«, forderte Tarik ungeduldig und versuchte, sich sogleich selbst aus dem seiner plötzlichen Meinung nach viel zu auffälligen roten Übergewand zu befreien. Was war nur über ihn gekommen, als er danach verlangt hatte? Wollte er wirklich aussehen, als ginge er zu einer Krönungsfeier? Tarik warf das leuchtend rote Wams mit dem Fellbesatz zu den anderen vier Kleidungsstücken, die bereits vor ihm auf dem Boden lagen. Seine Wunden machten sich schmerzhaft bemerkbar. Noch immer war er in seiner Bewegung eingeschränkt – etwas, das ihm nach vollen drei Wochen Genesungszeit zunehmend auf die Nerven ging. Ganz besonders in diesem Augenblick. Jederzeit konnte es an der Tür klopfen. Er wollte fertig sein, wenn Nuria hereinkam – zumal sie heute bereits später dran war als für gewöhnlich.

Lysander brachte den gewünschten Mantel und sorgte mit wenigen geübten Griffen dafür, dass der Wunsch seines Herrn schnell umgesetzt wurde. Danach trat er einen Schritt zurück, die Hände auf dem Rücken gefaltet.

Obwohl der Diener sorgsam darum bemüht war, sich nichts von seinen Gedanken anmerken zu lassen, erkannte Tarik es trotzdem: die Verwunderung darüber, dass er sich mehrmals umkleidete, obwohl man gleich seine Wunden versorgen wollte. Er ignorierte es und besah sich, indem er erst einen Arm vor sich ausstreckte und dann den zweiten. Der Mantel hatte handbreite, gekrempelte Umschläge in dunkelblauer Seide an den Ärmeln und einen ebenso dunkelblauen Besatz am Kragen. Tarik ergriff ihn und ruckte den dicken Stoff zurecht. Schließlich stellte er sich aufrecht vor Lysander hin und fragte: »Dieser oder doch der andere?«

Dem Diener stand es ins Gesicht geschrieben. *Wozu ein solcher Mantel?* Seine Antwort kam zögerlich. »Herr, wenn Ihr mich fragt …«

In diesem Augenblick pochte es an der Tür. Der Wachmann von draußen rief: »Lady Miriam, mein Lord.«

Tarik drehte sich um. Der Mantel geriet in Vergessenheit. Die Tür schwang auf. Das Erste, was er bemerkte, waren ihre leicht geröteten Wangen. Sie hatten beinahe dieselbe Farbe wie das blasser werdende Haar, das an diesem Tag nur von einem silbernen Stirnreif mit Perlen gehalten wurde.

»Guten Morgen.« Sie schien zu bemerken, wohin er sah. Ihre Hand fuhr auf und strich eine Haarsträhne hinter ihr Ohr. Noch immer kam es ihr wohl gewagt vor, sich ihm so zu zeigen. »Verzeiht mir, dass ich heute später bin als sonst.«

»Der Sturm scheint Euren Schlaf nun nicht mehr zu stören. Wie erfreulich.«

»Ganz so ist es leider nicht.«

»Dann klärt mich auf.«

»Es ist mir etwas peinlich, aber ich habe mich tatsächlich in der Burg verlaufen. Gerade war ich noch auf den gewohnten Fluren, und plötzlich, nur eine Treppe später, befand ich mich ganz woanders. Griseo ist ein wahrer Irrgarten. Wie findet Ihr Euch hier nur zurecht?«

Tarik kam nicht umhin zu grinsen. Jetzt erklärten sich auch ihre roten Wangen. Er selbst kannte hier jeden Stein und fand die Vorstellung, dass sich jemand innerhalb der Mauern verirrte, komisch. Er wollte jäh etwas auf ihre letzte Frage erwidern, als plötzlich Katrey hereinkam. Sie trug zwei Eimer mit dampfendem Wasser.

»Guten Morgen, Herr«, presste sie mühevoll hervor, da sie schwer zu tragen hatte.

Er sah ihr hinterher. Sie ging zu Lysander, der auf die Eimer mit dem erkalteten Wasser wies.

»Nimm die hier gleich mit. Und bring später neue Leinenstreifen. Sie reichen nur noch für ein Mal.«

»Nicht nötig. Ich habe Ace bereits aufgetragen, welche zurechtzuschneiden und zu bringen.«

»Guten Morgen, Herr«, ertönte es unvermittelt aus Richtung der Tür.

Tarik sah, wie Ace einen so großen Stapel Leinenstreifen an ihm vorbeitrug, dass er sich fragte, ob sie vorhatten ihn zu mumifizieren. Seine Kammer war plötzlich voller Menschen. Sie kamen einfach überallher! Geradezu sehnsüchtig dachte er in diesem Augenblick an die übergroßen Kapuzen zurück und die Zurückhaltung der Wachen und Diener, die damit einhergegangen war. Einem Gefühl folgend, blickte er wieder zu Nuria. »Ich finde, Ihr solltet die Burg besser kennenlernen, damit Euch das nicht noch einmal passiert.«

»Ein guter Gedanke.«

»Jetzt gleich!«

»Wie bitte?«

»Kommt mit mir. Ich werde Euch herumführen, und Ihr dürft alle Türen öffnen, hinter die Ihr sehen wollt.«

»Aber Eure restlichen Wunden …«

»Die können warten.« Tarik spürte regelrecht die verwunderten Blicke im Rücken, als er seine Kammer verließ. Stumm warnte er Katrey, Ace und Lysander, dass sie ihnen ja nicht folgten.

So verwundert Nuria im ersten Augenblick von seinem Vorschlag auch gewesen war, nun gefiel er ihr. Es gab tatsächlich zahlreiche verschlossene Türen in der Burg, von denen sie nicht im Geringsten wusste, was sich dahinter befand. Jetzt jede beliebige von ihnen auswählen zu dürfen, erschien ihr aufregend.

Lord Tarik lief neben ihr – seine Hände geradezu unbeteiligt auf dem Rücken verschränkt. Immer wieder sah er zu ihr herüber.

Nuria fing seine Blicke auf. »Und nun?«

»Ich sagte ja, Ihr gebt den Weg vor. Lauft lang, wo Ihr wollt.«

»Und Ihr folgt mir?«

»Auf dem Fuße«, versicherte er ihr glaubhaft.

»Ich bin aber wirklich sehr neugierig.« Es war ein letzter Versuch, ihn zu warnen.

»Dann vergesst nicht, auch dorthin zu blicken, wo es eigentlich nicht nach einem Durchgang aussieht.«

Nuria begann zu lächeln. Sie fühlte den Wagemut alter Tage in sich aufsteigen. Wann hatte sie ihn zuletzt verspürt? Vielleicht damals, vor dem Großen Schnee. Sie und Justor waren eine steile Felswand hinaufgeklettert, nur um nachzusehen, ob die Jungen im Nest des Adlers schon geschlüpft waren. Hoch oben angekommen, hatte ihr Herz wild geklopft – so wie jetzt. Sie drehte sich auf der Hacke um und hielt auf die Zwillingstreppe zu. Dabei musste sie sich gemahnen, vor Aufregung nicht zu schnell zu laufen. Schließlich war Lord Tarik noch immer nicht vollständig genesen. Ihr Blick jedoch war geschärft. Bald schon erspähte sie Dinge, die sie vorher mit Sicherheit übersehen hätte. Der erste Durchgang lag halb versteckt hinter einem Wandteppich. Triumphierend warf sie Lord Tarik einen Blick zu.

»Die Augen eines Raubtiers auf Beutezug«, scherzte er.

Nuria trat ein in einen asymmetrischen Saal mit einem großen Kamin. Die Wände hingen voller ausgestopfter Tiere. Sie sah Raubvögel mit ausgebreiteten Schwingen und Wildschweine mit riesigen Stoßzähnen. An den Geweihen der Hirsche hingen dichte Spinnweben. Nuria verzog das Gesicht.

»Das Jagdzimmer«, stellte der Lord vor und sah dabei ebenso nach oben zu den Jagdtrophäen. »Selbst vor dem Schnee war ich nicht gerne hier. Meine Vorfahren dafür wohl umso häufiger.« Seine nächsten Worte kamen gedämpft. Er beugte sich leicht zu ihr. »Man fühlt sich regelrecht beobachtet in diesem Raum.«

»In der Tat. Mich schaudert's. Lasst uns wieder gehen.«

Er rang symbolisch die Hände und erinnerte sie an ihre Rolle.

Nuria sah sich um, dabei folgte sie seinen Augen, die auffällig unauffällig in eine Richtung starrten. Tatsächlich fand sie dort einen weiteren Durchgang, schräg in einer Nische – nur zu sehen, wenn man sich tief hineindrückte.

»Seid vorsichtig. Dieser Gang ist schmal. Er wurde einst als Abkürzung in den Stein gehauen.«

»Abkürzung wohin?«

»Ihr werdet es sehen, wenn Ihr Euch traut.«

Nuria glitt hindurch. Es kostete sie Mut, denn auf der anderen Seite war es dunkel. Ihre Handflächen tasteten sich an den Wänden entlang, die so dicht beieinanderstanden, dass sie die Arme nicht ausstrecken konnte. Der Boden war uneben. Als der Hall ihrer Schritte sich veränderte, wusste sie, der Gang würde gleich enden. Dann waren ihre Hände plötzlich im Freien. Sehen konnte sie noch immer nichts. »Wo sind wir hier?« Sie bekam keine Antwort. Schritt für Schritt ging sie weiter. »Warum gehen die Fackeln nicht an?« Es blieb still. »Lord Tarik? Seid Ihr hier irgendwo?«

»Immer neben Euch.«

Sie erschrak und war gleichzeitig erleichtert. Die Stimme klang tatsächlich dicht an ihrem Ohr. Erst jetzt ging zischend und knisternd eine einzige Fackel an. Nuria erkannte erste Umrisse gedrehter Steinsäulen. Dann entzündete sich eine weitere und noch eine Fackel. Vor ihr erschien eine mächtige sechseckige Halle, die so fremdartig aussah, dass Nuria meinte, sie befände sich auf einer gänzlich anderen Burg. Selbst das endlose Heulen des Windes, das sie seit geraumer Zeit überallhin begleitete, war hier nicht zu hören. Staunend blickte Nuria nach oben. Ein bemaltes Sternrippengewölbe zierte die hohe Decke. Vor ihr erstreckte sich eine große Auswahl von unterschiedlichsten Türen. »Wo sind wir hier?«

»Der älteste Teil der Burg. Das Herz Griseos, wenn Ihr so wollt.«

»Warum ist es hier so verlassen?«

»Nun, sagen wir mal so. Das, was es hier zu finden gibt, war die letzten Jahre überflüssig.«

Nurias Neugier wuchs.

»Wählt eine Tür.«

Sie hielt auf die erste zu. Sie war schmucklos, aber dafür mit zwei Schlössern gesichert. Nuria legte die Hand auf die Klinke und sah Lord Tarik ins Gesicht.

»Waffenkammer«, sagte er nur.

Ausgerechnet, dachte Nuria und zögerte.

»Wollt Ihr sie sehen?«

»Ja.«

Lord Tarik ließ mit seinem bloßen Blick das Innere der Schlüssellöcher gleißend blau leuchten. Hörbar entriegelten sich die Schlösser.

Sie warf ihm angesichts der Magie einen eindeutigen Blick zu.

Er zog die Schultern hoch und sagte: »Ich trage nicht täglich alle Schlüssel Griseos bei mir.«

Nuria trat ein. Wandfackeln züngelten und erhellten den staubigen Raum. Bis unter die Decke hingen Schwerter und Langbögen an den Wänden. Armbrüste waren an Vorrichtungen befestigt, die man mit Seilzügen herablassen konnte. Unzählige Hellebarden ragten aus länglichen Gestellen heraus, und Helme lagen in allen Größen und Formen auf Regalen bereit. Nuria meinte, das Klirren des Eisens und das wilde Brüllen von Befehlen zu hören, das bei einem Angriff auf die Burg ganz sicher durch diesen Raum scholl. Sie war fasziniert, und dennoch war ihr auch mulmig zumute. Diese Kammer zeugte davon, wie unbesiegbar Griseo war. Wie unbesiegbar Lord Tarik war! Sie sah zu ihm. Er lehnte an einer Wand. Wartete ab, was sie tat oder sagte. Beinahe hätte sie es nicht bemerkt, aber seine Hand hielt die Wunde an seinem Arm. Ob sie ihm immer noch solche Schmerzen bereitete?

»Wart Ihr schon oft verletzt, Lord Tarik?«

»Nicht in den letzten zehn Jahren, wie Ihr Euch sicher denken könnt.«

»Natürlich nicht.« Welch eine dumme Frage, schalt sie sich. Er hatte – wie auch immer – alle Magie im Land verschwinden lassen. Niemand konnte ihm seither ernsthaft mehr etwas antun. Niemand außer absurderweise ein einfaches Fenster, angetrieben von einem Sturm, den er nicht beherrschte. Sie sahen einander einen Moment lang an.

»Wollt Ihr noch mehr sehen?«

»Unbedingt.« Sie verließ die Kammer und hielt auf die nächste Tür zu.

Wortlos folgte er ihr.

Wieder legte sie die Hand auf die Klinke und wartete.

»Schatzkammer«, erklärte er.

»Das hört sich schon besser an.«

Er öffnete das Schloss auf die gleiche Weise wie zuvor.

Nuria ging hinein. Zeitgleich entzündeten sich die Wandfackeln und gaben den Blick frei auf unzählige Regale mit goldenen Tellern und Bechern, Statuen und edelsteinbesetzten Truhen. Trotz des Staubs, der auf allem lag, erkannte Nuria die Pracht darunter. Andächtig ging sie zu einem goldenen Krug mit einem übergroßen geschwungenen Henkel. Nuria strich mit dem Finger über die bauchige Mitte. Die vom Staub freigelegte Spur begann sofort im Schein des Feuers zu glänzen. Geprägte Umrisse in Form von Burg Griseo wurden sichtbar. Sie befanden sich auf jedem einzelnen Stück. Nuria war sprachlos. So etwas hatte sie noch nie in ihrem Leben gesehen.

»Das Bankett-Geschirr«, stellte Lord Tarik die Gegenstände vor, als handelte es sich um eine Person.

»Wann wurde es zuletzt benutzt?«

»Vor Jahren.« Lord Tarik trat an ihre Seite. »Ich erinnere mich nicht genau. Vermutlich beim letzten Thing.«

Kaum hatte er es ausgesprochen, veränderte sich die Stimmung zwischen ihnen. Es gab mehr als nur einen Grund dafür. Dieses Wort stand für so vieles. Vor allem beendete der nächste Thing die Frist, die er Nuria gesetzt hatte, um zu Miriam zu werden.

Nuria selbst dachte an ihren Plan. Lord Tarik sollte an diesem Tag sterben – durch ihre List! Der Gedanke daran war wie ein Stachel in ihrem Fleisch. Hielt sie noch immer daran fest? Sie sollte es! Das Land musste schließlich von seiner grausamen Herrschaft befreit werden. Und doch … Dass er den Schnee gar nicht geschickt hatte, veränderte die Lage. Und auch, dass er gar nicht so grausam war, wie sie all die Jahre angenommen hatte. Was sollte sie nur tun? Es erschien ihr wie eine Entscheidung zwischen ihrem Gewissen und ihrer Familie.

»Wie schade um das Geschirr. Es ist wunderschön«, sagte sie, während sie ihren Gedanken nachhing.

»Es verschwand, wie so vieles, mit Lady Miriams Verschwinden.«

»Dann ist es wohl noch nicht bis in diesen Teil der Burg vorgedrungen.«

Lord Tarik sah sie fragend an.

»Ich bin doch wieder da!« Ihre Worte klangen kokett. Durch die Bilder der Vergangenheit, die ihre Gabe ihr schickte, hatte sie eines verstanden. Lady Miriam war nicht schüchtern gewesen. Nuria wollte es deshalb auch nicht sein. Sie wandte sich ab von dem goldenen Krug. Nun stand sie Lord Tarik direkt gegenüber. Wieder einmal versank sie in den Feuerringen seiner Augen. Sie unterschieden sich durch nichts von der Farbe des Geschirrs.

»Wie recht Ihr habt. Ich werde es zurück in den Speisesaal bringen lassen.«

Nuria lächelte.

»Wollt Ihr weitergehen?«

»Noch nicht.« Sie wies auf die gegenüberliegende Seite der Kammer. »Was befindet sich in den Truhen dort?«

Er blickte zu dem Wandregal, wo verschiedenste Kästchen dicht nebeneinanderstanden, manche von ihnen edel verziert, andere schlicht. »Seht hinein.«

Nuria trat an das Regal heran und entschied sich für eine silberne Truhe mit hellblauen Steinen darauf. Mit beiden Händen versuchte sie den Deckel anzuheben. Er rührte sich nicht. »Sie ist verschlossen.«

Lord Tarik kam zu ihr und lehnte sich grinsend an das Regal. »Und nun?«

Nuria legte den Kopf schief und drehte das Schlüsselloch zu ihm. »Darf ich bitten?«

Er sah nur kurz auf die Truhe und gleich wieder zu ihr. Ein Licht erstrahlte aus dem Inneren des Kästchens. Es klackte.

»Danke schön.« Das Innenleben war verschwenderisch mit rotem Samt verkleidet. Darauf ruhte eine prachtvolle Kette, deren Anhänger dieselben hellblauen Steine besaß wie die Truhe. Es schien, dass sie extra für dieses Schmuckstück angefertigt worden war. »Ich habe noch nie etwas Derartiges gesehen«, gestand Nuria staunend. »Gehörte sie Lady Miriam?«

»So ist es. Sie erhielt sie als Geschenk von ihrer Mutter zur Hochzeit. Man nennt sie die *Tränenkette*.«

»Warum dieser Name?«

»Betrachtet die Form der Steine.«

Nuria besah die Tropfen genauer.

»Es heißt, man legt die Kette ab, wenn die Tränen versiegen.«

»Welche Tr…?«

»Scht!« Lord Tarik legte einen Finger auf die Lippen. Nach einem kurzen Moment sagte er: »Ihr fragt wieder sehr viel.« Daraufhin stieß er sich von der Wand ab und schlenderte durch die Kammer, als hätte er all die Gegenstände hier noch nie gesehen.

Nuria blickte wieder in die Truhe. Sie wusste genau, welche Tränen er meinte. Es waren jene, die Miriam bei ihrer Hochzeit geweint hatte. Es war allzu klar, dass er nicht daran erinnert werden wollte. So, als machten die Tränen seiner Braut ihm noch heute das Herz schwer. Nuria schielte zu ihm rüber. Er schenkte ihr für einen Augenblick keine Beachtung, was sie ermutigte, es zu wagen. Vorsichtig glitten ihre Finger zur Kette, berührten sie. Nurias Wintergabe machte sich schnell bemerkbar. Zuckende Bilder erschienen vor ihren geöffneten Augen. Bald wurden sie klarer. Sie sah Miriam in ihrem Festkleid aus ihrem Gemach treten. Sie strahlte übers ganze Gesicht. Ihre Wangen waren dennoch tränennass. Tarik wischte sie ihr mit dem Daumen trocken. Sein Gesicht war voller Liebe für sie. Die Bilder rasten in der Zeit nach vorn und kamen vor der verschlossenen Tür des großen Saals zum Stehen. Miriams Hände tasteten nach etwas und holten es schließlich aus ihrem hochgeschlossenen Kleid hervor. Es war die Tränenkette. Sie nahm Tariks Hand in ihre und ließ das Schmuckstück dareinfallen. *Ich brauche sie nun nicht mehr*, sprach sie und lächelte. Die Tür zum Saal wurde geöffnet. Der Tanz begann – so, wie sie ihn bereits gesehen hatte. Nuria nahm die Finger von der Kette. Die Bilder verschwanden wieder. Sie wusste nun mit Gewissheit, etwas von Bedeutung war in dieser Kammer geschehen. Nur was?

»Hallo? Hallo! Wer ist hier unten?«, rief plötzlich eine Stimme. Kurz darauf kam Caruzo um die Ecke. Er sah Nuria durch die geöffnete Tür – die Truhe noch in den Händen. »Was, zum Teufel, treibst du hier? Wie bist du hier überhaupt reingekommen?«

Bevor Nuria antworten konnte, sah sie Caruzo auf sich zuschießen.

Blitzschnell stellte sich Lord Tarik vor sie.

Der Magier hielt augenblicklich an und taumelte zwei Schritte rückwärts, wo er eine tiefe Verbeugung vollführte. »Herr. Ich habe Euch nicht gesehen.«

Lord Tariks Stimme war ein böses Grollen – fast so wie Wochen zuvor im Wald. »Wie sprecht Ihr mit Eurer Herrin?«

»Ich … ich dachte …«

»Zeigt gefälligst Respekt.«

Caruzo sah zu Nuria. Er verschluckte sich fast an seinen Worten, dennoch presste er hervor: »Verzeiht, Lady Miriam.«

Der Magier hatte sie noch nie gemocht, da war sich Nuria sicher. Dieser Moment hatte bestimmt nicht dazu beigetragen, dass sich das eines Tages ändern würde.

Lord Tarik wandte sich ihr wieder zu. Sein Blick schien zu fragen, ob alles in Ordnung sei.

Sie nickte.

»Ich bringe Euch wieder hinauf. Wir setzen unsere Erkundung ein anderes Mal fort.«

»Sehr gern.«

Sie ließen Caruzo einfach stehen. Erst als sie den schmalen

Durchgang erreichten, rief Lord Tarik ihm etwas zu, das ihn auf den Platz eines niederen Dieners versetzte. »Verschließt die Türen und die Truhe, bevor Ihr geht.«

»Wie Ihr wünscht, mein Lord.« Folgsam holte er ein gewaltiges Schlüsselbund an einem eisernen Ring hervor. Dann aber schien er sich eine Frage zu stellen. »Wie habt Ihr sie überhaupt geöffnet?«

Lord Tarik unterdrückte ein Grinsen – Nuria sah es genau. »Mit Magie. Wie denn sonst?«, sagte er, als wäre seine Abneigung dagegen ein bloßes Hirngespinst Caruzos.

Er tat ihr fast ein wenig leid, so verwirrt, wie er da stand. Aber nur fast.

Nuria war rastlos. Und den Grund dafür wollte sie ganz und gar nicht einsehen. »Wie lange ist es noch bis zum abendlichen Mahl?«

»Das hast du doch gerade erst gefragt«, bemerkte Katrey erstaunt.

»Tatsächlich?« Nuria konnte sich nicht erinnern. »Ich muss wirklich sehr hungrig sein.«

»Dann gehe ich und besorge dir etwas. Wonach ist dir denn?«

»Nein, nein. Schon gut. Ich warte.« Sie ging weiter ihre Kreise im Gemach.

»Fein«, erwiderte Katrey einsilbig und bürstete den Umhang weiter aus.

Es ist kein Wunder, erklärte Nuria sich ihr Verhalten im Stillen. Ich habe seit Stunden nichts gegessen. Selbstverständlich kreisen meine Gedanken um den Speisesaal. Bei der Kammerzofe blieb sie stehen. »Wie war deine Antwort noch mal?«

»Auf welche Frage?«

»Na, das Mahl. Wie lange noch, bis Lord Tarik mich erwartet?«

Katrey ließ die Bürste sinken. Die Stirn gerunzelt, meinte sie: »Soll ich vielleicht gehen und den Lord fragen?«

»Oh ja. Bitte tue das.« Nuria hörte selbst, dass ihre Antwort etwas zu schnell kam. »Mein Hunger ist wirklich groß.«

»Ich bin gleich zurück«, sagte Katrey und öffnete die Tür. Sie und Lysander stießen ungebremst gegeneinander. »Aua! Pass doch auf.«

»Ich? Rennst du immer einfach aus deiner Tür, als ginge es um Leben oder Tod?« Er rieb sich die Schulter. Sie hielt sich den Kopf.

Nuria lief auf den Diener zu. »Schickt dich dein Herr?«, fragte sie Lysander.

»Ja, Lady Miriam. Er wünscht, jetzt gleich zu speisen. Wenn es Euch auch beliebt.«

Nurias Herz machte einen Satz. »Sag ihm, ich leiste ihm Gesellschaft.«

»Sehr wohl.«

Kaum hatte sich die Tür geschlossen, drehte sie sich um und lief zu ihrem Spiegel. »Katrey. Komm schnell. Bürste mir das Haar. Ich möchte es so tragen.« Nuria hob zwei Strähnen an ihren Schläfen an und drehte den Kopf zur Seite, um sich besser betrachten zu können. »Und hinten geflochten, ja?«

»Natürlich.« Die Kammerzofe stellte sich gleich hinter sie und begann sie zu frisieren.

»Und ich möchte das eisblaue Kleid mit den Silberfäden tragen.«

Nuria bemerkte Katreys vielsagende Miene im Spiegel. Auch sie wusste natürlich, dass dieses Kleid ein wenig übertrieben war. Zudem hatte sie sich noch nie ausdrücklich gewünscht, eines der Festkleider zu tragen. Eher das Gegenteil war der Fall.

»Es scheint mir, dass du dich langsam einfindest in die Rolle von Lady Miriam«, begann die Kammerzofe vorsichtig.

»Kann man so sagen.«

»Gibt es einen Grund für diesen Sinneswandel?«

»Du kennst doch den Grund«, antwortete Nuria bemüht trocken, als wäre Katrey nur vergesslich. »Der Thing. Er rückt immer näher, und ich versuche bloß, deine, Caruzos und meine Haut zu retten.« Ihre Mundwinkel zuckten wider Willen.

Katrey bettete den geflochtenen Zopf auf dem locker fallenden Haar ihres Hinterkopfs. Jetzt umfasste sie Nurias Schultern und blickte neben ihrem Gesicht in den Spiegel. »Ich sagte dir doch, es kann ein gutes Leben werden.«

Ihre Worte fassten offenbar alles zusammen, was Nuria ihr in den vergangenen Tagen berichtet hatte. Angefangen bei dem Versorgen von Tariks Wunden bis hin zum heutigen Morgen in den Gängen Griseos. »Ich glaube, du behältst recht.«

Wenig später näherte sich Nuria der Zwillingstreppe. Sie war atemlos – auf eine ganz merkwürdige Art und Weise. Bereits von hier sah sie die Dienerschaft durch die Vorhalle flitzen. Anscheinend hatten sie gerade erst vernommen, dass die Herrschaft gedachte, früher zu speisen. Nuria fühlte sich ein wenig schuldig, da erblickte sie Lord Tarik am Absatz der zweiten Treppe – ihr genau gegenüber. Es traf sie unerwartet. Ihr Herz schien einen Schlag auszusetzen. Nuria schluckte trocken und versuchte sich selbst einzureden, dass er nicht umwerfend aussah in seinem knielangen ledernen Waffenrock, an dessen Schultern ein roter Umhang befestigt war. Eine Hand ruhte auf dem Knauf seines roten Schwertes. So stand er da und nickte ihr bedächtig zu. Nuria wurde plötzlich klar, dass er ihre Erscheinung meinte. Gerade wollte sie zulassen, dass die Freude darüber sie lächeln ließ, da hallte es ihr wie eine Warnung durch den Kopf. *Er meint nicht dich, Nuria. Er sieht Lady Miriam!*

Sie betraten die Stufen und trafen dort aufeinander, wo die Zwillingstreppen zu einer wurden. Kurz verweilten sie voreinander. Im Gleichschritt setzten sie ihren Weg über die geeinte Treppe fort und erreichten die Vorhalle – unbeeindruckt von den schwitzenden Gesichtern des Gesindes, das einer Ohnmacht nahe schien. Immer wieder fanden ihre Augen die seinen.

»Ich glaube, wir haben für ganz schönes Durcheinander gesorgt«, sagte Nuria.

»Und ich versichere Euch, es wird gleich noch schlimmer.« Sein Gesicht trug einen schelmischen Ausdruck.

Nuria fragte sich, was genau er wohl meinte, als sie gemeinsam durch die Rundbogentür in den Speisesaal traten. Der Diener auf der anderen Seite sah zu ihnen herüber. Hektisch blickte er zu dem Eingang, wo normalerweise der Lord hereinkam, und wieder zurück. Dann sah er zur Tafel, die nicht ansatzweise gedeckt war. Seine Hellebarde pochte unrhythmisch auf den Boden. »Lord Tarik und Lady Miriam«, stieß er mit heiserer Stimme aus. Es klang wie eine Warnung.

Nuria wollte nicht lachen, schaffte es jedoch nicht ganz, ein Grinsen zu unterdrücken. Dabei fühlte sie wirklich mit dem armen Mann, der sicher gerade schlimme Ängste auszustehen hatte. Lord Tarik war schließlich alles andere als nachsichtig. Für gewöhnlich jedenfalls. Nuria war schon dabei, sich zu ihrem Platz zu begeben, da hielt er sie plötzlich auf.

»Wo wir heute sowieso alles anders machen … setzt Euch doch zu mir. Wenn Ihr mögt.«

Erstaunt änderte sie die Richtung wieder. »Sicher doch.«

Ein Diener brachte ihren Armlehnstuhl herbei und stellte ihn nahe dem von Lord Tarik auf. Während sie Platz nahmen, trug man erste Speisen herbei – auf dem goldenen Festtagsgeschirr. Nuria bemerkte es und strich lächelnd über die Griseo-Prägung.

»Ich sagte doch, ich werde es holen lassen.«

»Und Ihr habt Euer Wort gehalten.«

»Daran dürft Ihr Euch gewöhnen.«

Ace, der Diener, trat an den Tisch und unterbrach ihr Gespräch sowie das gegenseitige In-die-Augen-Sehen. Wortlos füllte er ihre goldenen Pokale aus dem goldenen Krug, der noch vor Kurzem mit Staub bedeckt gewesen war.

Nuria kam es fast so vor, als hätte Ace durch Magie den Fluss des Weines verlangsamt. Wie lange konnte es dauern, zwei Pokale zu füllen? Als er endlich fertig war und sich abwandte, fragte sie: »Wie geht es Eurem Arm? Ich sehe an Euren Bewegungen, dass Ihr ihn noch immer schont.«

»Das täuscht. Es ist alles wieder beim Alten.«

Nuria dachte, dass das unmöglich war, es sei denn, er hätte doch Caruzo hinzugeholt. Tags zuvor noch war die Wunde geschwollen gewesen. »Wisst Ihr, Ihr erinnert mich an jemanden.«

»An wen?«

Kurz überlegte sie, ob sie es wagen konnte, eine solche Erinnerung wachzurufen. »Meinen Bruder Justor. Ihr seid ihm schon begegnet.«

Lord Tarik nickte bedächtig, als ihm offenbar das Zusammentreffen im Wald in den Sinn kam.

Abermals erschien ein Diener und brachte weitere Speisen. Das Gespräch wurde erneut unterbrochen. Beide hielten inne und warteten, bis sie wieder allein waren.

»Ich hoffe, Ihr mögt Euren Bruder, wenn Ihr mich schon mit ihm vergleicht.«

»Oh ja, das tue ich. Sehr sogar.«

»Und in welcher Hinsicht erinnere ich Euch an ihn?«

»Auch er hat bei Verletzungen stets behauptet, nichts zu spüren. Er hätte es wahrscheinlich selbst dann gesagt, wenn ihm ein Bein fehlen würde.«

Lord Tarik sah ertappt zur Seite. Sein Lächeln entblößte die weißen Zähne. »Ich verstehe. Ihr glaubt mir also nicht.«

»So habe ich das nicht gesagt. Ich …«

Zum dritten Mal wurde ihre Unterhaltung gestört.

Lord Tarik strafte den herannahenden Diener mit einem genervten Blick.

Der Mann fühlte sich dadurch anscheinend aufgerufen, Zeit gutzumachen, und lief ein wenig schneller. Dabei geriet er ins Straucheln und stolperte über seine eigenen Beine. Die Schale mit der Pastete darin fiel krachend zu Boden. Mit einem lauten Klatschen bedeckte der Inhalt den Waffenrock des Lords. Schlagartig war es still um sie herum.

Lord Tarik sah an sich herunter. Sein Gesicht verfinsterte sich wie der Himmel kurz vor einem Gewitter. »Du verfluchter Nichtsnutz«, grollte er voller Zorn und warf dem Mann einen Blick zu, als wollte er ihn zerfleischen.

Augenblicklich riss der Diener die Hände hoch zu seinen Schläfen und schrie.

Nuria dachte nicht lange nach. Ohne zu zögern, legte sie besänftigend ihre Hand auf seinen Unterarm. Ihre Berührung zwang ihn, sie anzublicken. »Mein Lord«, sagte sie eindringlich. »Nicht!«

Der Diener hörte auf zu schreien.

Der Herrscher ließ tatsächlich von seinem Opfer ab. Sie wollte ihre Hand gerade wegziehen, da war es Lord Tarik, der sie aufhielt. »Nicht!« Jedes Grollen aus seiner Stimme war verschwunden.

Nuria stockte.

»Lasst sie dort. Nur noch einen Moment.«

Der Moment wurde zu einer Weile. Sie sahen einander an. Um sie herum sorgte eine Heerschar von Bediensteten dafür, die Spuren des Unglücks zu beseitigen. Nuria bekam davon kaum etwas mit. Sie betrachtete jede Einzelheit seines übermenschlich schönen Gesichts. Alles erschien ihr so widersprüchlich. Es war noch nicht lange her, da hatte sie bloß Abscheu in seiner Gegenwart empfunden. Nun kämpfte sie mit aller Macht dagegen an, sein Beisein zu genießen. Vergeblich. Dabei durfte es nicht sein, beschwor sie eine Stimme in ihrem Kopf. Selbst wenn er nicht für den Schnee verantwortlich war, hatte er den Menschen Areas doch jahrelang jede Hilfe verwehrt. Viele wären nicht an Hunger und Kälte gestorben, hätte er die Tore Griseos geöffnet. Lord Tarik hatte somit nicht weniger als den Tod verdient. Und doch, als die Diener leise hinter sich die Türen zuzogen und ein Windstoß durch den Speisesaal fegte, der seinen Duft zu ihr trug, konnte sie nicht anders, als ihn heimlich tief in sich aufzunehmen. Um der verwirrenden Situation zu entkommen, sagte sie: »Wenn Ihr erlaubt, ziehe ich mich jetzt in meine Gemächer zurück.«

»Ich erlaube es.«

Nuria erhob sich. »Ich wünsche Euch eine geruhsame Nacht.«

»Dasselbe für Euch …«

Sie war schon ein paar Schritte gegangen, da vernahm sie seine letzten Worte. »… Lady Miriam.« Nuria hielt kurz inne, ging dann aber weiter. Er sollte nicht sehen, wie sehr es sie traf, dass er sie in diesem Augenblick so nannte.

16

Tarik saß am Schreibtisch im Kontor. Seine Finger trommelten auf der Holzplatte herum. Er grübelte. Lauschte dabei dem Pfeifen des Windes, der wohl nie wieder vergehen wollte. In seinem Kopf formte sich ein Gedanke, der bereits vor drei Wochen seinen Anfang genommen hatte. *Worauf warte ich noch?* Tarik fand einfach keine Antwort auf diese Frage, was gleichbedeutend war mit: Es war so weit!

»Ace!«, rief er seinen Diener, der neuerdings stets vor seiner Tür weilte.

Er trat ein. »Ja, Herr?«

»Bring mir Caruzo und Katrey herbei.«

»Sehr wohl.«

Ace verschwand. Tarik war sich sicher, dass er die beiden erst einmal aus ihren Betten holen musste. Der Tag hatte schließlich gerade erst begonnen. Vor Kurzem noch wäre er nicht auf die Idee gekommen, so lange zu warten. Ein *Ruf* durch seine Magie, wie er es seit Jahren stets tat, wäre weitaus schneller gegangen. Dass er auf diese Weise Schmerz verursachte, hätte ihm nicht gleichgültiger sein können – bis vor drei Wochen.

Der Augenblick im Speisesaal war ein Wendepunkt gewesen. Ihre Augen hatten ihn geradezu angefleht, damit aufzuhören. Erst da war ihm aufgegangen, wie sehr er sich daran gewöhnt hatte und wie sehr es sie verschrecken musste.

Die Erkenntnis danach – als ihre Hand auf seinem Arm geruht

hatte – war Tarik ganz plötzlich gekommen. Bislang war er einzig auf ihre Veränderung zu Miriam konzentriert gewesen. Wie besessen hatte er sich an diesem Gedanken festgekrallt und dabei gar nicht gemerkt, wie ihre Anwesenheit auch ihn verändert hatte. Dort, im Speisesaal, war passiert, was keiner für möglich gehalten hatte. Sie hatte es geschafft, ihn aufzuhalten … machte ihn Stück für Stück wieder zu dem Menschen, der er vor Miriams Tod gewesen war. Wie hatte er bloß übersehen können, dass das mindestens genauso wichtig war?

Kurze Zeit später betraten Caruzo und Katrey verschlafen das Kontor. Der Magier verbeugte sich. Dabei verrutschte sein Mantel und gab ein Stück eines lächerlich weibisch anmutenden Schlafkleides frei. Hastig bedeckte er sich wieder.

Tarik musste ein Grinsen unterdrücken.

Die Kammerzofe tat einen tiefen Knicks, der durch ihr Zittern steif aussah, und steckte eine wilde Haarsträhne zurück unter ihre Schlafhaube. »Ihr habt nach uns rufen lassen, Herr?« Sie schlang die Arme um ihren Körper. Ihre Augen waren noch verquollen.

»Ja. Meine wochenlangen Überlegungen sind nämlich zu einem Ende gekommen.« Tarik stand auf und wanderte zu einem der blinden Fenster. Schemenhaft erkannte er die dicken Schneeflocken dahinter, die beinahe waagerecht vorbeiflogen. Er hielt den Blick darauf gerichtet, als er weitersprach. »Die euch angedrohten Strafen sind abgewendet worden. Es hat funktioniert. Sie ist tatsächlich zu einem durchaus befriedigenden Abbild Lady Miriams geworden.« Tarik fühlte sich eigenartig. Obwohl der Inhalt seiner Worte genau das sagte, was er sich vorgenommen hatte, schmeckten sie seltsam in seinem Mund. Er sah zu Miriams Gemälde. Was er erblickte, war nicht *sie*. Dennoch sprach er weiter. »Der kommende Thing soll für die Verkündung genutzt werden, so wie geplant. Das heißt für Euch, Caruzo, Vorbereitungen zu treffen. Kümmert Euch um den anschließenden Empfang auf Griseo.«

»Ich werde alles tun, was nötig ist, um diese glanzvolle Zeit zurückzuholen«, schwärmte er salbungsvoll.

Tarik nickte. Jetzt richtete er sein Wort an Katrey. »Dir übertrage ich das Anfertigen eines Kleides. Vergiss nicht, die Täuschung muss makellos sein. Ich denke, Gold wäre angemessen. Ich gestatte, dass du dir Caruzo und seine Magie zu Hilfe nimmst.«

»Ihr könnt Euch auf mich verlassen.«

Ihre Stimme klang noch immer zittrig, wie Tarik fand. Wenigstens ihr Gesicht wirkte allmählich wacher.

»Wann soll ich mit ihr reden?«, fragte Katrey.

»Das werde ich selbst tun.«

»Mein Lord, ich will Euch nicht widersprechen, aber ich halte es für besser, wenn …«

Tarik hob die Hand, sie schwieg. Er stutzte und verengte die Augen, aber nicht wegen ihrer Worte. Etwas war plötzlich anders. Alle im Raum schienen es jetzt zu bemerken.

»Es ist so leise«, sagte Caruzo.

Tarik hatte einen Verdacht. Er berührte die Scheibe, die im nächsten Moment aufklarte. Gerade noch rechtzeitig, um die letzten Schneeflocken senkrecht hinabgleiten zu sehen. Wie auf ein geheimes Zeichen hin waren der Schnee und der Sturm mit einem Mal vorbei. Das Glas wurde wieder blind. Tarik schoss eine Idee durch den Kopf, die ihn beflügelte. »Macht euch an die Arbeit«, sagte er und hastete an ihnen vorbei. Vor der Tür traf er auf Ace. Er raunte ihm etwas ins Ohr. Dann lief er weiter, ohne sich umzudrehen. Er wusste, er tat das Richtige. Die Neuigkeit würde sich auf der Burg verbreiten wie ein Lauffeuer. Wenn er verhindern wollte, dass Nuria es durch jemand anderen erfuhr, hatte er nur eine Möglichkeit: Er musste dafür sorgen, dass sie beide allein waren. Etwas, das auf Griseo zurzeit unmöglich erschien.

Verzeiht die frühe Störung, Lady Miriam.«

»Ace, richtig?« Nuria hatte sich noch immer nicht alle Namen merken können.

»Zu Euren Diensten.« Er verbeugte sich, während eine Hand auf seiner Brust lag. »Lord Tarik wünscht, dass Ihr zu ihm kommt.«

Verwundert sah sie an sich herunter. »Sag ihm, ich werde einen Moment brauchen, um mich herzurichten.«

»Jetzt gleich«, ergänzte Ace auf eine Weise, die deutlich war. »Ich soll Euch begleiten. Nehmt einen warmen Mantel mit.«

Nuria nickte und stellte keine Fragen, obwohl ihr durchaus einige auf der Zunge lagen. Was auch immer Lord Tarik wollte, es schien keinen Aufschub zu dulden. Darum legte sie sich den pelzverbrämten Kapuzenumhang um die Schultern, schloss ihn mit einer Schnalle am Hals und folgte Ace. Währenddessen zog sie sich die Fellkapuze über das offene Haar. Der Diener lief schnell, sie hielt gerade so mit ihm Schritt. In der Vorhalle angekommen, gab er den Wachen ein Zeichen, das Tor sofort zu öffnen. Mit klopfendem Herzen fragte sich Nuria, was sie wohl erwartete.

Knarrend wurden die schweren Flügel zur Seite geschoben. Ein Luftzug fegte ihr über das Gesicht und brachte den Duft des Winters mit sich. Über ihr spannte sich der schneelose blaue Himmel. Der Sturm war vorbei! Wann war das passiert? Sie hatte sich so sehr an den Zustand gewöhnt, dass ihr das Ende des Windes gar nicht aufgefallen war. Vom Himmel aus richtete sie ihre Aufmerksamkeit jetzt nach vorn. Ace verbeugte sich vor ihr und trat rückwärts an den Rand zur Burgmauer. Er gab den Blick frei auf den verschneiten Hof.

Die Luft war erfüllt von einem Glitzern. Winzige Eispartikel, die so leicht waren, dass sie nicht zu Boden sanken, schwebten umher. Es war wie Magie, die keines Magiers bedurfte. Inmitten dieses Zaubers stand Lord Tarik. Er hielt Monrak und Amadee am Zügel.

»Verzeiht, dass ich Euch so überfalle, Lady Miriam. Darf ich Euch um einen Ritt im Schnee bitten?«

Seine Frage erschien ihr mindestens so unwirklich wie das Bild vor ihren Augen. Nuria hörte das Knirschen jedes einzelnen Schrittes überlaut, als sie sich näherte. Ohne den Wind in ihren Ohren wirkte plötzlich alles so friedlich. Sie verbannte jede Frage nach dem Warum aus ihrem Kopf. Beinahe so, als wäre es nichts Ungewöhnliches, mit dem düsteren Herrscher Areas auszureiten. »Ja, Ihr dürft«, sprach sie knapp. Die Antwort fiel ihr leicht. Nuria wollte tatsächlich nichts lieber, als mit ihm durch den Schnee zu reiten!

Lord Tarik stellte sich so hinter sie, dass er ihre Hüften umfassen konnte. »Ihr erlaubt?«

Nuria nickte nur. Dann spürte sie, wie er sie mit Leichtigkeit auf Amadees Rücken hob. Er übergab ihr die Zügel einer Trense, die der Wallach eigentlich gar nicht brauchte.

Monrak tänzelte nervös, als Lord Tarik seinen Rücken erklomm. Sein Hals bildete augenblicklich einen Halbmond, an dem die schwarze Mähne im Takt seiner Bewegung wippte. Dennoch hielt der Herrscher ihn mit Leichtigkeit – wenn auch nur mit einer Hand. Der andere Arm ruhte, wie so oft, auf seinem Schwertknauf.

Nurias Blick wurde von etwas angezogen. Das fehlende Ohr des Hengstes war wieder da. Ihre erstaunte Miene schien vielsagend zu sein.

»Ich habe es ihm zurückgegeben. Er sah komisch aus, als es fehlte.« Lord Tarik schenkte ihr ein Zwinkern, das wohl bedeuten sollte, dass diese schreckliche Erinnerung in die Vergangenheit gehörte. »Wollen wir?«

»Ja, lasst uns reiten.« Nuria spürte Amadees warmen Körper und seinen rhythmischen Gang, und sie fühlte sich umgehend, als würde sie eins mit ihrem Pferd. Sie fixierte das Burgtor. Es begann zu quietschen und zu knallen – ein Geräusch, das Nuria an ihren ersten, grausamen Tag auf Burg Griseo erinnerte. Damals hatte Lord Tarik ihr mit Magie die Besinnung genommen, um sie ins Innere der Feste zu schaffen. Bei diesem Gedanken sah sie zu ihm. Es gelang ihr fast nicht, diese Erinnerung mit dem jetzigen Augenblick übereinzubringen.

Ihr Weg führte sie nebeneinander über die Brücke und hinauf auf die erste Hügelkette.

Eingehend besah Nuria die Landschaft, die sie so lange nicht mehr vor Augen gehabt hatte. Alles, selbst der schmalste Ast, war in strahlendes Weiß gehüllt. Auf den bewaldeten Hügeln in der Ferne lag ein dünner Nebel. Über ihnen erklang der Schrei eines Greifvogels, der am Firmament seine Runden flog. Es wirkte auf sie, als erholte die Natur sich rasch von dem Sturm.

»Ihr seid mutig, dass Ihr Euch traut hinauszureiten. Das Wetter könnte schließlich jederzeit wieder umschlagen.«

»Man fürchtet nur das, was einen am meisten bedroht«, gab Nuria keck zurück. »Das Wetter ist längst nicht mehr meine größte Angst.« Mit Absicht führte sie ihre Gedanken nicht weiter aus.

»Darf ich erfahren, was diesen Platz eingenommen hat?«

Sie lächelte, als sie an die Antwort dachte. Er jedoch sollte raten – mit einem überlegenen Lächeln als einzigem Hinweis. »Nein. Es tut mir leid, Euch enttäuschen zu müssen. Aber Frauen haben nun mal ihre Geheimnisse.«

»Und was macht Euch so sicher, dass ich nicht fähig bin, Eure Gedanken zu lesen?«

»Die Vergangenheit«, gab sie selbstbewusst zurück. Tatsächlich hatte sie keinen Zweifel, dass er dessen nicht mächtig war. Anderenfalls wäre sie wahrscheinlich schon einen Kopf kürzer.

Er unternahm keinen weiteren Versuch, ihr Geheimnis zu ergründen.

Als Nuria zu ihm sah, ließ etwas in seinem Gesicht sie jedoch wissen, dass ihm ihre Antwort gefiel.

Sie schlugen einen Weg ein, der sie über die seicht geschwungenen Ebenen zwischen Griseo und dem Wald brachte. Die Pferde stießen mit ihren ausladenden Schritten den Pulverschnee vor sich her. Es war unverkennbar, dass sie sich nach Tagen im Stall darüber freuten, endlich die Glieder strecken zu dürfen. Ganz besonders Monrak schnaubte immer wieder und warf ungeduldig den Kopf hin und her.

»Ich glaube, Euer Hengst will laufen, Lord Tarik.«

»Ja, unmissverständlich. Aber er wird schön an der Seite seiner Herrin bleiben.«

»Und wenn seine Herrin gar nichts dagegen hätte, schneller zu reiten?« Nuria sah ihn auffordernd an. »Ich denke, Ihr erinnert Euch noch, dass ich eine gute Reiterin bin.« Es war durchaus gewagt, Lord Tarik an ihre Flucht zu erinnern. Nuria jedoch hatte alle Bedenken und jede Scheu vor ihm auf Griseo zurückgelassen. Hier, auf ihren Pferden, schien es, als wären sie ebenbürtig.

»Wie könnte ich das vergessen?«

»Dann macht Euch auf eine Niederlage gefasst.«

»Und Ihr gebt besser acht auf verborgene Gewässer.« Kaum hatte er das ausgesprochen, gab er Monrak die Zügel vor. Der Hengst schoss davon.

Das Geräusch, das dabei ertönte, ließ ihr Herz schneller schlagen. Sie brauchte nur zu schnalzen. Amadee stieß sich von der Schneedecke ab und jagte mit donnernden Hufen hinter dem Rappen her. Nuria fühlte alsbald die kalte Luft auf ihrer Haut. Es war ihr, als wehte der Wind durch sie hindurch und wüsche alles fort, was sie bislang davon abgehalten hatte, ihren Gefühlen freien Lauf zu lassen. Sie war mit einem Mal einzig beherrscht von Freiheit und Freude und begann deshalb lauthals zu lachen.

Lord Tarik fiel in das Lachen mit ein. Losgelöst von jeder Pflicht und Hierarchie, fegten sie nebeneinanderher in Richtung Wald.

Das Kribbeln in Nurias Bauch nahm von ihrem ganzen Körper Besitz. Es war das erste Mal, dass sie solche Freude miteinander teilten, und es brachte ihn ihr unerwartet nah.

Lord Tariks Ehrgeiz schien dennoch ungebrochen. Wild entschlossen trieb er Monrak weiter an, um sich endlich von Amadee abzusetzen.

Nuria dachte gar nicht daran, das zuzulassen. Was sie anstrebte, war nichts Geringeres als der Sieg! Ihre alte Stärke war zurückgekehrt und flößte ihr Mut ein. Sie beugte sich vor, um es ihrem Wallach leichter zu machen. Die Kapuze ihres Mantels flog dabei zurück und ließ den Wind durch ihr offenes Haar wehen. Ohne dass sie es sehen konnte, spürte Nuria, wie es wieder schneeweiß wurde und die ursprüngliche Länge annahm. Sie wusste, *er* hatte das bewirkt. Ein winziger Fingerzeig, den sie noch im bloßen Augenwinkel sah, verriet den Lord, der Monrak jetzt geschickt um ein paar vereinzelte gefrorene Bäume lenkte.

Amadee folgte dem Rappen auf seinem Weg in den lichten Wald hinein. Hier aber suchte Nuria ihre eigene Spur und ließ ihr Pferd in waghalsigen Manövern den jetzt mannsdicken Baumstämmen ausweichen. Ein ums andere Mal entging ihr Knie nur knapp einem Zusammenstoß, doch ihr Schneid wurde belohnt. Sie setzte sich an die Spitze und beritt als Erste den schmalen ansteigenden Schneepfad zur Kuppe eines Hügels. Schwer schnaufend kämpfte Amadee sich hinauf, ohne dabei viel Geschwindigkeit einzubüßen. Erst, als Lord Tarik jede Aussicht auf den

Sieg verloren hatte, ließ Nuria ihren Wallach langsamer werden. Triumphierend sah sie zurück.

Monrak näherte sich wild schnaubend, als wäre er selbst entrüstet über seine Niederlage. Der Herrscher Areas hielt sich die Brust und rang nach Luft.

Frech griff Nuria nach dem vereisten Ast einer Tanne und ließ ihn zurückschnellen. Augenblicklich gab der Baum eine große Menge Schnee auf den Rappen und seinen Reiter frei. »Ich habe Euch geschlagen, großer Lord«, setzte sie atemlos nach, während sie Amadee auf die Kuppe des Hügels zutraben ließ.

Lachend wischte er sich die Eiskristalle vom Kopf. »Ich denke eher, Monrak hat Euch gewinnen lassen, wie es sich gehört.« Sein Gesichtsausdruck machte deutlich, dass er scherzte.

Sie hielt auf eine kleine Lichtung zu, von der aus man hinab in die Täler gucken konnte. Noch immer hing dort ein Hauch von Nebel. Nuria spürte, wie das Lachen während ihres Galopps noch immer nachhallte. Der Ritt hatte ein Tor geöffnet, das ihr erlaubte, Lord Tarik auf eine neue Weise anzusehen. »Seid Ihr etwa ein schlechter Verlierer?«, fragte sie herausfordernd und ließ Amadee in einem Kreis auf der verschneiten Lichtung laufen.

Lord Tarik reihte sich mit in die Spur ein. Sie umrundeten einander, als wären sie beide Jäger und Gejagter zugleich. Sein Blick galt ausschließlich ihr. »Der schlechteste weit und breit. Schon immer! Aber verratet mich nicht.«

Sein Gesicht war alles, was sie sah. Mit jeder Faser ihres Körpers wollte Nuria ihm nah sein – so sehr, wie sie es noch nie zuvor wahrgenommen hatte. Wie im Rausch und voller Neugier spielte sie weiter ihr kleines Spiel. »Das heißt, ich habe jetzt etwas gegen Euch in der Hand!«

»So ist es«, bejahte er und brachte Monrak zum Stehen.

Amadee hielt ebenfalls an.

Lord Tarik schwang sein Bein über den Pferdehals und glitt in den Schnee. Achtlos ließ er die Zügel fallen, machte den ersten Schritt auf sie zu. »Was gedenkt Ihr mit Eurem Wissen zu tun?«

Auch Nuria stieg nun ab, ohne sein Gesicht aus den Augen zu lassen.

Ihre Pferde liefen ein Stück fort. Im nächsten Augenblick waren sie allein.

Lord Tarik näherte sich ihr. Langsam. Überlegen.

Das Gefühl zu schweben hüllte Nuria ein. Sie wusste, um sie herum war es klirrend kalt, doch sie spürte die Kälte nicht. Ihre Stimme war nur noch ein Flüstern. »Ich könnte Euch jetzt wohl erpressen.«

Lord Tarik erreichte sie. »Wisst Ihr, was ich für gewöhnlich mit Erpressern tue?«

Nuria fühlte seine Hand auf ihrer Wange. Seine Berührung löste einen Funkenschlag in ihr aus. Gleitend suchten seine Finger ihren Nacken, wo sie zugriffen. Sie war durch seine Stärke fixiert und ergab sich augenblicklich seiner stummen Forderung, den Hals zu wenden.

Er kam ihr nah und raunte ihr ins Ohr: »Ich breche ihnen den Hals.«

Nuria schloss die Augen. Es war ihr gleich, was er mit ihr tat, wenn er nur nicht wieder ging. Sein unverwechselbarer Geruch umgab sie. Die Wärme seines Gesichts nahe ihrem verriet sein Vorhaben. Weich berührten seine Lippen ihren Mund. Die ersten Bewegungen waren noch zaghaft. Nuria spürte sein Verlangen dennoch. Bald wurde der Kuss drängender.

Voller Leidenschaft zog er sie nun näher an sich heran. Seine verbliebene Hand packte ihre Hüfte.

Sie gehorchte, als er sie fordernd und stetig zurückdrängte, bis ihr Rücken an einen Baum stieß. Hier überkam es auch Nuria. Ungestüm drängte sie sich ihm entgegen und gab ihrer Begierde nach. Jeder Zoll ihres Körpers, den er berührte, schien zu brennen. Jeder Kuss hauchte wieder Leben in ihre Seele, die sich viel zu lange taub angefühlt hatte.

Es dauerte, bis sie das erste Mal voneinander abließen, atemloser noch als nach dem schnellen Ritt von eben. Tief sahen sie einander in die Augen.

Es war Nuria nicht klar, wie er es anstellte, doch scheinbar ohne einen Muskel zu rühren, glitten sie Arm in Arm in den weichen Pulverschnee. Hier wurden ihre Küsse ruhiger. Die Zeit schien stillzustehen. Kein Geräusch war im ganzen Wald zu hören. Sie wollte nichts mehr, als für immer hier zu liegen. Irgendwann aber zog der Himmel zu, und es begann leicht zu schneien.

Er sah zu ihr herunter. Alles an ihm bedeutete ihr, dass auch er bleiben wollte. Doch sie mussten gehen. »Komm. Wir reiten zurück, bevor du noch erfrierst.« Lord Tarik reichte ihr die Hand und half ihr hoch.

Nurias Haar, ihr Mantel, ihr Kleid waren über und über von Schnee bedeckt. Sie hatte keine Augen dafür. Stattdessen bemerkte sie, wie er seine Rechte hob, die Handfläche auf sie gerichtet. Ohne jedes Wort verstand sie, dass er sie aufforderte, ihre Hand gegen seine zu legen. Kaum hatte sie das getan, durchströmte sie wohlige Wärme. Nichts an Lord Tariks Gesicht ließ vermuten, dass er gerade Magie an ihr wirkte. Dennoch schmolz der Schnee auf ihrem Körper mit einem Schlag.

»Du warst noch nie schöner als jetzt.« Er sagte es mit einem Blick, der alles an ihr einschloss.

Nuria hatte plötzlich viele Fragen. Er gab ihr jedoch nicht die Möglichkeit, etwas darauf zu sagen. Seine Hand glitt hinab. »Ich hole die Pferde.« Schon war er zwischen den Bäumen verschwunden.

Sie blieb mit klopfendem Herzen zurück auf der Lichtung. Ihre wirren Gefühle waren kaum zu benennen. Ungläubig besah sie die Spuren im Schnee, die ihre Körper hinterlassen hatten. War das eben wirklich geschehen? Wären da nicht die Beweise ihres Tuns auf dem Boden, hätte sie wahrscheinlich an ihrer Erinnerung gezweifelt. Jetzt sah sie hoch und blickte in die Ferne. Nuria fragte sich, was dies alles wohl für die Zukunft bedeutete. Dabei rieselten lautlos die ersten Flocken auf sie herab. Schnell wurden sie dicker.

Nach einer Weile kehrte Lord Tarik zurück. Er führte Amadee und Monrak am Zügel.

Ihr Blick war noch immer auf die Weiten Areas gerichtet. Er haftete an einem bestimmten Punkt.

Lord Tarik trat mit den Pferden an ihre Seite. »Ich merke deinem Gesicht an, wohin du siehst.«

»Pago liegt genau hinter jenem Waldstück dort drüben. Ich bin oft auf diese Hügel da vorn geritten.« Sie ließ aus, dass ihre Mutter, die sie ihr halbes Leben lang vermisste, dort begraben lag. Stattdessen sah sie jetzt zu ihm. Ihr Herz fühlte sich wund an, wenn sie an die Vergangenheit dachte, und es schien zu leuchten, wenn sie ihn sah. So seltsam es auch war, die innere Zerrissenheit fühlte sich schlimmer an als der bloße Hass zuvor. Noch vor Kurzem war ihr Ziel klar gewesen. Ihr ganzes Dasein hatte von der Verachtung für Lord Tarik gezehrt. Die Wut zu ertragen war zeitweise schwer gewesen, doch die Richtung klar. Nun schloss Nuria verwirrt die Augen. Sie kämpfte dagegen an, den einen Schritt zu machen, der sie trennte. Und dagegen, ihre Hände auf seine Brust zu legen und ihn zu küssen.

»Wenn du gehen willst, geh!«

Nuria riss die Augen auf.

»Ich lasse dich frei. Du bist nicht länger auf Griseo gefangen.«

»Aber warum?«

Er gab ihr keine Antwort darauf. »Es ist deine Entscheidung. Reite zurück nach Pago oder …« Mit nur einem Schwung saß er auf Monraks Rücken. Er nahm die Zügel auf und beendete seine Ausführung. »... oder komm mit mir und steh an meiner Seite beim nächsten Thing!«

Nuria begann zu zittern. War es die Kälte? Oder der Schnee? Lord Tarik sah auf sie herunter. Alles an ihm machte deutlich, dass er es ernst meinte.

»Schau in dich und wähle.«

Nie hätte sie es für möglich gehalten. Selbst an diesem Morgen noch nicht, wo ihre Gefühle schon mächtig gewesen waren. Doch Nuria schritt auf Amadee zu und stieg auf. »Bring mich nach Hause.«

17

Nuria fror mittlerweile ganz erbärmlich. Die anfänglich nur dünnen Flocken fielen nun so dicht, dass sie kaum mehr die Hand vor Augen sah. Es war wohl ihr Glück, dass nicht auch noch Wind hinzugekommen war. Wahrscheinlich hätte der sie einfach von Amadee heruntergefegt, woraufhin sie in zig Teile zerbrochen wäre, als bestünde sie aus Glas. Trotz allem, Nuria ließ kein Wort der Beschwerde über ihre Lippen kommen. Nichts hasste sie so sehr, wie schwach dazustehen. Als sie aber endlich die Brücke Griseos vor sich sah, stieß sie ein stummes Dankgebet aus. Sie freute sich darauf, gleich an einer warmen Feuerstelle zu sitzen.

Auf dem Burghof kam ihnen ein Stallbursche entgegen. Er nahm ihnen die Zügel ab und sagte: »Mein Lord, meine Lady, endlich! Alle haben sich schon große Sorgen gemacht.«

»Unnötig. Es geht uns gut«, antwortet Lord Tarik heiter, während er vom Pferd stieg und zu Nuria trat, um ihr von Amadee herunterzuhelfen.

Sie ließ sich in seine Arme fallen – zu mehr Bewegung war ihr steifer Körper auch nicht mehr fähig. Noch immer hatte sie keine Ahnung, ob er überhaupt Kälte empfand. Es schien jedenfalls nicht so. Sein Lächeln war geradezu entspannt.

»Du siehst halb erfroren aus«, raunte er ihr zu. »Lass uns hineingehen.«

»Warum das denn?«, bibberte sie. »Mir ist eigentlich noch nach einer Schneeballschlacht.«

»Deine blauen Lippen sagen mir etwas anderes.« Er grinste schief und nahm sie an der Hand.

Sie betraten die Vorhalle, in der es schon erheblich wärmer war als draußen. Nuria rieb sich die Arme unter ihrem Mantel, da hörte sie Katrey auch schon durch die Burg rufen: »Sie sind wieder da! Lord Tarik und Lady Miriam sind zurück.«

Gleich darauf vernahm Nuria das Getrappel von Füßen. Es waren aber nicht nur Katreys. Aus allen Richtungen schienen sich jetzt Diener zu nähern. »Hörst du das?«

»Sie kommen«, kündigte er auf eine Weise an, als ginge es um einen Feind.

»Unaufhaltsam«, ergänzte Nuria. Es war schon verrückt. Griseo war ihr anfangs vorgekommen wie der einsamste Ort in ganz Area. Und nun, wo sie nichts dagegen hätte, mit Lord Tarik allein zu sein, schien es plötzlich so gut wie aussichtslos. Die Schritte wurden lauter. Jeden Moment erwartete sie, dass irgendwer die Treppe erreichte und die Vorhalle betrat. »Ich denke, wir können uns nicht vor ihnen verstecken.«

Lord Tariks Gesicht begann vor Abenteuerlust zu strahlen. Unvermittelt ergriff er Nurias Hand. »Das werden wir noch sehen.« Im nächsten Augenblick zog er sie hinter sich her.

»Was hast du vor?«, fragte sie ihn und unterdrückte ein Kichern.

Er hielt ungebremst auf den großen Saal zu. Es brauchte nur eine kleine Bewegung seiner Hand, und die Tür öffnete sich einen Spaltbreit. »Schnell. Hier rein.« Sie schlüpften hindurch.

Kurz bevor er die Tür wieder hinter sich schloss, sah Nuria, wie seine Bernsteinaugen etwas ins Visier nahmen. Es war diese knappe, intensive Konzentration, die ihr verriet, dass er schon wieder Magie verwendete. Ein gehöriges Scheppern drang jetzt aus Richtung Speisesaal. Dann zog er die Tür zu. »Das wird sie ablenken.«

Im nächsten Moment hörte Nuria, wie mindestens vier Paar Füße die Zwillingstreppe hinuntereilten.

»Lord Tarik? Lady Miriam?«

Es war Caruzo, der da rief, wie sie gleich erkannte. Um ein Prusten zu unterdrücken, schlug sie sich die Hand vor den Mund.

Lord Tariks Finger suchten wieder die ihren. Flüsternd forderte er sie auf: »Los, so schnell kriegen die uns nicht. Ich weiß, wo sie wahrscheinlich nicht suchen werden.«

Nuria ließ sich von ihm mitziehen. Wie zwei freche Kinder, die sich vor den Eltern versteckten, rannten sie durch die Gänge der Burg. Kaum wähnten sie sich weit genug weg, begannen sie lauthals zu lachen. Nuria hielt sich den Bauch. Sie rannten noch immer. »Halt an. Ich kann nicht mehr.«

»Ist dir jetzt wenigstens wieder warm?«

»Und wie!« Sie wedelte sich mit der Hand Luft zu. Dabei sah sie sich um. »Wo sind wir hier?«, fragte sie atemlos. »Es kann doch unmöglich sein, dass es noch immer Flure auf Griseo gibt, die ich nicht kenne.«

»Vielleicht vermehre ich die Gänge und Zimmer ja heimlich.«

Sie grinste. »Und wohin bringst du mich jetzt?«

»Hierher.« Lord Tarik war am Ende des Flurs stehen geblieben, vor einer Spitzbogentür mit filigranen Steinverzierungen drum herum. Wie alles in diesem Gang wirkte auch diese Tür durch ihre eigenartige Bauweise geradezu leicht.

»Was verbirgt sich dahinter?«

»Der Spiegelsaal.« Er öffnete die Tür und flutete den Flur so mit goldenem Licht.

Nuria fiel der Mund auf. Ohne weiter auf Lord Tarik zu achten, trat sie ein. Ihre Schritte hallten laut wider auf einem Boden, in dem sie sich spiegeln konnte. Arkadenbögen mit Kassettendecken umrahmten die Fenster, die beide Seiten einnahmen. Über ihnen befand sich ein Kuppeldach, das mit Engeln bemalt war.

Alles sonst, jeder Kerzenhalter, jede Fensterbank, jeder Kamin, schien aus purem Gold zu sein. Nuria breitete die Arme aus und begann sich zu drehen. Dabei sah sie nach oben zu den wundervollen Malereien. Es fiel ihr schwer zu glauben, dass sie nicht träumte. »Wie wunderschön es hier ist. Wofür wurde dieser Saal einst erbaut?«

Lord Tarik kam auf sie zu. Es war ihm anzusehen, dass er ihr Erstaunen genoss. Er öffnete den Mantel und schob ihn sich von den Schultern. Schwer fiel er zu Boden. Jetzt verbeugte er sich galant vor ihr und hob den Arm im rechten Winkel. Die verbliebene Hand ruhte dabei auf seinem Rücken. »Um das Tanzen zu erlernen.«

Nuria beendete ihre Drehung. Seine Haltung kam ihr bekannt vor. Dann schoss ihr die Erinnerung in den Kopf, ohne dass sie es verhindern konnte. Das Gemälde von Lady Miriam und ihm. Alles war ihr mit einem Mal gegenwärtig. Jeder Schritt, der zu der heiteren Flötenmusik und den Trommeln gehörte. Die ganze Abfolge des kecken Spiels zwischen Mann und Frau. Auch sie hob jetzt ihre Hand und legte sie gegen seine. Die Berührung seiner Haut ließ ihr Herz schneller schlagen. An ihr Ohr drang die Melodie von damals. War es wieder eine seiner Magien? Bloß ihre Erinnerung? Oder war die Musik wirklich da? Im Gleichschritt begannen sie einander zu umrunden. Bedächtig und aufmerksam wechselten sie nach wenigen Bewegungen zur gleichen Zeit die Richtung. Dann entfernte sie sich rückwärts von Lord Tarik. Wie ein Spiegelbild kamen sie im hüpfenden Grundschritt wieder aufeinander zu. Nuria sah dabei nichts außer seinen Augen. Der Tanz war ihr einfach gegeben, darüber nachzudenken nicht nötig.

Nach einer tiefen Verbeugung ergriff Lord Tarik Nurias Hand. Er hob sie über sich, was einer Aufforderung gleichkam.

Nuria ließ sich treiben und tanzte auf Zehenspitzen um ihn

herum. Ihre Hüften schwangen verlockend. Bei jeder Drehung bauschte sich das Kleid unter ihrem Mantel, und ihre Haare flogen. Immer wieder suchte sie seinen Blick, begierig beinahe. Sie wollte ihm gefallen.

Die Musik spielte noch immer, da hielt er es scheinbar nicht mehr aus. Er zog sie an ihrer Hand zu sich heran. Gleich danach fuhren seine Finger in ihren Nacken, in ihr Haar. Sein Kuss war gezeichnet von der Begierde eines Mannes, der durch ihre verlockenden Bewegungen beinahe in den Wahnsinn getrieben wurde. Ungestüm hob er sie hoch.

Nuria umfasste sein Gesicht, während er sie beide weiterdrehte. Ihre Finger fühlten die raue Haut seines Bartes. Sie tasteten sich vor bis in sein dunkles Haar.

Ohne dass ihr Kuss endete, brachte er sie zu einer der Fensterbänke. Hier setzte er sie ab, schöpfte Atem, nur um ihr jetzt den Mantel herunterzureißen und sie weiter zu küssen.

Es war wohl der letzte verbliebene Funken Anstand, der Nuria zuflüsterte, dass hier weder der rechte Ort noch der rechte Moment war, um weiterzugehen. Sie hielt ihn auf.

Er legte die Stirn an ihre. Lächelnd auf eine Weise, als käme er wieder zu sich.

Sie verließen die Fensterbank – noch immer Hand in Hand. Dabei fiel Nuria auf, dass die Musik nicht mehr spielte. »Vielen Dank für diese Lektion, Lord Tarik. Nun kann ich auch das«, stellte sie fest.

»Und wenn ich sage, dass es keine Lektion war?«

Sie blieb stehen. »Was war es dann?«

»Ein Tanz.«

Seine Worte hinterließen die Frage, ob er denn nicht mehr mit allem, was er tat, danach strebte, sie zu einem perfekten Abbild Lady Miriams zu machen. Nuria ließ dies unbeantwortet, denn ihr Verlangen nach ihm war noch nicht gestillt. Gerade wollte sie sich holen, wonach sie begehrte, als er plötzlich ernst zur Seite sah und dann ein kurzes Lachen ausstieß. »Was ist?«

»Sie haben uns gefunden. Ich habe sie unterschätzt.«

Obwohl Nuria nichts hörte, hatte sie keinen Zweifel an seinen Worten. Sofort begann sie, ihr Kleid zu glätten und ihr Haar zu entwirren.

Lord Tarik jedoch ließ das nicht ohne Weiteres zu. Ein letztes Mal zog er sie dicht an sich heran. Er küsste sie und flüsterte ihr ins Ohr: »Komm später zu dem zerbrochenen Fenster. Ich möchte dir etwas zeigen.«

Nurias Knie wurden weich beim bloßen Gedanken, was sie wohl erwartete. Sie nickte verschwörerisch, als sie sich beide rückwärts voneinander entfernten.

Die Tür ging auf. Katrey, Caruzo, Ace und Lysander traten ein.

»Herr«, stieß Caruzo atemlos aus. »Wir haben überall nach Euch gesucht.«

»Warum nur?«, fragte Lord Tarik.

Seine Stimme wirkte verändert, wie Nuria fand. Sie war so ernst, wie sie geklungen hatte, bevor es zwischen ihnen zu Zärtlichkeiten gekommen war. Nuria wusste selbst nicht, weshalb sie ihre Gefühle vor der Dienerschaft verbargen. Wahrscheinlich deshalb, weil sie dieses süße Geheimnis wenigstens kurz bewahren wollten, bevor sie es mit ganz Area teilten.

»Wir wollten nur sichergehen, dass Euch nichts zugestoßen ist. Ihr seid schon lange nicht mehr ausgeritten.«

Katrey lief jetzt auf Nuria zu. »Jeder auf der Burg hat die freudige Nachricht vernommen. Dieser Thing wird alles verändern. Wir haben aber noch viel zu tun. Du wirst eine Weile lang stillstehen müssen, wenn ich das goldene Kleid an deinen Körper anpasse.« Während sie sprach, zog sie Nuria mit sich.

»Ein goldenes Kleid?«

»Ja, so hat es sich der Lord gewünscht. Ich finde das großartig. Alle werden dich bewundern …«

Katrey plapperte weiter, als Nuria einen letzten flüchtigen Blick auf Lord Tarik warf, der ebenfalls von seinen Dienern belagert wurde. Sie tauschten ein vielsagendes Lächeln. Nuria meinte darin lesen zu können. Wie war das zwischen ihnen nur passiert? Ihr Plan, ihn zu töten, kam Nuria nun absurd vor. Ebenso absurd, wie Griseo zu verlassen. Er hatte ihr heute die Möglichkeit dazu gegeben. Sie hätte frei sein können. Doch ohne ihn gab es für sie keine Freiheit mehr. Nicht mal für die kurze Zeit, die Katrey nun ihre Aufmerksamkeit forderte, wollte sie von ihm getrennt sein. Schon jetzt wünschte sie sich in seine Arme zurück.

Als Nuria ihr Gemach betrat, traf sie fast der Schlag. Obwohl es so groß war, war beinahe jeder Zentimeter des Bodens bedeckt. Schier unendliche Bahnen goldenen Stoffs mit unterschiedlichsten Mustern zogen sich über die hölzernen Dielen. Körbe mit Perlen und Rollen mit Zierbändern waren überall verteilt. Nahe dem Fenster, wo das Licht am besten war, befand sich ein Podest aus Holz.

»Grundgütiger …«, stieß Nuria aus. »Hast du etwa das gemeint, als du sagtest, wir hätten noch viel zu tun?«

Katrey hakte sich bei ihr unter, wohl um zu verhindern, dass Nuria rückwärts wieder hinauslief. »Schön mitkommen. Ohne dich können wir dir schließlich kein Kleid auf den Leib schneidern.«

»Wir?«, wiederholte sie fragend.

»Auch ich habe das Vergnügen«, antwortete Caruzo mit einem Gesicht, als hätte man ihn dazu verdammt, selbst ein Kleid zu tragen.

Nuria kam gar nicht dazu zu fragen, welche Aufgabe der Magier übernehmen sollte. Schon wurde sie von der Kammerzofe auf das Podest geschoben. Ehe sie sich's versah, stand sie im Unterkleid da. Katrey stellte Nuria so hin, dass sie ein Maßband anlegen konnte. Allerlei Anweisungen prasselten dabei auf sie nieder.

»Auf die Zehenspitzen, bitte.«

»Und nun die Arme auseinander.«

»Lockere die Schultern. Wenn du sie jetzt hochziehst, habe ich die falschen Maße.«

»Tut mir leid.« Nuria wollte es Katrey natürlich nicht noch schwerer machen. So gut es eben ging, leistete sie den Befehlen Folge. Die seltsamen Geräusche allerdings, die hinter ihr erzeugt wurden, lenkten sie ab. Ein Reißen, dann ein Knistern. Mal erhellte sich das ganze Gemach. Dann wieder roch es seltsam. Nuria wusste, dass Caruzo sich dort aufhielt. »Was tut ihr da eigentlich?«, fragte sie nach einer ganzen Weile, als ihre Beine bereits schmerzten und ihre Neugierde ein Abwarten einfach nicht länger zuließ.

»Dreh dich um, dann siehst du es«, sagte Katrey, die sich ihr Maßband nun lässig über die Schulter warf.

Nuria besah zunächst das Schlachtfeld aus goldenen Stofffetzen. Alle Bahnen waren zerschnitten worden. Eine Handbreit über dem Boden schwebte der grobe Entwurf eines ausladenden Festtagskleides, das sichtbar von Magie durchwirkt war. Die goldene Farbe war wie ein Leuchten. Langsam ging sie darauf zu, umrundete es, wagte aber nicht, das Kleid zu berühren.

Katrey näherte sich von der Seite und betrachtete eingehend zwei zugeschnittene Stoffkeile, die bereits fest verbunden waren, dann eine andere Stelle, wo das goldene Tuch bloß locker übereinandergelegt war. An Caruzo gerichtet, sagte sie: »Hier!«, und hielt den Stoff am Ausschnitt fest aneinander.

Die Hand des Magiers hob sich. Sein Zeigefinger machte eine streichende Bewegung. Die zu verbindenden Teile glommen hell auf. Es knisterte.

Katrey schien kaum Notiz von der Magie zu nehmen. Schon hatte sie das nächste Stück platziert. Ein kurzes Nicken genügte.

Geradezu gelangweilt zeigte der Magier erneut mit dem Finger darauf. Wieder ertönte das Knistern, und dazu erschien ein Licht, das die Stoffe miteinander verband.

Katrey sah zwischendurch zu Nuria. »Du wirst wunderschön in diesem Kleid aussehen.«

»Ich kann mir ehrlich gesagt überhaupt nicht vorstellen, es zu tragen. Ich, ein einfaches Mädchen aus Pago, in so einem Kleid.«

»Du bist jetzt jemand anderes. Eine Adlige. Das Mädchen aus Pago gibt es nicht mehr.« Es klang fast wie ein Tadel. »Nicht umsonst ist dieses Kleid so aufwendig. Es soll ablenken. Die Menschen Areas dürfen keinen Zweifel daran haben, dass Lady Miriam zurück ist. Wir müssen alles tun, damit die Täuschung gelingt.«

»Es wird dennoch Menschen geben, die sich nicht täuschen lassen. Mein Bruder zum Beispiel. Oder mein Vater – auch wenn er blind ist.«

»Er kann nicht sehen?«, fragte Katrey verwundert

»Nein«, antwortete sie und verscheuchte sofort das Bild seines Gesichts aus ihrem Kopf, um nicht wehmütig zu werden. »Aber das hält ihn nicht davon ab, Dinge zu erkennen. Dazu braucht er keine Augen.«

In diesem Augenblick erhob sich Caruzo. An Katrey gerichtet, sagte er: »Den Rest wirst du allein machen müssen. Ich habe nun im Westturm zu tun.«

»Ist das Euer Ernst?« Katrey wirkte fassungslos.

»Ja, glaubst du denn, die Vorbereitung des Things bestünde ausschließlich aus diesem goldenen Ungetüm?« Caruzo sah hochnäsig auf sie herab.

»Ihr könnt jetzt nicht gehen. Habt Ihr eigentlich eine Vorstellung davon, wie viel Arbeit das noch ist?« Wie so oft war ihr Ton dem Magier gegenüber forsch.

»Nein, habe ich nicht. Und weißt du, warum? Es ist Weiberkram. Ich habe dir genug geholfen.«

»Aber Lord Tarik …«

Caruzo schnitt ihr das Wort mit einem energischen Kopfschütteln ab. »Er hat sicher nicht gemeint, dass ich dir alle Arbeit abnehmen soll, damit du die Füße hochlegen kannst. Der Anfang ist schließlich gemacht, also was beschwerst du dich?« Er war bereits auf dem Weg zur Tür.

»Kommt sofort zurück, Caruzo!«

Die Klinke schon in der Hand, bedachte er sie mit einem letzten, abschätzigen Blick. »Du kannst mir keine Befehle erteilen. Du bist bloß eine Dienerin.« Krachend fiel die Tür hinter ihm zu.

Nuria sah ihm fragend nach. Was hatte ihn nur dazu bewogen, so plötzlich zu gehen? Jetzt bemerkte sie Katreys hochrotes Gesicht. So wütend hatte sie ihre Freundin noch nie erlebt.

»Dieser verdammte Mistkerl«, schimpfte sie aufgebracht und stampfte dabei auf den Boden. »Wie sehr ich manchmal doch wünschte, er würde einfach dorthin zurückgehen, wo er hergekommen ist.«

Nuria zog die Augenbrauen hoch. »Und wo genau ist das?«

Katrey glühte regelrecht vor Zorn. Sie hatte beide Fäuste geballt. »Wenn ich das wüsste, würde ich ihn eigenhändig über die Schulter werfen und dorthin tragen. Aber er war einfach eines Tages da. Zerlumpt, als hätte man ihn irgendwo vertrieben wie einen Gauner. Lord Tarik nahm ihn aus Mitleid auf Griseo auf. Nach einer Weile begann er dann von seinen unglaublichen Fähigkeiten zu säuseln – sehr zum Missfallen Lady Miriams. Sie hat ihm nie getraut. Wenn du mich fragst, zu Recht!«

»Warum hasst ihr euch so?« Nuria war das in der Vergangenheit schon oft aufgefallen. »Versteh mich nicht falsch. Ich schätze seine Gegenwart auch nicht. Aber …«

Katrey rang die Hände. Ihr Ton war jetzt sarkastisch. »Es mag Zufall sein, aber nach seinem Erscheinen hat alles Schreckliche seinen Anfang genommen. Mehr sage ich dazu nicht.«

Nuria hatte diese letzten Worte schon so oft und in allen möglichen Fassungen gehört, dass sie für gewöhnlich einfach darüber hinwegging. Nicht so jetzt. »Redest du von dem Schnee? Den gelöschten Magien?« Sie zögerte kurz. »Oder sprichst du etwa von Lady Miriams Tod selbst?«

Katrey fasste sie bei den Schultern. »Ich weiß, dass du noch immer viele Fragen hast. Ich darf sie dir nicht beantworten. Geh zu Lord Tarik. Es wird Zeit, dass er dir mehr erzählt.«

Nuria fühlte eine tiefe Entschlossenheit, als sie die Gänge hin zum einst zerbrochenen Fenster durchquerte. Ihre Absicht, heute die ganze Wahrheit zu erfahren, war unumstößlich. Warum es dazu Katreys Zuspruch gebraucht hatte, war ihr ein Rätsel. Sie musste einfach erfahren, wie Lady Miriam gestorben war, bevor sie gänzlich ihre Rolle einnahm. Was war damals wirklich geschehen? Würde das, was sie gleich erfuhr, etwas an ihren Gefühlen für Lord Tarik ändern? Die Zärtlichkeiten zwischen ihnen machten in der Tat alles komplizierter.

Als sie den Erker erblickte, in dem sie Tage zuvor das Rosenbuch gelesen hatte, verlangsamte sie ihre Schritte. Draußen dämmerte es bereits. Der Platz lag verlassen da. Lord Tarik war noch nicht hier. Nuria trat auf das Fenster zu, das er mit seiner Magie wieder zusammengesetzt hatte. Auf eine Weise war es ein Sinnbild für das, was zwischen ihnen entstanden war. Wie ein Haufen Scherben hatte Nuria sich bei ihrer Ankunft auf Griseo gefühlt. Stück für Stück hatte sich ihr Inneres in all den Wochen zusammengesetzt. Gleich würde sie dafür sorgen, dass eines der noch verbliebenen Teile an Ort und Stelle gebracht wurde, damit sie sich in Zukunft wieder ganz fühlen konnte.

Nuria knetete nervös die Hände und sprach sich stumm Mut zu, standhaft zu bleiben. Sie wusste genau, dass sein bloßer Anblick sie schwach machte. Doch der Verlauf ihrer Zukunft hing von dem ab, was sie gleich erfahren würde.

»Bist du bereit für das, was ich dir zeigen will?«

Nuria drehte sich um. Er lehnte mit der Schulter an der steinernen Wand, die Arme verschränkt, ein Fuß auf seiner Spitze ruhend. Wie lange stand er schon da? Sie hatte ihn nicht kommen hören. Sofort waren ihre Gefühle für ihn wieder gegenwärtig. Nuria richtete sich auf, um dem unsichtbaren Seil aus Begierde zu trotzen, das sie auf ihn zuzog.

»So schweigsam?« Er stieß sich ab und kam auf sie zu. Dabei studierte er ihr Gesicht. »Etwas beschäftigt dich. Ich sehe es.«

»Du wirst mir die Wahrheit sagen müssen. Was ist mit Lady Miriam geschehen?«

Er blieb vor ihr stehen und sah auf sie herunter. Sein Ausdruck wurde ernst. »Das ist es also.«

»Ich werde mich diesmal nicht abweisen lassen.« Nurias Stimme gewann an Stärke. »Wenn ich beim kommenden Thing zu ihr werden soll, muss ich ihre Geschichte kennen. Wie ist sie gestorben?«

Lord Tarik sog hörbar den Atem ein. Sein Brustkorb hob und senkte sich, als trüge er eine Last mit sich herum, die er im Begriff war abzulegen. »Komm mit mir.«

»Wohin?« Nuria rührte sich nicht. »Ich will Antworten, Tarik.«

Seine Stimme war ruhig. »Nicht hier.« Er wies zu einer Tür unweit des Erkers. »Vertraue mir noch dieses eine Mal.«

Nuria tat es, obwohl sich ihr nicht erschloss, warum es wichtig war, den Ort zu wechseln. In ihrem Inneren verstrich eine Frist. Ihr Vertrauen war endlich, das spürte sie deutlich. Sie musste wissen, ob er etwas mit ihrem Tod zu tun hatte.

Lord Tarik hielt langsam auf die Tür zu. Der Takt seiner Schritte veränderte sich, je näher sie kamen.

Nuria bemerkte es. Dann erreichte sie der verräterische Schwall eines ganz bestimmten Duftes. Er führte sie zurück zu den ersten Tagen auf Griseo. Plötzlich fühlte sie wieder die Seife in ihrer Hand. Sie wusste nun, wohin er sie brachte: »Der schneelose Garten!«

»Hier wirst du deine Antworten bekommen. Ich wollte ihn dir sowieso zeigen. Vielleicht habe ich damit zu lange gewartet.«

Die romantisch anmutende, schmiedeeiserne Wendeltreppe hinter der Tür ließ Nuria bereits erahnen, was sie erwartete. Nach der letzten Stufe berührten ihre Füße grünes Gras. Ihre Bewegungen gefroren. Sie sah sich um. Die Wirklichkeit war noch viel beeindruckender als das, was sie durch ihre Gabe bereits gesehen hatte. All ihre Sinne wurden auf einmal beansprucht. Sie hörte das Gezwitscher von Vögeln, sah die unzähligen Farben und Formen der verschiedenen Rosen, die sich in den Büschen und Ranken hervortaten. Es schwindelte sie geradezu von dem betörenden Duft, der in der Luft lag. Wärme hüllte sie ein. Nuria schob die weiten Ärmel ihres Kleides nach oben, um wenigstens eine kleine Abkühlung zu erhalten. »Ich weiß nicht, was ich sagen soll. Etwas Ähnliches habe ich zum letzten Mal gesehen, als ich noch ein Kind war.«

»Das alles ist jetzt deins.« Lord Tarik reichte ihr die Hand. Ohne weitere Worte war klar, dass sie ihr Ziel noch nicht erreicht hatten. Er führte sie auf einem schmalen Weg entlang, unter Rosenbögen hindurch, die schwer an der Last der vollen Blüten zu tragen hatten.

Nuria ließ sich von ihm leiten – in der Erwartung einer baldigen Erklärung. Dabei passierten sie ein Kräuterbeet. Der Duft, der sie dabei umhüllte, ließ den Wein beim abendlichen Mahl vor ihrem inneren Auge erscheinen. Nuria sah sich plötzlich in der Burgküche – vor Schreck wie gelähmt, da die Kräuter an der Decke sich bewegten. Damals hatte sich ihre Gabe das erste Mal gezeigt. Noch ungelenk und deshalb überaus beängstigend für sie.

Lord Tarik pflückte einen winzigen Thymianzweig und roch daran, während er bedächtig einen Schritt vor den anderen tat. »Lady Miriam erhielt diesen Garten von mir, weil ich sie glücklich sehen wollte. Das Leben auf der Burg entsprach ihr nicht.«

Nurias Gedanken glitten von selbst hin zur Kirchenruine. Sie sah wieder, was sie dort beobachtet hatte, und fühlte das, was über sie gekommen war. Die unendliche Traurigkeit der Braut und auch ihr starker Wille, es schaffen zu wollen.

»Sie verbrachte sehr viel Zeit hier. Der Garten schien ihr Heimweh zu lindern. Es war außerdem ein Ort, an dem sie ihre Wettergabe ausprobieren konnte. Das da …«, er zeigte nach oben, »… gab es damals nicht.«

Nuria folgte seinem Finger. Über ihnen befand sich eine gläserne Kuppel.

»Vor Area hat sie ihre Gefühle versteckt gehalten. Sie war schließlich die Herrin des Landes und wollte ihre Pflicht an meiner Seite so gut es ging erfüllen. Aus diesem Grund trug sie auch stets einen Schleier auf dem Haupt, wenn sie ausritt.« Er kickte ein Steinchen vor sich her. »Ich habe nichts unversucht gelassen, um sie glücklich zu machen.«

Nurias Gedanken trugen sie wie durch einen sanften Wind zu dem Gemälde mit dem Rosenbuch. Ihre Gabe war ihr da noch rätselhaft gewesen. Dennoch hatte sie schon spüren können, wie sehr es Miriam beglückt hatte, in diesem Buch zu lesen.

Lord Tarik blieb stehen. Kurz sah er Nuria an.

Sie befürchtete schon, er hätte irgendwie gemerkt, woran sie dachte. Noch immer wusste er nichts von ihrer Gabe. Sie wollte dieses Geheimnis weiter wahren. »Es ist nicht immer so geblieben, richtig?«

»Nein. Ihr Heimweh ließ nach, und ihre Gefühle für mich entflammten. Alles Warten hatte sich plötzlich gelohnt. Unsere Liebe war sehr stark.«

Unweigerlich dachte Nuria an ihre erste Nacht in Miriams Bettstatt. Sie hatte sie mit Tarik gesehen, was ihr noch immer die Schamesröte ins Gesicht trieb.

Er strich jetzt ein paar grüne Zweige zur Seite. Vor ihnen erschien ein graues Mausoleum, das mit Efeu bewachsen war. Zwei Engel als Wächter saßen davor.

Nuria wusste gleich, dass dies Lady Miriams letzte Ruhestätte war. Sie klang heiser, als sie fragte: »Was ist mit ihr geschehen? Sag es mir.«

Er begann vor den Engeln auf und ab zu gehen. »Es geschah am Tag des letzten Sommerthings, dem wir gemeinsam beiwohnten.«

Nurias Erinnerungen rauschten geradezu in die Vorhalle zu dem übergroßen Gemälde. Auch hier war ihre Gabe über sie gekommen. Damals hatte sie gesehen und gefühlt, wie innig Lady Miriams Liebe für Lord Tarik gewesen war. Sie verengte die Augen und fixierte einen unbestimmten Punkt vor sich. Dabei sah sie es wieder vor sich. Bewundernd und voller Begehren hatte Lady Miriam im Steinkreis ihre Hand auf seine gelegt. Ja, dachte Nuria, bis hierhin sprach Lord Tarik tatsächlich die Wahrheit.

»Wie üblich empfingen wir die Treuebekundungen unserer Untergebenen und gewährten ihnen unseren Schutz. Daraufhin ritten wir zurück und begingen das Thing-Fest auf Griseo. Zu später Stunde zog sich Miriam zurück. Als ich nach ihr sehen wollte, konnte ich sie zunächst nicht finden. Ich ließ das Fest voller Angst beenden und beauftragte jeden Bediensteten auf Griseo, nach ihr zu suchen. Schließlich fand ich sie. Miriam lag hier in ihrem geliebten Garten – genau an dieser Stelle, wo ich das Mausoleum für sie errichten ließ. Noch an diesem Abend begann der Schnee zu fallen.« Jetzt beendete er das Umherwandern und sah ihr in die Augen. »Ich wollte nie wieder einen Thing abhalten. Er war zu meinem Unglückstag geworden.«

Nuria konnte allen Kummer der vergangenen Jahre in seinem Gesicht ablesen. Sie sah ihn näher kommen, als er weitererzählte.

»Nur wenige Stunden zuvor war sie gesund und lebendig gewesen. Dann war sie für immer fort. Kein Abschied. Keine letzte Berührung auf warmer Haut. Ich wollte es nicht wahrhaben. Darum ließ ich in Area verbreiten, sie sei bloß krank. Der Kummer um sie hat mein Herz kalt werden lassen. Nichts und niemand schaffte es, mir den Schmerz zu nehmen, jahrelang. Dann begegnete ich dir im Wald.« Lord Tarik hatte Nuria jetzt erreicht. »Du hast ausgesehen wie sie. Es war, als wäre Miriam plötzlich wieder am Leben. Du bist meine Erlösung. Mein Schmerz hat endlich ein Ende.«

Nuria versuchte dagegen anzukämpfen, dass ihre Knie weich wurden. Sie hatte eindeutig klarer denken können, als er noch nicht so dicht vor ihr gestanden hatte. Dabei war dieser Moment ein wichtiger. Was bedeutete es, seine Erlösung zu sein? Begehrte er nun sie oder bloß ihr Abbild von Lady Miriam? Nuria wollte sichergehen, jetzt keinen Fehler zu machen. Vorhin, auf dem Flur beim Erker, hatte sie Entschlossenheit bewiesen. Zu diesem Gefühl musste sie zurückkehren. In einem Versuch, sich zu konzentrieren, schloss sie die Augen. Gerade als sie meinte, einen klaren Gedanken fassen zu können, spürte sie, wie er mit seinem Finger ihr Kinn anhob. Augenblicklich verließ sie jede Willenskraft. »Tarik …!«

»Scht!«

Der Kuss auf ihren Lippen war wie der Lockruf des Teufels. Umschmeichelnd und süß, mit einem Schatten des drohenden

Verderbens. Obwohl Nuria das wusste, ließ sie sich ganz und gar fallen. Bald schon war es gänzlich um ihre Beherrschung geschehen.

Tariks Hände hielten zunächst ihre Arme fest. Wenig später fuhren sie hoch zu ihren Schultern, ihrem Hals, ihrem Nacken. Bald schon zeichnete sich ab, dass dieser Kuss sich von denen davor unterschied. Während sie keinen Moment voneinander abließen, riss er sich jetzt den Waffenrock vom Leib. Danach drängte er sie unter Küssen weiter durch den schneelosen Garten.

Nuria stieß rücklings gegen die schmiedeeiserne Treppe. Irgendwie schafften sie es hinauf, ohne dass sie je die Berührung ihrer Körper einbüßten. Auf diese Weise hasteten, rannten, flogen sie durch die Flure Griseos, immer wieder unterbrochen durch Momente innigster Umarmungen und Zärtlichkeiten, auf die wieder gierige Küsse folgten.

Als sie schließlich das dunkle Gemach Tariks betraten, war beiden klar, was nun unweigerlich folgen würde. Auf einmal war jede Eile verschwunden. Tarik zog sich das weiße Leinenhemd über den Kopf, schlang es um Nurias Oberkörper und zog sie damit an sich heran.

Nuria ließ es geschehen – im Licht einer einzigen Kerze. Als sie die Handflächen auf seine Haut legte, erschien es ihr, als berührte sie ihn das erste Mal. Zärtlich glitten ihre Fingerspitzen über die Schnittwunden, die so eindrucksvoll zeigten, wie verwundbar dieser Körper doch war. Es stand im Kontrast zu dem, wie er sonst auf sie wirkte. Nuria wusste genau, er könnte sich alles von ihr nehmen – mit oder ohne ihre Zustimmung. In diesem Moment fing sie seinen Blick auf. Stumm sprach er zu ihr. Nuria gab ihr Einverständnis, indem sie still dastand. Dabei begann sie auf der Seite ihrer Unterlippe zu kauen.

Tarik hob Zeige- und Mittelfinger. Vorsichtig legte er beide in die Kuhle zwischen ihren Schlüsselbeinen und ließ sie langsam an ihr hinabgleiten.

Was geschah jetzt? Nuria sah ihm fortwährend ins Gesicht. Er wirkte konzentriert, als er ihre Robe am golddurchwirkten Ausschnitt berührte. Die Fäden des Kleides begannen sich zu lösen. Es war kein Schneiden und auch kein Brennen. Mehr befahl er den Fasern des Tuchs, seiner Gegenwart zu weichen. Bald darauf spürte sie die kühle Luft an dem schmalen Schlitz, der ihre Haut nun freilegte. Ihr Körper begann vor Aufregung zu zittern.

Auf Höhe ihres Bauchnabels angekommen, beendeten seine Finger ihr Werk. »Zieh es aus«, verlangte er.

Nuria strich sich folgsam das zerstörte Kleid von den Schultern. Mit ihm fiel auch ihr Unterkleid zu Boden. Sie fühlte seine starken Hände auf ihrem nackten Körper. Rau strichen sie an ihren Seiten hinab bis zu ihrer Taille. So verharrend küsste er sie noch einmal. Hinter ihr loderte plötzlich ein Feuer im Kamin auf und warf ein orangefarbenes Licht in das Gemach.

Tarik führte sie zum Bett und legte sie dort nieder, ohne sie zu drängen. Alles, was er jetzt tat, vollführte er mit einer ruhigen Selbstverständlichkeit, so als folgte jede Bewegung einem festgeschriebenen Muster. Dabei schien nichts zwischen dem Himmel und Area mehr in der Lage, diesen Vorgang aufzuhalten. Während er sich auszog, besah er ihren Körper – fasziniert und begierig zugleich.

Er kostete den Moment des Näherkommens so lange aus, dass es Nuria fast um den Verstand brachte. Noch immer stehend, stützte er seine starken Arme nun neben ihrem Kopf auf, küsste sie in einer von ihm gewählten Geschwindigkeit. So bedächtig wie ein Raubtier näherte er sich. Als er endlich beschloss, zwischen ihre Beine zu gleiten, wollte sie ihn so sehr, dass der erste Augenblick der Vereinigung in einem lauten Aufstöhnen verging.

Nuria zwang ihn, einige Herzschläge lang regungslos in ihr

zu verharren. Sie kam wieder zu Atem. Kontrollierte ihr Zittern. Voller unterdrückter Lust grub sie die Finger in seinen Rücken. Dann gewährte sie Tarik, sich langsam zu bewegen. Nuria spürte ihn ganz tief in sich. Jeder seiner rhythmischen Stöße brachte sie dem Höhepunkt näher. Während seine Bewegungen stetig schneller wurden, blitzte vor Nurias Augen ein Moment auf, den ihre Gabe ihr gezeigt hatte. Sie sah, wie Tarik Lady Miriam liebte. Etwas sollte ihr das Erscheinen der Bilder sicher sagen, doch Nuria schob sie mit aller Gewalt zur Seite. Sie wollte sich völlig in diesem Moment verlieren und von ihren Gefühlen davongetragen werden. Ganz gleich, was damals mit Miriam im Bett geschehen sein mochte, jetzt war er hier bei ihr!

Tarik schob nun die Hände unter ihren Körper und hielt ihre Schultern fest umgriffen. Dreimal fuhr er noch in sie hinein, tiefer als zuvor, bevor er still verharrte und nur sein schwerer Atem noch zu vernehmen war.

Nuria presste den Hinterkopf in die Laken und gab sich dem plötzlichen Gefühl hin, innerlich zu brennen. Noch in seinen Armen wurde es langsam zu einem Schweben.

Lange verharrten sie so. Irgendwann war es Tarik, der sich auf einen seiner Ellenbogen stützte. Sein Finger strich ihr eine weiße Haarsträhne aus der Stirn. »Wo warst du so lange?«

»Du hast nur nicht richtig gesucht.«

Caruzo rannte und rannte. Dabei kam er kaum von der Stelle. Die Angst in ihm wuchs. Hinter sich hörte er das Brüllen der wütenden Bauern, deren Äpfel er gestohlen hatte. Sie kamen immer näher, ganz gleich, wie sehr er zu entkommen versuchte. Sein Herz raste. In seiner Not warf er die Äpfel nun hinter sich. Die Bauern aber schenkten ihnen keine Beachtung. Achtlos traten sie sie nieder und sannen weiter auf Rache. Caruzo spürte die erste Hand auf seiner Schulter. Er wusste, es war vorbei. Viele weitere

Hände folgten. Sie rissen ihn zu Boden und prügelten auf ihn ein. Einer von ihnen wollte noch mehr. Er hob die dreizinkige Strohgabel weit über den Dieb und stach mit voller Wucht zu.

Caruzo erwachte schreiend.

Wieder dieser Traum! Und jedes Mal dieses furchtbare Ende. Wie oft würde diese Marter ihn noch heimsuchen? Er setzte sich auf und wischte sich den Schweiß von der Stirn. Im Westturm war es still.

Warum konnte er die Zeit vor Griseo nicht endlich abschütteln? Das alles war nun schon so lange her. Wollte eine höhere Macht ihn nicht vergessen lassen, woher er wirklich kam? Damals, vor zehn Jahren, war er nicht mehr als ein bloßer Betrüger gewesen. Erst auf Griseo hatten Macht und Ansehen Einzug in sein Leben gehalten. Der Preis dafür war hoch. Er zahlte ihn bis heute.

Im bläulichen Licht der Nacht besah Caruzo seine Handflächen. Dabei fragte er sich, was ihm all die starken magischen Fähigkeiten in Momenten wie diesem brachten. Schließlich vermochte es keine Gabe, ihm Frieden zu schenken. Wann also würde sein früheres Leben ihn einholen? Eine Ahnung drängte an die Oberfläche. Lord Tarik fand derzeit wachsenden Gefallen am Verwenden seiner Magien. Es lag an dieser Frau. Was, wenn er immer mehr Gaben verlangte? Würde er irgendwann infrage stellen, warum Caruzo zur besseren Konzentration beim Übertragen der Magien einen gänzlich dunklen Raum brauchte? Jedes einzelne Mal war ein Risiko für ihn. Er richtete seinen Blick nach oben aus.

Nuria erwachte mit dem Kopf auf Tariks Schulter. Sein unverwechselbarer Geruch hüllte sie ein, sein Arm hielt sie. War es Tag? Oder Nacht? Sie wusste es nicht, da es gleichbleibend dunkel hier war. Noch immer knisterte ein Feuer im Kamin. Es war so wohlig warm, dass nur ein dünnes Laken über ihnen lag.

»Du bist wach«, stellte er fest, als sie sich bewegte.

»Habe ich lange geschlafen?«

»Eine ganze Nacht und den halben Tag.«

Nuria war erstaunt. Seinen Worten nach musste es bereits Tagesmitte sein. Die Stunden waren einfach an ihr vorbeigezogen. Und trotzdem empfand sie auch jetzt keinen Drang zu gehen. Allein die Pflicht sorgte dafür, dass sie sich aufsetzte. Das goldene Kleid musste alsbald fertiggestellt werden. Sie konnte die arme Katrey nicht allein damit lassen, nachdem es Caruzo schon getan hatte. »Ich werde jetzt gehen.«

Er nahm ihre Hand und küsste sie. »Wie schade.«

Nuria schenkte ihm ein Lächeln. »Wenn du willst, dass ich wiederkomme, schick mir ein Zeichen.«

»Was für eines?«

Sie dachte kurz nach und legte dann einen selbstbewussten Blick auf. »Eine Sommerrot aus dem schneelosen Garten.«

Tarik nickte bedächtig. »Wenn es das ist, was dich in mein Bett treibt, werde ich sie finden.«

Noch einmal tauschten sie einen langen Kuss aus. Schweren Herzens trennte sie sich von ihm.

Nuria stand auf und zog sich das Laken um den Körper. Dann erst erkannte sie, dass sie ein Problem hatte. Mit zusammengepressten Lippen drehte sie sich um. »Mein Kleid …« Sie wies auf das zertrennte Gewand auf dem Boden.

Er grinste und verschränkte – nackt, wie er war – die Arme hinter dem Kopf. »Und wenn ich mich weigere?« Er legte ein schelmisches Grinsen auf. »Du weißt ja, keine Magie.«

Nuria sah ihn entrüstet an. »Du wirst mich nicht in diesem Laken durch die Gänge Griseos schicken!«

»Nun, einen Weg gibt es, dein Kleid zurückzubekommen.«

»Und welchen?«

»Komm her zu mir.«

Sie liebten sich erneut. Ebenso sinnlich wie am Abend zuvor und dafür mit einer neuen Verbundenheit. Als Nuria ein zweites Mal die Bettstatt verließ, brauchte es keine Aufforderung mehr.

Tarik kam auf sie zu, nur bekleidet mit einer Hose. »Schließ die Augen.«

Im nächsten Augenblick nahm sie wahr, wie der schwere Stoff des Kleides sich über ihren Körper zog. Während Tarik sie noch einmal küsste, spürte sie seine Fingerspitze durch den Schlitz im Stoff gleiten – angefangen beim Bauchnabel bis hin zu ihrer Brust. Als sie die Augen öffnete, schien es, als wäre ihr Kleid nie beschädigt worden. »Danke.«

Sie sahen sich tief in die Augen. »Lass mich wissen, wenn es noch etwas gibt, was du begehrst.«

Nurias Blick haftete an seinem. Dann huschte er kurz zur Seite – dorthin, wo die mächtigen, dunklen Vorhänge alles Licht von draußen abwehrten. »Es gibt da tatsächlich eine Sache.«

»Sprich es aus.«

»Die blinden Fenster.«

Tarik verharrte kurz. Dann wandte er sich ab und zog sich an. Seine Antwort dauerte. »Du weißt, warum sie so sind.« Die Worte klangen unnachgiebig.

»Weil du den Schnee nicht ändern kannst, willst du ihn nicht sehen. Aber nicht hinaussehen zu können gibt mir das Gefühl, gefangen zu sein.«

»Du bist keine Gefangene.«

»Ich weiß.«

»Bitte …« Er legte ihr einen Zeigefinger auf die Lippen. »Ich denke darüber nach.«

Nuria gab sich vorerst geschlagen. Sie verließ die Kammer nach einem letzten Kuss – beflügelt bis in die Zehenspitzen von dem Erlebten. Sie hatte das Ende des Flurs noch nicht erreicht, als ein Glimmen im Augenwinkel sie plötzlich herumfahren ließ.

Wie das langsame Verglühen einer Landkarte, deren Ränder man ins Feuer hielt, fraßen sich orange Linien über die blinden Fensterscheiben. Dahinter wurde das Glas nun klar. Nuria eilte auf eines der Fenster zu und besah die Magie. Sie musste unweigerlich lächeln. Weit konnte sie von hier aus über Area gucken. Auch wenn es schneite, gab ihr der Ausblick das Gefühl von Freiheit.

Sie sah zur verschlossenen Tür von Tariks Gemach. Glücklich flüsterte sie: »Danke«, und setzte ihren Weg fort.

Auf den Gängen zu ihrem Gemach drang mit einem Mal das Geräusch schneller Schritte an ihr Ohr. Sie konnte sie eine ganze Weile hören, bevor sie sah, zu wem sie gehörten.

Caruzo schoss um die Ecke.

Im letzten Moment konnte Nuria ihm ausweichen und so einen Zusammenstoß verhindern.

Der Magier fasste sich an die Brust und stieß einen weibischen Schrei aus. »Was, um alles in der Welt …«

»Ihr seht getrieben aus, Caruzo. Was ist der Grund?«

Er brauchte einen Augenblick, um sich zu sammeln. Dann sagte er wie üblich hochnäsig: »Ihr mögt mehr oder weniger meine Herrin sein, aber dennoch gibt es Dinge, die ich nur mit dem Lord bespreche. Guten Tag.«

Schon war er weitergerannt. Nuria hörte aus der Ferne, wie Caruzo erneut einen spitzen Schrei ausstieß.

»Die Fenster …«, rief er schrill.

Nuria kümmerte sich nicht weiter um ihn. In Gedanken war sie bereits mit Nadel und Faden bewaffnet, um Katrey zur Hand zu gehen. Eiligen Schrittes erreichte sie den Flur zu ihrem Gemach. Nuria konnte ihre Tür schon sehen, als die sich selbst entzündenden Fackeln plötzlich erloschen. Alle bis auf jene neben ihr.

»Was geht hier vor sich?«, fragte sie in die Dunkelheit hinein und blieb stehen. Nuria bekam eine Gänsehaut. Noch während sie die Fackel aus der Verankerung nahm, spürte sie ihre Gabe schon kommen. Die Bilder formten sich in der Dunkelheit des schwarzen Flurs. Zunächst sah sie bloß Katrey. Auch sie trug eine Fackel in der Hand. Die Kammerzofe war aufgebracht, ihre Augen weit aufgerissen. Sie stritt mit jemandem, der offenbar vor ihr stand. Noch konnte Nuria denjenigen nicht sehen. Auch hörte sie diesmal keinen Laut aus den Mündern der Personen. Das Einzige, was sie wahrnahm, war Katreys Zorn – so wie am Vortag. Erst nach und nach erweiterte sich das Bild. Nuria erkannte den Ort der Begebenheit. Sie befanden sich vor der Tür zum schneelosen Garten. Katreys dunkle Locken flogen, während sie wild mit der freien Hand gestikulierte. Dann, plötzlich, trat Caruzo ins Geschehen. Auch er war voller Wut und wies jetzt auf die Tür. Katrey sah aus, als warnte sie ihn. Sie stellte sich vor den Eingang und weigerte sich, jene Tür freizugeben. Caruzo lachte nur darüber, während seine Hände bereits leuchtende Magie zwischen sich sammelten. Es war unverkennbar, dass er vorhatte, sich damit den Weg zu bahnen, als die Kammerzofe vorschnellte und ihre Fackel in die Lichtkugel stieß. Es folgte eine Explosion. Caruzo schrie. Sichtlich unter Schmerzen hielt er die verletzten Hände von sich. Sie bluteten stark. Er warf der Zofe einen Blick zu, der Rache versprach. Dann schlich er von dannen. Katrey blieb zurück, auf ihrem Gesicht kein Funke Mitleid. Sie hatte diesen Streit für sich entschieden. Doch etwas in ihrer Miene sagte Nuria, dass sie wusste, es war noch nicht vorbei. Die Bilder verschwanden.

Die Fackeln entzündeten sich wieder, und der Flur wurde hell erleuchtet, als hätte es den Moment nicht gegeben. Nuria steckte den hölzernen Stab zurück in die eiserne Halterung und setzte ihren Weg fort. Dabei wurde ihr bewusst, was sie eben erfahren hatte. Schon längst sah sie ihre Gabe eher als Freund denn als

Feind. Zwar kamen die meisten Bilder unkontrolliert, doch halfen sie ihr, sich in ihrem neuen Leben besser zurechtzufinden – und die Wahrheit zu sehen.

Nuria trat in ihr Gemach, wo Katrey bereits an dem goldenen Kleid arbeitete.

Die Kammerzofe sah auf. Es war deutlich zu erkennen, dass sie bis eben tief in ihre Handarbeit versunken gewesen war.

Ohne ein Wort eilte Nuria auf sie zu und schloss sie fest in die Arme. »Ich weiß jetzt, wie Caruzo zu seinen vernarbten Händen gekommen ist. Meine Gabe hat mir den Moment vor dem schneelosen Garten gezeigt. Du hattest mit all deinen Andeutungen recht. Er ist derjenige, von dem Gefahr ausgeht.«

Katrey löste sich sanft aus der Umarmung. »Was hast du gesehen?«

»Euren Streit vor der Tür. Er wollte dir etwas antun, und du hast dich mit Feuer verteidigt.«

»Ja. Viele Möglichkeiten habe ich nicht, um gegen einen Magier anzukommen.«

»Warum wollte er in den Garten?«

»Hat dir das die Gabe nicht gezeigt?«

»Nein, und hören konnte ich diesmal auch nichts.«

Katrey wandte sich um und ging zur Bank, wo sie sich setzte. »Ich bemerkte es irgendwann. Er schlich in der Burg herum und lauerte Lady Miriam auf. Wann immer es ging, hielt ich ihn auf, damit er nicht mit ihr allein war. So auch an jenem Thing-Tag. Es war kurz vor ihrem Tod.«

Nuria schlug die Hand vor den Mund. »Warum hast du nicht mit deinem Herrn darüber gesprochen?«

»Das Wort einer Dienerin gegen das eines Magiers?«

»Aber wahrscheinlich hat er Lady Miriam auf dem Gewissen und kommt seit Jahren mit seiner Tat davon.«

»Dafür habe ich keine Beweise.«

»Du brauchst ihn nicht in Schutz zu nehmen«, schimpfte Nuria geradezu und drehte Katrey an den Schultern herum. »Ich glaube dir. Auch mir hat er schließlich schon Leid zugefügt.«

»Und was willst du jetzt tun?«

»Ich muss nachdenken. Caruzo ist zu mächtig, um ihn öffentlich bloßzustellen. Aber ich werde dafür sorgen, dass Tarik davon erfährt.«

Katreys Gesicht erhellte sich plötzlich. »Tarik?«

Nuria spürte die Röte in ihr Gesicht steigen. Es war ihr nicht aufgefallen, wie sie ihn gerade genannt hatte.

»Mein Eindruck täuscht mich also doch nicht? Ich dachte gleich, du siehst verändert aus.«

»Wirklich?«

»Wo hast du eigentlich die Nacht verbracht?«

»In einem Bett natürlich«, antwortete Nuria geschickt. »Wo sonst?«

»Soso, du weichst mir also noch immer aus?«

Nuria ließ augenblicklich jede Schutzhülle fallen. Sie wollte es so. »Nein. Tue ich nicht. Ich kann es sowieso nicht mehr länger leugnen.«

»Dann sprich es schon aus.«

»Ich bin verliebt!«

Teil V

Burg Griseo und Pago

Entscheidung

18

Tarik durchquerte sein Gemach. Er hielt auf die Vorhänge zu, die er schon seit Wochen nicht mehr bewegt hatte. Einen von ihnen schob er mit einem kräftigen Ruck beiseite. Der Blick hinaus überwältigte ihn. Natürlich schneite es, doch nicht so stark, dass man den Horizont nicht erkannte. Jetzt verstand er Nuria. Er hatte sich mit den blinden Fenstern zu einem Gefangenen auf seiner eigenen Burg gemacht. Dankbar dafür, dass sie ihn dazu gebracht hatte, seine Entscheidung von einst zu überdenken, nahm er sich vor, in Zukunft häufiger auf sie zu hören.

Plötzlich wandte er den Kopf zur Seite. Tarik sah in sich hinein. Noch bevor es klopfte, wusste er, dass sich jemand seinem Gemach näherte. »Kommt herein, Caruzo.«

Die Tür ging auf. Der Magier sah kein bisschen erstaunt aus, dass er vorzeitig bemerkt worden war. »Mein Lord«, stieß er atemlos aus. »Ich muss mit Euch über eine dringende Angelegenheit sprechen.«

»Nur zu.« Tarik griff nach seinem weißen Hemd und zog es sich über. Dann ließ er sich schwer auf einen Armlehnstuhl fallen.

Caruzo konnte offenbar nicht stillstehen. Er lief vor seinem Herrn auf und ab. »Nun, ich weiß, dass Ihr eigentlich nichts mit den Gefangenen im Westturm zu tun haben wollt. Aber in diesem einen Fall muss ich Euch einfach mit ihnen behelligen. Jedenfalls mit einem von ihnen.«

»Ihr wirkt nervös«, stellte Tarik fest, so als hätte er Caruzos Worte gar nicht wahrgenommen.

Der Magier blieb stehen. »Das bin ich auch. Der Mann, von dem ich Euch berichten will, könnte alles im letzten Moment zunichtemachen.«

Tarik sah regelrecht durch den aufgebrachten Caruzo hindurch. Die jüngsten Erlebnisse nahmen ihn noch immer ganz ein. Seine Gedanken waren besetzt von Nuria. Er meinte, sie noch in seinen Armen spüren zu können und ihr Haar zu riechen. Caruzo störte ihn dabei. Während er sich fragte, wo im schneelosen Garten eigentlich die Rose Sommerrot wuchs, sagte er: »Ich verstehe kein Wort von dem, was Ihr sagt. Sprecht deutlich.«

»Herr, der Mann, den ich holen ließ, als sie erkrankte …«

Jetzt hatte Caruzo seine Aufmerksamkeit. Tarik lehnte sich vor und stützte sich mit dem Ellenbogen auf seinem Knie ab. »Ja?«

»Es scheint, als wäre er ihr Vater!«

Tarik sprang auf. »Was? Wie kommt Ihr darauf?«

»Sie erwähnte gestern beim Fertigen des Festkleides, dass ihr Vater blind sei. Ich hörte selbst, wie sie sagte, er habe keine Augen. Versteht Ihr?« Die letzten beiden Worte sprach er langsam und bedächtig.

Seine Antwort kam verzögert. »Ja.« Tariks Gedanken überschlugen sich. Er wusste genau, um wen es sich handelte. Jener Tag, damals auf der Brücke Griseos, war einer seiner dunkelsten gewesen. Schmerz und Leid hatten ihn zu dieser Gräueltat gebracht. Er konnte sie nicht rückgängig machen.

»Ich denke, wir sollten ihn töten. Wenn sie ihn je im Kerker darben sieht … Sie würde Euch nie verzeihen können …« Caruzo sprach nicht weiter.

»Nein. Auf keinen Fall.«

»Was dann? Normalerweise lassen wir die Gefangenen nach einigen Tagen wieder frei. Aber dieser Mann kann nicht sehen.«

Tarik strich sich über das Kinn, während er wieder ans Fenster trat. Er sah in die Richtung, in der Pago lag. »Schickt nach einem Justor. Das ist der Sohn des Mannes. Er soll kommen und ihn holen.«

Justor wollte sich einen erhöhten Platz im Dorf suchen, um zu überblicken, wie schlimm die Lage mittlerweile war. Bei jedem seiner schwerfälligen Schritte, die er tat, um den Waldhügel hinaufzusteigen, versank er knietief im Schnee. Er hatte sich einen langen Holzstab zu Hilfe genommen und hielt sich mit der anderen Hand am Weidezaun fest. So erreichte er irgendwann sein Ziel – Nurias Hütte. Seit ihrem Verschwinden war niemand mehr hier gewesen.

Er betrat den schmalen, überdachten Vorbau, wo der Wind die Flocken stetig von den Holzplanken gefegt hatte. Dann befreite er seine Stiefel vom Schnee, indem er mehrmals gegen einen Balken trat. Die Schritte auf dem Holz klangen ungewohnt in seinen Ohren, bewegte er sich doch zumeist auf weichem Untergrund. Zugleich war ihm das Knarren jeder Diele seit Jahren vertraut. Er selbst hatte die Hütte einst gebaut. Justor legte jetzt seine Hand an die Holzwand, dort, wo Nuria ihr langes Messer für gewöhnlich hineingeschlagen hatte. Tiefe Kerben zierten die Wandplanken. Nicht mehr lange, und Justor hätte sie auswechseln müssen. Immer wieder waren er und sie deshalb in Streit geraten. Seine Schwester hatte trotzdem stets getan, was sie für richtig hielt. Genau diese Eigenschaft liebte er an ihr; nur hatte er sorgsam darauf geachtet, dass sie das nie erfuhr.

Justor drehte sich um. Die Aussicht von hier war besonders. Er konnte verstehen, warum Nuria vor Jahren ihre Hütte hier, weit ab der anderen, hatte errichten wollen. Sein Blick glitt über das Dorf. Es drohte bald unter der weißen Decke zu verschwinden. Immer, wenn das Wetter es zuließ, schafften Männer wie Frauen die Schneemassen beiseite, doch ihr Erfolg verlangte wachsenden Einsatz, und das wiederum kostete Kraft. Das Fleisch des letzten Rehs war gestern verspeist worden. Jetzt würde eine neue Zeit anbrechen.

Er sah zum Wald. Die weißen Bäume hoben sich heute kaum vom Himmel ab, der noch mehr Schnee bereithielt. Seine Gedanken galten Wim und Nuria – wie so oft. Seit er in Tuulis Gegenwart die Entscheidung getroffen hatte, auf seinen Vater zu warten, war es leichter. Dennoch gab es diese leise Stimme in ihm, die ihn unaufhörlich fragte, ob er sich nicht falsch entschieden hatte. Mittlerweile wünschte er sich bloß noch eines – Veränderung. Der Stillstand war es nämlich, der ihn rastlos machte.

Justor schlang einen Arm um den Balken des Vordachs und lehnte sich schwer dagegen. Die Ruhe hier oben tat ihm gut. Der weite Blick gab ihm das Gefühl, während seines Abwartens wenigstens etwas zu tun. Seine Aufmerksamkeit fiel jäh auf eine Schar auffliegender Vögel. Er hätte nicht sagen können, worin sich ihr Davonflattern von dem anderer Vögel unterschied, doch war ihm sofort klar, dass jemand sie aufgescheucht haben musste. Noch während er sich fragte, ob es womöglich ein Tier gewesen war, hörte er die Vögel krächzen. Es klang entrüstet. Er kannte diesen Ton.

Nur wenig später erschienen fünf Reiter in seinem Blickfeld. Sie waren jetzt auf dem Hauptweg, der sie nach Pago brachte. Ihre überlangen grauen Umhänge ließen keinen Zweifel: Sie kamen von Griseo! Justor sprang in den Schnee zurück und hastete den Berg hinab in die Waldsenke. Er wollte der Erste sein, der die dunklen Reiter empfing, doch da öffnete sich auch schon die Schlupftür der großen Halle. Rufe folgten. Die Boten des Lords waren sofort bemerkt worden.

Als Justor am Dorfplatz bei der Linde ankam, hatten sich bereits einige dort versammelt. Die Reiter kamen gerade über den

Lacus. Und sie trugen keine Kapuzen auf ihren Häuptern! Was war geschehen, dass die Gesichtslosen sich nun zeigten?

»Wo ist der Mann, der sich Justor nennt?«, fragte der Reiter in der Mitte.

»Hier!«

Die Männer und Frauen Pagos teilten sich und gaben die Sicht auf Justor frei.

Langsam schritt er durch die beiden Gruppen hindurch. »Was führt Euch her?«, fragte er den Spitzbärtigen. Er hatte längst erkannt, dass sich vor ihm der Magier befand, dem er im Wald begegnet war. Die verräterischen Narben auf seinen Händen ließen keinen Zweifel. Justor ballte die Fäuste, um seine Gefühle im Zaum zu halten.

»Der Lord befielt Euch, und Ihr müsst seinem Ruf folgen. Geht nach Griseo und nehmt Euren blinden Vater in Empfang. Kommt im Schatten der nächsten Nacht und wartet vor den Toren.« Kaum hatte er das ausgesprochen, wendete der Magier sein Pferd. Die vier anderen folgten ihm.

Justor stand noch an Ort und Stelle, bis er die Reiter nicht mehr sehen konnte. Sein Vater lebte! Erleichterung erfüllte ihn. Doch etwas anderes wühlte ihn auf. Er sollte nach Griseo kommen. Das erste Mal in so vielen Jahren würde er der Burg wenigstens nahe sein. Seine Gedanken verselbstständigten sich. Er hörte nicht, dass einige Männer Pagos auf ihn einredeten. Vor seinem inneren Auge erschien eine einzelne rote Kerze, die vor zehn Jahren gebrannt hatte.

Nuria hatte bereits den ganzen Tag gemeinsam mit Katrey an dem goldenen Kleid gearbeitet. Natürlich musste sie das nicht tun. Doch sie brachte es nicht übers Herz, ihre Freundin damit allein zu lassen. Zu Anfang war sich Nuria sicher gewesen, sie würde es hassen, Perlen anzunähen und Borten zu befestigen.

Überraschenderweise bewies sie – anders als beim Sticken von Rosen – Geschick dabei. Obwohl ihr die Augen schon schmerzten und ebenso die Finger vom ungewohnten Halten der Nadel, gefiel ihr die Aufgabe immer mehr.

»Du machst das wirklich großartig.«

»Nur dank deiner Anleitung«, tat Nuria das Lob ab.

Katrey grinste und trat zwei Schritte zurück, um ihr gemeinsames Werk im Ganzen betrachten zu können. Nachdenklich tippte sie sich ans Kinn. »Die Verzierungen am Ausschnitt und an den Ärmeln könnten wir bis morgen noch schaffen. Aber für den Rockteil brauchen wir auf jeden Fall Magie. Hoffentlich kann sich Caruzo noch einmal dazu herablassen, uns zu helfen.«

»Er wird es tun. Wenn ich ihn dazu auffordere, kann er sich nicht widersetzen. Jetzt nicht mehr.« Ihre letzten Worte sagte sie mit einem verschwörerischen Grinsen.

»Das wird ihm nicht gefallen«, lachte Katrey und machte Caruzo nach, indem sie eine entrüstete Miene auflegte und sich mit einer für ihn typischen Handbewegung abwandte.

Nuria musste laut lachen. Sie und die Kammerzofe fassten sich an beiden Händen. Ihre Ausgelassenheit ebbte nur langsam ab. »Ach, ich bin so froh, dich in Zukunft an meiner Seite zu wissen.«

Katrey wollte ihrem Gesicht nach zu urteilen gerade etwas Ähnliches erwidern, da unterbrach sie ein lautes Klopfen.

Ein Diener sprach: »Lord Tarik!« Die Tür ging auf, jedoch nur einen Spalt.

Verwundert beobachtete Nuria den Eingang. Plötzlich sah sie eine Hand und in dieser eine Sommerrot. Ihr Herz machte vor Freude einen Satz.

»Du hast sie gefunden!«

Tarik trat ein. »Ich hätte mich nie ohne sie hierher getraut.«

Nuria lief auf ihn zu. Leise hörte sie eine Stimme in ihrem

Kopf sagen: *Katrey ist anwesend*. Doch sie schaffte es nicht, sich zurückzuhalten. Dankbar nahm sie die Blume entgegen. Dann stellte sie sich auf die Zehenspitzen und gab ihm einen Kuss.

Seine Hand berührte kurz ihre Wange.

Nuria wusste nicht, ob sie es sich einbildete, aber sie meinte, ein Schnappen nach Luft hinter sich zu vernehmen.

Tarik sah jetzt an Nuria vorbei zu dem goldenen Kleid, das nach wie vor eine Handbreit über dem Boden schwebte. Erstaunt fragte er: »Es ist noch nicht fertiggestellt?«

»Sorgt Euch nicht, Herr«, versicherte Katrey. »Ich muss nur noch …«

»Caruzo ist einfach mittendrin gegangen«, warf Nuria ein. »Ich denke, ich werde ihn gleich mal aufsuchen müssen. Es wird Zeit, dass er sich an den Gedanken gewöhnt, auch von mir Weisungen zu erhalten.«

Tarik nickte bedächtig. »Ich gebe dir grundsätzlich recht in diesem Punkt. Aber Caruzo ist fortgeritten, mit einem unerwarteten Auftrag von mir.«

»Dann werde ich eben Tag und Nacht an dem Kleid arbeiten, bis es fertig ist. Es wird auch ohne Magie gehen, mein Lord«, versicherte Katrey und tat einen Knicks. Sofort widmete sie sich wieder den Körben mit den Perlen und Bändern.

»Was für eine fleißige Dienerin du doch bist.«

Nuria runzelte die Stirn. Etwas in Tariks Stimme kam ihr eigenartig vor. Sie sah, dass auch Katrey es bemerkte.

»Ich denke, es ist angemessen, dich zu belohnen.« Tarik streckte den rechten Arm aus und hielt die Handfläche nach unten. Zuerst war das Funkeln schwerfällig, dann bildeten sich daraus Streifen, die sich gleißend umeinanderwanden, bis ein Ball entstand. Tariks Hand machte eine schnelle Bewegung, als würde er einen flachen Stein über einen See werfen, sodass dieser über die Oberfläche hüpfte. Das goldene Kleid verschwand kurzzeitig in einem glitzernden Pulvernebel. Als dieser zu Boden sank, war es vollendet.

Katrey klappte der Mund auf. Ihr Blick ruckte vom Kleid zu Lord Tariks Hand und zurück. Es war offensichtlich, dass das Erstaunlichste für sie in diesem Moment nicht die Robe war, sondern ihr Herr, der so bereitwillig Magie benutzte.

»Du hast frei, Kammerzofe«, rief er ihr heiter zu, während er Nuria schamlos an sich zog. »Ihr hingegen, edle Lady, habt nicht frei.« Er raunte ihr ins Ohr: »Du weißt, was die Sommerrot bedeutet.«

Nur zu gerne ergab sie sich seinem Wunsch. Nuria fragte gar nicht, wohin genau er wollte. Und wenn es der staubige Weinkeller war, sie würde ihm mit Freude folgen.

19

Tarik und Nuria hatten sich wieder geliebt. Bereits auf den Fluren waren sie regelrecht übereinander hergefallen. Gerade noch war es ihnen gelungen, den Großteil ihrer Kleidung anzubehalten, bis sie in seiner Kammer ankamen. Jetzt lagen sie schwer atmend auf den Kissen seines Bettes. Nackt und wieder bloß mit einem Laken bedeckt. Tarik hielt Nuria im Arm. Seine Finger spielten mit ihren langen weißen Haaren.

Sie lachte kurz auf. »Hast du das Gesicht der armen Katrey gesehen?«

»Ja. Es schien, als hätte sie eine Prise Riechsalz nötig.«

Nurias Hand wanderte auf seine Brust. Die Finger malten unbestimmte Muster auf seine Haut.

Tarik wusste nicht, woher, doch aus irgendeinem Grund sagte ihm ihr Verhalten, dass sie gleich Fragen stellen würde. Fragen, die er nicht gern beantwortete.

»Wie oft hat Katrey dich in den vergangenen Jahren deine Kräfte verwenden sehen?«

»Hm«, stieß er nachdenklich aus. »Selten. Dafür habe ich schließlich Caruzo.«

Nuria wand sich aus seiner Umarmung, legte sich auf den Bauch und sah ihn an. »Ich weiß, aber in letzter Zeit hast du häufiger Magie verwendet.« Ihr Gesicht näherte sich seinem. »Denk an die Waffenkammer …« Sie küsste ihn einmal. »Und an den Wald.« Sie küsste ihn ein zweites Mal.

»Vielleicht wollte ich dich beeindrucken«, tat er seine Handlungen schulterzuckend ab.

»Ist dir gelungen.«

Er grinste schief. »Was willst du mir sagen?«

»Du scheinst deine Ansicht über den Gebrauch von Magie zu ändern.«

»Nein«, antwortete er strenger, als er wollte. »Das tue ich nicht. Ich mag in letzter Zeit gegen meine eigentliche Überzeugung gehandelt haben, aber an meiner Meinung ändert das nichts. Magie ist nichts Gutes.«

»Das heißt, du wirst in Area alles so lassen, wie es ist? Die Menschen erhalten ihre Kräfte nie zurück?«

Tarik setzte sich auf. Er strich sich das Haar zurück. Das Thema behagte ihm gar nicht. »Es wird alles so bleiben. Glaube mir, es ist besser so.«

»Wie kannst du das sagen?« Auch sie setzte sich jetzt auf. »Die Menschen in Pago leiden, seit sie ihre Magien verloren haben. Die Umstellung war schwer und hat Opfer gekostet.«

»Aber sie haben es geschafft. Nun sind die Magien überflüssig.«

»Sind sie nicht, Tarik.«

»Hör auf!« Er nahm ihre Hände in seine. »Bitte. Du weißt nicht, wovon du sprichst. Als die Magien gelöscht wurden, warst du noch zu jung, um selbst eine Gabe entwickelt zu haben. Lass dir gesagt sein: Magische Kräfte können auch Schlechtes hervorbringen.«

»Du hast recht. Ich weiß nicht viel darüber. Woher auch? Das Sprechen darüber ist seit jeher verboten. Und du? Du schweigst ebenso.«

Er schloss die Augen und führte dabei ihre Hände an seine Lippen. »Bitte hör auf.« Er küsste sie.

»Warum gibst du mir keine Antworten?«

»Weil ich Altes ruhen lassen will.«

»So kann man aber nichts Neues beginnen.«

Er öffnete die Augen wieder und atmete schwer ein und aus. »Was musst du denn so dringend wissen?«

Für einen Augenblick schien sie fast überfordert. Offensichtlich hatte sie mit dieser Reaktion nicht gerechnet. »Warum hat Caruzo mehr als eine Magie?«, fragte sie sodann. »Besitzt nicht jeder nur eine Kraft?«

»Ja, eigentlich schon. Aber Caruzo hat eine besondere Fähigkeit, die ihn für mich so wertvoll macht.«

»Welche?«

»Er hat die Macht, Magien zu übertragen. Auf sich. Auf andere.«

Nurias Atem war nun deutlich zu hören. »Du meinst zu stehlen?«

Tarik fühlte ihren pochenden Herzschlag durch ihre Finger. Er sah ihr an, dass sie ihr Bild, das sie von der Welt hatte, in diesem Augenblick neu ordnete.

»Ist das der Grund, warum auch du mehrere Magien hast?«

»Ja.« Er sah ihr tief in die Augen. »Weißt du jetzt genug?«

Sie sprach einfach weiter, ohne seine Frage zu beantworten. »Das heißt, auch du hattest ursprünglich nur eine Magie?«

»Ja.« Tarik hoffte so sehr, dass sie sich jetzt zufriedengab. Tief in sich wusste er aber, sie würde weiterfragen. »Bitte hör jetzt auf.«

»Welche Magie ist es, mit der du geboren wurdest?«

Tarik schwieg.

»Sag es mir. Ich muss es wissen.«

»Erinnerst du dich an die Zeit deiner Ankunft auf Griseo? Wie habe ich Caruzo und Katrey gerufen?«

»Der Schmerz in ihren Köpfen«, stellte sie fest.

»Dieser Schmerz gehört zu meiner Gabe. Ich kann die Empfindungen der Menschen beeinflussen.«

Nuria ließ seine Hände los. »Was genau meinst du mit Empfindungen?«

»Kälte, Freude, Schmerz, Glück, Hunger …«

»Das alles?«, hauchte sie.

»Noch viel mehr. Die Liste ist lang.« Tarik verlieh seiner Stimme etwas Endgültiges. »Das Gespräch darüber ist jetzt beendet.«

»Sag mir nur noch eines.«

»Was?«, presste er zwischen seinen Zähnen hervor.

»Hast du diese Magie schon bei mir verwendet? Und ich rede nicht von jenem Mal im Speisesaal, als ich den Wein trinken sollte.«

Tarik sah ihr tief in die Augen. So tief, wie er es getan hatte, nachdem sie rücklings vom Bergfried in die Tiefe gestürzt war. An diesem Tag hatte sie sterben wollen. Er aber hatte sie nicht gehen lassen können. Es war jene Zeit gewesen, in der er erstmals Heilung durch sie gespürt hatte. Damals war er der Meinung, seine Gabe für etwas Gutes zu verwenden. »Ja, das habe ich.«

Nuria hauchte die letzte Luft aus ihren Lungen, nur, um sie dann zitternd wieder einzusaugen. Seine Antwort schien sie zu überwältigen. Langsam verließ sie das Bett. »Nein!«

Tarik erkannte deutlich, dass sie plötzlich an allem zu zweifeln begann. »Lass es mich bitte erklären«, forderte er ruhig.

»Es ist nicht echt?« Es war eigentlich eine Frage, und doch klang es wie eine Feststellung.

Tarik verstand erst jetzt, was sie meinte. »Nein. So ist es nicht!«

»Wie dann? Hast du meine Gefühle schon mal manipuliert oder nicht?«

»Die Antwort ist ja. Aber …«

»Sei still«, fuhr sie ihn böse an. Dabei füllten sich ihre Augen mit Tränen. »Wie konntest du es nur wagen?«

»Jetzt hör mir doch mal zu.« Er wollte nach ihrem Arm greifen, um sie dazu zu bringen, sich wieder zu setzen.

Sie aber wich ihm aus und hastete zwei Schritte zurück. »Fass mich nicht an.«

Er hob die Hände. »Schon gut. Ich werde dich nicht berühren. Aber bitte setz dich wieder.«

»Wozu? Damit du in Ruhe erneut deine Magie anwenden kannst? Auf keinen Fall.« Sie griff nach ihrem Kleid. »Ich will kein Sterbenswort mehr von dir hören. Wie soll ich dir je wieder etwas glauben, wenn ich in deiner Gegenwart anscheinend nicht mal mir selbst glauben kann?«

»Du siehst das falsch. Alles lässt sich erklären, und das zwischen uns ist wahrhaftig.«

Sie warf sich ihr Kleid über, ohne auch nur eine Schnur festzuziehen. »Ich hätte es wissen müssen. Schon damals, als du zugesehen hast, wie Caruzo seine grausamen Tests an meiner Hand vollführt hat. In jemandem, der das geschehen lässt, ohne mit der Wimper zu zucken, kann keine Liebe sein. Und in so jemanden kann ich mich auch nicht verlieben. Nicht ohne Manipulation! Ich hätte einfach auf meine Instinkte hören sollen.« Ohne auf eine Antwort von ihm zu warten, stürmte sie hinaus.

»Nuria!«, rief er ihr laut hinterher. Ihre Schritte jedoch entfernten sich immer schneller. Tarik hätte sie mit Leichtigkeit aufhalten können. Doch das war wahrscheinlich das Letzte, was ihr Vertrauen in ihn zurückgebracht hätte. Wut kochte in ihm hoch. Er ballte die Fäuste und wischte dann mit einer zornigen Armbewegung den Krug mit Wein und die zwei vollen Pokale daneben zu Boden. »Verdammt!«, brüllte er. Warum hatte sie ihm nicht zugehört? Er hätte alles erklären können. Seine Gefühle für sie waren echt. Und ihre mussten es demnach auch sein.

Tarik ließ sich zurück in die Kissen fallen und starrte an die Decke. Erst jetzt sickerte die Bedeutung von einigen ihrer Worte zu ihm durch. Er legte die Stirn in Falten. *Ich hätte es wissen müssen. Schon damals, als du zugesehen hast, wie Caruzo seine grausamen Tests an meiner Hand vollführt hat.* Was hatte sie damit gemeint? Er war bei diesem Test doch gar nicht im Kontor gewesen.

Nuria rannte schluchzend in ihr Gemach. Dabei überwog ihre Wut die Traurigkeit. Tarik hatte sie wirklich auf jede erdenkliche Weise gequält. Angefangen bei der Trennung von ihrer Familie über das Verändern ihres Äußeren bis zu dem erzwungenen Verleugnen von allem, was sie seit jeher ausgemacht hatte. Doch nun, boshaft und hinterlistig, hatte er sich auch noch an dem Letzten bedient, das Nuria verblieben war: ihrem Herzen!

Noch immer konnte sie nicht verstehen, wie etwas, das sich so wundervoll anfühlte, unecht sein konnte. Es gab dafür nur eine Erklärung: Magie. Aber auch sie selbst war nicht unschuldig. Nuria musste sich vorwerfen, leichtsinnig geworden zu sein. Sie hatte Tarik unterschätzt. Vielleicht würde sie ihr Leben lang teuer dafür bezahlen. Doch eines würde sie ihm nicht gewähren – die Genugtuung, sich an ihrem Leid auch noch zu laben! Nie wieder wollte sie ihr Gemach verlassen. Für kein abendliches Mahl und schon gar nicht für einen Thing. Trotzig wischte sich Nuria über die Wangen. Dann begann sie sich die Schnüre ihres Kleides zu binden.

In diesem Moment betrat Katrey das Gemach. Obwohl die Kammerzofe bloß Nurias Rücken sehen konnte, begriff sie offenbar sofort, dass etwas nicht stimmte. »Was ist mit dir? Wo ist Lord Tarik?«

Nuria verweigerte ihr die Antworten.

»Weinst du etwa?«

»Du hast es gewusst«, stieß sie vorwurfsvoll aus. Sie drehte ihr Gesicht der Kammerzofe zu. Ihre Finger zogen derweil immer grober an den Schnüren. »Seine Magie. Er hat mir gesagt, wozu er fähig ist. Warum hast du mir verschwiegen, dass er alle nur denkbaren Gefühle manipulieren kann?«

»Was blieb mir für eine Wahl? Du hast ihn doch selbst erlebt. Er hätte sonst was mit mir getan, wenn ich dir das erzählt hätte.«

»Ich dachte, du bist meine Freundin.«

»Das bin ich.« Katrey wollte Nurias Hand nehmen, doch die zog sie weg. »Verstehe doch, es war mir jahrelang verboten, über Magie und Lady Miriam zu sprechen. Jede Zuwiderhandlung stand unter Strafe. Unter schlimmer Strafe.«

»Du hast mich sehenden Auges ins Verderben rennen lassen. Und nun ist es passiert.«

Katrey rang sichtlich um Worte. »So lange … herrschte Stillstand im Land. Und … und dann kamst du. Und jetzt ändern sich die Dinge plötzlich. Der Lord ändert sich.«

»Unsinn. Ich war bloß ein Spielzeug für ihn, um die Ödnis des ewigen Schnees zu vertreiben.«

»Das glaube ich nicht, Nuria!« Katrey versuchte ihrer Stimme Nachdruck zu verleihen. »Ich sehe doch, wie ihr euch anschaut.«

»Es ist nicht echt, Katrey. *Er* hat das gemacht.« Sie wies mit dem Finger Richtung Tür.

»Aber das würde allem widersprechen. Du schätzt ihn falsch ein.«

»Was lässt dich ihn verteidigen?«

»Es gibt Gründe …«

»Welche?«

»Das … ich … Ich darf es dir nicht sagen.«

Nuria funkelte sie böse an. »Wie sehr ich das nicht mehr hören kann!« Sie drückte sich an Katrey vorbei, um sich auf ihr Bett zu werfen. Dort wollte sie die Vorhänge zuziehen, verknoten, verschnüren, sodass niemand mehr zu ihr kommen und sie verletzen konnte.

»Ich darf es dir zwar nicht verraten«, Katrey hörte sich an, als wäre sie selbst nicht sicher, ob sie diese Worte überhaupt aussprechen durfte. »Aber tief in mir glaube ich, dass ich das auch gar nicht muss.«

Nuria blieb stehen. Aus irgendeinem Grund wagte sie nicht, sich umzudrehen. »Und wie soll ich die Wahrheit dann erfahren?«

»Indem du endlich aufhörst, in deiner Gabe etwas Schlechtes zu sehen. Ich hörte dich sagen, dass dir Bilder aus der Vergangenheit erscheinen.« Sie sprach nun ganz langsam. »Nutze sie doch endlich!«

Nuria verstand Katreys Hinweis. Es stimmte, was sie andeutete. Bislang war sie bloß so weit gekommen, nicht mehr in Panik zu verfallen, wenn die Bilder sich zeigten. Sie hatte jedoch noch nie versucht, alles Gesehene in einen Zusammenhang zu setzen.

Ihre Finger umfassten einen der Bettpfosten, als brauchte sie zusätzlichen Halt für das, was sie nun vorhatte. Nuria schloss die Augen. Alle noch verbliebene Scheu im Umgang mit ihrer Magie fiel von ihr ab. Jetzt, wo sie keinem ihrer Sinne mehr vertrauen konnte, verblieb die Wintergabe als einziges Tor zur Wahrheit. Mit ihrer Hilfe wollte sie Tariks Mauer aus Schweigen bezwingen.

Nuria ließ es über sich kommen. Ein Sog aus Bildern riss sie plötzlich mit sich, als befände sie sich in einem Zeitraffer. Ihr Kopf ruckte hin und her. In irrer Geschwindigkeit sah sie Miriams unterschiedliche Gesichtsausdrücke. Lachend. Ernst. Gelöst. Bedrückt. Nurias Hand fuhr an ihre Stirn. Fest presste sie sie dagegen, um das Rauschen ihrer Gedanken zu kontrollieren. »Zeig mir die Antwort«, verlangte sie gequält. Dann, mit einem Mal, wurde das Geschehen langsamer. Statt bloßer Erinnerungsfetzen sah sie nun deutliche Bilder vor sich. Fast so, als hätte man eine massive Eisentür verschlossen, war es jäh ganz still.

Nuria wusste es mit aller Klarheit, sie war an der richtigen

Stelle angelangt. Langsam öffneten sich ihre Lider. Katrey war fort. Ihr Gemach sah fast unverändert aus. Dann aber fiel Nurias Augenmerk auf die Spiegelung der klaren Fensterscheibe vor dem finsteren Nachthimmel. Sie sah Miriam. Sie *war* Miriam! An ihrem Hals funkelte silbrig blau die Tränenkette. Das Festkleid aus rauschender Seide wog schwer auf ihrem Körper. Es wollte so gar nicht zu ihrer Traurigkeit passen. Hinter sich vernahm sie Tariks Schritte.

»Seid Ihr so weit? Man erwartet uns«, sprach er weich.

Miriam wischte sich über die Wange. Tränen rannen unaufhaltsam darüber. Sie spürte, dass er es sah, und ahnte, was er dachte. Tarik hatte ihre Schwermut nicht verdient.

»Was kann ich noch tun? Ich liebe Euch, Miriam.«

Es gab nichts darauf zu sagen.

Seine Hand fuhr an ihren Hals und unter die Kette. Die Berührung sorgte dafür, dass sich die feinen Härchen in ihrem Nacken aufstellten. Dabei geschah etwas. Wärme durchflutete sie wie die aufsteigende Hitze eines Feuers. All der Kummer von eben wich hinfort, als hätte man die Schleuse eines gestauten Sees geöffnet. Der nun leere Platz in ihr wurde sogleich mit einer tiefen, brennenden Liebe für Tarik gefüllt. Seine Hand verließ ihre Haut.

Miriam hauchte ihren Atem aus. Was war geschehen? Obwohl ihre Umgebung noch die gleiche war, hatte sich doch alles verändert. Die Nacht schien plötzlich heller und die Farben um sie herum strahlender. Sie wandte sich um und sah in sein Gesicht, das ihr noch nie so schön vorgekommen war. Trotz seines Lächelns drückte es auch Schmerz aus – so als hätte er ihre ewige Traurigkeit auf sich genommen, damit sie endlich Glück empfand.

Nuria wollte Miriams Körper nicht verlassen. Zu schön war das Gefühl von Liebe und zu schrecklich die Wahrheit. Nur ein letztes Mal spürte sie in die Adlige hinein, so als brauchte sie noch einen Beweis. Miriam stand vor Tarik. Die Musik aus dem Festsaal drang durch die geschlossene Flügeltür. Ihre Finger tasteten nach etwas, das ihr hochgeschlossenes Kleid verbarg. Sie lösten die Tränenkette von ihrem Hals. Lächelnd legte sie sie in Tariks Hände. »Ich brauche sie nun nicht mehr.«

Mit diesen Worten hatte Nuria die Gewissheit. Sie ließ den Ort hinter sich, an den ihre Wintergabe sie geführt hatte, und war wieder im Hier und Jetzt – jedenfalls körperlich. Eine vereinzelte Träne rollte ihr über die Wange.

»Ich weiß es jetzt, Katrey«, sprach sie tonlos. »Tarik hat Miriam mit seiner Gabe dazu gebracht, etwas für ihn zu fühlen. Die Liebe zwischen ihnen war niemals echt.« Nun sah sie die Kammerzofe an. »Genauso wenig wie unsere.«

Katrey nickte bedächtig. »So ist es gewesen. Bis zu ihrem Tod fühlte er sich deswegen schuldig.«

»Zu Recht!«, antwortete Nuria hart.

Die Kammerzofe kam langsam auf sie zu. »Verstehst du jetzt, warum er diesen Fehler sicher nicht noch einmal begehen würde?«

»Du bist so leichtgläubig, Katrey. Er ist Lord Tarik. Der Herrscher über Area. Er kann tun und lassen, was er will, und er nimmt sich, was er begehrt.« Nuria hing noch immer dem Erlebten nach. Die Wahrheit schmerzte. Ohne ihr Zutun flammte eine Erkenntnis auf. Nuria wusste jetzt, warum Miriam auf ihren ersten Gemälden traurig gewirkt hatte und auf ihren späteren glückselig. Die weißen Tücher über den Bildern bekamen plötzlich eine neue Bedeutung. Tarik musste sie verhüllen, hatte er sich durch Miriams Lächeln doch stets daran erinnert gefühlt, dass er sie wie eine Handpuppe für seine Zwecke gelenkt hatte. Nuria würde nicht zulassen, dass er das Gleiche mit ihr tat.

Sie hielt auf eine Truhe zu und hüllte sich in einen pelzgefütterten Mantel, den sie dort fand. Als Nächstes zog sie sich Stiefel über.

»Was hast du vor?«, fragte Katrey, die sie argwöhnisch beobachtete.

»Ich werde diesen Ort verlassen, an dem nichts so ist, wie es scheint.«

»Das darfst du nicht, Nuria.«

»Ich muss! Alles konnte ich bisher ertragen. Aber nicht mehr zu wissen, ob ich meinen eigenen Gefühlen trauen kann, ist schlimmer als der Tod. Leb wohl, Katrey.« Entschlossen eilte sie durch die Flure und die Zwillingstreppe hinab in die Vorhalle. Das Öffnen der Tür brachte die Nachtluft hinein. Die Kälte hielt sie nicht auf. Während sie über den nachtblauen Burghof lief, der heute vom Mondlicht erhellt wurde, sah sie zum Stall hinüber. Nuria war klar, ihr blieb keine Zeit mehr, Amadee zu holen. Es brach ihr das Herz. Doch sie wusste, er würde es gut hier haben. Vielleicht sogar besser als im ärmlichen Pago.

Nochmals beschleunigte sie ihre Schritte. Sie musste sich beeilen, wenn sie es aus den Toren schaffen wollte, bevor Tarik ihr Verschwinden bemerkte. Dabei fürchtete sie nicht, dass er sie womöglich einsperrte für das Brechen ihres Schwurs oder gar Caruzo auf sie hetzte. Nurias größte Angst war es, in sein Gesicht sehen zu müssen. Unverändert befand sie sich in einem Zustand tiefer Verliebtheit – ob echt oder unecht, war dabei einerlei. Sie zweifelte ernsthaft, dass sie es schaffen würde, bei seinem Anblick standhaft zu bleiben.

Nuria hatte das Tor fast erreicht, durch das endlich der so nötige Abstand zwischen sie und Tarik gebracht werden würde. Da hörte sie hastige Schritte hinter sich. Katrey kam ihr hinterhergerannt. Sie zitterte, trug sie doch weder einen Umhang noch ein wollenes Schultertuch. »Du meinst es wirklich ernst, oder?«

»Was willst du noch? Du kannst mich nicht aufhalten, egal, was du sagst.«

»Ich kann dich aber auch nicht einfach gehen lassen.«

»Besser wäre es. Wenn man dich und mich zusammen sieht, bekommst du am Ende noch die Schuld für mein Verschwinden.«

»Und wenn schon«, antwortete Katrey trotzig und rieb sich die Oberarme. Ihre Stimme war nur mehr ein Bibbern. »Sieh es als Beweis dafür, wie wichtig mir dein Bleiben ist.«

Nuria glaubte ihr. Und es bedeutete ihr auch etwas. Sie hielt dennoch weiter auf das Tor zu. Ihr Entschluss stand fest.

»Bitte, Nuria«, flehte Katrey jetzt. »Es gibt sicher noch eine andere Lösung als Flucht. Siehst du denn nicht, dass du mit deinem Verhalten alles aufs Spiel setzt, was dich bereits so viel gekostet hat?«

Nuria hielt den Blick starr aufs Tor gerichtet, um nicht doch noch weich zu werden. Es stimmte ja, was Katrey sagte. Das *gute Leben*, von dem ihre Freundin gesprochen hatte, war zum Greifen nah. Befand sie sich erst einmal auf der anderen Seite der Mauer, gab es mit Sicherheit kein Zurück mehr. Nuria ging trotzdem unaufhaltsam weiter. Währenddessen bemerkte sie, wie die beiden Wachen sich fragend ansahen. Alles an dem, was sie erblickten, musste ihnen höchst seltsam vorkommen. Der Moment der letzten Entscheidung war gekommen. Entschlossen verlangte Nuria: »Öffnet Eurer Herrin das Tor.«

Einer der beiden stand stocksteif da. Sein Blick ging in den Himmel und sagte, dass es doch finstere Nacht sei. Der andere jedoch handelte pflichtbewusst und schob sogleich den schweren Riegel der Schlupftür beiseite. »Sehr wohl, Lady Miriam.«

Katrey rief ihr hinterher: »Tu es nicht!«

Nuria trat hinaus auf die Brücke, wo keine Mauer sie mehr schützte. Ein seltsames Gefühl, wie sie feststellte. Zwei oder drei Atemzüge lang war sie überwältigt von der Aufgabe, die vor ihr lag. Noch nie war sie des Nachts so weit gelaufen, wo es nicht nur dunkler, sondern auch deutlich kälter war als am Tage. Das Wissen um ihre einzige Alternative jedoch trieb Nuria voran. Sie schritt weit aus und blickte nicht zurück. Alles, was sie wollte, war, noch einmal nach Pago zu kommen! Sollte Tarik sie auch nur einen Tag später holen, um sie zu richten, es wäre ihr gleich. Das Dorf ihrer Kindheit kam Nuria plötzlich vor wie der schönste Ort ganz Areas. Sehnsüchtig lächelte sie bei der Erinnerung an das, was sie erwartete. Sie sah sich bereits in der warmen Halle um das Feuer sitzen. Alles war in ein gelbliches Licht getaucht. Die fröhlichen Stimmen der Männer und Frauen drangen an ihr Ohr. Kinder jagten umher und lachten schrill. Nuria fühlte die Holzschüssel in ihren Händen, in der Tuulis dünne Suppe schwamm. Ein zottiges Fell lag schwer auf ihren Schultern. Wim würde sein Essen mal wieder an ein Kind verschenken. Justor saß neben ihr und berichtete, wie es ihm die vergangenen Wochen als Dorfvogt ergangen war. Ja, genau so sollte es sein, dachte Nuria. So, wie sie es stets verflucht hatte, vor ihrer Zeit auf Griseo. Und wenn es auch das allerletzte Mal war!

Sie hatte die erste Hügelkette erreicht, die Griseo von den freien Ebenen trennte. Das Stapfen bergauf und durch den tiefen Schnee erwies sich als Fluch und Segen zugleich. So viel Mühe es auch kostete, wenigstens wärmte es ihren Körper. Wenn sie nicht stehen blieb, konnte sie den Weg nach Pago in einem Stück schaffen. Kaum hatte sie diesen Gedanken zu Ende gedacht, vernahm sie Schritte hinter sich und dazu ein bibberndes Geräusch. Es gehörte eindeutig zu jemandem, der erbärmlich fror. Nuria rollte mit den Augen.

»Bleib doch endlich stehen«, jammerte Katrey. Sie hatte sich die Hände um den Körper geschlungen.

»Was tust du hier?«, fragte sie genervt.

»Können wir das auf Griseo besprechen? Mir ist eiskalt. Lass uns bitte zurückgehen.«

»Natürlich ist dir kalt. Du könntest genauso gut nackt sein. Man möchte meinen, die zehn Jahre Schnee hätten dich mehr gelehrt.« Nuria dachte nicht daran, auf sie zu hören.

»Wo willst du denn überhaupt hin?«

»Nach Pago.«

»Mitten in der Nacht? Bist du wahnsinnig geworden?«

»Wovor soll ich mich denn fürchten? Dem schlimmsten Albtraum Areas bin ich schon begegnet, und ich habe ihn überlebt. Was also soll mir noch passieren?«

»Du könntest dich verirren.«

»Sieh nach oben. Der Mond leuchtet mir hell den Weg. Ich empfinde es geradezu als ein Zeichen, so selten, wie er scheint.«

»Du könntest erfrieren«, versuchte Katrey es erneut.

»Du erfrierst ganz gewiss vor mir. Geh lieber zurück.«

Die Kammerzofe blieb jetzt tatsächlich stehen.

Nuria war sich nach einigen Schritten sicher, sie mit ihren harschen Antworten endlich vertrieben zu haben. Eine Erleichterung. So wütend sie auch auf Katrey war, auf keinen Fall wollte sie, dass ihr etwas zustieß.

Nuria hatte den Fuß der Hügelkette bereits eine Weile hinter sich gelassen. Mit jedem Schritt gelangte sie höher. Der Wind blies hier um einiges stärker. Nun, wo ihre glühende Wut langsam abebbte, machten sich allmählich andere Gefühle bemerkbar. Sie war erschöpft – selbstverständlich vom Stapfen durch den Schnee, am meisten aber von dem Wechselbad ihrer Gefühle. Wo Liebe so viel Kraft spendete, entzogen Wut und Traurigkeit dieselbe dreifach. Auf der höchsten Kuppe der Anhöhe angekommen, gönnte sie ihren müden Beinen eine winzige Pause. Nuria wusste, ihr Stehenbleiben durfte nicht dazu führen, dass ihre Glieder auskühlten.

Von selbst glitt ihr Blick hinüber zu Burg Griseo. Sie nahm diesen Ort nun ganz anders wahr als an jenem Tag, da man sie durch Zwang hingebracht hatte. Beinahe schön sah die Burg aus, mit ihren zahlreichen Lichtern, die durch die neuerdings klaren Fenster fielen. Nuria fühlte keine Angst mehr beim Betrachten der düsteren Feste. Vielmehr gingen ihr Erinnerungen durch den Kopf, die sie mit den einzelnen Teilen Griseos verband. Da war der Bergfried, auf dem sie mit Sicherheit einen ihrer schlimmsten Momente verbracht hatte. Die große Halle, in der sie das erste Mal Tariks goldene Haut bemerkt hatte. Und natürlich das obere Stockwerk. Die Fenster zum Kontor waren hell erleuchtet. Nuria sah sich in Gedanken plötzlich wieder mit dem Rosenbuch auf der Fensterbank sitzen, als ihr Blick abgelenkt wurde. In Tariks Schlafgemach neben dem Kontor hatte sie eine Bewegung ausgemacht. Eine Gestalt trat vor die Scheibe. Ihr Herz krampfte sich schmerzhaft zusammen. Trotz der Entfernung erkannte sie Tarik sofort. Es war ihr, als blickte er in ihre Richtung. In ihre Augen. In ihre Seele. Er hatte ihren Fortgang also bemerkt!

Erst eine Entdeckung gewährte es ihr, sich von ihm loszureißen. Es war ein gleichmäßiges, orangefarbenes Aufflackern, das sich in den oberen Fenstern der Burg spiegelte. Nuria verengte die Augen. »Was ist das?«, fragte sie flüsternd in die Nacht hinein. Eine finstere Vorahnung ließ sie sich langsam umdrehen. Das, was sie jetzt erblickte, presste ihr die Luft aus den Lungen. Der Horizont war ein einziges Glimmen. Hinter den Baumwipfeln des dichten Waldes – genau dort, wo Pago lag – quollen weißlich gelbe bis tiefrote Rauchwolken hervor. Sie wurden von den Flammen angeleuchtet und stiegen schnell hinauf in den Himmel.

»Nein! Nein! Nein!« Nuria hörte sich selbst verzweifelt rufen. Schrill schallte es durch die Nachtluft. Sie konnte nicht aufhören. »Justor! Vater! Tuuli!« Ihr Rufen wurde zum Schreien. Ihr

Schreien irgendwann zu einem Wimmern. »Nein, bitte ... bitte nicht!« Die schreckliche Erkenntnis sickerte langsam durch zu ihrem Bewusstsein. Es gab keinen Zweifel: Pago brannte lichterloh. Und es gab nichts, was sie dagegen tun konnte. Machtlos wie sie war, schlug sie sich die Hände vor den Mund und begann hemmungslos zu weinen. Dann gaben ihre Knie nach. Nuria sank lautlos in den weichen Schnee, wo ihr Klagen immer leiser wurde. Stück für Stück verengte sich ihr Blickfeld. Zum ersten Mal wünschte sie die erlösende Ohnmacht herbei, die sie so häufig befiel.

Das war Tariks Strafe für sie!, hallte es in ihren Gedanken wider. Jetzt hatte sie kein Zuhause mehr, in das sie vor ihm flüchten konnte. Die Einsicht, dass sie es niemals schaffen würde, gegen ihn anzukommen, beraubte sie aller Kräfte. Nuria gab sich und ihren ganzen Plan in diesem Moment auf dem schneebedeckten Hügel auf. Obwohl ihre Augen zufielen, nahm sie noch lange Zeit das Zucken und Flackern der Flammen vor ihren Lidern wahr.

Ihre Beine, die tief in den Schnee eingesunken waren, fühlten sich bereits taub an. Da drang es von weit her an ihr Ohr. »Nuria!« Einen winzigen Augenblick lang hatte sie vermutet, es sei wieder Katrey, die da rief. Dann aber wusste sie es besser.

»Justor!«, formte ihr Mund beinahe geräuschlos seinen Namen.

»Nuria!« Die kalte, klare Luft trug ihren Namen von weit her durch die Nacht.

Sie schlug die Augen auf. »Justor«, wiederholte sie nun lauter und sah sich um. Der Mond war ihr Helfer. Sein Leuchten ließ sie ein Tal und einen Hügel entfernt eine Bewegung erkennen. Es war der unregelmäßige Gang eines Menschen, der sich durch tiefen Schnee kämpfte.

Sie wollte aufstehen und ihrem Bruder entgegengehen. Doch

weder ihre Glieder noch ihr Kopf gehorchten ihr mehr. Sah sie ihn wirklich? War er noch weit weg oder schon nah? Ihre Augen fielen wieder zu.

Irgendwann aber hielt er mit beiden Händen ihr Gesicht. »Nuria!«

»Du bist hier! Nicht in Pago!« Nur einen Augenblick später hätte Nuria nicht mehr sagen können, ob sie diese Worte bloß gedacht oder laut ausgesprochen hatte, so geschwächt fühlte sie sich mittlerweile.

»Sprich jetzt nicht, kleine Schwester. Schone deine Kräfte. Du bist ja halb erfroren.«

Trotz seiner Worte konnte sie nicht an sich halten, als sie auch noch den schweigsamen Hünen Pagos hinter ihrem Bruder erkannte. »Falcus«, hauchte Nuria. »Was tut ihr beide hier?«

Justor hob sie aus dem Schnee. »Ich werde dich erst einmal in Sicherheit bringen. Halt dich an mir fest.«

Zu dritt begannen sie den Abstieg.

Immer wieder verlor Nuria dabei das Bewusstsein. Jedes Mal, wenn sie wieder kurz zu sich kam, nahm sie schemenhafte Bilder wahr. Sie näherten sich Griseo. »Nein, nicht …«, flüsterte sie, bevor die Dunkelheit sie erneut einhüllte. Nuria kam wieder zu sich. Sah, wie das Tor geöffnet wurde. Drei Gestalten kamen heraus. »Bring mich weg von hier …«, protestierte sie. Dann wieder Dunkelheit. Kurz darauf vernahm sie nur noch Stimmen. Ihre Augen blieben geschlossen.

»Wer seid Ihr? Was tut Ihr mit Lady Miriam?« Es war Katrey, die dort sprach.

»Lady Miriam?« Justors Stimme trug solch ein Erstaunen in sich, dass Nuria es selbst durch den dichten Nebel in ihrem Kopf vernahm.

»Legt sie nieder, dort wo Ihr steht«, sprach Caruzo daraufhin.

»Ich gehe ohne sie nirgendwohin. Lasst mich ein, oder ich

nehme meine Schwester mit mir. Dies ist mein letztes Wort, und wenn es meinen Tod bedeutet – so wahr ich das Oberhaupt Pagos bin!«

Nuria vernahm zwei kurze Schmerzenslaute. So wie immer, wenn Tarik seinen Willen über eine Entfernung hinweg mitteilte. Wieder überfiel sie die Dunkelheit. Als sie ein letztes Mal zu sich kam, hörte sie Justor zu ihr sprechen.

»Nun wird alles gut. Ich werde dich nie wieder allein lassen.«

Justor warf einen letzten Blick zurück zu Falcus und seinem Vater. Dieser saß nun auf dem Rücken des Hünen. Er war sich sicher, sie würden es nach Pago schaffen. Falcus' Trübsinn war in diesem Fall von Vorteil. Er dachte nicht darüber nach, ob er fror oder erschöpft war. Seine ganze Stärke würde er unerbittlich dafür nutzen, um den Befehl seines Dorfvogts auszuführen.

Justors Aufmerksamkeit galt nun wieder sich und seiner Aufgabe. Neben der fremden Frau und dem Magier des Lords trat er durch das Tor Griseos. Der Moment war unwirklich. Nachdem er jahrelang bei dem Versuch hierherzukommen gescheitert war, hätte er nie für möglich gehalten, dass es eines Tages so einfach sein würde. Während er den verschneiten Burghof überquerte, fragte er sich, was ihn erwartete. Da öffnete sich wie durch Zauberhand der Eingang. Ein Lichtkegel fiel auf den Hof. In der Mitte stand Lord Tarik und warf einen langen Schatten. Sein Umhang wurde von dem eindringenden Wind aufgewirbelt.

Justor war sich nicht sicher, doch er meinte in der ernsten Miene des Herrschers kurz etwas aufblitzen zu sehen – genau dann, als sein Blick auf Nuria fiel. In dieser Sekunde verlor sein Gesicht jede Strenge. Kurz darauf sah er wieder hoch, düster wie immer.

»So begegnet man sich ein zweites Mal, Justor aus Pago.«

»Was habt Ihr mit meiner Schwester gemacht, dass sie bereit war, sich das Leben zu nehmen?«

»Euer vorschnelles Urteil wird Euch eher zu einem Kopf kürzer denn zu einer Antwort verhelfen.«

»Zeig gefälligst Respekt«, grollte der Magier in Justors Richtung und hatte die Hand schon erhoben, um ihn mit einem Zauber zu strafen.

»Herr«, unterbrach jetzt die Frau und legte die Rückseite ihrer Hand auf Nurias Stirn. »Sie muss ins Warme, und zwar schnell. Bitte lasst sie in ihr Gemach bringen.«

Lord Tarik fixierte unentwegt Justors Gesicht. Alles an ihm machte deutlich, dass er einen Eindringling in ihm sah.

»Ihr müsst mich schon mit Gewalt von ihr trennen. Freiwillig werde ich sie nicht mehr aus den Augen lassen.«

Der Herrscher sagte eine quälende Weile lang nichts. Dann trat er zur Seite und forderte die Frau auf: »Zeig ihm den Weg.«

Justor folgte ihr über eine geschwungene Steintreppe, wie er sie noch nie gesehen hatte, in weit verzweigte Flure. Hier wurde er ungefragt zu einem stummen Betrachter vergangener Augenblicke, die niemand aus Pago je zu Gesicht bekommen hatte. Die Gemälde, die sie passierten, zeigten Lady Miriam, wie sie an einem Brunnen saß und kurz darauf mit einem Buch auf ihren Knien. Wenige Schritte später erschien ein Bildnis, das sie mit mehreren Hunden zeigte und dann eines inmitten von Rosen.

Die Auflösung dessen, was ihm in Pago keine Ruhe gelassen hatte, traf ihn wie ein Schlag. Seine Schwester war der Adligen wie aus dem Gesicht geschnitten. Dass die fremde Frau sie eben mit dem Namen von Lord Tariks Gemahlin betitelt hatte, ließ nur einen Schluss zu: Lady Miriam musste tot sein. Nuria galt als ihr Ersatz.

20

Das ist nicht wahr! Das ist jetzt besser nicht wahr, Justor!« Nuria war aus dem Bett aufgesprungen und zu ihrem Bruder gelaufen, der auf einem Armlehnstuhl eingenickt war. »Wach auf!«, schrie sie ihn an.

Justor blinzelte verschlafen.

Als seine Lider zu zucken begannen, wetterte sie weiter. »Ich bin auf Griseo? Du hast mich wirklich zurückgebracht?« Ihre Stimme drohte sich zu überschlagen.

»Ich habe um dein Leben gefürchtet.«

»Und dann bringst du mich an den tödlichsten Ort Areas?«

»Ganz bestimmt nicht tödlicher als die eiskalten Schneehügel in einer Winternacht.«

»Ich bin aus gutem Grund von hier geflohen.«

»Warum schreist du so?«

Ihre Stimme erreichte eine neue Tonhöhe. »Hast du überhaupt eine Ahnung, was ich in den letzten Wochen durchgemacht habe?«

»Nein«, antwortete Justor ruhig und stand auf.

Nuria wollte weiterschreien. Es war so unglaublich befreiend. Aber der Anblick ihres Bruders, der sie jetzt ungefragt in seine starken Arme schloss, versiegelte für einen Moment ihre Lippen. Nuria fühlte sich augenblicklich wie damals, als sie noch ein Kind gewesen war und Justor sie stets behütet hatte. Ein Stück Heimat floss durch sie hindurch. Es vermochte ihrem wunden

Herzen ein wenig Linderung zu schenken. Pago! Der Gedanke fuhr ihr plötzlich wie ein Blitz durch den Kopf.

»Pago! Es … es hat gebrannt! Ist es zerstört?«

»Wovon sprichst du?«

»Die Flammen. Ich habe sie von der Hügelkette aus mit meinen eigenen Augen gesehen. Der Himmel war glutrot.«

»Nein, Nuria. Ich weiß nicht, was du gesehen hast. Aber Feuer war es nicht.«

»Was? Deshalb bist du doch sicher hier. Du hast dich retten können vor den Flammen.«

»Es gab kein Feuer. Glaub mir doch.«

Nuria betrachtete verwirrt das entschlossene Gesicht ihres Bruders. Langsam ging sie ein paar Schritte rückwärts und schüttelte dabei den Kopf, ohne es zu merken. »Du musst es doch auch gesehen haben.«

Justor wollte auf sie zugehen. »Nuria, du solltest dich setzen. Lass uns in Ruhe reden.«

»Bleib da stehen!«

Er hielt an. »Ich bin mir sicher, du bist bloß ein bisschen verwirrt. Ruh dich noch etwas aus.«

Seine Worte kamen ihr mit einem Mal seltsam vor. Noch nie hatte sie sich so gefühlt. Aber plötzlich wusste sie nicht mehr, ob sie Justor wirklich trauen konnte. »Warum hast du mich wirklich hierher zurückgebracht?«

Er runzelte die Stirn. »Das sagte ich bereits. Du warst eiskalt.«

»Ich verstehe nicht, weshalb du überhaupt hier bist.«

»Nuria, traust du mir etwa nicht?«

»Du warst schon immer besessen von dem Gedanken, nach Griseo zu kommen. Das wissen wir beide. Jeder aus Pago weiß das.«

Seine Hände machten eine beschwichtigende Geste. »Und du weißt auch, warum!«

»Ich weiß gar nichts mehr.«

»Sieh einfach in dein Herz. Es wird dir sagen, was richtig und was falsch ist.«

Sie lachte kurz auf. »Mein Herz … das ist so ziemlich das Letzte, worauf ich zurzeit höre.« Nuria öffnete die Tür. »Wage es nicht, mir zu folgen, Justor.« Sie verließ ihr Gemach, nur um eine Tür weiter zu gehen. Ohne anzuklopfen, trat sie ein.

Katrey erstarrte in ihrer Bewegung.

Beim Anblick der Kammerzofe geschah genau das, was Nuria gehofft hatte. Es überkam sie ein Gefühl von Wärme und tiefem Vertrauen.

»Es geht dir gut. Ich bin so froh!« Katrey schlug die Hand vor den Mund.

»Es tut mir so leid.«

Die Frauen schlossen sich innig in die Arme und verblieben so einige Augenblicke, ohne sich zu rühren.

Dann nahm Nuria die Hände ihrer Freundin und sagte: »Dir kann ich glauben, als Einziger auf der ganzen Burg. Sag mir, hast du die Flammen auch gesehen? Hat Pago gestern gebrannt?«

Katrey schüttelte den Kopf. »Nein. Es gab keine Flammen.«

»Was?« Nuria schwindelte. Ihre Erinnerungen waren so klar und deutlich. Wie konnte das sein? Auch wenn Nuria mehr als alles andere wünschte, Pago sei in Sicherheit, jagte genau das ihr Angst ein. Hatte sie nicht gestern erst das Vertrauen in ihr Herz verloren? Konnte sie nun auch nicht mehr glauben, was sie mit eigenen Augen sah? »Ich muss mich selbst davon überzeugen.«

»Wie?«

»Der Bergfried.«

Gemeinsam näherten sie sich dem trutzigen Turm und stiegen die Innentreppe empor. Katrey stieß die Luke auf, die laut auf das

Bodenholz fiel. Es war kalt hier oben. Der Wind pfiff durch die fünf schmalen Rundbogenfenster. Die einzige Tür hinaus zum Wehrgang war verschlossen.

Nuria kämpfte die schrecklichen Erinnerungen an diese Kammer nieder. Sie hatte nicht vor, sich länger hier aufzuhalten als nötig. Zielgenau lief sie zu einem der Fernrohre, die auf dreibeinigen Holzgestellen befestigt waren. Sie richtete es aus – dorthin, wo Pago lag. Dann befiel sie die Angst. Nuria hielt inne. Was würde sie gleich entdecken?

»Sieh schon hindurch«, forderte Katrey. »Dann hast du Gewissheit.«

Nuria legte das Rohr an ihr linkes Auge und überwand mit ihrem Blick die dichten Wälder Areas. Tatsächlich konnte sie nach wenigen knappen Bewegungen die Dachspitzen der höhergelegenen Häuser Pagos mit ihren Spitzbogendächern sehen. Dünne Rauchfäden drangen aus den Schornsteinen. Das Dorf lag friedlich da. Es gab kein Anzeichen für einen Brand. Nuria durchströmte das Gefühl von Erleichterung, und gleichzeitig erreichte ihre Verwirrung einen neuen Höhepunkt. Schwer lehnte sie sich mit dem Rücken an die groben Mauersteine des Bergfrieds und glitt langsam daran hinab auf den kalten Steinboden. Hier zog sie ihre Beine dicht an ihren Körper und umschlang diese mit ihren Armen. »Es hat kein Feuer gegeben.«

Katrey setzte sich zu ihr.

»Bei allem, was mir hier Seltsames widerfahren ist, den Dingen, die ich gesehen und gehört habe, suchte ich die Erklärung stets bei der Magie. Ich schob es auf meine Gabe, die mir etwas zu sagen versuchte. Aber eines habe ich dabei nie in Betracht gezogen.«

»Was?«

»Vielleicht bin ich einfach verrückt? Ich leide an Wahnvorstellungen und führe Selbstgespräche. Möglicherweise ist vieles von dem, was ich glaube, erlebt zu haben, gar nicht geschehen. So wie der Brand.«

Katrey nahm eine ihrer Hände. »Das, was du die letzten Wochen durchgemacht hast, hat dich womöglich einfach überwältigt. Es war auch alles ein bisschen viel auf einmal.«

Nuria bemerkte, dass sie ihre Vermutung nicht verneint hatte. Möglicherweise hielt Katrey sie auch für verrückt. Nuria könnte es ihr nicht einmal verdenken. »Ich kann mir selbst nicht mehr trauen.«

»Was willst du nun tun?«

»Wenn ich das nur wüsste. Morgen schon ist der Thing. Vielleicht bleibe ich einfach hier im Bergfried sitzen und verstecke mich.«

Die beiden Frauen ließen die Worte einen Moment verhallen.

»Und wenn du einfach aufhörst zu hinterfragen?«, meinte Katrey sodann.

Nuria blickte ihr in die Augen und suchte dort nach einer Antwort auf das, was ihre Freundin andeutete.

»Was, wenn du dich auf die Gefühle für Lord Tarik einlässt, ob sie nun falsch sind oder nicht?«

Nuria runzelte die Stirn. Auf der einen Seite war sie fassungslos ob des Vorschlags. Gleichzeitig aber versuchte sie, es sich bildlich vorzustellen.

»Überlege doch nur«, setzte Katrey nach. »Was kann schon geschehen? Für dich würde sich die Liebe echt anfühlen. Und vielleicht, eines Tages, werden deine Empfindungen wahr.«

»Du meinst, ich soll mich opfern.«

»Bringen wir nicht alle Opfer? Auch ich habe mich schließlich diesem Ort verschrieben, nachdem Miriam verstorben war. Auf das Warum habe ich keine Antwort. Vielleicht bin ich geblieben, weil ich mir einbildete, Lord Tarik von manch schlimmer Tat abhalten zu können. Bislang war ich damit allein. Doch jetzt sind wir zu zweit.«

Nuria fühlte, wie Katrey ihre Hand etwas fester drückte.

»Du kannst das Leben von so vielen Menschen im Land verbessern, indem du morgen auf dem Thing an Lord Tariks Seite erscheinst. Ist das nicht auch ein gutes Leben?«

Nuria lehnte ihren Hinterkopf an den rauen Stein. Sie lauschte dem Wind und fühlte dann und wann einen kalten Luftzug auf ihrer Haut. Langsam sickerte es durch sie durch. Die Erkenntnis, dass das, was Katrey ihr eben vor Augen geführt hatte, das einzige Leben war, das ihr blieb. Allein der Gedanke daran, nicht zum Thing zu gehen, kam ihr vor wie das Unterzeichnen ihres eigenen Todesurteils.

Als sie die Schritte vernahm, kam Tarik auch schon durch die Luke getreten. Sein Blick galt Katrey. »Lass uns allein.«

Sie verließ ohne ein Wort den Bergfried.

Tarik lehnte sich an die hölzerne Säule in der Mitte, die das Dachgebälk trug, die Arme verschränkt. »Ich bin froh, dass du unversehrt bist.«

»Bin ich das?«, fragte Nuria in Anspielung an ihren verwirrten Verstand.

»Es war sehr dumm von dir, mitten in der Nacht die Burg zu verlassen.«

»Bist du etwa deswegen hier, um mir das vorzuwerfen?«

Er überging ihren schnippischen Ton und fragte stattdessen: »Sag mir, was kann ich tun, damit du mir glaubst?«

Wieder schlang sie die Arme um ihre Beine. »Bemüh dich nicht. Nichts, was du tust oder sagst, wird mir je die Gewissheit geben, dass es wirklich die Wahrheit ist.« Jetzt lachte sie schneidend auf. »Ich kann ja nicht mal glauben, was ich selbst sehe oder fühle. Möglicherweise wird mir auf immer verborgen bleiben, was richtig oder falsch ist. Dieser Ort ist wahrlich verflucht.«

»Ganz unrecht hast du nicht.« Er trat nun an eines der schmalen Fenster heran und sah nach draußen, von wo das Krächzen einer Schar Raben hereindrang. »Griseo war jedoch nicht immer so. Vieles hat sich mit Miriams Tod verändert. Erst seit dieser Zeit führt die Burg ein gewisses Eigenleben. Die Wintergabe …« Er stockte. »… Sie ist auch für mich ein Rätsel. So wie der Schnee. Ich gebe es ungern zu, aber auch ich habe nicht auf alles eine Antwort.«

Nuria wollte ihn nicht mehr ansehen, aber sie schaffte es nicht. Ihr Herz und ihr Verstand schienen einen endlosen Kampf auszufechten, bei dem die Kräfte bedauerlicherweise recht gleich verteilt waren. Warum gab ihr Herz nicht endlich auf?

»Vielleicht hast du nicht auf alles eine Antwort. Aber du hättest eine gehabt auf meine Fragen nach Lady Miriam. Tja, nun brauche ich sie nicht mehr. Mittlerweile kenne ich die Wahrheit.«

Sein Gesicht wirkte versteinert. So, als glaubte er ihr nicht. »Woher?«

Nuria hatte gehofft, ihn ein einziges Mal außer Fassung zu sehen. Vielleicht legte sie deshalb nach und entschied, ihr eigenes Geheimnis zu offenbaren. »Griseo hat auch mir eine Gabe geschenkt. Die Burg spricht zu mir.«

Tarik umfasste den steinernen Fenstersims. Seine Knöchel traten weiß hervor.

Aus irgendeinem Grund spürte Nuria, dass es ihn schmerzte, sie von der ihm so verhassten Magie besetzt zu wissen. Es war eine Genugtuung für sie.

»Wie lange wolltest du mich darüber im Ungewissen lassen, dass du in ihren Kopf eingedrungen bist? Hättest du es mir je erzählt?«

»Hör auf!«, verlangte er mit zusammengepressten Zähnen.

Sie aber dachte gar nicht daran. »Ich weiß alles über dich und sie und den Missbrauch deiner Fähigkeiten. Du hast sie dazu gebracht, dich zu lieben. Ihre Gefühle für dich waren niemals echt und aufrichtig.«

Ruckartig wandte er sich ihr zu. »Und ich bereue es bis heute! Das Wissen darum macht mich krank. Womöglich war ihr Ableben sogar meine Strafe dafür.« Er atmete schwer. »Das Begrenzen der Magie im Land sah ich damals als meine Heilung. Verstehst du endlich, was ich zu dir gesagt habe? Magie bringt bloß Schlechtes hervor. Das ist der Grund, warum ich sie verabscheue.«

»Ach ja?«, stieß Nuria hervor. »Weißt du, was ich glaube? Es gibt noch etwas, das du mehr verabscheust als Magie. Wenn du nicht bekommst, was du begehrst! Dann nämlich sind dir deine Kräfte treue Diener.«

Tarik richtete sich jetzt gerade auf und trat Schritt für Schritt näher an sie heran. Seine Stiefel klangen laut auf dem steinernen Boden. Er hatte eindeutig genug von diesem Gespräch. Dicht vor ihr blieb er stehen. Ein Windstoß erfasste ihn im selben Moment. Sein Waffenrock wehte auf. »Wie es aussieht, ist alles zwischen uns gesagt.« Seine Stimme klang verändert. »Ich rate dir, dich auszuruhen, bis das Volk Areas am morgigen Thing von Lady Miriams wundersamer Genesung erfährt. Sieh es als Geschenk meinerseits, dass ich deinen Bruder von jeder Strafe verschont habe, obwohl er unerlaubt den Boden Griseos betreten hat.«

Nuria sah Tarik hinterher. Ohne ein weiteres Wort verließ er den Bergfried. Ein Teil von ihr fragte sich, ob sie seine Gunst tatsächlich für immer verspielt hatte. Die Antwort darauf war jedoch bedeutungslos. Anders zu reagieren, als sie es eben getan hatte, war ihr nicht mehr möglich. Sie hatte keine Ahnung, wie ihr Leben auf Griseo nach dem Thing verlaufen würde. Doch eines wusste sie: Die Gesetze von früher galten nicht mehr!

Nuria machte sich auf den Weg zurück in die Burg, wo sie Justor aufsuchen wollte. Auch zwischen ihnen gab es ein Gespräch, das bereits lange überfällig war.

Als sie die Tür öffnete, unterbrach er seine Erkundung, die er augenscheinlich in ihrem Gemach angestellt hatte. Achtlos warf er das Rosenbuch auf ihr Bett und hielt auf sie zu. »Wo bist du gewesen? Ich habe mir Sorgen um dich gemacht.«

»Das musst du nicht mehr, Justor. Mein Schicksal ist unveränderlich besiegelt und jede Sorge deshalb überflüssig.«

Er schien jäh zu akzeptieren, was sie ihm gerade offenbart hatte.

Nuria setzte sich steif auf die gepolsterte Bank, die Hände in ihren Schoß gebettet. »Ich werde morgen Herrin über Area werden, Justor. Die Zeit der Geheimnisse ist somit endgültig vorbei. Sprich mit mir. Woher wusstest du von der Wintergabe? Damals im Wald, als wir auseinandergerissen wurden, hattest du keinen Zweifel. Aber nicht einmal Lord Tarik weiß mehr über die Gabe des Winters. Warum du?«

Er wandte sich von ihr ab und wanderte ziellos im Gemach umher. Seine Hand streifte einen Vorhang und die unebenen Steine der Wand. Dann umfasste er den Pfosten ihres Himmelbetts. Offensichtlich brauchte er einen Augenblick, um sich die Worte zurechtzulegen.

»Du hattest natürlich recht mit dem, was du am Morgen zu mir sagtest. Schon immer wollte ich nach Griseo. Der Grund war nie ein Geheimnis. Meine Hoffnung, eine Wintergabe zu besitzen, die uns alle retten kann, trieb mich all die Jahre an. Aber hinter dieser Geschichte steckt noch mehr …« Justor geriet ins Stocken. Abwechselnd klopfte er mit der Hand und mit der Faust auf den Pfosten ein. »Ich wollte nie, dass du es so erfährst.«

»Was, Justor?«

»All die Jahre habe ich dich belogen. Eigentlich jeden in Pago.«

»Sprich weiter.« Sie war bemüht, keinen Vorwurf in ihrer Stimme mitschwingen zu lassen.

»Ich habe Mutter damals nicht im Schnee gefunden, wie ich es sagte. Und ich habe sie auch nie begraben.«

Nuria ließ den Schauer, der ihr über den Körper jagte, vergehen. Daraufhin betonte sie jedes einzelne Wort: »Wo ist sie dann?«

»Ich weiß es nicht. Vermutlich ist sie mittlerweile wirklich tot.«

Trotz des erschütternden Geständnisses hatte es dennoch etwas Tröstliches, nach so langer Zeit die Wahrheit zu erfahren. »Wann hast du sie wirklich zum letzten Mal gesehen?«

»In unserer Hütte, als sie des Nachts im Geheimen zu mir sprach. Danach nie mehr.«

»Ich habe euch beobachtet, vom Bett aus. Im Schein einer einzelnen roten Kerze. Damals war ich noch ein Kind.«

»Ja, du warst zehn Jahre alt. Es war die Zeit, in der die Magien im Land bereits zu schwinden begannen. Mutter war eine der Letzten in Pago, die ihre Magie noch hatte. Eine überaus mächtige Magie, die die Kraft besaß, alles im letzten Moment noch zu ändern.«

Nurias Herz schlug schneller. »Was ist in der Nacht zwischen euch geschehen?«

»Wir schlossen damals einen Pakt. Sie sagte mir, ich müsse jetzt stark sein und zum Mann werden. Wir würden uns eine lange Zeit nicht sehen – vielleicht sogar nie wieder. Aber sie müsse gehen, bevor auch sie ihre Magie verlöre. Und ich müsse schwören, auf dich achtzugeben, als wärest du mein eigenes Kind.«

Nuria hauchte ihren Atem aus, als ihr klar wurde, wie schwer es Justor all die Jahre gefallen sein musste, seinen Schwur zu erfüllen. Wenn sie doch nur Bescheid gewusst hätte.

»Mutter versprach, sie hätte einen guten Plan. Sie würde mir ein Zeichen senden. Kurz darauf kam der fremde Mann ins Dorf und erzählte von der Gabe des Winters. Da wusste ich, sie war am Leben.«

Langsam reihten sich die Informationen aneinander und ergaben ein Bild. »Du meinst, Mutter hat die Wintergabe erschaffen?«

»Sie hatte Erfolg, Nuria. Ich verstand ihr Zeichen. Deshalb wollte ich so dringend nach Griseo kommen. Und endlich, nach so vielen Jahren, bin ich hier.« Er sah auf seine Handflächen. »Ich fühle es bereits. Auch ich habe eine Gabe in mir. Sie drängt schon an die Oberfläche.«

»Justor«, Nuria wollte nichts davon hören und schüttelte den Kopf. »Du tust gut daran, über deine Magie zu schweigen. Glaub mir, ich weiß, wovon ich spreche. Caruzo wird dich …«

»Aber es war Mutters Plan«, unterbrach er sie. »Es ist ihr Vermächtnis. Für uns, Nuria! Ihr Tod hat nur dann einen Sinn, wenn wir unsere Kräfte nutzen und sie nicht ignorieren.«

Nuria schwirrte der Kopf. Noch immer versuchte sie zu begreifen, was ihr Bruder da erzählte. Ihre Mutter sollte allein hier auf die Burg gekommen sein? Das war doch unmöglich! »Wie soll sie es geschafft haben, die Mauern zu überwinden, wo es doch sonst niemandem gelang?«

»Wenn ich das nur wüsste. Ich habe mir darüber bereits den Kopf zermartert, doch vergeblich.«

Nuria schob ihre Frage beiseite und stellte einfach die nächste. »Dann sag mir, wozu sie in der Lage war, Justor. Welche Magie besaß sie genau?«

»Mutters Gabe war besonders stark, Nuria. Nur deshalb konnte es ihr gelingen, Lord Tarik eine solche Falle zu stellen.

Sie war in der Lage, Magien auf sich und auf andere zu übertragen. Offensichtlich sogar auf die Steine der Burg!«

Auf Nurias Stirn bildete sich eine steile Falte. »Das kann nicht stimmen«, sagte sie mehr zu sich selbst als zu ihrem Bruder.

Mit ein paar schnellen Schritten kam er auf sie zu und nahm sie bei den Schultern. »Ich kann mir vorstellen, wie verwirrend das alles für dich ist. Aber das ändert nichts an dem, was ich weiß. Die Wintergabe ist ihr Werk!«

»Nein. Du verstehst nicht, was ich meine, Justor. Es kann nicht ihr Werk sein. Es gibt jede Magie nur ein einziges Mal.«

»Das weiß ich.«

»Und *diese* Magie besitzt bereits Caruzo, der Magier des Lords.«

Justor ließ ihre Schultern los. »Niemals, Nuria. Du musst dich irren.«

»Das ist leider ausgeschlossen. Ich habe es von Lord Tarik selbst erfahren. Nicht umsonst verfügt er über viele verschiedene Gaben – ebenso wie Caruzo. Ich sah es in den letzten Wochen mit meinen eigenen Augen, Justor. Ich fühlte es am eigenen Leib. Meine Erfahrungen auf Griseo lassen nur einen Schluss zu: Du musst dich irren, was Mutter betrifft. Sie war nie hier! Wie soll sie das auch geschafft haben? Du selbst bist daran gescheitert, Griseo heimlich zu betreten.« Sie sah, wie seine Augen sich weiteten. Sanft schloss sie ihre Erklärung ab. »Sieh es ein, Justor. Es ist nicht wahr.«

»Nein!« Er taumelte zurück. »Ich … ich bin mir sicher. Sie hat … der Pakt … der Mann …« Er wurde blass und musste sich an der Wand abstützen. Augenscheinlich brach für ihn gerade eine Welt zusammen.

Es schmerzte Nuria, ihren sonst so starken Bruder derart niedergeschmettert zu sehen. Sie lief auf ihn zu und legte die Arme um ihn. »Der Tod von Mutter war für uns alle ein großer Schock.

Du hast so viel Verantwortung übernehmen müssen. Erst ihr Verschwinden, dann Vaters Blindheit. Dabei warst du doch selbst fast noch ein Kind. Die Last auf deinen Schultern muss erdrückend gewesen sein. Kein Wunder, dass du dich an dieser Hoffnung festgeklammert hast, Mutter würde irgendwo noch leben und uns am Ende retten.«

Justors Gesicht war verzerrt, doch er wehrte sich augenscheinlich gegen die Tränen. Es war, als erreichten ihn Nurias Worte nur allmählich. Sie mussten sich wie Dolchspitzen anfühlen, die in sein Fleisch drangen.

»Du warst tagelang auf der Suche im Schnee nach ihr. Das allein kann durchaus bewirkt haben, dass dein eigener Kopf dir einen Streich gespielt hat. Als dann der Mann nach Pago kam, ergab plötzlich alles für dich einen Sinn.«

Justor sank nun auf den Boden und lehnte sich gegen die Wand. Seine Hände bedeckten sein Gesicht.

Nuria ließ ihm Zeit, das Gesagte sacken zu lassen. Etwas, das man jahrelang für wahr gehalten hatte, ließ sich nicht so schnell vertreiben. Lange saßen sie einfach nur da, ohne zu reden.

Irgendwann hatte Justor seine Gedanken offenbar sortiert. Er fragte: »Wie ist es dann zur Wintergabe gekommen?«

Nuria hatte derweil für sich einen Schluss gezogen. »Es muss Caruzos Werk sein. Niemand sonst scheint in der Lage, Derartiges zu vollbringen.«

»Aber er ist die rechte Hand des Lords. Meinst du, er will ihn stürzen?«

»Dann hätte er es längst getan. Vielmehr denke ich, er will seinen unantastbaren Platz verteidigen. Die Gunst Tariks scheint sein Lebenselixier zu sein.«

Justor rieb sich die Augen und strich sich das weiße Haar zurück. Noch immer wirkte er, als wäre er gerade aus einem Albtraum erwacht. »Was lässt dich das glauben?«

»Es würde zu weit führen, dir jetzt alles zu erklären, was ich in den letzten Wochen auf Griseo erlebt habe. Aber ich kann dir sagen, ich traue dem Magier nicht über den Weg.« Je länger Nuria nachdachte, desto mehr Beweise für ihre Annahme kamen ihr in den Sinn. Caruzo war zweifellos zu solchen Gräueltaten fähig. Sie erinnerte sich daran, wie kalt und mitleidlos er gewirkt hatte, als er die ersten Tests an ihr durchgeführt hatte – ganz zu schweigen von dem zweiten Mal. Den Prüfungen auf dem Bergfried waren ihre weiß gewordenen Haare vorangegangen. Nuria lief es kalt den Rücken herunter. Er musste es gewesen sein, damit sie bei Lord Tarik in Ungnade fiel! Warum sonst war er so plötzlich und grundlos im Speisesaal erschienen? Nun dachte sie daran, wie ihre Gabe sie auf dem Flur übermannt hatte. Die Fackeln waren ausgegangen. Katrey und Caruzo waren ihr erschienen. Den Streit zwischen den beiden sah Nuria mittlerweile in einem anderen Licht. Die Bilder verstand sie als Hinweis auf Caruzos Missetat, denen wahrscheinlich zig vorweggegangen und zig nachgefolgt waren. Endlich fasste sie ihre Gedanken in Worte.

»Katrey hat ihn schon lange im Verdacht, Übles zu bewirken. Vermutlich ist er sogar der Mörder Lady Miriams. Dennoch stellt sie sich ihm seit Jahren unerschrocken in den Weg. Sie ist eine wahre Heldin – und meine einzige Vertraute hier.«

»Zu bedauerlich, dass sie nur eine Dienerin ist. Was auch immer sie sagt, es wird nie genug Gewicht haben, um die rechte Hand des Lords zu belasten.«

Wieder befanden sie sich auf einem Irrweg, was sie zum Schweigen brachte.

»Was tun wir jetzt mit unserem Wissen?«, fragte schließlich Justor mit einem Gesichtsausdruck, als wäre ihm ohnehin jede Antwort recht.

»Ich schlage vor, nichts.«

»Was? Du willst schweigen?«

»Überlege doch mal, Justor. Was kann ich ausrichten? Niemand vermag es, Caruzo oder Lord Tarik die Stirn zu bieten. Durch ihre zahlreichen Gaben werden sie immer herrschen. Alles, was mir bleibt, ist, mich ihm nicht in den Weg zu stellen. Nur dann wird er es zulassen, dass ich neben ihm bestehe – so wie Katrey es tut.«

»Warum willst du ein solches Leben führen?«

»Für Area! Morgen auf dem Thing werde ich an Lord Tariks Seite stehen. Ich gebe meine Wünsche und meine Träume auf, damit das Land wieder Hoffnung hat.«

Justor nickte. »Das ist zumindest ein wahrer Sinn im Leben«, sagte er matt. »Mehr als manch anderer in Area hat.«

21

Der Tag des Frühjahrsthings begann ruhig. Nuria war bereits lange wach. Sie stand am Fenster und sah in den Burghof, wo man Monrak und einen zweiten Rappen angebunden hatte. An jedem Pferd striegelten drei Männer herum. Zwei weitere putzten das Zaumzeug.

Nuria sah über die Burgmauern hinweg – dorthin, wo der Thingplatz in etwa lag. Wenn die Sonne hinter den dichten Schneewolken ihren Höchststand erreichte, würden sich alle Männer des Landes dort versammeln. Die Herzen voller Hoffnung, wie schon so oft zuvor. Heute, nach zehn vollen Jahren, würden sie endlich nicht mehr enttäuscht in ihre Dörfer zurückkehren müssen.

Die Tür hinter ihr ging knarrend auf. Nuria sah Katrey hereinkommen. Ihr Gesicht trug einen feierlichen Ausdruck. »Wie fühlst du dich?«, fragte sie.

»Leider nicht wie eine Burgherrin oder eine Herrscherin.«

»Das kommt schon noch«, munterte die Kammerzofe sie auf. »Wenn du erst einmal in deinem goldenen Kleid steckst und die Menge dir zujubelt.«

Nuria hoffte, dass sie recht behielt. Denn obgleich sich alles in ihr irgendwie dumpf anfühlte, wegen der Machtlosigkeit gegenüber Caruzo und der unerfüllten Liebe zu Tarik, war sie auch aufgeregt. Würde Area sich von ihr täuschen lassen?

Mithilfe von Katrey schlüpfte sie in die ausladende goldene

Robe. Wider Erwarten fühlte sich diese nicht steif und schwer an. Eher das Gegenteil war der Fall. Die Stoffe lagen sanft auf ihrer Haut, als trüge sie bloß ein Unterkleid. Dieser Umstand war gewiss der Magie zu verdanken, die den Tuchen beim Anfertigen des Kleides zuteilgeworden war. Anders konnte sie es sich nicht erklären. Als alle Schnüre und Haken geschlossen waren, trat Nuria vor den Spiegel. Selbst in diesem schalen Licht funkelte und glitzerte die Robe so sehr, dass alle Konturen vor ihren Augen verschwammen. Jede ihrer Bewegungen zog zahlreiche zarte Lichtstreifen mit sich. Nuria erinnerte sich, wie schwer es ihr am Anfang gefallen war, solche edlen Kleider zu tragen. Mittlerweile hatte sie sich daran gewöhnt.

Katrey trat hinter sie. Flink drehten ihre Finger Nurias Haar in einem schlichten Knoten auf, den sie weit oben feststeckte. Danach holte sie etwas aus einer runden Schachtel hervor.

Nuria sah, wie die Dienerin ihr einen prächtigen goldenen Kopfschmuck aufsetzte, der jedes Haar bedeckte. Federn zierten nun die eine Seite ihres Haupts, Edelsteine die andere.

Nochmals griff Katrey hinter sich. »Hier.« Sie überreichte ihr einen dünnen Schleier. »Den legst du dir über, bevor ihr den Thingplatz erreicht. Er wird dein Antlitz bedecken und fällt ganz sicher bis weit über deine Schultern.«

Nuria verstand, dass Katrey diesen überlangen Schleier eigenständig gegen den kurzen eingetauscht hatte. Er sollte ihr wohl etwas mehr Sicherheit schenken, wenn alle Augen des Landes auf sie gerichtet waren.

»Danke!« Sie umarmte ihre Freundin innig.

Erst ein Klopfen an der Tür beendete diesen Moment.

Justor kam herein. Er sah seine Schwester auf eine Weise an, wie er es noch nie zuvor getan hatte. »Du siehst wahrlich wie eine Herrscherin aus, Nuria. Niemand wird daran zweifeln, dass du Lady Miriam bist.« Er nahm ihre Hand und küsste sie.

Katrey war derweil ans Fenster getreten. »Ich denke, sie werden dich gleich holen, Nuria. Die Pferde sind bereit.«

»Dann werden sie sich gedulden müssen.«

»Was hast du vor?«, fragte Justor.

»Frieden schließen.« Nuria erklärte sich nicht weiter und verließ ihr Gemach. Der Gedanke war ihr am frühen Morgen gekommen, als sie allein in ihrem Bett gelegen und geweint hatte. Es fühlte sich an wie ein Abschiednehmen von dem, was sie für Liebe gehalten hatte. Ihr Herz verstand noch immer nicht, dass sie nicht mit Tarik zusammen sein konnte, aber ihr Kopf war mittlerweile stärker. Zwischen ihnen würde es nie wieder so unbeschwert sein können, wie es für kurze Zeit gewesen war. Dafür fehlte Nuria der Beweis seiner wahren Gefühle. Aber sie konnten es zumindest schaffen, einander zu achten. Wenn sie schon ihr Leben dafür gab, um den Menschen Areas zu helfen, dann wollte sie ihre Zeit auf Griseo wenigstens in Eintracht bestreiten.

Zu ihrer Überraschung standen keine Wachen vor dem Kontor. Vermutlich wurde jeder Mann gebraucht, um die Burg auf das heutige Ereignis vorzubereiten. Sie trat einfach ein. Es war still hier. Tarik war nirgends zu sehen. Die riesige freie Fläche an der Wand fiel Nuria als Erstes auf – dort, wo kürzlich noch Miriams Gemälde gehangen hatte. Er musste tatsächlich befohlen haben, es abzunehmen! Während sie darüber nachdachte, was das für sie bedeuten mochte, bewegte sich Nuria immer weiter in das Kontor hinein. Sollte es womöglich heißen, dass Tarik ihr den Platz von Miriam ganz und gar einräumte?

Ihre Gedanken kreisten noch immer um das fehlende Bildnis, da erreichte sie den großen Schreibtisch. Im Augenwinkel nur fiel sie ihr auf – die Karte Areas! Sie lag entrollt da, mit vier Steinen an ihren Seiten beschwert. Im Stillen las sie das große Wort, das über allem prangte: *Magienverteilung!* Nuria zögerte. Sie sah sich nochmals im Kontor um. Als sie sicher war, wirklich allein hier zu sein, umrundete sie den Tisch und begann die Karte eingehend zu betrachten.

Beinahe jeder Fingerbreit war beschrieben oder bemalt. Es brauchte einen Moment der Orientierung, dann verstand sie, dass hier alle Dörfer aus Tariks Herrschaftsgebiet eingezeichnet waren. Die zahlreichen Namen um die Dörfer entsprachen den Bewohnern. Daneben standen die Magien, die die Menschen einst innegehabt hatten. Hier und da war nur eines von beiden zu sehen, Name oder Gabe, und bloß ein Strich als Platzhalter daneben. Nuria schloss, dass Tarik diese Karte aus seiner Erinnerung erschaffen haben musste und sich nicht an jede Kombination aus Magie und Mensch erinnern konnte.

Sie stützte die Handflächen auf, um sich weit über die große Karte zu beugen. Ihr Blick suchte Pago. Grob verschaffte sie sich zunächst einen Überblick, indem sie das Abbild Griseos in der Mitte betrachtete. Hier las sie Miriams Namen. *Wettergabe* stand daneben. Unweit davon fand sie auch Tarik, zu dem das Wort *Gefühlsgabe* gehörte. Von hier aus war Pago schnell gefunden. Nuria überkam eine Gänsehaut. Um die feine Zeichnung der Hütten mit ihren konvexen Dächern erkannte sie die ihr bekannten Namen. *Rys – Visionengabe. Avriel – Feuermagie. Falcus – Kraftgabe.* Dann las sie den Namen ihrer Mutter mit trockenen Lippen: »*Enia.*« Neben dem Namen stand bloß ein Strich. Nuria kämpfte ihre Enttäuschung nieder. Ihre Augen fuhren weiter über die vergilbte Karte. Nur ein Stück entfernt vom Namen ihrer Mutter fand sie den ihres Vaters. *Wim – Heilmagie.* Heilmagie? Das Wort war wie ein Echo in ihrem Kopf. Es wiederholte sich einmal, zweimal, dreimal, ohne dass es verklingen wollte. Nuria richtete sich auf. Sie wurde das Wort einfach nicht los. »Heilmagie«, sprach sie vor sich hin, als könnte das allein ihr die Antwort liefern.

Und da bahnte es sich an! Die Erinnerung daran, wie sie selbst krank gewesen war. Caruzo hatte sie geheilt. Die Ohrfeige, die sie ihm verpasst hatte, kribbelte wieder auf ihrer Hand. Nuria richtete sich langsam auf. Sie starrte vor sich, ohne wirklich etwas zu erfassen. Katrey war kurz darauf herausgerutscht, Caruzo verstünde sich neuerdings aufs Heilen. Zwar hatte die Dienerin ihre unachtsame Aussage wieder zurückgenommen, doch Nuria war ihr etwas zu schrilles Lachen aufgefallen. Es hatte sie der Lüge enttarnt.

Sie reimte sich das Offensichtliche zusammen. Wenn Caruzo Magien übertragen konnte und ihr Vater der Herr über Areas Heilmagie war, dann musste Wim hier auf Griseo gewesen sein – und das, während sie selbst hier weilte! Was war mit ihm geschehen? War er womöglich noch auf der Burg?

Nuria hielt nichts mehr im Kontor. Ihr eigentliches Vorhaben war vergessen. Sie lief los über die Flure. Je näher sie der Zwillingstreppe kam, desto mehr Stimmen vernahm sie. Das wilde Durcheinanderreden stammte von den Dienern, die in der Vorhalle umherliefen. Man suchte bereits nach ihr. Nuria achtete nicht weiter darauf und stellte sich dort auf, wo die Treppen sich trafen. »Wo ist Lord Tarik?«, verlangte sie mit lauter Stimme zu wissen.

Augenblicklich hielten alle mit dem inne, was sie taten.

Lysander trat vor. »Er ist im schneelosen Garten, Herrin.« Es war ihm deutlich anzusehen, wie unangenehm ihm diese Worte waren.

Nuria machte auf den Hacken kehrt. Sie lief ihrem Ziel ohne Zögern entgegen und befand sich bald darauf auf der schmiedeeisernen Treppe. Sie wusste, wo sie Tarik finden würde. Ihre schnellen Schritte über den geschwungenen Weg unter den Rosenbögen hindurch waren nahezu lautlos. Wenig später sah sie Tarik vor dem Mausoleum knien. Er hatte ein Bein gebeugt und das andere aufgestellt. Sein rotes Schwert war vor ihm mit der Spitze in den Boden gerammt. Beide Hände umfassten das Heft, seine Stirn war dagegengelehnt. Es schien, als flehte er um Verzeihung.

»Du meinst, sie kann dich sehen oder deine Gedanken hören?«

Sein Kopf ging hoch. Er drehte sich nicht um. »Ich wünschte, ich wüsste es. Dann würde ich sie fragen, ob sie mir meine Fehler verzeihen kann.« Er stand auf und steckte sein Schwert in die Scheide. Das rote Licht verschwand. Erst jetzt drehte er sich um. Sein Blick glitt an ihr hinab. »Du siehst wunderschön aus.«

Nuria unterdrückte ihre aufkommende Freude.

Er schien es zu spüren und hielt sich zurück. »Warum bist du hier?«

»Ich habe noch immer Fragen.«

Sein Gesichtsausdruck bekam eine gewisse Schwere. »Haben die Antworten dich denn bisher glücklich gemacht?«

»Nicht weniger als die Unwissenheit, in der du mich für Wochen belassen hast.«

»Frag. Ich werde dir keine Erklärung mehr verwehren.«

»Wo ist mein Vater?«

Tarik sah kurz auf seine Stiefel. Es wirkte, als glitte ein Hauch Bewunderung über sein Gesicht. Als wollte er sie anerkennend ersuchen, ihm zu sagen, wie sie es herausgefunden hatte. »Sei beruhigt. Er ist in Sicherheit.«

»Aus deinem Mund kann das vieles bedeuten, Tarik. Wo ist er genau?«

»Er hat die Burg bereits verlassen.«

»Wie?«, entwich es ihr in einem Ton düsterer Vorahnung. »Wurde er etwa einfach durch das Tor in den Schnee gestoßen, blind wie er ist?«

»Hast du dich noch nicht gefragt, warum dein Bruder hier ist?«

Nuria war zu überrascht von der plötzlichen Wende des Gesprächs, um zu antworten.

»Ich habe ihn aus Pago holen lassen, um den alten Mann sicher zu geleiten. Dein Bruder aber schickte seinen Begleiter mit eurem Vater zurück und bestand darauf, in deiner Nähe auf Griseo zu bleiben.«

»Justor …«, flüsterte sie vor sich hin. »Er hat es gewusst und mir nichts gesagt?« Nuria fühlte Wut in sich aufsteigen. Wie viele Geheimnisse musste sie noch aufdecken? Wer verschwieg ihr was? Zwischen zusammengepressten Zähnen stieß sie hervor: »Ruf sie her. Alle drei! Vorher werde ich diesen Fleck, auf dem ich gerade stehe, nicht verlassen.«

Er sah sie skeptisch an. Dann aber fasste er sich ohne weitere Fragen an die Schläfe.

Als Caruzo, Katrey und Justor den schneelosen Garten betraten, war vor allem Letzterer blass im Gesicht. Es war das erste Mal gewesen, dass er einen Ruf von Lord Tarik erhalten hatte.

»Was geht hier vor sich?«, fragte Justor.

»Warum hast du mir verschwiegen, dass Vater auf Griseo war?«, grollte sie.

»Warte«, verschaffte er sich Zeit und hob beschwichtigend die Hände. »So war es nicht, Nuria.«

»Nein? Dann frage ich dich etwas anderes. Wie kam es überhaupt dazu? Aus freien Stücken wird er diesen Ort nicht betreten haben. Wir beide wissen, wie sehr er Griseo verabscheut.«

»Solltest du diese Frage nicht eher dem da stellen? Oder ihm?« Er zeigte auf Caruzo und dann auf Lord Tarik. Mit einem Mal sah Justor sie entgeistert an. Jetzt verstand er offenbar ihren Vorwurf. Er kannte seine Schwester gut genug, sodass es zwischen ihnen häufig keiner Worte bedurfte. »Du glaubst, dass ich ihn ausgeliefert habe, um auf die Burg zu kommen?«

»Ich weiß nicht mehr, was ich glauben soll«, stieß sie hervor. »Sag du es mir!«

»Ich hatte nichts damit zu tun. Sie kamen einfach ins Dorf und ließen alle durch Magie betäubt zurück. Als ich erwachte, war Vater fort. Bis zu jenem Tag, als die Aufforderung kam, ihn von Griseo zu holen.«

Hasserfüllt sah Nuria Caruzo an. Der bloße Gedanke daran, dass er ihrem wehrlosen Vater Ähnliches angetan haben könnte wie zuvor ihr, brachte sie innerlich zum Kochen. Über ihre Wut vergaß Nuria, was sie zuvor mit Justor besprochen hatte. Dass es sinnvoll sei, den mächtigen Mann zufrieden sein zu lassen. »Ihr seid der Teufel, Caruzo. Ohne jedes Mitleid. Ihr scheut Euch nicht, über die geschundenen Seelen eines ganzen Reiches hinwegzugehen, um Eure Interessen zu vertreten.«

Caruzo wirkte geradezu gelangweilt. »Was wisst Ihr schon? Ihr seid ein ebenso einfältiges Weib wie Katrey. Nicht die kleinste Gabe besitzt Ihr. Zeigt lieber Dankbarkeit dafür, dass ich Euch gerettet habe, als Ihr im Fieber darniederlagt!« Sein Blick glitt abschätzig an ihr auf und ab. »Ihr seid wahrlich ein trauriger Ersatz für Lady Miriam.«

»Schweigt!«, donnerte Tarik jetzt.

Nurias Gesicht aber bekam ein boshaftes Lächeln. »Und Ihr irrt Euch, Magier. Wie es scheint, seid Ihr doch nicht so allmächtig.«

Seine Miene verlor an Härte.

»Ich besitze sehr wohl eine Gabe, und ich schaffte es sogar, sie vor Euch geheim zu halten – trotz Eurer Tests. Jetzt werde ich sie nutzen, um Euch des Mordes an Lady Miriam zu überführen.«

»Des Mordes?«, stieß Tarik aus.

Nuria rauschte an ihm vorbei. Schon während sie auf das Mausoleum zuhielt, konnte sie die Magie in ihren Fingern vibrieren spüren. Sie hob ihre Hände, die Handflächen nach vorn ausgerichtet. Je näher sie dem Grabmal kam, desto deutlicher war es für alle zu sehen. Winzige Funken sprangen zwischen ihren Händen und dem grauen Stein hin und her. Sie wurden stetig schneller und greller. Dann berührten ihre Finger das Grab. Nuria schloss die Augen. Ihre Gabe durchfuhr sie wie ein Kometenregen den nachtschwarzen Himmel. Raunend beschwor sie ihre Magie: »Zeig mir die Wahrheit!«

Für eine Sekunde hörten die Vögel im schneelosen Garten auf zu zwitschern, und die schwüle Luft kühlte ganz plötzlich ab, wie damals das Wasser im Zuber. Sie ließ ihre Wintergabe kommen und von ihr Besitz ergreifen. Anders als die Male zuvor erhielt Nuria diesmal keine Bilder. Es waren vielmehr bloße Eingebungen. Ihre Magie war jetzt am allerstärksten – so, als wäre sie darüber hinweg, ihre Augen für die Wahrheit gebrauchen zu müssen.

Katrey schlang sich die Arme um die kalten Schultern. »Was tust du da?« Sie klang ängstlich. »Hör bitte auf!«

Nuria ließ die Arme sinken. Sie hatte genug erfahren. Die letzten Funken waren noch am Verglühen, als sie sich langsam umdrehte. »Das Grab ist leer! Sie war nie hier drinnen.«

Ein Moment der Stille verstrich. Alle sahen sich nacheinander an. Die Lage hatte sich schlagartig verändert. Das Misstrauen zwischen den fünfen war fast mit den Händen zu greifen.

Ihre Augen suchten die von Tarik. »Du hast mir selbst erzählt, wie du sie hier bestattet hast.«

»Es ist so gewesen. Du musst dich irren, Nuria«, sagte Tarik und suchte vorsichtig ihre Nähe. »Deine Gabe ist noch jung. Du weißt sie vielleicht noch nicht richtig einzusetzen.«

Nuria wich ihm aus. »Oder du hast gelogen.«

»Warum sollte ich das tun?«

»Womöglich, weil du in Wahrheit deine Schuld nicht länger ertragen hast. Vielleicht war es ja auch ein schrecklicher Unfall …«

»Unsinn. So etwas darfst du nicht mal denken. Ich hätte ihr niemals etwas angetan.«

»Ich wünschte, ich könnte dir glauben, Tarik.« In diesem unmöglichen Moment versank sie plötzlich wieder in seinen Bernsteinaugen. Sie wollte das alles nicht wahrhaben, wünschte sich zurück mit ihm in den Spiegelsaal, wo sie tanzten. Doch alles deutete gerade darauf hin, dass die Wirklichkeit sogar noch schlimmer war als befürchtet.

»Du musst mir glauben, Nuria. Selbst, wenn wir uns nicht mehr nahekommen und unsere Liebe keine Zukunft mehr hat. Solange du mich für einen Mörder hältst, ist nichts von Bedeutung, was heute geschieht.« Tarik trat vor und griff ihre Rechte, ob es ihr passte oder nicht. Er presste ihre Finger an sein Herz. »Vertraue dir selbst. Horche in dich hinein. Ich habe ihr nie auch nur ein Haar gekrümmt.«

Sie fühlte seinen Herzschlag. Er bedrohte ihre Urteilsfähigkeit. Nuria schüttelte verzweifelt den Kopf und zog ihre Hand weg. »Dir zu glauben bedeutet, mir selbst nicht zu vertrauen. Meine Gabe war deutlich in dem, was sie mir zeigte.« Kaum hatte sie das gesagt, sah sie ihren Bruder im Augenwinkel näher treten.

Tarik schnellte herum – wahrscheinlich in der Vermutung, dass Justor ihn von seiner Schwester fernhalten wollte. Blitzartig hatte er ihn am Kragen gepackt und funkelte ihn wütend an.

»Bitte, Lord Tarik. Lasst mich gewähren.«

»Warum? Was hast du vor?«

»Griseo beschenkte auch mich. Ich spürte es sofort, als ich die Burg betrat. Meine Gabe des Winters ist bereits in mir, und sie scheint die Lösung zu sein für uns alle!«

Nuria sah, wie ihr Bruder ohne ein weiteres Wort seine Hand auf die Brust von Lord Tarik legte. Dieser beobachtete grimmig, was geschah, bis Justor ihn mit einem andersartigen, stechenden Blick fixierte.

Lord Tarik wollte ausweichen, doch Justors Magie hielt ihn bereits gefangen. Sein Gesicht veränderte sich. Er sah aus, als könnte er sich nicht mehr entziehen. Die Adern auf seiner Stirn traten deutlich hervor. Seine Kiefermuskeln spannten sich an.

»Was tust du da?«, fragte Nuria erschrocken.

»Sprecht wahr auf meine Frage hin«, forderte ihr Bruder, als hätte sie nichts gesagt.

Im selben Augenblick verstand sie, dass Justors Gabe die Wahrheit hervorbrachte.

»Habt Ihr Lady Miriam hier bestattet?«

»Ja.« Tariks Stimme klang steif, als würde jemand anderes aus seinem Mund sprechen.

»Ist sie durch Euch zu Tode gekommen?«

»Nein.«

Nurias erleichtertes Aufatmen ließ Justor kurz zu ihr blicken. Sie hätte hinterher nicht sagen können, ob er sowieso vorgehabt hatte, die nächste Frage zu stellen, oder ob sie ihm erst jetzt in den Sinn kam.

»Sind Eure Gefühle für meine Schwester aufrichtig und ohne jede Magie entstanden?«

Auch wenn er eigentlich nur zu kurzen Antworten fähig schien, nahm er wohl all seine Kraft zusammen. Unter großer Mühe presse er hervor: »Ja. Sie sind echt und waren es stets. Ich liebe sie.«

Justor ließ die Hand sinken.

Lord Tariks Oberkörper sackte kurz in sich zusammen, als die Magie ihn verließ. Der Moment der Schwäche währte noch etwas.

Nuria war sofort zur Stelle und richtete ihn auf. Aus ihren Augen quollen Tränen der Erleichterung hervor. Sie hörte sich selbst ungläubig lachen. Unterbewusst vernahm sie die Singvögel des schneelosen Gartens wieder.

»Jetzt hast du deinen Beweis«, sprach er rau, während er langsam wieder zu Kräften kam.

Nuria war überglücklich und verwirrt zugleich. »Aber du hast doch zugegeben, deine Magie an mir angewendet zu haben.«

»Weil es stimmt. Nur so konnte ich dich damals überzeugen, dein Leben auf dem Bergfried nicht aufzugeben.«

Sie tauschten einen innigen Blick, der mehr sagte, als jeder Kuss es vermocht hätte. Langsam begriff sie ihren Irrtum.

Tarik setzte nach. »Du wolltest wirklich, dass ich dich fallen lasse. Ich habe es in deinen Augen gesehen. Es war dir ernst. Erst da wurde mir klar, dass ich dich bei mir haben will. Ich musste es also tun.«

Nuria fühlte, wie die Last Tausender Steine von ihr abfiel. Alles war anders als gedacht, schoss es ihr durch den Kopf. Tarik hatte nicht ihre Liebe heraufbeschworen, sondern ihren Lebenswillen. Die Liebe in ihr war auf natürliche Weise gewachsen und gereift. Sie war echt!

Er zog sie an sich. Nur zu gern ließ Nuria sich in seine Arme schließen. Am liebsten hätte sie den Platz an Tariks Brust nie wieder verlassen, doch dieser Moment war nicht der richtige, um sich darin zu verlieren. Schließlich galt es herauszufinden, wer sich der Lüge schuldig gemacht hatte. Es gab nur einen, der dafür infrage kam.

Tarik schien ebenso zu denken. Seine Stimme war wieder die eines Herrschers. »Leg deine Hände auf meinen Magier, Justor aus Pago.«

»Herr«, stieß Caruzo erschrocken aus. »Ich war Euch all die Jahre ein treuer Diener und Eure rechte Hand. Zweifelt Ihr etwa an meiner Loyalität?«

»Wenn Ihr die Wahrheit sagt, habt Ihr nichts zu befürchten. Fügt Euch also und gebt mir den Beweis Eurer Treue.«

Justor berührte Caruzo, indem er eine seiner Schultern mit der ganzen Hand umfasste. Kurz darauf war der Magier im Gesicht gezeichnet. Rote Adern durchzogen das Weiße seiner Augen. Er begann zu schwitzen. Gerade wollte Justor seine erste Frage stellen, da hielt ihn Lord Tarik auf.

»Ich mache das.«

»Wie Ihr wünscht.«

An Caruzo gerichtet, forderte Tarik zu wissen: »Hast du Lady Miriam getötet?«

»Nein, Herr«, krächzte er sichtlich unter Schmerzen.

»Das kann nicht sein«, stieß Nuria aus. Sie war sich so sicher gewesen! Viele Hinweise deuteten mittlerweile in seine Richtung.

»Hast du sie je verletzt?«

»Nein.«

Tarik stockte. Auch er hatte anscheinend mit einer gänzlich anderen Antwort gerechnet.

»Er ist unschuldig?«, hauchte Nuria fassungslos. Dabei klangen ihr noch immer die Worte von Katrey im Ohr. Bis zu Miriams Todestag sollte Caruzo seiner Herrin nachgeschlichen sein – so hatte die Zofe es behauptet, und so hatte Nurias Gabe es ihr mit den Bildern vor dem Rosengarten bestätigt. Ihre Augen suchten seine vernarbten Hände. Alles passte zusammen. Und doch …

»Soll ich ihn erlösen?«, fragte Justor den Herrscher.

»Noch nicht.« Tarik trat näher an Caruzo heran. Den Kopf hatte er dabei schiefgelegt, als wäre er tief in Gedanken. Das Leiden seines Magiers schien er gar nicht zu bemerken. »Sagt mir, wer war anwesend, als Ihr Eure Herrin den ersten Tests in meinem Kontor unterzogen habt?«

Nuria sah erstaunt zu Tarik. Was sollte diese Frage? Er selbst war neben Caruzo als Einziger dabei gewesen. Noch ganz genau erinnerte sie sich daran, wie kalt ihn die Quälereien gelassen hatten. Für sie war dieser Moment lange der Grund dafür gewesen, Tarik nicht zu vertrauen.

Caruzo stöhnte auf. Er schien Justors Gabe nicht mehr lange auszuhalten. Sein Gesicht verfärbte sich bereits dunkelrot. »Die Kammerzofe. Sonst niemand.«

Nurias Herz setzte einen Schlag aus. »Katrey?«, rief sie erschrocken und sah zu ihr. »Was hatte das zu bedeuten?«

»Das ist doch lächerlich«, beteuerte Katrey. »Glaub ihm nicht, Nuria. Du weißt, Caruzo will mir seit jeher nur Schlechtes.«

Tarik gab Justor einen Wink, worauf dieser vom Magier abließ.

Caruzo fiel auf die Knie und hechelte nach Luft.

Sofort darauf fixierte Tarik Katrey.

Einer Eingebung folgend, schnellte Nuria vor und stellte sich zwischen ihre Freundin und Tarik. »Warte. Was soll das werden?«

»Geh zur Seite«, sprach er bestimmt.

»Das werde ich nicht tun. Nicht, bevor du mir sagst, was du vorhast.«

»Einem Gefühl nachgehen, das ich schon länger habe.« Mit zwei Fingern winkte er Justor heran.

Ihr Bruder schob sie ohne jede Mühe aus dem Weg. »Das muss ein Irrtum sein«, wetterte Nuria derweil. »Tut ihr nichts …« Ihr Protest verhallte ungehört.

Katrey stand aufrecht, als die Männer sich ihr näherten. Die Hände vor der Brust gefaltet, als könnte sie nichts erschüttern, machte sie keinerlei Anstalten zur Flucht. »Was Ihr annehmt, ist Irrsinn, mein Lord«, versuchte sie sich zu verteidigen. »Ich bin die Einzige hier ohne jede Magie. Wie sollte ich Euch oder Caruzo da schaden?«

»Hört doch zu. Sie hat keine Wintergabe«, rief Nuria verzweifelt und sah zwischen Tarik und Katrey hin und her. Dann, während ihre Freundin so dastand, scheinbar ruhig und besonnen, erkannte Nuria plötzlich etwas in ihrem Gesicht. Ein Zucken ihrer Augen, seltsam unkontrolliert, das stetig stärker wurde. Katreys Worte kamen nur noch stockend. Die Betonung klang eigenartig.

»War ... ich Euch nicht ... jahrelang ... treu ergeben?«

»Was ist mit dir, Katrey?«

Tariks Hände fuhren auf und entließen ein feuerrotes Leuchten – ähnlich dem seines Schwertes. Es formte sich schlangenartig zu einem fest geknüpften Seil.

»Was tut ... Ihr da?« Katrey klang jetzt nicht mehr so beherrscht, sondern eher zornig.

»Du bist nicht, wer du vorgibst zu sein«, stellte Tarik fest und befahl dem Leuchten mit einem Ruck seiner Hände, sich nun fest um sie zu wickeln.

Kaum war das geschehen, trat etwas Unerwartetes zutage. Katreys Haare verfärbten sich. Das Weiß begann am Scheitel und zog sich hinab durch einzelne Strähnen ihrer dunklen Locken, bis sie völlig farblos waren.

Nuria hielt erschrocken den Atem an. So musste es bei ihr gewesen sein, bevor sie von Caruzo in den Bergfried gebracht worden war. Sie wollte es nicht wahrhaben, aber es drängte sich ihr auf. Konnte es wirklich sein, dass Katrey ihr das angetan hatte?

Justor trat jetzt vor und legte ihr die Hand auf. »Sprich die Wahrheit aus, auf jede Frage.«

Daraufhin begann Katrey an den gleißenden Fesseln zu reißen, um sie loszuwerden. Wild drehte sie sich nun um sich selbst. Sie stieß dabei das Kreischen eines Dämons aus.

Nuria wich zurück. Was sie sah, ließ ihr das Blut in den Adern gefrieren. Katreys verzerrtes Gesicht hatte nun nichts mehr mit dem ihrer Freundin gemein.

Justor hatte alle Mühe, seine Hand auf ihr zu halten.

Tarik musste die Stimme erheben, um Katreys Kreischen

zu übertönen. Es war schrill und wurde von einem pfeifenden Unterton begleitet. »Welche Magie trägst du in dir? Sprich es aus«, verlangte Tarik.

Das Böse in ihr hielt weiter stand und wehrte sich gegen das erzwungene Geständnis. Das, was von Katrey übrig war, entließ jetzt schnaubende, keuchende Laute. Es war ihr anzusehen, dass auch sie unter Justor Schmerzen litt. Dann endlich ebbte ihre Gegenwehr ab. Sichtlich erschöpft gab Katrey auf. Ihre Fratze zeigte nun ein boshaftes Lächeln.

»Welche Magie?«, wiederholte Lord Tarik.

Mit der Stimme eines Teufels gab sie zur Antwort: »Ich vermag es, Trugbilder zu erschaffen, wie Ihr seht.«

»Welcher Art?«

»Jeder Art«, gab sie höhnisch zurück. »So war es mir auch möglich, für Jahre die magielose Dienerin zu mimen.«

»Wann hast du deine Gabe angewendet?«

»Unzählige Male«, keuchte sie entkräftet. »Erinnert Euch zum Beispiel an jenen Moment im schneelosen Garten, als Lady Miriam sich vor einem Rosenbusch mit gelben Blüten fürchtete. Sie beschuldigte Euch, den Busch gepflanzt zu haben.«

Seine Augen verengten sich. Es war ihm anzusehen, dass ihm der Moment gegenwärtig war. »Was hast du damals getan?«

»Ich habe die Blüten für sie aussehen lassen wie die giftige blaue Mitternachtsrose, damit sie Euch nicht vertraut.«

Tarik hatte sichtlich Mühe, Haltung zu wahren – so tief traf ihn die Erkenntnis. »Du hast Trugbilder geschickt, um Miriams Liebe zu mir zu verhindern?«, schloss er tonlos.

»Zwei ganze Jahre lang hatte ich Erfolg damit. Dann aber habt Ihr Eure Gabe an ihr angewandt, und ihr Herz war für immer an Euch verloren.« Katrey legte den Blick aus ihren schwarzen Augen jetzt auf Nuria. »Auch dich habe ich eine ganze Weile davon abhalten können, Lord Tarik zu lieben.«

»Was hast du getan?«

»Oh, ich war durchaus einfallsreich.«

Nuria hatte längst verstanden. »Du warst es also wirklich, damals im Kontor? Nicht Tarik?«

Kraftlos nickte sie, das Böse blitzte dennoch aus ihren Augen. »Ich wollte, dass du ihn wirklich von ganzem Herzen hasst. Dieses Mal sollten sich meine Fehler von einst nicht wiederholen. *Du* solltest mir ganz allein gehören.« Ihre Stimme war nicht viel mehr als ein Krächzen. »Fast hatte ich es geschafft, dass du auf Griseo bleibst, ohne Lord Tarik zu lieben. Dann aber wolltest du plötzlich fliehen.« Katrey keuchte rau. »Mit den heraufbeschworenen Bildern von Pagos Brand habe ich versucht, dich an die Burg zu binden.«

Nuria hörte, wie sie selbst den angehaltenen Atem ausstieß. So furchtbar das Gesagte einerseits auch war, so sehr verschaffte es ihr Erleichterung. Sie war nicht verrückt! Katrey hatte sie mehrfach getäuscht und verwirrt. Doch das würde nun ein Ende haben.

Justor begann zu stöhnen. »Meine Magie entgleitet mir. Ich kann nicht mehr.«

Tarik sah ihm eindringlich ins Gesicht. »Nur noch kurz. Halte durch.« Er setzte an zur letzten Frage. »Wo ist Lady Miriam?«

Kehlig lachte sie auf. »Nicht im Mausoleum, wie Ihr schon wisst. Dort hat mein Trugbild sie Euch bloß gezeigt, damit Ihr sie auch wirklich für tot hieltet.« Ihr Gesicht zuckte auf eine Weise, die zeigte, dass auch sie nicht mehr konnte. »Wenigstens die letzten Jahre musste ich sie mit niemandem von euch teilen.«

»Wo ist sie?«, schrie jetzt Nuria, da sie sah, wie Katrey allmählich die Augen zufielen.

»Im Kerker«, kam es ihr müde über die Lippen.

»Der Gefangene …«, sagte Caruzo plötzlich. Er war sichtlich fassungslos. »Dein Geliebter ist Lady Miriam?«

»Wovon sprecht ihr, zum Teufel?«, verlangte Tarik zu wissen.

»Da ist dieser eine Mann im Fuße des Westturms …«, stammelte der Magier bestürzt.

»Ein Mann?« Tarik stand augenscheinlich kurz davor, die Antwort aus irgendwem herauszuprügeln, da sprach Katrey es endlich aus.

»Über Miriam liegt meine Gabe. Und die macht sie für euch seit Jahren alle unkenntlich.«

»Sie lebt also wirklich«, stellte Tarik ungläubig fest.

Dann begann Justors Hand zu zittern. Sie rutschte von Katrey herunter, die daraufhin das Trugbild des Dämons verwarf. Sie nahm wieder ihr altes Aussehen an. Justor taumelte zurück und hielt sich im letzten Moment an einem der Rosenbögen fest, um nicht zu fallen. Sein Gesicht war blass.

Nuria eilte zu ihm. Er war entkräftet, aber wohlauf, wie sie erleichtert feststellte. Da sah sie Tarik, wie er sich mit beiden Händen an die Schläfen griff. Sein Gesicht war so verzerrt vor Hass, dass Nuria seinen Anblick nur schwer ertrug. Katrey schien ein schlimmer Schmerz zu durchfahren. Sie schrie auf. Durch die Fesseln nicht fähig, sich an den Kopf zu greifen, schlug sie diesen wild hin und her. Trotz allem, was Katrey ihr angetan hatte, hielt Nuria ihr Schreien nicht länger aus. Sie presste sich die Hände auf die Ohren und schloss die Augen. Nach einer Weile, in der sie bloß ihr eigenes Blut hatte rauschen hören, fühlte sie Justors Hände auf ihren. Sanft zog er sie nach unten.

»Es ist vorbei«, ließ er sie wissen.

Nuria sah Katrey auf dem Boden sitzen. Die gleißenden Fesseln waren verschwunden. Ihr Blick war starr und teilnahmslos. Dieses Bild weckte eine Erinnerung in ihr: Ihre Zofe sah genauso aus wie Falcus seit nunmehr zehn Jahren. »Was hast du getan, Tarik?«

Er kam auf sie zu. »Katrey wird ihre Gabe nie wieder ausführen und uns nicht mehr gefährlich werden. Ich habe sie für alle Zeit mit tiefer Schwermut geschlagen.«

Unendlich froh darüber, dass nun alles vorbei war, fiel Nuria ihm um den Hals. Dann aber sagte sie: »Es gibt noch jemanden, der darauf wartet, endlich erlöst zu werden. Wir sollten sofort zu ihr gehen.«

Tarik eilte durch die Burg. Jede Tür musste seiner Magie weichen. Dabei wurden seine Schritte immer schneller. Auf dem Hof fing er an zu rennen, ohne es zu bemerken.

Der Westturm lag jetzt vor ihm. Er kannte jeden Winkel, obwohl er ihn viele Jahre lang nicht mehr betreten hatte. Sein Wunsch, von den Gefangenen, denen man ihre Magien nahm, nichts zu hören und zu sehen, hatte den Kerker tatsächlich zu einem perfekten Versteck gemacht.

Während er als Erster die steinernen Stufen der Wendeltreppe hinabeilte, versuchte er sich das Unmögliche vorzustellen: Miriam … hier! Hatte sie sich tatsächlich all die Jahre lang so nah befunden? Hätte er ihre Anwesenheit nicht spüren müssen? Ihren Kummer und ihr Leid? War er tatsächlich so beschäftigt mit sich selbst gewesen, dass es ihn seine eigenen Instinkte gekostet hatte? Blind und taub für die Dinge um ihn herum?

Tief unten im Felsen Griseos angekommen, spürte er die alles durchdringende Kälte. Die Steine waren hier mannsdick. Tarik wurde bitter gewahr, sie schluckten jedes Geräusch und ebenso jedes Gefühl. Von hier aus drang nichts und niemand nach oben. Bloß eine einzige Fackel entzündete sich – so als wäre selbst die Magie an diesem unwirtlichen Ort geschwächt. Die Angst vor dem, was ihn gleich erwartete, lähmte seine Zunge. Vor der einzigen verschlossenen Zelle im Verlies blieb er stehen und gab seinem Magier ein Zeichen.

Das eiserne Schlüsselbund klimperte, als Caruzo aufsperrte.

Das Knarren und Quietschen des schweren Eisengitters machte, dass sich die feinen Haare in Tariks Nacken aufstellten. »Die Fackel«, verlangte er knapp.

Caruzo nahm sie aus dem eisernen Ring und leuchtete ihm den Weg.

Zunächst mussten seine Augen sich an die Dunkelheit gewöhnen. Dann erst erkannte er eine dürre Gestalt, die in schwere Ketten gelegt war. Sein Herz sank ins Bodenlose. Er wusste nicht mehr, ob er sich wirklich wünschen sollte, dass es Miriam war.

Sie sah nicht auf, lehnte bloß zusammengekauert an einer Wand aus großen Findlingen, an der offensichtlich einst Wasserrinnsale hinabgeflossen waren. Moosig grüne Streifen gaben den Verlauf wieder. Es roch feucht, und das Stroh auf dem Boden wirkte alt.

»Miriam?« Tarik folgte Caruzo und dem Schein der Fackel immer weiter ins beklemmende Innere des Kerkers. Dabei wuchs seine Angst. Warum reagierte sie nicht auf seine Ansprache? War sie wohlauf? »Miriam?«, versuchte er es erneut.

Nur langsam hob sie den Kopf.

Tarik stieß zitternd den Atem aus. Seine schlimmste Befürchtung und seine drängendste Hoffnung bestätigten sich beide zur gleichen Zeit. Er stürmte auf sie zu – warf sich vor ihr auf die Knie und hob fassungslos die Ketten an. »Caruzo, schnell! Die Schlüssel.«

»Tarik?« Ihre Stimme klang wie früher. Ihr Gesicht war nach Jahren ohne Sonnenlicht blass.

»Ja, ich bin hier!« Sein Blick glitt hin und her. Von den Ketten zu ihrem Gesicht und zurück zu ihrem Körper. Dabei umfasste er ihre mageren Schultern, fuhr ihre dünnen Arme entlang, um schlussendlich ihr Gesicht in die Hände zu nehmen. Tarik wollte sich vergewissern, ob durch ihren Körper wirklich Blut floss.

»Du kannst mich sehen?«, fragte sie. Ihr Ausdruck war ebenso ungläubig wie seiner.

»Ja. Der Zauber, der dich über Jahre verhüllt hat, ist gebrochen. Du bist in Sicherheit.«

»Ist das wahr?«, fragte sie skeptisch. Ihre Unterlippe begann zu zittern. »Wo ist Katrey?«

»Sie wird dir nie wieder etwas antun«, versicherte Tarik, während Caruzo die verrosteten Schlösser zu öffnen versuchte. Er schaffte es nicht gleich. Tarik konnte nicht länger warten. »Geht zur Seite!«, verlangte er barsch. Mit seinen bloßen Blicken brachte er die Schlösser zum Glühen. Wenig später sprangen sie auf.

Er nahm Miriams Hände. »Kannst du stehen?«

»Ja«, antwortete sie knapp und ließ sich langsam auf die Füße helfen.

Mit einem Gefühl, als erwachte er aus einem jahrelangen Albtraum, schloss er seine Gemahlin in die Arme. Der Boden unter seinen Füßen schien zu schwanken. Für einen Moment riss es ihn mit sich. Während der letzten zehn Jahre war er zu einem Ungeheuer geworden. Er hatte zugelassen, dass der Frost der Traurigkeit seine Seele umschlossen hielt, bis in seinem Inneren nur noch ein Eisherz schlug. Dabei war sie die ganze Zeit hier gewesen! Was hatte er nur getan? Tarik wurde klar, dass er seine Gewaltherrschaft und all die vergangenen Missetaten nie wiedergutmachen konnte. Es war jetzt seine Bürde, mit der er würde leben müssen.

Doch zumindest gab es etwas, das er tun konnte – heute noch, beim Thing.

Justor und Nuria hatten den sich einst Liebenden einen Augenblick allein gegönnt. Jetzt traten auch sie in den Kerker. Noch immer waren Lord Tarik und Lady Miriam regungslos in einer

Umarmung versunken. Der Schmerz zwischen ihnen war beinahe mit Händen zu greifen. Als sie sich voneinander lösten und der Schein der Fackel auf ihr Antlitz fiel, erschrak Justor. Das Gesicht der Adligen glich dem von Nuria so sehr, dass er zum ersten Mal verstehen konnte, wie es Lord Tarik damals im Wald ergangen sein musste.

Es vergingen einige Augenblicke, in denen der Herrscher und seine tot geglaubte Gemahlin sich einfach nur betrachteten. Dabei geschah etwas. Hatte Lady Miriam eben noch schwach auf Justor gewirkt, schien sie mit jedem Moment, der verstrich, mehr Kraft zu sammeln. Als sie sich nun den anderen zuwandte, hatte sie bereits wieder etwas Anmutiges an sich.

Justor beobachtete, wie sie sich umsah. Zum ersten Mal schien sie die anderen drei um sich herum überhaupt wahrzunehmen. Ihr Blick strich über Caruzo hinweg. Auch über ihn. Dann sah sie seine Schwester an. »Du musst zweifelsohne Nuria sein.«

»Ihr kennt meinen Namen?«

»Ja. Ich weiß alles über dich. Katrey hat mir in ihren hunderten Besuchen von dir erzählt. Und auch von eurer aufblühenden Liebe.«

»Warum hat sie das getan?«, wollte Nuria wissen.

»Damit sich mein Herz von Tarik löst und es mich näher zu ihr treibt. Aber gegen seine Magie war sie all die Jahre machtlos.«

»Wenn du nur wüsstest, wie sehr ich bereue, was ich getan habe …«

»Ich weiß es, Tarik. Auch das hat Katrey mir erzählt.« Sie wandte sich ihm jetzt wieder direkt zu. »Und darum bitte ich dich jetzt, uns beide zu befreien.«

Er sah sie fragend an. »Was sagst du?«

»Nimm mir die Liebe zu dir. Sie ist noch immer da, doch sie ist nicht echt. Befreie mich von dieser Bürde, damit auch ich dich freigeben kann.« Lady Miriam trat nun zu Nuria und nahm ihre Hand. Sie führte sie zu Tarik. Liebevoll legte sie seine und ihre Hand ineinander. »Ihr gehört zusammen, nicht wir.«

Lord Tarik sah Nuria in die Augen.

Justor konnte es jetzt erkennen. Da war ein deutlicher Unterschied. Ja, auch wenn seine Gabe es schon bewiesen hatte, Lord Tarik liebte Nuria aufrichtig.

Der Herrscher überlegte nicht länger. Er bedachte Lady Miriam mit einem warmen Lächeln. »Bist du bereit?«

»Das bin ich.« Sie schloss die Augen.

Lord Tarik fasste sich mit einer Hand an die Schläfe und berührte mit der anderen die ihre.

Justor nahm diesmal kein Glühen wahr, keine Funken, keine vibrierende Luft. Und dennoch war die Magie da. Sie erfüllte für einen Moment die schaurige Kerkerzelle und raubte ihm kurz die Luft zum Atmen, wie es nur eine Druckwelle vermochte. Danach war alles wie zuvor. Nur eines nicht. Lady Miriam sah sichtlich befreit aus, als hätte sie eine gewaltige Last abgelegt. Symbolisch trat sie zurück und bereitete den beiden Liebenden das Feld.

Justor wurde Zeuge eines innigen Kusses, doch etwas in ihm konnte die gelöste Stimmung, die gerade vorherrschte, nicht teilen.

»Kommt«, forderte Lord Tarik jetzt. »Wir verlassen diesen unwirtlichen Ort ein für alle Mal.«

Justor hatte die Kerkertür bereits erreicht, da drehte er sich noch einmal um. Caruzo wollte sich als Erster an ihm vorbeidrücken. »Wartet«, verlangte er von ihm.

»Worauf?«, spie der Magier aus. Er war sichtlich empört darüber, dass ein Niemand wie Justor es wagte, ihm zu befehlen.

»Ihr und Katrey konntet Euch nicht leiden, wie meine Schwester mir erzählte.«

»Und?«, ranzte er ihn an.

»Warum nicht?«

Die übrigen drei kamen zum Stehen.

»Was geht Euch das an?«

»Nun, ich komme einfach nicht drauf. Was hat Euch dazu gebracht, Katreys Geheimnis zu decken?«

»Habt Ihr schlecht zugehört?«, fuhr er ihn an. »Über Lady Miriam lag ein Zauber. Sie war ein Mann. Die Kammerzofe ließ mich glauben, er sei ihr Geliebter.«

»Und das ganze zehn Jahre lang?«

Lord Tarik wurde sichtlich hellhörig. Er kam langsam näher.

»Ihr ließet also einen einzigen Gefangenen so viele Jahre im Kerker, und das alles nur aus bloßer Nächstenliebe zu einer Kammerzofe, die Ihr nicht ausstehen konntet?« Justor glaubte ihm kein Wort. Ihn beschlich stattdessen eine dunkle Ahnung. »Welches Geheimnis hatte sie gegen Euch in der Hand?«

»Gar nichts! Was für eine lächerliche Annahme.« Caruzo näherte sich ihm bedrohlich. Er schien sich von Justor in die Ecke gedrängt zu fühlen.

Bevor der Magier ihn mit seinen Kräften mundtot machen konnte, hob Justor die Hand und packte ihn an der Kehle. Eine Frage brannte ihm nämlich auf der Seele. Seine Gedanken waren nun beim heutigen Morgen in Nurias Gemach. »Sprich die Wahrheit aus«, grollte er. »Wurdest du geboren mit der Gabe, Magien zu übertragen?«

Caruzos Gesicht bekam erneut jene dunkelrote Farbe. »Nein«, kam es krächzend aus seinem Mund.

»Mit welcher dann?«

»Magien löschen. Das ist alles.«

Justor nickte wütend. Seine Augen blitzten. »Ich wusste es.« Seine ganze Wut zentrierte sich plötzlich in seinem rechten Arm. Mit nur einer Bewegung schleuderte er Caruzo bis ans Ende des

Kerkers, wo dieser hart mit dem Hinterkopf auf dem Stein auftraf. Sofort verlor er die Besinnung.

Justor kümmerte sich nicht darum. Er nahm die nächsten Sekunden auf der steinernen Wendeltreppe des Westturms kaum wahr. Seine Ohren waren wie taub für den Lärm, den er verursachte, als er die Tür zu Caruzos Gemach im Turm auftrat. Und auch für jenen, den die Klappe der hölzernen Luke verursachte, als sie auf den Boden krachte. Justor stürmte in die obere Kammer, wo er ganz plötzlich erstarrte.

Seine Mutter saß auf einem Armlehnstuhl, ein Hündchen auf dem Schoß. Wie vom Donner gerührt, setzte sie es auf dem Boden ab und kam auf ihren Sohn zu. »Endlich bist du auf Griseo. Du hast es geschafft. Ich habe es immer gewusst!«

22

Der Rappe stand still, als Nuria aufsaß. Es war beinahe, als spürte das Pferd, wie weich ihre Knie waren und wie sehr sie seine Unterstützung gerade brauchte. Die vergangenen Stunden gehörten mit Sicherheit zu den ereignisreichsten ihres ganzen Lebens. Nachdem Justor die Kammer von Caruzo gestürmt und ihre Mutter befreit hatte, war es ihnen dreien unmöglich gewesen, die Tränen über ihre Schicksale zu unterdrücken. So viele gemeinsame Jahre waren ihnen genommen worden. Und doch, über all der Schrecklichkeit thronte die Gewissheit, dass sie ohne Enias Opfer heute nicht hier wären.

Das Tänzeln und Schnauben Moraks brachte Nuria wieder ins Hier und Jetzt.

Tarik nickte ihr vom Pferderücken aus zu. »Es ist wohl so weit. Wir reiten zum Thing.«

Sein Lächeln machte ihr Mut. »Ja, endlich!«

»Noch kannst du zurück. Hast du es dir gut überlegt?«

»Das brauche ich nicht. Ich gehöre hierher. Auf Griseo und an deine Seite.«

Gemeinsam ritten sie durch das Tor der Burg. Nuria wusste jetzt, wie es ihrer Mutter vor zehn Jahren gelungen war hineinzukommen. Nachdem sie vom Löschen der Magien im Land erfahren hatte, war ihr eines klar geworden: Nur ihr verschollener Bruder Caruzo mit seiner Löschungsgabe konnte dahinterstecken. Irgendwie musste er die Gunst des Lords erlangt haben.

Also hatte sich Enia schweren Herzens auf nach Griseo gemacht, bevor Caruzo auch ihr die Gabe nehmen konnte. Dort angekommen, belegte sie die Steine der Burg als Erstes mit ihrer Magie und erschuf so im Geheimen die Wintergabe – das Zeichen für Justor! Caruzo, der erst kurze Zeit zuvor auf der Burg untergekommen war, empfing seine verlorene Schwester zunächst mit offenen Armen. Dann aber, als er der einmaligen Gelegenheit gewahr wurde, nahm er sie im Westturm gefangen. Von diesem Tag an gab er Enias Gabe, Magien zu übertragen, als die seine aus. Sie ließ ihn gewähren – stets in der Hoffnung, Zeit zu gewinnen, sodass ihr Sohn es eines Tages schaffen würde, auf die Burg zu gelangen, seine Gabe zu erhalten und alle zu befreien.

Nuria sah hinter sich. Das liebe Gesicht ihrer Mutter war gealtert. Und doch hätte sie es unter Tausenden wiedererkannt. Noch immer war ihr das Herz schwer bei dem Gedanken, welch großen Teil ihrer Kindheit sie ohne ihre Liebe und Wärme hatte verbringen müssen. Doch von nun an würde alles anders werden. Wirklich alles! Enia hatte jede einzelne Magie Caruzos, die er sich auf schändlichste Weise durch das Missbrauchen ihrer Gabe angeeignet hatte, auf Nuria übertragen. Daraufhin war Tarik mit dem Magier ebenso verfahren wie mit Katrey. Er schlug ihn mit endloser Schwermut und verbannte beide für alle Zeit von Burg Griseo.

Nuria blickte zum Horizont, wo sie die beiden noch immer als kleine schwarze Punkte durch den Schnee irren sehen konnte. Obwohl Katrey nicht die gewesen war, für die sie sich ausgegeben hatte, fühlte es sich für Nuria an, als hätte sie eine Freundin verloren. Sie würde eine Zeit lang brauchen, um über diesen Verlust hinwegzukommen.

Bald war der Thingplatz nah, und die Gefolgschaft hielt an. Der Moment des Abschieds war gekommen. Justor, Miriam und

Enia stiegen wie besprochen von ihren Pferden. Drei Diener nahmen ihnen die Zügel ab.

»Werdet ihr es von hier aus schaffen?«, fragte Nuria besorgt.

»Es ist ja nicht mehr weit, kleine Schwester«, gab Justor mit einem schiefen Lächeln zur Antwort. »Wir werden uns unauffällig in die Menge schleichen und euch von da aus zujubeln.«

Nuria unterdrückte ihre Tränen. Sie hatte heute eindeutig genug geweint. »Und Ihr, Miriam? Seid Ihr Euch sicher, dass Ihr dieses Leben wollt?«

»Soweit ich hörte, besitzt du eine eigene Hütte hoch oben im Dorf. Von ihr aus kann man ganz Pago überblicken und unbemerkt in den Wald laufen, um Pilze und Beeren zu finden. Abends wärmt man sich an einem Feuer in der großen Halle und erzählt sich Geschichten von früher. Ich finde, das klingt nach einem wunderbaren Leben.«

Nuria lächelte. Sie hoffte sehr, dass es Lady Miriam mit Mutters und Justors Hilfe gelingen würde, sich in Zukunft als Nuria auszugeben – zumal sie selbst noch immer nicht glauben konnte, wie ähnlich sie sich sahen. Endlich war das Martyrium der Adligen vorüber. Katrey hatte sie damals vor zehn Jahren durch ihre Trugbilder in den Kerker gelockt, wo sie sie, in Ketten gelegt, gefangen hielt. Miriam konnte nichts dagegen tun – außer durch ihre Wettergabe ein Zeichen senden. Sie hatte die Hoffnung nie aufgegeben, dass Tarik verstand, dass sie noch lebte.

Enia kam in diesem Moment auf ihre Tochter zu. Sie strich über die schwarzen Nüstern des Pferdes, auf dem sie saß.

Nuria hatte einen Kloß im Hals. Auch wenn sie wusste, sie würden einander bald wiedersehen, war der erneute Abschied für sie kaum auszuhalten. Zu tief saß der Schmerz der letzten Jahre. Ihre Mutter schien es zu spüren.

»Ich muss mich jetzt um euren Vater kümmern. Sobald er

seine Heilmagie zurückhat und wieder ganz genesen ist, komme ich dich auf Griseo besuchen.«

»Ich warte sehnsüchtig darauf.«

»Und jetzt reitet. Der Frühlingsthing ist fast vorüber. Ihr müsst das Volk endlich erlösen.«

»Das werden wir«, versprach Tarik und wendete seinen Rappen mit einer Hand.

Sie ließen die anderen zurück und ritten über die letzte Bergkuppe. Die Luft war erfüllt von dem unverwechselbaren Geruch der Fackeln. Sonore Lieder, die an den Gesteinswänden widerhallten, drangen zu ihnen nach oben. Die beiden Pferde kamen am höchsten Punkt zum Stehen. Von hier aus konnten sie auf den Steinkreis in die Schlucht hinuntersehen.

Nuria wurde sofort in den Bann gezogen von der heiligen Stimmung des Things. So hatte sie es sich immer vorgestellt. »Wir sind spät«, erkannte sie.

»Dann sollen sie nicht noch länger warten. Das, was wir zu verkünden haben, muss jeder in Area hören.«

»Warte noch. Nur kurz.« Nuria zog den Schleier aus ihrem weiten Ärmel hervor. Fast schwerelos lag er in ihrer Hand. Eigentlich hatte sie ihn sich in diesem Moment über das Haupt legen wollen – so, wie Miriam es stets getan hatte. Doch Katrey hatte ihr den Schleier unter falschem Vorwand ausgehändigt. Er sollte ihr gar keine Sicherheit geben, sondern sie fernhalten vom Volk, auf dass Nurias Antlitz ihr allein gehörte. »Eine neue Zeit hat begonnen«, bestimmte sie entschlossen. »Ich will mich nicht verstecken.« Nuria wartete den nächsten Windstoß ab und warf den Schleier hoch in die Luft. In Wirbeln flog er tanzend davon und schwebte allmählich hinab zum Thingplatz.

Bereits im nächsten Augenblick bemerkte der erste Mann das zarte Tuch in der Luft. Er schirmte die Augen mit der flachen Hand ab, da sah er Lord Tarik und Lady Miriam. Er rief aus voller

Kehle: »Unser Herrscher ist zurück! Lady Miriam ist genesen! Seht, dort oben auf dem Berg.«

Alle Köpfe wandten sich ihr und Tarik zu. Die Männer rissen die Arme hoch und jubelten. Sie schwenkten ihre Fackeln. Trommelschläge ertönten in einem magischen Takt, der ein Lied aus alter Zeit ankündigte. Hunderte Männer sangen die Verse in der Sprache ihrer Vorfahren, als Nuria und Tarik den einzigen, schmalen Pfad in die Schlucht hinabritten.

Sie spürte, wie ihr Rappe vorsichtig Halt auf dem verschneiten Boden suchte. Dabei erkannte sie Justor, Miriam und ihre Mutter in der Menge. Es war ihnen gelungen, sich heimlich unters Volk zu mischen. Niemand achtete auf sie, weshalb auch keiner Menschenseele die kleine Geste gen Himmel auffiel, die Miriam jetzt tat. Tarik und sie waren noch nicht unten angekommen, als der Schnee abrupt endete. Nuria wusste, nicht mehr lang, und die Wolken würden sich gänzlich verziehen, um der Sonne für lange Zeit Platz zu machen.

Als den Menschen Areas das Ende des Schnees gewahr wurde, brandeten Jubelrufe auf, die das Herrscherpaar hochleben lassen sollten. Ein jeder nahm an, der Umschwung des Wetters habe mit der wundersamen Genesung Lady Miriams zu tun.

Nuria war klar, dass sie sich ein Leben lang für jemanden ausgeben musste, der sie eigentlich nicht war. Dies war der Preis für ihre Liebe und ebenso der einzige Weg für Area. Nur wenige Menschen in Pago kannten die Wahrheit – Justor, Miriam, ihre Eltern und Tuuli. Sie waren die Hüter der Legende über die Gabe des Winters.

Danksagung

Diese Geschichte hatte eine bewegte Geburt! Dass sie heute in den Regalen der Buchhandlungen steht, habe ich vor allem Beatrice Lampe und Lisa Hollerbach zu verdanken. Mutig und fantasievoll haben sie nicht davor gescheut, zwischen den Zeilen zu lesen, und aus einer Raupe einen Schmetterling zu machen. Danke auch an alle Frauen der Agentur von Lianne Kolf. Mit ausnahmslos jeder von ihnen ist die Zusammenarbeit eine reine Freude. Ebenso möchte ich der Redakteurin dieses Buchs meinen Dank aussprechen – der talentierten und einfühlsamen Angela Kuepper, die mich, zu meinem Glück, jetzt schon seit drei Romanen begleitet. Auch meine Geschwister möchte ich erwähnen, im Besonderen meinen wundervollen Bruder Garlef, dem dieses Buch gewidmet ist. Oft habe ich mir beim Schreiben vorgestellt, wie er Seite an Seite mit Justor durch Area zieht. Beide Männer sind sich sehr ähnlich und wären mit Sicherheit gute Freunde, würden sie sich begegnen. Ein weiterer Dank geht an meine Zwillingsschwester Lara, die trotz einer Landesgrenze zwischen uns stets nah an meinen Geschichten dran ist, und mir Tag und Nacht mit Rat zu Seite steht. Außerdem danke ich Andrew Tan, meinem Mann, und unseren Kindern Minu und Amber, die seit Jahren die Unbeständigkeit meines Traumberufs ertragen. Mein letzter Dank geht an meine mittlerweile verstorbenen Großeltern. Durch sie habe ich die Liebe zur Natur gelernt, was mir beim Beschreiben von Landschaften immer wieder hilft. Noch heute habe ich ihre Stimmen im Kopf, wenn wir durch Wälder liefen, um Pilze zu pflücken. Kein Baum, kein Vogel, keine moosige Lichtung blieb unkommentiert. Diese Spaziergänge sind der Grundstock jeder Beschreibung von Wald und Feld, die ich in alle meine Romane einbaue.